ヴァイオリン職人の探求と推理

ポール・アダム

ジャンニはイタリア・クレモナの名ヴァイオリン職人。ある夜，同業者で親友のトマソが殺害されてしまう。彼は前の週に，イギリスへ“メシアの姉妹”と言われるヴァイオリンを探しにいっていた。それは一千万ドルを超える価値があるとされる，幻のストラディヴァリだった。ジャンニは友人で刑事のグァスタフェステに協力し事件を探り始めるが，新たな殺人が……。虚々実々のヴァイオリン業界の内幕，贋作秘話，緊迫のオークション，知られざる音楽史のエピソード。知識と鋭い洞察力を兼ね備えた名職人が，楽器にまつわる謎を見事に解き明かす！

現代の登場人物

ジョヴァンニ（ジャンニ）・カスティリョーネ……ヴァイオリン職人
アントニオ・グァスタフェステ……クレモナ警察の刑事
トマソ・ライナルディ……ヴァイオリン職人
クラーラ・ライナルディ……トマソの妻
ジューリア……トマソの娘
ソフィア・ヴィヴァリーニ……トマソの孫娘。音楽院《コンセルヴァトーリオ》の学生
ヴィンチェンツォ・セラフィン……ヴァイオリンディーラー
マッダレーナ……ヴィンチェンツォの愛人
エンリーコ・フォルラーニ……ヴァイオリンコレクター
マルゲリータ・セヴェリーニ……エンリーコの姪
クリストファー・スコット……ヴァイオリンディーラー
ミセス・V・コフーン……イギリス人女性
ルドヴィーコ・スカモーツィ……ソフィアの指導教授

マグダ・スカモーツィ……………………ルドヴィーコの妻
ルーディ・ワイガート……………………オークションハウス社員

過去の登場人物

アントニオ・ストラディヴァリ…………十七世紀の弦楽器職人
パオロ・ストラディヴァリ………………織物商。アントニオの息子
グァルネリ・〝デル・ジェス〟…………十七世紀の弦楽器職人
サラブーエ伯爵コッツィオ………………十八—十九世紀のイタリア貴族。ヴァイオリンコレクター
ジョヴァンニ・ミケーレ・アンセルミ・ディ・ブリアータ……織物商。サラブーエ伯爵の代理人
パオロ・アンセルミ・ディ・ブリアータ……ミケーレの息子
トーマス・コフーン…………………………織物業者。ミセス・コフーンの祖先
ルイージ・タリシオ…………………………十九世紀の旅まわりのヴァイオリン商人
ジャン＝バティスト・ヴィヨーム…………十九世紀のヴァイオリン職人・ディーラー

ヴァイオリン職人の探求と推理

ポール・アダム

青 木 悦 子 訳

創元推理文庫

THE RAINALDI QUARTET

by

PAUL ADAM

ヴァイオリン職人の探求と推理

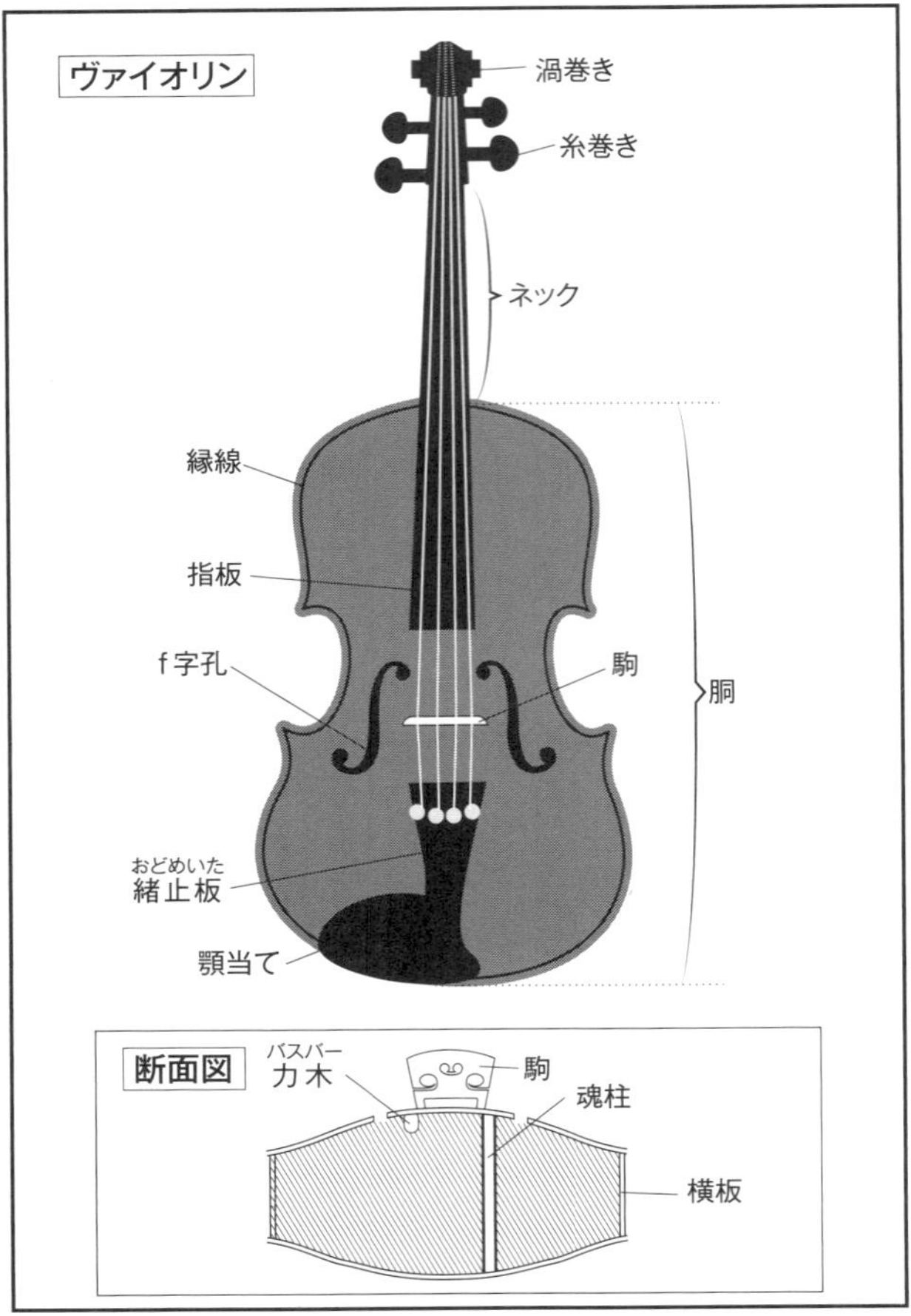
ヴァイオリン
渦巻き
糸巻き
ネック
縁線
指板
f 字孔
駒
胴
緒止板《おどめいた》
顎当て
断面図
力木《バスバー》
駒
魂柱
横板

ジョヴァンニ、マリー＝テレーズ、パオロ・ダヴィーコに、
この本のためのリサーチを手伝ってくれたことに感謝を捧げたい。

I

人は、人生において重大なことが起こるときには、何らかの予兆があると思っている。これから起ころうとしていることに何らかの予感をおぼえ、それが襲ってきたときには準備ができていると思っている。だがわたしはできていなかった。わたしたちの誰ひとりとして。振り返ってみれば、あれがあまりにも思いがけなく起きたのはよかったと思う。あまりにも衝撃が大きくて、準備などできないものはあるのだ。人はただそれが訪れるのを受け入れ、痛手に耐えて生きていけるよう願うしかない。

六月のある水曜の晩だった。いつもと同じ、ありきたりの水曜の晩。わたしたちは――もう十五年近くやってきたように――月に一度の弦楽四重奏をするために集まっているところだった。最初に来たのはライナルディだった。彼の年代ものののフィアットが私道に乗り入れる、しわがれたようなガタガタという音が、ついで彼が家の横をまわってくる足音が聞こえた。わたしはテラスで薄れゆく太陽のあたたかさを味わっていた。庭には長く伸びる影の縞模様がつき、息絶えようとしている光の中でオリーヴの木々の葉が銀色に変わっていた。

「やあ《チャオ》、ジャンニ」ライナルディが声をかけてきた。ヴァイオリンケースをテーブルに置いてわたしの横の椅子にどかっと座ると、太い脚を伸ばして、両手を気持ちよさそうに太鼓腹にのせた。戸外のここにいてさえ、彼からする独特の香りがわかった――パイプ煙草と松脂《まつやに》とニスのまざったもの。赤ワインを一杯ついでやると、彼はごくごくと飲んだ。

「んーん、うまい」

「工房から直接来たのかい？」わたしはきいた。彼のシャツの衿が鋸屑《のこくず》だらけで、白髪のまじった口髭にも何箇所かついていたからだった。

ライナルディは首を振った。「生徒に教えていたんだ。火曜日から予定を変更した。いい子でね、教えるのが楽しいよ。熱心だし、話をよく聞くし、向上心もあるようだし――ああ、うちの生徒が全員あんなだったらなあ。かなりうまくなりそうなんだよ、もっと修練を積めば」

「誰だってそうだろう」わたしは冗談まじりに言った。

「あの子には可能性がある。手元に置ければ、何年かしたらスカラ座《ラ・スカラ》（世界でも最高のオペラ劇場であるミラノ・スカラ座のこと）で仕事をもらえるくらいの下手くそになるかもしれない」

ライナルディは低く笑った――いつも自分のジョークを真っ先に面白がるのだ――そしてまたワインを飲んだ。三十年前、彼はスカラ座《ラ・スカラ》のオーケストラの平《ひら》のヴァイオリン団員だったのだが、オペラのオーケストラピット、すなわちベルリオーズ言うところの〝吹いたり引っかいたりの哀れな者たちでいっぱいの黒い空洞〟での、苦労ばかりで単調な毎日に耐えられず、やめてしまったのだ。いまの彼はわたしと同じヴァイオリン職人だが、副業にヴァイオリン演奏を教えて収入を補っていた。弦楽器職人は孤独な仕事になりがちで、彼は教えることでの人とのまじわり、困難への挑戦、生徒たちとの結びつきを楽しんでいるようだった。

「ほかの連中はどうしたんだ？」彼はきいた。

「アントニオは電話で少し遅くなると言ってきたよ。アリーギ神父はもうこちらへ向かっているだろう。いまのは彼じゃないかな」わたしは頭を傾け、また別の車が家の前に停まる音に耳をすました。

三つめのグラスをワインで満たし、司祭がテラスへまわってくるのを待った。イグナツィオ・アリーギ神父は小柄でやせ型だ。顔だちは優美で、肌は何年も蒸しタオルにつつまれていたかのように、やわらかくピンクでつやつやしている。彼の年齢は厳密に守られている秘密だが、それが何歳であれ、その年齢にはみえなかった。決してそうならない人間のひとりなのだ。一見しただけでは、十九世紀の結核患者のように虚弱で病身だと思うだろう。彼の両手を見るまでは。アリーギ神父は大きくて強く、太い指をした手の持ち主で、馬に蹄鉄をはかせることも、人を絞め殺すこともできそうだった。ヴィオラ奏者の手だ。

彼は楽器ケースを置いてまわりを見まわし、ワインの入ったグラスに目を留めた。

「ジャンニ、きみは命の恩人だよ」彼は感謝をこめて言い、わたしの手からグラスをとると、たっぷり半分を一気に飲んだ。

「聖体拝領のワインじゃ足りないんだろう、神父？」ライナルディが挑発するように言った。

「まあ、まあ、トマソ」司祭はユーモアをたたえて返した。「受けて立つ気はないよ」椅子に座って、テーブルのすぐ届くところにグラスを置いた。いつも教会から直接来るのだが、彼はそこでこの二十年間、毎週水曜日の夕刻に、敬虔だがしだいに人数の減っている年配の女性のグループにミサをおこなっていた。すでにカソック（司祭の通常服）を脱ぎ、ヴィオラを持ったときに首がこすれるので聖職者衿もはずしていたが、それでもなぜか司祭にみえた。

「きみの庭はすばらしいね、ジャンニ」彼は言った。

「そうかい？」わたしは答えた。「今年はちょっとほったらかしにしてしまってね。花は咲くだろうが、実のほうは去年より少なくなりそうだよ」

ライナルディが心配そうな目を向けてきた。「プラムは勘弁してほしいな。あらかたをきみに頼っていたんだから。店の品物じゃきみのところのとは比べものにならないんだよ」

ライナルディはうちのプラムの主たるもらい手で、彼はそれを使ってかなりの――そして違法な――強さも色もペンキはがし剤のようだが、驚くことに、味は似ても似つかない密造ブランデーを造るのだ。

「残念だが」と、わたしは言った。

「そいつは痛手だなあ」

「われわれは失望に耐えるようつとめなければいけないよ」アリーギ神父は言ったが、そう言う彼はそのブランデーを一度しか試したことがなかった。

もう暗くなりかけていた。木々の花も花壇の花もすべての色を失っていた。それは夜の中ではただの形、ただの質感だった。わたしはフランス窓から家へ入り、奥の部屋のランプをともした。光がテラスにも流れ出て、芝生の縁にそって生えているラヴェンダーの群れをかすめていき、ハーブ畑のセージとローズマリーとタイムに優美なつや出しを塗った。

アリーギ神父とライナルディもあとから入ってきた。ライナルディはヴァイオリンのケースをあけ、弓を出して松脂を塗りはじめた。彼はいつも松脂をつけすぎ、音色を不必要なほどざらつかせてしまうのだが、彼いわく、弓の毛が弦に食いこむ感じが好きなのだそうだ。夜がふける頃には、彼のヴァイオリンの胴はあらかた松脂の粉におおわれ、タルカムパウダーをくぐらせたようにみえることだろう。彼は宙で弓を二度振り、ケースの蓋に置いた。それからヴァイオリンを出して、ウクレレのように胸のところで斜めにかまえ、ゆるゆると弦をはじいた。

「何を弾こうか?」彼がきいた。

「ハイドンはどうかな?」アリーギ神父が言った。「ゆっくり弾きならしていける」

ライナルディは渋い顔をした。「ハイドンはだめだ。ハイドンは気がのらない」

わたしはピアノの上から楽譜の山をとって、ぱらぱらとめくった。

「ブラームスはどうだい?　ブラームスはずいぶん弾いてないだろう」

「ブラームスなんてお断りだ」ライナルディは言った。「ああいうおきれいな、気ふさぎでものがなしいのをやる気分じゃない」

わたしは気の毒なヨハネスをかばって何か言わずにいられなくなった。どちらかというとブラームスが好きなのだ。たしかに彼はドイツ人で、それはイタリア人からみれば何がしかのマイナス点だろう。だがドイツ人でももう亡くなっているのだから、それで帳消しだ。

「それほどものがなしくもないよ」

「いや、そうだよ」ライナルディは言い張った。「暗くて重苦しくてどんよりしている。ブラームスはだめだ。あんな表情のない、抑圧された、退屈な……」さらなる侮辱の言葉を探す。

「……猫の銛打《もりう》ちなんか」

アリーギ神父が振り向いた。「あんな何、だって？」

「聞かなくていい」わたしは言った。

「猫の銛打ちだよ」ライナルディは繰り返した。「誰だって知ってる」

「馬鹿馬鹿しい。そんなのはまったくのでたらめだ。裏づける証拠なんてひとつもない」

この悪意に満ちた中傷――ブラームスが書斎の窓から野良猫に銛を投げることで、作曲での鬱屈を晴らしていたという――は、リヒャルト・ワーグナーの信奉者たちによって広められた。しかし庭いじりをする人間なら誰でも知っているように――それにわたしもこのことについては経験を積んでいる――猫にただ石をぶつけるのですら、十歩の距離からでもほとんど不可能なのだから、まして二階のアパートメントから銛など論外なのだ。だいいち、ブラームスがウィーンのどこで銛を手に入れたというのだろう？

「ベートーヴェンにしよう」ライナルディはきっぱり言った。「ラズモフスキー（ベートーヴェンの弦楽四重奏曲第七―九番のこと）のどれか。どう思う、アントニオ？」

ライナルディはちょうどフランス窓からチェロケースを持って入ってきたグァスタフェステ

に顔を向けた。

「何の話です?」グァスタフェステは言った。

彼は部屋にチェロケースを置き、われわれ三人を順繰りに見た。まだ仕事用の服を着たままだった——そのくたびれたグレーのジャケットと安っぽいネクタイは警察署《クエストゥーラ》の刑事たちが揃って愛用しているらしく、まるで制服を着た同僚たちの派手なお仕着せからできるだけかけ離れたものにみられたがっているようだった。グァスタフェステは暑そうで、疲れてみえた。わたしはワインの入ったグラスを渡した。彼はありがとうとうなずき、ジャケットを脱いでネクタイもはずし、むぞうさに椅子の背にかけた。

「何を弾こうか話していたところなんだ」わたしは言った。

「何でもいいですよ」グァスタフェステは長椅子にどかっと座ってワインを飲み、演奏にはまったくいそごうとしなかった。

「忙しい日だったのかい?」と、きいてみた。

「いつものことです」

グァスタフェステは四十代はじめで、われわれより二十歳ほど若かった。ライナルディとアリーギ神父とわたしはすでにじゅうぶんな年をとって、人生における各自の大いなる望みを達成したか、またはあきらめていたが、グァスタフェステはいまがキャリアの盛りにあり——働きすぎだが、給料は安く、正当な評価ももらえていない。わたしはときおり、彼の健康が心配になった。

「食事はもうしたのか?」わたしはきいた。

「時間がなかったんで」

「何か持ってこよう」

「ジャンニ、そんなことしなくていいんですよ」

「たいした手間じゃないから」

キッチンに行って、パンを少々とスライスしたサラミとボウル一杯のブラックオリーヴを持って戻ってきた。

「かまわなくてよかったのに」グァスタフェステは疲れた笑みを浮かべてそう言った。「でも、ありがとう」彼は二枚のパンのあいだにサラミを二切れはさむとサンドイッチにかぶりついた。

「何を弾くか決まったんだっけ?」アリーギ神父がヴィオラを調音しながらきいた。

「ああ」ライナルディが答えた。「ベートーヴェンだ」

なるほどそれはベートーヴェンだった、人の内側へ忍びこみ、魂を揉みほぐすような、あの輝かしい、熱烈な中期の四重奏のひとつだった。しかし中盤で——しばしばそうなるように——全体がばらばらになってしまった。ライナルディは弓をおろし、残りのわれわれもたどたどしく止まった。

「いまのじゃだめだよ」ライナルディは言った。「誰かがずれてた」

彼の目がとがめるようにわたしたちをさまよい、やがてわたしに止まった。われわれの四重奏団には、心理学的に研究したら面白いだろうと思える非難のパターンがある。ライナルディは元プロで、したがってもちろん間違うことはない。アリーギ神父は――司祭なので――みずからの無謬《むびゅう》という原則を信じている。そしてグァスタフェステは顔を伏せる名人で、それゆえどんな失敗であろうと、最後にはいつもわたしが責めを負うことになるのだ。

「一小節ずれていたぞ、ジャンニ」ライナルディは言った。

「そうだったか?」

「それにFマークのすぐあと、きみの音が大きすぎたもんだから、自分の出している音が聞こえなかった」

「みんなそんなに幸運だったかな」

ライナルディはふんと鼻を鳴らしてわたしをにらもうとしたが、本気ではなかった。「もう一度やろう」彼は弓の先で自分のパート譜を叩き、小節を数えた。「Fの十二小節前。今度はいそがないようにしよう」

わたしがグァスタフェステの目を見ると、彼はウィンクをよこした。一小節ずれていたのはどちらか、おたがいにわかっていたが、グァスタフェステが自分から白状して認めることはない。彼は正直さが――音楽においても人生においても――最善の信条では絶対にない、とわかるくらいには長く警官をやっていた。

弾きなれたベートーヴェンのあと、わたしはキッチンに行ってデキャンターにワインをつぎたし、ビスケットをのせた皿を出した。戻ってみると、ライナルディがヴィオラ奏者について下品なジョークを言っているところだった。少々デリカシーに欠ける気がしたが、彼はそのジヨークをひどくつまらなく言うことで、アリーギ神父がヴィオラを弾くことに配慮していた。

「もっとワインは?」わたしはきいた。

ライナルディは自分のグラスに手を伸ばしたが、ふいに止めた。「忘れるところだったよ。もっと強いやつをどうだ?」

彼は自分のヴァイオリンケースのところへ行ってかがみこみ、一緒に持ってきていたビニールの手さげ袋をあけてモルトウィスキーのボトルを出した。

「イギリスから持って帰ってきたんだ」

「イギリスに行ってたのかい?」わたしはきいた。「いつ?」

「先週」

「そんなこと言ってなかったじゃないか」

「思いつきで決めたから」

「休暇旅行かい?」アリーギ神父がきいた。

「そういうんじゃないんだが」ライナルディは曖昧に答えた。「どちらかというと探索かな」

「探索?」と、わたし。「どういう意味なんだ?」

「グラスを持ってきてくれよ、ジャンニ」

「何の探索なんだ?」わたしが戸棚からグラスをいくつか出すと、ライナルディはそれにウィスキーを満たした。

「言えないんだ」彼は自分が周囲にかもしだしている秘密めいた雰囲気を楽しみながら答えた。

「どうして?」グァスタフェステがきいた。

ライナルディは宙に手を振った。「まだ早すぎる。そのうち話すよ」グラスを口へ持っていき、ウィスキーを味見した。「なかなかいい。かなりいいぞ。さあ、次は何を弾く? スメタナがいいな。きみはどうだ、ジャンニ?」

「うーん、自信がないな。ドヴォルジャークはどうだ?」

ライナルディはアリーギ神父を振り向いた。「神父は?」

「わたしもドヴォルジャークがいいな」

「アントニオは?」

グァスタフェステは肩をすくめた。「ドヴォルジャークでいいですよ」

「オーケイ」ライナルディは言った。「じゃあスメタナだ」


グァスタフェステはライナルディとアリーギ神父が帰ったあとも残っていた。彼がチェロをしまっているあいだに、わたしは譜面台をたたんで、四重奏のパート譜をよりわけた。自分のヴァイオリンはピアノの上に出したままにしておき、ゆるめた弓(弓を使用しないときには張った毛をゆるめておく)を隣に置いて、朝になったら練習できるようにしておいた。片づけを終えて、楽譜をきちんとテーブルに積むと、フランス窓のところへ行ってテラスに出た。外はひんやりしていたが、涼しすぎるほどではなかった。夏は日中の熱さが長く残る。庭からラヴェンダーとジャスミンの香りがした。

グァスタフェステがあとから出てくると、わたしたちはガーデンテーブルの椅子に座り、ライナルディが置いていったウィスキーをまた飲みながらとぎれとぎれに話をした。グァスタフェステのことは彼が子どもの頃から知っていた。おたがいにゆったりくつろぎながら、薄闇の中に座って、フランス窓からこぼれる光の中で虫たちがダンスをするのをながめていた。

「俺もう帰らないと」グァスタフェステはやがてそう言ったが、立ち上がる気配はなかった。

重い倦怠感がのしかかり、わたしたちを椅子にピンで留めてしまって、二人とも立ち上がるエネルギーすら見つけられなかった。そのとき、耳を刺すような電話のベルがわたしたちの休眠状態を破った。出ないでおこうかとも考えたが、ベルは執拗に鳴りつづけ、応答を要求した。わたしはのろのろと立ち上がって家の中へ入った。ライナルディの妻のクラーラだった。

「トマソはまだそっち？」

「いや、もう帰ったが……」わたしは腕時計を見て、ずいぶん遅い時間になっていたことに驚いた。「……一時間くらい前に」

「まだ帰ってこないのよ。心配だわ、ジャンニ」

「工房に寄っているんじゃないか」

「あっちにも電話してみたの。誰も出なかったわ。何か事故にあってたらどうしよう、車をぶつけたとか？」

「落ち着いて、クラーラ」励ますように言ったが、きゅうに胃がざわついてきた。ライナルディはたしかにかなり飲んでいた。「アントニオがまだいるんだ。彼に調べてもらって、折り返すよ。いいかい？」

グァスタフェステはわたしのそばに来ていた。彼はすぐに何があったのか察してくれた。そして警察署《クエストゥーラ》の指令室に連絡した。

「事故の報告はないそうです」彼は受話器を置いて言った。

わたしはクラーラに折り返してそう伝えた。

「それじゃあの人、どこにいるの？　こんなに遅くなったことなんてないのに」

「帰る途中でどこかに寄ると言っていたかい？」

「どこへ行くっていうの？　いつもまっすぐ帰ってくるのよ。何かあったんだわ、きっとそうよ」

「ねえ、クラーラ……」

「どこかの溝に落ちているのかもしれない」彼女の声はうわずり、さらに興奮してきた。「誰も気づいてくれないわ。あなたの近所にあるのはただの田舎道でしょう、ジャンニ。あの人、ひどい怪我をして、出血で死にかけているかもしれない。ああ神様、あの人はどこにいい、いるの？」

「クラーラ、縁起でもないことを考えるんじゃないよ」

「ほかに何を考えろっていうの？　まだ帰ってこないのよ。遅くなるときは必ず電話をくれるのに」

「いいかい」わたしは言った。「これからわたしたちが捜しにいってくるよ、それできみが落ち着くならね、わかった？」

「そうしてくれる、ジャンニ？　本当に助かるわ」

「きっとただの車の故障か、タイヤのパンクだろう。心配しないで、クラーラ。あとで電話する」

　わたしは電話を置いた。グァスタフェステはもうジャケットを着ているところで、ネクタイをたたんでポケットに突っこんだ。

「俺がやりますよ、どうせ帰り道だし。一緒に来なくても大丈夫だから」

「いや、自分も行くほうが気が楽なんだ。目玉もひと組より、ふた組あったほうがいいだろう。ここにいても心配するばかりだし」

「本当に何かあったと思ってるんですか？」

「わからない」

「どこかのバーに行ったのかもしれませんよ」グァスタフェステは少し間を置いた。「よそに女がいるとは思いませんか？」

「トマソに？　おいおい、まさか。そんなことはありえないよ。だいたい、もしいるとしても、彼も妻が帰りを待っているのに電話を入れないほど間抜けじゃないだろう」

　わたしたちは車を走らせてクレモナに向かい、わたしの家から街までの静まった、人けのない車線を進んだ――グァスタフェステがハンドルを握り、わたしは溝や畑にライナルディの車が見えないか目を凝らした。街はずれまで来ると、道路の端にそってちらほらと人家があらわれ、それから無秩序に広がった都会が圧迫するようにわたしたちに迫ってきて、夜空が見えなくなった。建物はたいていが暗く、中の住人たちはとっくに寝てしまっていた。ときおり車が反対側から走ってきて、人通りの絶えた街路にヘッドライトとエンジンのうなりで不快な合いの手を入れていった。あたりには人っ子ひとりいなかった。歩行者も、千鳥足で家へ帰る酔っ払いも、車が立ち往生して乗せてくれる誰かを待つドライバーもいない。グァスタフェステはとある交差点の手前で縁石に車を停めた。

「今度はどこへ？」

「彼の工房に行ってみよう、念のために」

ライナルディの工房は、市内のヴァイオリン製作が盛んな地域ではなく、ガリバルディ通り《コルソ・ガリバルディ》をはずれたみすぼらしい横丁にあったが、それを言うならライナルディは売れっ子のヴァイオリン職人ではなかった。道路は停めてある車でいっぱいだったので、わたしたちは五十メートル先で車を降り、舗道を歩いて戻った。工房は三階建ての建物の一階にあった。通りから離れていて、入るには狭い砂利敷きの中庭に通じるアーチ道を通っていく。中庭にも工房にも明かりはなく、ただ通りの街灯から気味の悪い黄色い光が建物の石にかかっているばかりだった。

「ここにはいないようですね」グァスタフェステが言った。

「だったらいったいどこに行ったんだろう？」

「もう家に帰っているんでしょう。もう一度クラーラに電話したら、仲良くベッドに入ってる、ってことなんじゃないですか」

「携帯電話を持ってるか？」ときいた。「アントニオ？」

グァスタフェステは工房の窓から中をのぞいていて、ガラスの反射を避けるため、両手で目のまわりをかこっていた。まったく動かないでいる。

「アントニオ？」わたしはもう一度呼びかけた。「電話を貸してくれ」

聞こえなかったようだった。彼は窓から離れてアーチ道へ向かった。

「すぐ戻ります」

しばらくして戻ってきたときには、車に置いてある懐中電灯を持っていた。そして工房の窓から中を照らした。彼の態度の何かがわたしに警告を発した。

「何なんだ？」窓に近寄ろうとしたが、グァスタフェステはわずかに位置をずらしてわたしをはばんだ。それから懐中電灯を消した。

「アントニオ、いったいどうしたんだ？」

グァスタフェステは答えなかった。工房のドアのところへ行き、ハンカチを出し、ドアのハンドルを注意深くくるむと、レバーを押し下げた。ドアは鍵がかかっていた。彼は一歩さがり、脚を上げて靴の底でドアを蹴やぶった。錠のまわりの木が裂けて、ドアは大きな音をたてて開いた。彼は戸口をまたいだ。わたしもあとに続こうとしたが、彼はさがっているよう身ぶりで示した。

「あなたは外にいたほうがいい、ジャンニ」

驚いて彼を見つめた。「どうしてだ？　何があったんだ？」

グァスタフェステはドアのすぐ内側にあった照明のスイッチをつけた。彼が後ろ手にドアを閉め、わたしの視界をふさぐ前に、部屋の真ん中にある作業台のむこうに人が倒れているのがちらっと見えた。窓のところへ行って中を見ることもできたが、わたしは見たくなかった。知りたくなかった。胃がむかつき、いやな予感に首がぞわぞわして体が震えた。

グァスタフェステが携帯電話を手にして、中庭へ出てきた。

「車の中で待ってて、ジャンニ」彼は電話に番号を打ちこんだ。

「トマソは……」

グァスタフェステはそっとわたしの腕に触れた。「車の中で待っててください」

2

警察は五分もしないうちに駆けつけてきた。黒と白のパトカーが最初に到着し、夜中のこんな時間でほかに車も走っていないというのに、サイレンをやかましく鳴らし、ルーフの上のライトを点滅させていた。そのあとに私服の刑事たちを乗せた、何もしるしのないセダンが二台やってきた。彼らはわざわざ駐車場所を探したりせず、ただ通りの真ん中に一列に並んで停まった。見ているとグァスタフェステがアーチ道から出てきて彼らを出迎え、同僚たちとしばらく話し合ったのち、やがて皆、中庭へ消えた。制服の警官たちは早くも通りを封鎖しはじめており、プラスチックの低い柱を置いて、建物のあいだに赤と白のテープを張っていた。

　わたしは体の感覚がなくなってしまっていた。ライナルディが死んだのはわかっていた。わたしが友の息絶えた体を目のあたりにして心に傷を負わないようにするためでなければ、どうしてグァスタフェステがわたしを遠ざけたりするだろう。それでも、警察がここへ来て、それもこんなに大挙して来た以上、単純な死だけではない何かがあることはわかった。

　わたしは通りの先のパトカーの上で、まだ点灯しているものの点滅はしていないぎらぎらした青い光を見ながら待った。警官のひとりがこちらへ目を向け、車の中で座っているわたしに気がついた。そして近づいてこようとしたが、そのときグァスタフェステが中庭から出てきてその警官に追いつき、何か言って引き返させた。グァスタフェステはそのまま歩いてきた。そして車のドアをあけると、隣の運転席に座った。わたしを見る勇気がないかのように、フロントガラスのむこうに目を向けていた。

「彼はどうして死んだんだ？」わたしは尋ねた。

　グァスタフェステはハンドルをつかんでぎゅっと握り、頭を垂れて低くため息をついた。

「知らなければならないんだ」わたしは言った。

　グァスタフェステは頭を上げたが、まだわたしを見なかった。「鑿《のみ》で首の後ろを刺されていました」

「そんな《ディオ》！」―胸が締めつけられた。ふいに息ができなくなった。空気を入れようとしてウィンドーを下げた。

「パトカーで家まで送らせます」グァスタフェステは言った。

「誰かがクラーラに知らせないと」

「わかってます。俺がやりますよ。でも現場捜査班と、鑑識の連中が来るのを待たないと——長くはかかりません——そうしたら俺が行って彼女に話します」

「わたしが話すよ」

彼はやっとこちらを見た。「そんな必要はないんですよ。あなたはだめです、ジャンニ、彼の友達だったんだから」

「きみだってそうだろう」

「俺は警官です、話が違いますよ。あなたにそんな思いをさせるわけにはいきません。つらすぎます」

「だったらクラーラは？　彼女のつらさはどうなんだ？　わたしなら彼女とは旧知の仲だ。わたしから聞いたほうがいいだろう」

グァスタフェステはしばらくその提案を考えていたが、やがてうなずいた。「あなたがよければ……ええ、そのほうがいいかもしれない」

「彼女は誰が、なぜやったのかときくだろう。どう話せばいい？」

「まだそれは言えません。でも、必ず突き止めると言ってください。俺が約束すると」

グァスタフェステはまた目をそらした。必死でプロに徹しようとしていたが、顔がこわばっているのがわかった。

「警官を連れていきますか、女性の？」彼はきいた。「特別な心的外傷班《トラウマ》があるんです。こういう場合の訓練を受けているんですが」

「わたしがいるからいいよ」そう答えた。「でもジューリアのところに誰か行かせてくれないか。あの子に何があったか知らせて、母親のところへ連れてきてほしい」

「そうですね、俺が考えるべきでした」グァスタフェステはシートの上で体をひねり、わたしに向き合った。「悲しいですよ、ジャンニ。本当に悲しい」彼は手を伸ばしてわたしを抱擁した。いまは警官ではなく、友達として。彼はやがて体を離すとドアをあけた。「誰かに送らせます」

ライナルディの家へ行く短い道中、制服を着た警官《ポリッツィオット》はわたしにひと言も話しかけなかった。それがありがたかった。話をしたい気分ではなかった。それも彼と――これまで会ったこともない人間とは。本当はクラーラとも話したくなかったが、そうしなければならないのはわかっていた。彼女に対してもトマソに対してもそうする義務があった。そのことを考えると気が滅入ったが、やらなければならなかった。

クラーラが玄関のドアをあけた瞬間から、夫が亡くなったことを察したのがわかった。わたしが来たこと、わたしの重苦しい表情、後ろの通りに停まっているパトカーでわかったに違いない。

「そんな、まさか」息が乱れて、それだけ言うのがやっとだった。「違うわ……違う……そんなはず……」頭を振ってホールをあとずさりしながら、ショックで絶望し、大きく見開いた目でわたしの顔を見つめた。

「さあ座って、クラーラ」わたしはやさしく言った。そして彼女のほうへ近づいて腕をとろうとしたが、彼女はわたしから遠ざかった。

「教えて、いいから教えてちょうだい、ジャンニ。あの人は死んだのね？」

わたしはうなずいた。「残念だよ、クラーラ」

彼女は動物のような苦悶の声をもらし、口に手をやった。「ああ、そんな。どうして？」

「さあ座ろう」

「座りたくなんかない。どうして？　事故を起こしたのね？　車をぶつけたのよ。飲んでいたんでしょう？　あなたの家に行くといつも飲みすぎるんだもの」

「事故じゃない。工房にいたんだ」

「でも工房には電話したのよ。何だったの、心臓発作？　お願いよ、ジャンニ、教えて」

わたしは彼女の腕をとった。今度はクラーラも逆らおうとはしなかった。居間に連れていって、長椅子に座らせた。彼女の両腕は震え、小枝のようにもろそうだった。きゅうに老けこんだようにみえた。

「心臓発作じゃないんだ」わたしはどうやって話したものか考えた。事故死や、自然死もひどい話だが、殺人というのは？

「誰かにやられたんだ」そう言った。正直に話すなら、打撃をやわらげるすべはなかった。

「やられた？」クラーラは息を呑んだ。「どういう意味？　わざとなの？　あの人は殺されたってこと？」

「そうだ」

彼女は信じられないというようにわたしを見た。「誰がそんなことをするの？　トマソは生まれてこのかた、誰にも悪いことなんかしてないわ。どうして？　どうしてそんなことになったの？　何があったの？」

「わたしは彼を見ていないんだ。アントニオが見つけた。刺されていたようだ」

「刺された？　ナイフで？」

「詳しいことは知らないんだよ」わたしは嘘をついた。グァスタフェステが最初に話してくれたときからつきまとって離れない鑿のイメージを、彼女にまで与えたくなかった。

クラーラはまばたきもせずこちらを見つめつづけていたが、わたしを見ているとは思えなかった。わたしのむこう側を、彼女だけが行ける場所を見ていたのだろう。彼女が気を失うかもしれないとは思っていた。泣いたり、身も世もなく嘆き悲しんだりは覚悟していた、だがクラーラはいまや不自然なほど静かになり、ショックでほとんど茫然自失となっていた。最悪のヒステリーよりこちらのほうがもっと心配だった。

「何か飲むものをとってくるよ。ブランデーはあるかい？」

クラーラは答えず、質問が聞こえていないようだった。わたしはキッチンに行き、何かすることができてほっとした。ただあそこに座って彼女が縮こまっていくのを見つめ、彼女の一部も息絶えるのを見ているなどできなかった。食器棚を探すとグラッパのボトルがあったので、それを持って居間に戻った。クラーラはさっきと同じところにいた。わたしは隣に座り、グラスにグラッパをついで彼女の口へ持っていった。

「飲みなさい、クラーラ。これを飲めば楽になるから。さあ、飲んで」

クラーラは口をあけ、わたしはグラッパを少しだけ飲ませた。彼女はごくんと飲みこんだが、火酒がおりていくときにむせた。そのせいで、茫然自失から抜け出したようだった。クラーラはまばたきすると、頭をまわしてわたしを見た。顔に恐ろしいほどの悲しみが、慰めようのない絶望があった。その顔がくしゃっとなって、彼女は泣きだした。わたしは彼女に両腕をまわしてそのまま泣かせ、号泣することで苦しみをあふれださせた。

やがて涙も涸れて疲れきり、静かになった彼女をまだ抱いているときに、玄関のベルが鳴った。彼女の体から両腕をはずし、ホールへ行った。女性警官とクラーラの娘ジューリアが外にいた。わたしは二人を居間へ連れていった。

「ジューリアが来てくれたよ」

母と娘は泣きながら抱き合い、わたしは背中を向けて、悲しみを抱えた彼女たちを二人だけにした。

「あとはわたしが付き添っていますから」女性警官が言った。「外にいる警官がお宅までお送りします」

わたしは力なくうなずき、自分がどれほど疲れているかに気づいた。長椅子で抱き合っているクラーラとジューリアに目を向けた。ジューリアは母親の肩ごしにわたしを見上げ、その頬は涙で濡れていた。

「朝になったら電話するよ」と言っておいた。

警官に送ってもらうと、わが家はひどく静かでからっぽにみえた。奥の部屋へ入って、肘掛け椅子にどさっと座りこんだ。疲れきっているのに、なぜかベッドに向かうことができなかった。心がこんなに騒いでいるときに、眠りにつく努力をする気力がなかった。

暗闇の中、影にかこまれて座っていると、涙が湧いてきて、ライナルディのことを思い出した。わたしの心は彼と知り合ってからの半世紀を、まるで一ダースの映画から集めた断片のような、短く、はかなく浮かぶさまざまな場面で駆け抜けていった。学校で一緒だったときのこと。地元のユースオーケストラで隣に座っていたときのこと。クラーラが彼の隣で本当に幸せそうだったこと。彼の結婚式の日、おたがいの子どもたちと川べりでピクニックをしたときのこと。工房で木材に細工をしているときのこと。からみあう思い出、そのひとつひとつがそれ以前の思い出に重なり、前のものを消していって、あとには最後に見た彼の姿だけが残された——この家のこの部屋に座り、横のテーブルにはウィスキーのグラスを置いて、ヴァイオリンを顎の下にはさみ、喜びに顔を輝かせながらお気に入りの四重奏曲を弾いている。わたしがおぼえておきたいのはその姿だった。

深夜にまどろんでしまったようだった。眠気を感じて、マントルピースの上の時計を見たら三時十五分だったのは思い出せるが、そのあとのことはおぼえていないから。次に目をさますと、外はもう明るかった。時計は八時半を告げていた。肘掛け椅子に座ったまま、ぎこちなく体を動かした。目がひりひりして、頭が重い。こわばりをほぐすために手脚を伸ばした。ほんの一瞬、自分がなぜ階下にいるのかわからなかったが、すぐにすべてが、吐き気がするほど鮮明にどっとよみがえってきた。頭に浮かんだそれを、きのう見たものを締め出そうとしたが、それはあまりに生々しく、心を騒がせ、消すことはできなかった。わたしはのろのろと立ち上がり、足をひきずってキッチンへ行った。

キッチンテーブルを前に座り、コーヒーを飲んで、ぱさぱさになった丸パンにジャムをつけて食べていたとき、グァスタフェステから電話がかかってきた。

「起こしてしまったんじゃないですよね？」彼はきいた。

「いや、もう起きていたよ」

「今日、あいている時間はあります？　あなたならトマソの工房をよく知っていたでしょう。来て、見てもらえませんか？」

「いまかい？」

「時間のあるときでかまいません」

「三十分待ってくれ」

シャワーを浴びて服を着替え、車でクレモナへ行った。この日はさんさんと日が照っていて、わたしの暗い気分にはまぶしすぎ、まして目の奥の痛みには言うまでもなかったが、その痛みは前夜の睡眠不足か飲みすぎのせいだと思うことにした。

ライナルディの工房の外の通りはまだ交通が遮断されており、周囲はテープで封鎖されたままだった。好奇心旺盛な野次馬がひとり二人、舗道にいたが、たいして見るべきものはなかった。グァスタフェステは中庭の入口のところでわたしを出迎え、工房の中へ連れていった。ライナルディの遺体はもうなく、解剖のため死体保管所へ移されたとグァスタフェステが説明してくれたが、遺体が倒れかかっていた作業台にはチョークで輪郭線が引かれていた。それは見ないようにした。白いジャンプスーツを着た男が二人、床や台の天板から細かい何かを忍耐強く集めており、ほとんどすべてのものの表面に、指紋を採るのに使ったと思われる白い粉がはたかれていた。犯罪現場に入るのはこれがはじめてだった。落ち着いていて静かで慎重な雰囲気で、誰もが整然と冷静な態度でそれぞれの仕事をしていた。ほんの何時間か前に、ここでひとりの人間が死んだとは信じられなかった。

「何もさわらないようにして」グァスタフェステが言った。目が赤く、ひげも剃らず、服はしわだらけだった。ひと晩じゅう寝ていないのがわかった。

「何を探せばいいんだ?」と、きいてみた。

「奇妙だとか、ここにあるのはおかしいとか思うものは何でも。なくなっているものも」

「何か盗まれたと思っているのか?」

「工房は家捜しされていた、それはたしかですよ。映画で見るように荒らされてはいないけど、そうなんです。鍵のかかった戸棚の扉は全部こじあけられていたし、床にもトマソがやったとは思えないものが落ちていました」

わたしは室内に目をさまよわせた。ここには何度となく来ていたが、いつもライナルディが一緒だった。にぎやかで社交的な彼の姿がないと違う場所のように思え、はじめて見る場所のようだった。

「彼はここに金を置いていたでしょうか？」グァスタフェステがきいた。

「そんなにはないだろう。現金が少しばかり、それだけだよ」

「楽器はどうです？　彼が高価なヴァイオリンを手がけていたかどうか知っていますか？」

「高価な？」わたしは首を振った。「トマソはしていないよ、彼はそういう職人じゃなかった」そんなことを言うのは友達として不忠な気がしたが、ライナルディがあまり名の売れたヴァイオリン職人でなかったのは事実だった。この世界に入ったのが遅かったので、それほど名声を築けなかったのだ。日々の暮らしのためにつまらない修理仕事を数多くやって、何とか暮らしはたてていたが、本人のヴァイオリンはあまり手入れをされていなかった。彼自身のものであれ、ほかの人間のものであれ、この工房に高価な楽器がやってきたことがあるとは思えなかった。

「強盗が動機かもしれないと思っているのか？」そうきいてみた。わたしは部屋の片側にある作業台を見ているところだった。万力にはさまれた長い楓材《かえでざい》が鋸《のこぎり》をかけられるのを待っており、粗く切られたヴァイオリンの裏板や表板がいくつかと、組み合わされて膠《にかわ》の乾くまで締め具で固定されている横板がひとつあった。

「わかりません」グァスタフェステは言った。「この事件は謎ですよ。どうしてトマソはここにいたのか？　家へ帰る途中に何かの用事で寄って、犯人に不意をつかれたのか？　工房のドアはこじあけられてなかったし」

「鍵を持っていた人間ということかい？」

「またはトマソが自分で彼らを入れてやったか。誰かとここで会っていた可能性もあります」

わたしの目はひとつの作業台の上の工具棚に留まった——鋸に鉋《かんな》に丸鑿。鑿の列にひとつ欠けた隙間があった。

「どうして彼を殺したりしたんだろう？」返事を期待してというより、自分自身の混乱が声に出てしまった。「トマソみたいな男を。みんな彼を好きだったのに。みんな」

白いジャンプスーツの男二人はビニール袋とねじ蓋式の容器をまとめ、それまでに見つけたものを大きな黒い記録簿に記入していた。ライナルディのパイプ——彼が仕事をしながらふかすのが好きだった、しみのついたブライアーのパイプ——が袋のひとつにおさめられているのが見えた。それは本当に彼になじんだ持ち物であり、彼の一部として見慣れていたので、わたしは目を向けていられなかった。顔をそむけ、グァスタフェステにこう言った。「すまないが、ここにあっておかしいものはないよ」

彼はわたしのつらさを感じとったらしく、それ以上は押してこず、黙って中庭へ連れて出てくれた。

「やってみただけのことはありましたから。わざわざ来てもらったのに、収穫がなくてすみません」

「いいんだよ。どのみち、クラーラに会いにいくつもりだったから」

「一緒に行きましょう。彼女にも話をきかなきゃならないし。あなたもいてくれたほうが彼女も気持ちが楽かもしれない」

わたしは彼を見た。「彼女はゆうべ、ひどい様子だったが」

「無理じいする気はありませんよ、ジャンニ。でも彼女と話をするのが早ければ早いほど、何があったのかはっきりつかめるんです。こういう事件では最初の何時間かが大事なんですよ」

玄関に出てきたのはジューリアだった。顔は青ざめ、緊張していた。わたしたちとわかるとほっとしたようだった。

「どうぞ入って」

「お母さんはどう？」と、きいてみた。

ジューリアはわたしたちを家の奥にあるキッチンへ通し、ドアを閉めてからやっと答えた。

「あまりよくないんです」

「眠れたのかな？」

「明け方近くにうとうとしたんだけど、いまはまた目をさましてしまって。疲れきっているのに、動転していて眠れないんですよ」

「医者を呼んだほうがいい」グァスタフェステが言った。「医者なら鎮静剤をくれるだろう、何か助けになるものを」

ジューリアはうなずいた。「そうしなきゃいけないかもしれないわね」

「きみは？」わたしはきいた。

「わたしは大丈夫。たぶんまだ実感がないんです。でも心配なのはママのほうですよ。話をするのもいやがって。自分の中に引きこもってしまってるの。ベッドにも入らないし、朝食も食べないし」グァスタフェステに目を向けた。「誰がやったか目星はついたの？」

「まだだ」グァスタフェステは答えた。「お母さんにいくつかききたいことがあったんだが、いまは無理みたいだな」

「ううん、話をしたほうがママにはいいかもしれない。肘掛け椅子に座って、宙を見ているだけなんだもの。部屋に行ってみて？　みんなにコーヒーをいれてくるから」

「かまわなくていいんだよ」わたしは言った。

「ちっとも手間じゃありませんから」

ジューリアは食器棚のところへ行き、スチールのエスプレッソポットを出してコーヒーをいれはじめた。死という大きな打撃をやわらげるために、日常の小さなことに気持ちを向けるのは、彼女にとってとても心が休まるのだろう。

グァスタフェステとわたしはホールを戻って居間へ行った。クラーラはドアの陰の隅で肘掛け椅子に座っていた。明るい日ざしがほとんど入らないこの部屋の中でも、いちばん暗い場所だった。わたしは彼女の姿に衝撃を受けた。最後に会ってからほんの数時間しかたっていないのに、縮んでしまったようにみえた。椅子の中で体を丸め、頭を上げている力がないかのように片側に傾けていて、ゆうべここに来たときより十歳も老けこんでしまっていた。顔の皮膚はこわばり、皺《しわ》がいっそう深くなっている。目はうつろで、眼窩に影が落ち、まるで石炭の粉で縁どったようだった。

「クラーラ」そっと声をかけた。「クラーラ、わたしだよ、ジャンニだ」

彼女は顔を上げ、その目が一瞬明るくなったようだったが、すぐに視線をそらし、また自分だけの暗い孤独に戻ってしまった。

わたしは彼女の両手をとった。「クラーラ、アントニオがきみと話をしたいそうだ。トマソのことで」

彼女はわたしと目を合わせようとしなかった。「それが何になるの？」そっけなく言った。「あの人は死んでしまったのに」

わたしは妻が亡くなったときの悲しみを思い出した。あの圧倒的な悲しみ、まじりけのない絶望はあまりに激しく、何をする気にもなれなかった。だから普段と似たことを続けるのが、クラーラの気持ちをそらしておく何かを見つけるのが大事なのはわかっていた――悪魔を遠ざけておくために。

「大事なことなんだ。きみが助けになってくれるかもしれない」

「助けに？」クラーラはぼんやりと言った。

「きみが必要なんだ、クラーラ。アントニオがこの事件を捜査しているんだよ。彼なら信用できるのはわかっているだろう」

「いくつか質問に答えてもらえますか？」グァスタフェステがきいた。

クラーラは頭をまわし、彼を見て、やっと相手の存在に気づいたかのようにまばたきした。

「質問？」

「無理だったらそう言ってください。トマソがゆうべ俺たちと四重奏をしたあと、工房に戻った理由を知っていますか？」

クラーラがずいぶん長いあいだ黙って彼を見つめていたので、わたしは質問の意味がわかったのかどうかあやぶんだ。しかし、やがて彼女は首を振った。

「いいえ、知らないわ」

「誰かと会うことになっていると言っていませんでしたか？」

「いいえ」

「夜遅く仕事をすることはよくあった？」

「あんなに遅くはなかったわ」クラーラは答えた。「それに、四重奏をしたあとに仕事をしたことはないもの」

「彼が夜、あんなに遅く仕事をするとしたら、何か理由が思い当たりますか？」

「いいえ」

「夕食に帰ってきたときには、何も言っていなかったんですね？」

「夕食には帰ってこなかったの。生徒がいたから」

「それはわたしも確認できるよ」グァスタフェステに言った。「彼は生徒にレッスンをしていたんだ。うちに来たときにそう言っていた」

「最近彼はどんな様子でしたか？」グァスタフェステはクラーラにきいた。「何かに悩んでいましたか？　心配ごととか、ほかの人のことで？」

クラーラが答える前に、ドアがあいてジューリアがコーヒーとカップとソーサーののった盆を運んできた。

「ママ、コーヒーを飲むでしょう？」

クラーラは首を振った。

「元気が出るわよ」

「いらない」

「それじゃ何か食べるものは？　丸パンにジャムとか」

「いいえ」

「クラーラ、何か食べなければだめだよ」わたしは言った。

「食欲がないの」

ジューリアを見ると、彼女は仕方ないというふうに肩をすくめ、こう言いたげだった、〝どうすればいいの？〟それからコーヒーの入ったカップをグァスタフェステとわたしに渡すと、長椅子の端に座って、心配そうに母親を見た。

「そうだったわ」クラーラが突然言った。彼女はグァスタフェステを見ていて、彼がその言葉にとまどっていると、こう続けた。「悩んでいたというんじゃないけど。もっと……何ていうのかしら？　気をとられていたわ」

「何に気をとられていたんです?」グァスタフェステがきいた。

「あの人は何かを探していたの」クラーラは答えた。「いつだってそれが頭にあった。憑かれているみたいに、ええ」

わたしは前の晩のことを、ライナルディが〝探索〟のためにイギリスへ行っていたと話したことを思い出した。

「何を探していたと?」グァスタフェステがまたきいた。

「ヴァイオリンよ」クラーラはそう言った。「〝救世主《メシア》の姉妹〟、あの人はそう言っていたわ」

あんまり驚いたせいで、わたしはコーヒーを膝にこぼしてしまった。それは死ぬまで忘れられない瞬間のひとつだった。ターニングポイント、人生を永久に変えてしまう何かの始まり――妻になる女性をはじめて目にした瞬間や、はじめて子どもが生まれたときのように。そのあとはもう、すべてが以前と同じではなくなってしまう。

わたしはハンカチでズボンを押えた。目を上げると、グァスタフェステが彼独特のやさしく、それでいて観察力の鋭い目でこちらを見ていた。彼はクラーラに向き直った。

「探していたというのはどこで?」

「ありとあらゆるところよ。その話はあまりしてくれなかった。あの人の秘密だったの。それを探しにイギリスまで行ったのよ」

「それで見つかったんですか?」

「いいえ」

「どんなヴァイオリンなんです？」

「ただヴァイオリンとしか。わたしが知っているのはそれだけ。あの人は見つけられなかった。それにもう死んでしまった」

クラーラは部屋のむこう側を見つめ、その目は打ちのめされてからっぽだった。それから涙が湧いて、皺の寄った頬をゆっくりと流れ落ちた。

「もう死んでしまった」彼女はもう一度言った。そして目を閉じたが、涙はまぶたの下からあふれて流れつづけた。

ジューリアが母親のところへ来て、椅子の肘に腰かけた。クラーラの肩に腕をまわす。わたしはグァスタフェステに目をやった。彼はうなずいて立ち上がった。

「それじゃわれわれは失礼します」

わたしはクラーラを見た。彼女が気の毒で、自分の無力さが悔しかった。彼女はわたしの友人だった。トマソより昔から知っているのだ。クレモナの同じ界隈で一緒に育ち、同じ日に小学校へ通いはじめた。一度、はるか昔、おたがいに十代の若者だった頃、ローマ広場《ピアッツァ・ローマ》のアーケードの下でキスをしたこともある。なのにいま、彼女がこれ以上ないほど助けを必要としているときに、わたしは何もしてやれないのだった。

「それじゃ話してください、ジャンニ」グァスタフェステは言った。

わたしたちはライナルディの家から角を曲がったカフェに行き、日よけの下の舗道でテーブルについていた。グァスタフェステはコーヒーのカップに砂糖を入れ、溶かすには長すぎるほどかきまわした。

「家へ帰って少し眠ったほうがいいぞ」わたしは言った。

「さっき言っていたヴァイオリン、メシアの姉妹とかいうものに、心当たりがあるんでしょう？　クラーラの前ではききたくなかったんですよ」

グァスタフェステには二つの特質があり、それが彼をいい警官にしている――そしていい友人にも。彼は観察力があり、黙っているべきときを心得ているのだ。子どもの頃はいつだって何かをじっと見ていた。学校が終わるとうちの工房に来ては、隅っこにおとなしく座って、作業台にいるわたしを見ていたものだった。あまりおしゃべりはせず、ただわたしの手の動きを追い、そこの空気に、膠と松材のにおいに同化していた。はじめは彼がヴァイオリン作りに興味があるので来るのだと思った。家に誰もいないからだと知ったのはあとになってからだった。

「メシアと呼ばれるヴァイオリンがあるんだ」わたしは答えた。「一般にはフランス語名の〝ル・メシー〟として知られている」

「有名なヴァイオリンなんですね？」

「この世でもっとも有名な――そしてもっとも高価なヴァイオリンだよ」

どんな職業にもそれぞれの神話、伝承、過去からの物語があり、それがその職業の神秘さを簡潔に伝え、大部分は退屈で単調な仕事にロマンティックなオーラを投げかけているものである。われわれには皆そうした神話が必要であり、それによって、仕事の日にはこれをするとみずから選んだ労働に喜びを与え、彩りを添えているのだ。それなくしては、毎日の暮らしが耐えがたいものになるだろうから。

職人仕事の世界はとくに神話作りをしがちであり、とりわけそれをうながすところである。皮肉な人間なら、そうすれば値段を吊り上げておけるからだと言うだろう。美術品ディーラーは失われたラファエロが、ファン・ゴッホが、どこかの変わり者の老貴婦人の屋根裏部屋からほこりにまみれてあらわれた話をする。音楽学者は未知のシューベルトの交響曲が、長く紛失していたモーツァルトの楽譜が、とある無名のコレクターの書斎から劇的な経緯で見つかった話をする。そしてヴァイオリン職人は〝ル・メシー〟、すなわち、完璧な、誰も弾くことのない、値段のつけられないストラディヴァリの物語を語るのだ。

「聞いたことがないけど」グァスタフェステは言った。

「あるはずだよ」わたしは話しはじめた。「メシアは、モナリザ、『神曲』、ヴェルディのオペラに匹敵する芸術作品なんだ。ミケランジェロが生み出した作品と同じくらい偉大で、ベートーヴェンの交響曲のように深遠で、シェイクスピアの悲劇のように荘厳で普遍的な傑作なんだよ。わたしにとって、あれは人間が創造した中でももっとも美しいもののひとつだ。宝石を考えてごらん、千ものきらめくカットをほどこしたダイヤモンドを思い浮かべてごらん。絵を考えてみるんだ、ヴァン・ダイクの肖像画や、モネの風景画を。そういったものすら無に等しい。メシアはそのどれよりも美しいんだ。ただ見るためだけのものではないからだ。メシアは美学的に言っても美しいが、それだけでなく機能もそなわっている。これまで歴史に登場したあらゆる宝石、あらゆる絵、あらゆる詩を集めたよりも、さらに無上の音、無上の音楽を奏でるんだからね」

グァスタフェステは目を丸くしてわたしを見た。わたしが感情をほとばしらせるのには慣れているものの、それでもいまの昂りに驚かされたようだった。

「たいしたヴァイオリンなんだ」と彼は言った。

「ああ、そうとも」

「見たことはあります?」

「うん、あるよ」

「演奏を聴いたことは?」

「ない。生きている人間で聴いた者はいないんだ」

グァスタフェステはわたしに目を向けたままだった。「先を聞きたいな」

わたしはしばし間を置き、頭の中の痛みを押しやって、感情を鎮めた。

「最初から聞きたいのか?」と尋ねた。「それじゃ一七一六年に戻らなければならない。アントニオ・ストラディヴァリは実力の頂点にあった、いまわれわれが〝黄金期〟と呼んでいるものの四分の三ほどのところだ。その年、彼は自身の厳しい基準からいってもとびきりすばらしいヴァイオリンを作った。このうえなく完璧に近いものだ。実際、あまりにも完璧なので、彼は手放すことができなくなった。だから終生手放さなかった。彼が一七三七年に死んだときも工房に残っていた。最初の妻との息子で、ヴァイオリン製作業を引き継いだフランチェスコもオモボノも、やはり手放さなかったが、彼らが死ぬと、ヴァイオリンはアントニオの末の息子で、二番めの妻の子だったパオロ・ストラディヴァリの手に渡った。パオロは楽器職人ではなく、織物商だった。彼は多くのヴァイオリンを、父親が最初から最後まで作ったものも、二人の異母兄たちが仕上げをしたものも相続して、その中にわれわれがこんにち〝ル・メシー〟として知っているヴァイオリンがあったんだ」

「当時はそう呼ばれていなかったんですね？」グァスタフェステがきいた。

「ああ、その名前はあとでつけられた。パオロは少しずつヴァイオリンを売り払い、一七七五年には〝ル・メシー〟も含めて、最後に残った一ダースほどのものも売ってしまった。買ったのはカザーレ・モンフェラート（イタリア北部ピエモンテ州にある市）の貴族で、サラブーエ伯爵イグナツィオ・アレッサンドロ・コツィオといった。コツィオは熱心な、熱狂的と言ってもいいヴァイオリンコレクターで、これからする話に登場する三人の重要人物のひとりめだ。彼は長年のあいだに膨大なコレクションを築き、根気強く目録を作った――ストラディヴァリ、グァルネリ、アマティ、ベルゴンツィ、ルジェリ、グァダニーニ、当時のありとあらゆる最高のヴァイオリン職人のものを。しかし晩年にさしかかると、コツィオは財政的な危機に陥り、コレクションの売却を余儀なくされた。その大部分は旅まわりのヴァイオリン商人、ルイージ・タリシオに売られたんだ。この話で二人めの重要人物だよ。ここまでは大丈夫かい？」

　グァスタフェステはうなずいた。もう一度コーヒーをかきまわしたが、ひと口も飲まなかった。熱心にわたしを見つめていた。

「タリシオは面白い人間でね」わたしはそう続けた。「大工だったんだが、ヴァイオリンも弾いたんだ――カントリーダンスとか、結婚式とか、そういうところで。コツィオのように、彼もクレモナで作られたヴァイオリンに夢中だった。タリシオがいなければ、われわれがこんにち知っているストラディヴァリや、グァルネリや、アマティのヴァイオリンの多くが失われていただろう。それが一八二〇年代だった。昔のクレモナ職人たちは人気がなくなってしまったんだ、少なくともイタリア国内では。彼らのヴァイオリンをほしがる人はほとんどいなくなった」

「本当に？」グァスタフェステは驚いていた。

「いまでは信じられないだろうが、そうしたヴァイオリンに値打ちがあるとは誰も思っていなかった。ストラディヴァリも生前は尊敬された裕福な弦楽器職人だったが、亡くなったあと彼の名声はしだいに落ちていき、無名に近くなってしまった。理由はわからない。流行、好み、人間性という気まぐれな性質。現代のわれわれは、大量生産された見てくれだけの商品の時代に生きている。昔を振り返って名工の技を目にすれば、作られたものの質の高さがわかり、それを手に入れるために大枚を払う。だが当時の人々は新しいものを求め、死んでしまった職人の作った古いヴァイオリンなどほしがらなかったんだ」

グァスタフェステは笑いをこらえた。「俺がその頃に生きてたらよかったのに。二束三文でストラディヴァリを何挺も買えたのにな」

わたしも笑った。「タリシオもまさにそう考えたんだ。イタリア人は古いクレモナ製ヴァイオリンをほしがらなかったかもしれないが、タリシオはよその土地、つまりフランスとイギリスでなら売れることを知っていた。だから彼は行商人の恰好をして旅をしながら、北イタリアを探しまわり、ヴァイオリンを弾きながら、古いヴァイオリンはないかと目を光らせていた――どんなに多くのクレモナ製楽器が貧しい農夫や小作人の持ち物だったか、驚くほどだよ。また彼は、修道院や教会にも行った、そういうところには礼拝堂付きのオーケストラが使う楽器があって、しばしば放置されていたり、ひどい修理をされていたりしたからね。タリシオは一曲弾いた謝礼としてそれを買わせてくれと申し出たり、教会のために大工仕事をしてはそうしたヴァイオリンを支払いがわりにもらいうけたりした。そしてそれを修理してパリへ持っていって、一流のヴァイオリン商に売った、シャノ、アルドリック、それから――三人めの重要人物だよ――ジャン゠バティスト・ヴィヨームに」

「ヴィヨーム？」グァスタフェステは言った。「その人のことは聞いたような気がする」

「きっと聞いたことがあるよ。ヴィヨームは十九世紀の音楽界における巨人のひとりなんだ。鑑定家で、ディーラーで、サロンやコンサートホールをいくつも持っていて、どうやったのか、自分でも三千挺もの良質のヴァイオリンを作った」

「三千挺！」グァスタフェステは声をあげた。

「いつ眠る時間があったのか不思議だろう。タリシオは長年ヴィヨームと商売をしていて、数えきれないほどのクレモナ製ヴァイオリンを彼に売った。その間《かん》、タリシオは自分の持っている一挺のストラディヴァリがあまりにもすばらしく、あまりにも完璧なので、とても売ることなどできないと吹聴しつづけた。彼がそのヴァイオリンのことをさんざん口にしていたので、ヴィヨームの義理の息子で、名ヴァイオリニストでもあったデルファン・アラールが、まるで救世主《メシア》のようだと言ったんだ。〝ずっと待っているのに、いっこうにあらわれない〟とね。名前の由来はそこから来ている。タリシオが一八五四年に死ぬと、ヴィヨームはイタリアに急行した。そしてタリシオの親族の農場とミラノの屋根裏部屋で百五十挺近くのヴァイオリンを見つけ、その中に〝ル・メシー〟もあったんだ。ヴィヨームはタリシオの遺族からそれをそっくり買い取り、パリへ持って帰った」

「それで、いまそれはどこに?」グァスタフェステがきいた。

「オックスフォードのアシュモリアン美術館」

「オックスフォード?　イギリスってことですか?」

「そうだ。イギリスのディーラーのヒル商会に買われて、ヒルが美術館に寄贈した」

「誰かが弾いたことはあるんですか?」

「二度だけだよ、それも公開の場じゃなかった。デルファン・アラールが一八五五年に友人と家族のプライヴェートな集まりで弾いた。ヴィヨームが言うには、天使の歌うのが聞こえたそうだ。それからヨーゼフ・ヨアヒム（ハンガリー王国領、現オーストリアのキットゼー生まれの名ヴァイオリニスト。一八三一―一九〇七）が一八九一年に少しだけ弾いた」

「それからは一度もなし?」

「ない」わたしは答えた。「ヒル商会が決して弾いてはならないと決めたんだ」

グァスタフェステは椅子の背にもたれた。コーヒーは手つかずのままテーブルにあった。やがて彼は考えたうえでのさりげなさで言った。「もうひとつヴァイオリンがあるのなら――その〝メシア〟の姉妹がってことですが、いくらになるんです？」

わたしも同じようにぞんざいな口調を保った。「もう一挺、完璧で手を加えられていないストラディヴァリが公開市場に出たとしたら。そんなことは人生に一度の機会だろうな、何回か生まれ変わっても一度きりかもしれない、あるとしてだが。たくさんの人間が関心を持つだろう」

「どれくらいの関心を？」

「そうだな、〝ル・メシー〟は米ドルで一千万の価値がある」

グァスタフェステの目が大きく見開き、わたしは同意のしるしにうなずいた。

「わかっている。たかがいくつかの木ぎれとニスのために人がどんな金を払うかには驚かされるよ」

グァスタフェステは考えに沈んで顎の線をさすり、剃っていない黒いひげを指先で撫でた。それからわたしがきいてくるだろうと予期していた問いかけを口にした。

「そういう人間は、そのためとあれば人殺しもしますか？」

わたしは舗道のむこうへ目を向け、通りすぎる車を見た。店の外に停まる配達のヴァン、乳母車を押して通りを行く母親。自分の世界がこんなにも崩れてしまったと感じているのに、ほかの場所では世界がいつもどおり動いているのが奇妙に思えた。グァスタフェステはわたしの答えを待っていた。
「ああ」わたしは言った。「人間がいまのようなものなら、するだろうね」

3

わたしは子どもの頃、マルティネッリ先生というヴァイオリン教師についていたが、先生はバッハには浄化作用があると心から信じていた。先生が言うには、バッハを弾くと頭がすっきりして、体によいホルモンの分泌が刺激され、充実感が高まって精神が高揚するのだそうだ。マルティネッリ先生は古くからある学校の教師で、控えめで非常に礼儀正しく、どんなに暑いときでも常にフロックコートとヴェストに黒っぽい色のネクタイという服装でレッスンをした。厳しく口やかましいときもあったが、普段は慈愛に満ちた教師で、わたしたちのレッスンを単なる音楽の指導ではなく、生きていくための哲学の基礎づくりと考えていた。

先生にとって、音楽は人生の添え物ではなく、何かの次に考えるべきことでもなく、軽薄な気晴らしでもなかった。それは人間存在そのものの欠くべからざる部分であり、息をすることや食べることと同じように、生命の維持に必要なものだった。音楽なしで一日を生きることは考えられない怠慢であり、バッハを聴かずに一日を生きることは冒瀆に近い罪だった。「ジョヴァンニ」と、先生は独特のやわらかい、流れるような声でよく言っていた、「きみが何をしているにせよ、どんなに忙しくとも、一日の中でバッハのための時間を見つけなくてはいけないよ」そして毎朝、朝食の前に無伴奏パルティータを弾くことを熱心に勧めてくれた。こんにち、人々が一日を始めるためにジョギングをしたり、ジムに行ったりするように。

もちろん、一度もやったことはない。学校に間に合うようベッドから出るのもむずかしかったのだから、ヴァイオリンを練習することなど考えもしなかった。しかし年をとったいま、自分の時間を自由に使えるようになって、ようやくマルティネッリ先生の教えを実行した。朝食の前にはやらないし、毎日でもないが、できるだけ、コーヒーと丸パンのあとには奥の部屋へ入ってヴァイオリンを弾いている。

この日の朝、わたしはいつもどおり、八時少しすぎに起き、キッチンで朝食をとった。あまりよく眠れなかった。ライナルディが死んだことで頭がいっぱいだったし、悲しんでいる彼の家族のことや、それに——すぐにどうこうというものではないが、それでも気がかりだった——わが友が探していた謎のヴァイオリンのことも。

朝食のあと、わたしはすぐ自分のヴァイオリンのところへ行き、そのときの暗い気分にいちばん合いそうな曲に取り組んだ——パルティータ・ニ短調のシャコンヌは、バッハが愛する妻マリア・バルバラを悼む曲として書いたものだ。バッハは長く家をあけたあと帰宅して、彼女が亡くなっていたばかりか、すでに埋葬されていたことを知ったのだった。バッハの嘆きは耐えがたいものだったに違いなく、シャコンヌは彼の悲嘆の苦しみで貫かれている。

弾いているうちに、自分の思考が音楽の中に溶けて、心がほとんど空白になるのがわかった。

音楽ははじめはわたしをなだめ、薬のように安らぎを体にしみとおらせて、やがてゆっくりと力を与え、感覚をとぎすまし、ふたたび湧いてきた活力で満たしてくれた。

最後の和音が消えて、いま一度静寂の中にひとりきりになると、いやおうなく妻のことが思い浮かんだ。彼女はピアノがうまかった。わたしたちはほとんど毎日、一緒に音楽を奏でた。ブラームスのソナタや、ベートーヴェンやモーツァルトのこともあった。それから終わらせるときはふざけ半分に、偉大な名演奏家だった作曲家による華麗な作品をとりあげた。パガニーニ、ヴィエニャフスキ、サラサーテ。わたしは野心のほうが常にテクニックを上回るヴァイオリニストだ。そしてカテリーナはわたしに合わせてくれ、わたしが高音域や低音域でギーギー音を鳴らしたり、倍音を飛ばしたり、重音をめちゃめちゃにしたり、まったく音程の合わない音を出したり、そもそも楽譜にない音を出したりすると、肩を震わせて笑った。ピアノの前にいる彼女を、鍵盤の上で踊るその細い指を、喜びに輝く目を思い出し、幸福な記憶というのはどうして不幸な記憶よりこんなにもつらいものなのだろう、とまたしても思った。

練習を終えると、車で駅まで行ってミラノ行きの列車に乗った。ミラノまで車で行く時間はあったのだが、いまはそうしなかった。ミラノは車だらけで、運転はおろか、息をするのもたいへんなのだ。駅の新聞スタンドでは、人目を惹くビラが声高に告げていた、〝ヴァイオリン職人殺される——警察は犯人を捜査中〟。一面にライナルディの死を報じた新聞が積んであるのが見えた。何が報道されているのか見たい気持ちはあったが、買わないでおいた。気が滅入って読めたものではないだろう。

ミラノに着くと、タクシーを拾ってセラフィンの店へ向かった。彼のいる建物は店などという平凡な呼び名には立派すぎるのだが。セラフィンはそんなふうに呼ばれたら激怒し、商店主というラベルを貼られたことで、自分のビジネスだけでなく自分自身をも侮辱されたと思うことだろう。そしてヴィンチェンツォ・セラフィン以上に、自分を商店主ではないと思っている人間はいない。

サロンは——セラフィンは自分の仕事場をこう呼ぶほうが気に入っている——彼がそこでしていることが本当に仕事というのにふさわしいとすればだが——ミラノのしゃれた中央地区の真ん中にあり、大聖堂やヴィットーリオ・エマヌエーレ二世ガッレリア、ミラノ・スカラ座《ラ・スカラ》から石ならぬラインストーンを投げたほどのところに建っていた。五千ユーロ以下のものは置いていないアートギャラリーと、ウィンドーに服が一着しかなく、店全体にもほかに何も置いてないことがあきらかな会員制のオートクチュール店にはさまれている。セラフィンの店舗はさらに小さかった。磨かれたマホガニーの正面からは、中でヴァイオリンが売られているとは誰もわからないだろう。実際、そこで何かが売られていることを示すものはない。正面のウィンドーはまったくのからっぽだし、そのむこうの部屋も、縦のブラインドで通りからは部分的にさえぎられ、デスクと椅子がひとつずつあるだけで、そこにいるつんとしたブロンドの受付は、傷のない爪にマニキュアをする以外、さしたる仕事もない。ドアの横にある真鍮《しんちゅう》の小さい板だけが、建物の入居者についての情報を伝えているが、それはひそやかすぎて、セラフィンの名前以外何も提供してはいなかった。依頼人——決して客ではない——は、招待され予約をとった者しか来ない。そこで何がおこなわれるのか事前に知らない人間は、来る場所を間違えたということだった。

わたしは中へ入った。ブロンドの受付は一瞬、活気づいて——彼女にしては——興奮に胸を躍らせて目を上げた。しかし誰が来たかわかると、ぼんやりした夢うつつの状態に戻った。彼女がひがな一日何を考えているのかは——何かを考えているとしてだが——わたしには謎だった。

「彼は上ですよ」彼女は毛を抜いた眉を二ミリ上げ、〝上〟がどこであるかを示した。

彼女がデスクの下のボタンを押すと、その後ろのドアがかちっとあいた。そこを通って、小さな絨毯敷きのホールに出ると、今度はダークスーツを着たがっしり体型の男がひとり、アンティークの木の椅子にまっすぐ座っていた。それとわからないようにしているが、彼が武器を持っていることは知っていた。男の左手にあるドアのむこうがセラフィンの内なる聖域、すなわち彼の依頼人たちが楽器を試し弾きする防音の音楽室だった。いつ来てもその部屋にはおそらく数百万ユーロもするヴァイオリンが何挺もあり、それぞれ個別にライトに照らされたガラスケースに陳列されていた。部屋は床が大理石、壁はまるでイギリスの教会の聖歌隊席から持ってきたような手のこんだ彫刻をほどこしたオークの板張りで、音響は完璧だった。ヴァイオリンは一度に一挺しか試し弾きされず、どこかの公爵の従僕のように白い手袋をはめた係員によって、ガラスケースから運んでこられる——セラフィンの抜け目ない性格を物語る、みごとな演出だ。素手で扱っても楽器には何の違いもないのだが、こうすれば客に、彼らの試し弾きしようとしているものが、たとえがらくたのような古ぼけた楽器でも――そしてセラフィンはそういったものを少なくない数売るのだが、適正な値段をつけたことは一度もない――デリケートで非常に貴重なものであると念押しできるからだった。ヴァイオリン売買の世界では――部外者が思っているよりはるかに――見てくれがすべてなのである。

わたしは階段をのぼった。てっぺんまで近づいたとき、セラフィンのオフィスで声がはりあげられるのが聞こえた。踊り場で足を止め、耳をすました。声の主のひとりがセラフィンなのはわかったが、もうひとりの声は聞きおぼえがない。何を言っているのか正確にはわからなかった、セラフィンのオフィスには分厚い強化ドアがついているのだ。しかしどちらの口調も疑いようもなく激昂しており、イタリア語ではなく英語で話していた。わたしはドアをノックした。オフィスの中がふっと静かになり、やがてセラフィンが答えた。「どうぞ」

わたしは中へ入った。セラフィンはいつもの巨大なマホガニーのデスクのむこうに座っていた。オフィスの反対側――可能なかぎりセラフィンから遠い場所――には、男がひとり立っていた。背が高くやせており、冷たい青い目をして、砂色の髪は前のほうが後退していたが、後ろのほうは白いリネンのジャケットの衿にカールしてかかるほどの長さがあった。見たところでは三十代。本来の肌は青白く、しょうが色のそばかすが散っていたが、いまは怒りで紅潮していた。これまで会ったことのない男だったが、服装や外見、聞こえてきた会話の断片から、イギリス人だとわかった。

「ジャンニ！」セラフィンはいらだっているようで、そんな姿を見るのは珍しかった。

「約束していたんだが」わたしは言った。

「ああ、そうだった、もちろん。われわれは約束していたな」

セラフィンが砂色の髪の男に目をやると、相手はものすごい勢いでドアへ歩きだし、わたしは殴り倒されるのではないかと思ってあわてて横へどいた。

「また連絡する」男はぶっきらぼうに英語でセラフィンに言ったが、約束というより脅迫の口調で、それからぷいと顔をそむけて部屋を出ていった。

わたしは彼の後ろでドアを閉めた。セラフィンを振り返ったときには、彼はもういつもの落ち着きを取り戻していた。デスクの上にあった陶器のカップからコーヒーを飲んでいる。

「申し訳なかった、邪魔をしてしまったか？」そうきいてみた。

「いや、いや、いいんだ。用事は終わっていたから」

セラフィンは口元をナプキンで押え、きれいに揃えられた顎ひげを指で撫でつけた。彼にはひどく女性的なところがあった——長くて先のほうが細い、マニキュアをした指、しぐさ、やわらかそうで肉のついた食べすぎの顎。

「ヴァイオリンはあそこにある」彼はそう言って、頭を傾けてみせた。

わたしはサイドテーブルのところに行ってケースをあけ、中の楽器を取り出して光にあてた。むろん、それが何かはわかっていた——以前にも扱ったことがあったのだ——それでも、女たらしが次の征服相手を値踏みするように、カーブに、表板に、胴のくびれに目を走らせながら、期待で震えるのを感じた。ヴァイオリン作りを始めてから、もう半世紀がすぎたというのに、いまだにヴァイオリンの何がこんなにも強い気持ちをかきたてるのだろう――わたしは自分の感じているものが何なのか見定めようとした。これをわがものにしたい、自分の所有というしるしをつけたいという欲望なのか？　賞賛なのか？　誰かがわたしのなしとげたよりももっと偉大で、もっと腕がいいための羨望なのか？　あるいはもっと高貴な感情だろうか？　この美しく精巧に作られた木片の中に、そのパーツの足し算を超える何かがあるために、それがわたしをぞくぞくさせるのか？　これは単なる松材と楓材《かえでざい》と膠《にかわ》だけではなかった、職人によって命を、それ自体の魂を与えられたものなのだ。

わたしは中のラベルを見たい気持ちを抑えられなかった。〝クレモナのアントニオ・スト《アントニウス・ストラディヴァリウス・クレモネンシス・ファ》ラディヴァリが一七〇四年に製作《チエバット・アンノ・ミッレ・セプティンジエンティ・クアトゥオール》〟彼女は三百歳で、その年齢が少々あらわれてきてはいるが、それでも堂々たる老貴婦人だった。窓のほうへ傾けると、濃いオレンジレッドのニスに光があたり、液体になった夕日のように輝いた。松板の木目がすべて見てとれ、ストラディヴァリの両手がその曲線をなめらかにしているところが思い浮かんだ。しかし表板の左側、ちょうどf字孔のすぐ上に、ストラディヴァリにはおぼえがなかったであろう割れがあった。

「どうしたんだ？」わたしはきいた。

セラフィンはコーヒーカップを横へやった。もう一度口元を押え、それからナプキンをたたんでカップの横にきちんと置いた。

「事故だよ」彼はある有名なヴァイオリニストで、イタリアでも一流の弦楽四重奏団のリーダーの名を挙げた。「彼はそれをケースに入れて、椅子の横の床に置いた」

「それで?」

「ヴァイオリンがそこにあることを忘れて踏んでしまったんだ」

踏んだ! わたしは軽蔑の念を抑えるのがやっとだった。その人物はストラディヴァリのヴァイオリン、すなわち二百万ユーロの価値はあろうという、三世紀のあいだ無傷で生き延びてきたヴァイオリンを所有していたのだ。なのにそれを踏んづけたとは。

「運が悪かったね」小さな声で言ったが、頭の中ではもっと荒々しい叫びが炸裂していた。

「まったくだ」セラフィンはおだやかに言った。「彼はひどく心配していて、できるだけ早く直してほしいと望んでいる」

「それはそうだろう」

いつもポケットに入れている宝石商用のルーペで、その割れをもっとよく見てみた。割れ目はとてもきれいで、両側の木もそれほどひどく破損してはいないようだった。

「どれくらい早くできる?」セラフィンがきいた。「彼はもう一挺持っているんだが――ベルゴンツィをね――だが来月末にニューヨークで大事なコンサートがあるので、そのときまでにストラディヴァリを戻してもらいたいそうだ」

セラフィンの依頼人は上流のサークルの中を動いている。彼の商売相手はコンサートヴァイオリニスト、室内楽団のメンバー、オーケストラのコンサートマスター、それに金持ちのコレクターたちで、セラフィンは彼らのために世界じゅうのオークションに出ている。ただ、小さなルイージの習いはじめにハーフサイズの中国製輸入ヴァイオリンがほしい場合、セラフィンはその客にはまったく不向きな相手だ。彼はヴァイオリンについて多くのことを知っているが、弾き方も知らなければ、製作や修理の方法も知らない――彼のためにそのすべてを請け負うのはわたしである。作業はわたしがやり、彼が金を受け取る、というやり方なのだ。しかしそれは、長い長い年月にわたってわれわれがうまく保ってきた、おたがいに都合のいい取り決めだった。弦楽器職人なら皆そうであるように、わたしも副業として少しばかりの売買はする。セラフィンのようなサロンを持ち、ここのように飾りたてることもできるだろうが、そういうものには退屈してしまうだろう。スーツを着て、長椅子《シェーズ・ローン》を買い、壁にアートを飾らなければならないだろうけれど、そんな面倒なことには耐えられない。自分の工房にひとりでいるのが好きなのだ。わたしは職人であって、ビジネスマンではない。

「そのときまでには直せるよ」

ヴァイオリンをケースに戻したとき、目の端で何かが動くのを感じた。頭を振り向けた。セラフィンの愛人、マッダレーナがオフィスの奥の小さなアパートメントのドアから入ってきた。セラフィンには妻がいるが、ミラノにはめったに来ない。マジョーレ湖のそばにある田舎用の館に住んでいて、夫の愛情を、次から次へととぎれることのないもっと洗練された都会の女面《ハルピュ》鳥《イア》たちと分け合うことを余儀なくされている、さびしく見捨てられた人だった。マッダレーナは仕事を持たず、グラマーで、美人なのは否定しようもないが、不思議なほどセクシーさに欠けていた。とはいえ、われながらなぜ〝不思議なほど〟などと言っているのかわからない、別に不思議なことなど何もないからだ。これまでわたしが女性についてわかったことがひとつあるとしたら、彼女たちのもっとも心惹かれるところが、もっともセクシーなところであることはめったにない、ということだ。マッダレーナはいつも非常に落ち着いていて尊大なので、彼女が身を焦がすような情熱の混乱に溺れるところなど想像できなかった。しかしすぐに、彼女はセラフィンのベッドというより、腕につける飾りなのだろうと思った。

「もう帰るわ」彼女はわたしの存在になどほとんど目を留めずに言った。彼女の興味を惹くには年寄りすぎ、金がなさすぎる。わたしは背景で動いている召使にすぎないのだ。

「わかったよ、ダーリン」セラフィンは答えた。「昼食に会えるかい？」

「今日はだめ。テレーザに会うの。女のおしゃべりってやつよ」

マッダレーナはかがんでセラフィンのキスを受けた——ただし頰だけで、化粧が崩れるのを避けていた。

「それじゃあとで、ダーリン」セラフィンはそう言い、オフィスを出ていく彼女が骨ばった尻を振るのを見送った。

わたしは腰をおろし、わたしたちは今回の仕事に対するこちらの報酬の交渉をした。セラフィンは交渉が大好きだ。裕福な依頼人には魅力的に映る洗練された外見、人あたりがよく、ほんの少しきざな上品さという光沢を身につけているが、そのすべての下ではただの、安く買って高く売る商売人なのだ。ヴァイオリンの売買という狭い世界で、彼は自分の母親でさえ、ただ売るのではなく入札にかけるだろうという評判を得ている。

「クレモナで騒ぎがあったそうだな」金の話がまとまると、彼は言った。

わたしはきょとんとした。

「殺人事件だよ」セラフィンは説明した。「名前は何と言ったかな、トマソ・ライナルディだったか？　きみは何か知っているのか？」

彼の口調はさりげなく、無関心に近かった。わたしはすぐさま警戒した。

「どうしてわたしが知っているんだ？」用心深く答えた。

「さあ、どうかな。きみは同じ土地に住んでいる。殺されたのは弦楽器職人だった。わたしはその人物のことは聞いたことがないが、きみなら知り合いだったんじゃないか」

「ああ、知っていたよ」そう答えるにとどめた。事件について知っていることをセラフィンに話す気はなかった。わたしたちの関係はビジネスにかぎられていた。「どうして興味があるんだ？」

セラフィンは肩をすくめた。「別にない。ただ珍しいだろう？　クレモナで殺人事件なんて」

彼は目をそらし、わたしたちはしばらく別のことをおしゃべりした。

「ストラディヴァリのことは状況を知らせてくれ、ジャンニ」別れるときに彼は言った。「問題があれば、すぐに知らせてほしい」

「ないと思うよ」わたしは答えた。

家に帰るともう夕暮れどきになっていた。少し食べ物を口に入れ、そのあとあずかったストラディヴァリを工房へ持っていった。わたしの工房は家の裏手の庭にあるが、屋根裏にも日光の入るニス塗り部屋があり、そこでは楽器の仕上げをして、乾燥のために吊るしておく。ストラディヴァリもサン・ドメニコ広場《ピアッツァ・サン・ドメニコ》にあった自宅に同じような部屋を持っていたので、わたしは彼のニスの輝きのいくらかは、木材がイタリアの日光を吸いこんだおかげだと思っている。ヴァイオリンはよその土地でも作られるし、中には非常にいい出来のものもあるが、最高のものがすべて、暖かいが暖かすぎない北イタリアの牧草地から生まれたのは偶然ではないのだ。

　裏板を下にしてヴァイオリンを作業台に置き、自分を落ち着けた。これまでもストラディヴァリを、それにグァルネリもアマティも、ほかのほとんどの名匠たちのものを修理してきたが、自分がそうした楽器を扱う特権に恵まれたという気持ち、名匠たちの創造物を引き受けて、このつたない両手で作業をほどこす名誉を与えられたという気持ちを失ったことはない。

　しばらく楽器をじっくり見て、すべてのパーツをていねいに調べ、ほかに見すごしたダメージがないことをたしかめた。それから割れの部分に集中した。最初にするのは表板を、これ以上割れを広げないようにそっとはずすことだった。注射器をとって少量のアルコールを、アルコールに溶けるニスの部分に広がらないよう注意しながら、表板と横板のあいだの継ぎ目に注入する。アルコールは膠を脱水して、粘着力を失わせるのだ。それから薄いナイフの刃を表板の下にさしこみ、力をかけながら、別のもっと小さなくさび形の刃をじょじょに横板の上に入れていく。楽器の周囲にその作業をほどこしながら、表板をはずした。

　ヴァイオリンの中を見ると、二枚仕立ての楓材の裏板、横板、ライニング（横板の内側に張る補強板）、ブロック（胴の内部につける補強材）がストラディヴァリの残したままになっているのがわかった。ブロックの表面についた締め具の跡まで見てとれる。この楽器をあけたのはわたしが最初ではなかった。この時期のヴァイオリンすべてと同様、ネックと指板と力木《バスバー》は取り替えられていた――おそらく十九世紀初頭だろう――ストラディヴァリ時代の後に音域のピッチが広げられて弦の張りが強くなったのを受けるため、ネックは長くされ、下向きの角度がつけられていた。しかしいまわたしが見ているものを見た人間は、おそらくほかに二人だけで、そのひとりはストラディヴァリその人なのだった。

しばらくは時間をかけて、名工の比類なき技の成果に見入っていた。ネックと力木《バスバー》に加えられた変更と、弦がガット（羊の腸）から、ガットに金属を巻いたものに変わった以外、現在のヴァイオリンはストラディヴァリが生きていた頃とまったく同じである。多くの人間が試みてきたが、ヴァイオリンは審美的にも、そして音楽的にもこれ以上改良の余地がないのだ。いまあるままの姿で完璧なのである。

楽器の胴体から目を離して、表板に注意を向けた。ルーペで割れをもう一度念入りに、今度は表板の内側から見てみた。木が割れているだけでなく、板がわずかにつぶれていて、割れ目の両側が平行ではなかった。割れを接着して、そのうえで表板のカーブも復元しなければならないようだ――板の石膏型を作り、そのあとその板を型に入れて、熱した砂袋をのせて圧力をかけなければならないという時間のかかる作業になる。デリケートな仕事のため、こんなに遅い時間ではそれだけの集中力をかき集められそうになかったので、ストラディヴァリを耐火金庫にしまって鍵をかけ、早めにベッドに入った。たっぷり眠る必要があった。翌日は孫たちが泊まりにくることになっていた。

　孫は三人いる。パオロ、十一歳。カーラ、九歳。それから一家の末っ子のピエトロ、六歳。車でほんの二時間のマントヴァ東部に住んでいるので、日帰りではたびたび会っている。しかし年に一度、三人をわが家に泊めることにしていた。娘のフランチェスカとその夫が土曜の朝に子どもたちをわたしにあずけ、日曜の午後まで二人でどこかへ行くのだ――たぶん湖のどれかか、あるいはミラノでショッピングをしたあと夜は劇場に行って、いいホテルに泊まり、二人だけの時間を持つのだろう。

　一家は早い時間にやってきて、ひと月ぶんもありそうな荷物を降ろした。フランチェスカはいつものように、子どもたち相手に大騒ぎを始め、彼らから離れたいという思いと、ひと晩でも子どもたちを置いていくことに対する、母親として当然の心配のあいだで引き裂かれていた。「おじいちゃんの言うことをよく聞くのよ」娘は言った。「あんまりうるさくしないで、ちゃんと食事をして、朝は早起きしすぎないこと」

　子どもたちはぐるりと目をまわして、そわそわと足を動かした。「はい、はい、ママ。またあしたね」

　フランチェスカの夫は車のそばで待っており、高価なサングラスで表情が読めなかった。運転席側のドアをあけていて、早く出発したくてじりじりしている。しかしフランチェスカには果たすべき最後の義務があった。彼女はわたしに一枚の紙を渡した。

「これがやることとやっちゃいけないことのリスト」と言った。「子どもたちが食べていいもの、それぞれがベッドに入らなきゃいけない時間。わかってるわよね」

わたしはうなずいた。彼女は毎回、指示のリストをよこすのだ。しかし彼女が出かけてしまうと、わたしが最初にやるのはそれをくずかごにほうりこむことである。子どもというのは、親が自分たちを育てたこと、だから子育てについてはよくわかっていることをいつも忘れてしまうものだ。あるいは忘れてはいないものの、単に自分たちのやり方で違うふうにやりたいだけかもしれない。

フランチェスカはわたしと子どもたちにキスし、わたしたちは手を振って二人を見送った。とたんに子どもたちは、しばし枷《かせ》から解放されて庭へ走っていき、わたしがもう一度彼らを目にしたのは一時間後、三人が体をほてらせて汗をかき、飲み物とビスケットをちょうだいと家に入ってきたときだった。

正午にさしかかる頃に電話がかかってきた。グァスタフェステだった。

「今日の予定はどうなっています？」

「孫たちが来ているんだよ」わたしはそう説明した。「これから泳ぎとピクニックに連れていくんだ。どうして？」

「話がしたかったんです。トマソのことで」

「なら一緒においで。みんなでピクニックをしよう」

「ピクニックをしている時間なんてないですよ」

「今日は土曜日だよ、アントニオ。ランチ休憩くらいとってもいいんじゃないか？　もう少し体を大事にしなきゃいけない。もっとよく眠って、きちんと食事をして。きみが体を壊したって、今度の事件が早く解決するわけじゃあるまい」

彼は乾いた短い笑い声をあげた。「心配しすぎですよ、ジャンニ」

「本気だよ」わたしは言った。「行き先はわかってるだろう。森のそばの池だ。正午すぎに。待っているから」

「それじゃ行きます」グァスタフェステは答えた。


わたしたちが向かった池は、クレモナから数キロの川っぷちにあった。ポー川ではない。ポー川は世界でもっとも魅力ある川というにはほど遠いし――もしヨハン・シュトラウスがイタリア人だったら、『美しく青きポー』を書いたかどうか怪しいものである――もっと細い支流のひとつで、まだほとんど工場排水が流れこんでいなかった。

土手にラグを敷き、子どもたちは服を脱いで池に飛びこんだ。フランチェスカはわたしが子どもたちをここへ連れてくるのが気に入らず、ここは安全ではなく不衛生だと思っているが、わたしは知らん顔をしていた。彼女は大人になるまでのあいだ、わたしが言ったありとあらゆることに耳を貸さなかったのだ。とりわけ、反抗的な十代のときは。今度はこっちが無視してやる番だ。

子どもたちが水から出て土手にあがり、太陽をあびて体を乾かし、パンとチーズとうちの庭でとれたトマトを食べていたとき、グァスタフェステが肩にむぞうさにジャケットをかけ、木木の中からあらわれた。そしてわたしの隣でラグに座ると、ネクタイをゆるめた。

「何か食べるかい？」と、きいてみた。

「俺のぶんもあるんですか？」

「もちろんあるさ」

厚く切ったパンとチーズを紙皿にのせて渡した。彼はパンをちぎってゆっくり嚙み、池を見まわした。

「最後にここに来てからずいぶんになるなあ」と言った。「よくここへ連れてきてくれたのをおぼえてます？　ほとんど変わってない」

グァスタフェステはわたしの長男、ドメニコと同い年で、ドメニコはこの十年はローマに住んで仕事をしているのだが、いまも二人は友人同士だった。アントニオは子どもの頃よくわが家に遊びにきていて、出かけるときもずいぶん一緒だったので、ほとんど家族のようなものだった。実を言うと、彼が成人する前、フランチェスカと憎からず思い合っているような時期があり、わたしは彼が本当の家族になるかもしれないと思ったのだが、結局そうはならなかった。

「ああ、おぼえているよ」

「あの長い夏の日。あなたはよく焚き火をしてくれて、みんなでソーセージを串に刺して焼きましたよね。最後にはいつも炭のかたまりみたいに真っ黒焦げになって。あの味はまだおぼえてますよ」

彼はわたしにほほえんだ。今日はいつもより元気そうで、ひげも剃っており、ぱりっとした白いシャツに青いネクタイをしていたが、目にはまだ疲れがあった。

「おじいちゃん、もういっぺん泳いできてもいい？」カーラがきいた。

「まず食べ物を飲みこんでからだよ」

「森は？　森で遊んできてもいい？」

「いいよ、だが遠くへ行くんじゃないぞ」

子どもたちはラグから立ち上がった。

「おーい、これを持ってきてあげたよ」グァスタフェステはジャケットのポケットを探り、お菓子の包みを三つ出した。それを子どもたちにほうった。

「すぐに食べるんだぞ」

子どもたちは礼を言って森へ走っていった。グァスタフェステは彼らが下生えをくぐっていくのを見守り、やさしい表情を浮かべた。昔から子どもの扱いがうまいのだ。彼と元の奥さんには子どもがなかった。アントニオはその話をしないが、わたしはときおり、彼がそれを後悔してはいないのかと思うことがある。たぶんしていないだろう。彼は子どもが好きだが、ひとりでいるのも、ひとりで過ごす時間も好きだし、子どもがいてはそうはいくまい。彼はラグにあおむけに寝そべって、頭の下で両手を組んだ。

「もっとたびたびここへ来るべきだな」彼は言った。「本当に静かで、本当に平穏だ。警察署《クエストゥーラ》とは大違いですよ」

「うまくいってないのかい？」ときいてみた。

「署長《クエストーレ》は結果をほしがっているんです。本当はきのう出せと言われてました」

「それで、出せそうなのか？」

「いまつかんでいることだけではだめですね」

羽虫がグァスタフェステの鼻へブーンと近づいてきた。彼はけだるそうにそれを追い払った。

わたしは残っていたトマトをとり、かぶりついた。自家栽培のトマトにまさるものはない。

「もう打つ手が尽きかけているんです」グァスタフェステは言った。「一軒一軒聞きこみもしたし、近所の人間全員に話を聞いた。あの夜、何か不審なものを見聞きした人間は皆無。叫び声もなく、来た車も出ていった車もなく、通りをうろついていた見知らぬ人間もいない」彼は体を起こして膝を抱え、川の水面に反射する陽光に目を細めた。「トマソはヴァイオリン職人だった。おだやかで、無害なヴァイオリン職人。そりゃあ、気むずかしくて、わがままで、頑固なところもあったけど、敵を作るような人間じゃなかった。金持ちでも、有名でもなかったし、犯罪にもかかわっていなかった――俺たちの知るかぎりでは。じゃあ何をしたのか、人に殺されるような何を知っていたのか？」

わたしはトマトを食べおえ、汁を指からなめとった。アントニオが先を続けるのを、思っていることを吐き出してしまうのを待った。

「あなたのほうが業界には詳しいでしょう、ジャンニ。トマソがヴァイオリンを、例の〝メシアの姉妹〟を探していたとしたら、どこからとりかかったと思います？」

「答えるのはむずかしいな。何らかの心当たり、手がかりがあったんだろう。ずっと昔に紛失したストラディヴァリの噂は絶えることがないんだ。弦楽器職人なら誰もが、いつの日かどこかで自分が出会うことを望む――夢見るものなんだ。だがそれはありえない」

「ありえない？」

「ストラディヴァリが亡くなってからもう二百五十年以上たっている。彼の手による新たな未発見のヴァイオリンがあらわれる可能性はほぼゼロだよ」

「でもトマソは自分にチャンスがあると思ったんですよ。だいたい、イギリスまで行って、航空チケットやホテルに金を使ったんだから。それなりの理由がなければそんなことはしなかったはずでしょう」

「イギリスのどこに行ったのかはわかっているのか？」

「いま調べてます。きのうもう一度クラーラと話したんです。彼女もトマソが正確にどこへ行ったのかは知らなかった。ただ、ロンドンへ飛んで、三日間家をあけたとだけ」

「彼女はどうしている？」

「沈みきって、泣いてばかりいたけど、おとといよりはましになりましたよ。少し食事もして、睡眠もとれていたし」

「トマソは何か記録を持っていたかい？」そうきいてみた。「ほら、予約証とか、ホテルのコンファメーションレターとか、領収証とか」

「調べてるところです。彼の日誌があったんですよ。それが役に立つかもしれない。実を言うと、それであなたと話がしたかったんです。日誌に書きこみがあったんですよ、この前の月曜に人と会う約束が。ヴェネツィアで」

「ヴェネツィア?」

「エンリーコ・フォルラーニという男と」

わたしはラグのへりに置いてあったミネラルウォーターのボトルをとり、カップについだ。きゅうに口が乾いてしまったような気がしたのだ。

「ヴァイオリンのコレクターらしいんですが」グァスタフェステは続けた。「聞いたことはあります?」

水をひと口飲んでから答えた。「ああ、名前は知っているよ」

「日誌にその男の電話番号があったんです。かけてみました。でもあまり協力的じゃなくて、電話では話せないと断られてしまいました。直接顔を合わせてなら話すと言って。彼と会ったことはありますか?」

「評判を聞いているだけだ。会ったことは一度もないが、彼のヴァイオリンを直したことはあるよ、直接ではなく、セラフィンを通してだが」

「大物コレクターなんですか?」

「そういう噂だ。非常に秘密主義で、自分のコレクションを公開しないんだよ。でも大物だという評判だ、世界でもっとも重要なコレクターのひとりだとね。自由に使える莫大な金を持っていて」

グァスタフェステは頭をまわしてわたしを見た。「俺はその分野のことは全然わからないんです、ジャンニ。同僚たちも同じ。ヴァイオリンのことは何も知らない。だから何か見落としているんじゃないか、何かを見すごしていて、その重要性に気づいていないんじゃないかと心配なんですよ。うちの上司の許可がとれたら、専門家アドバイザーみたいなものとして、協力してくれませんか？」

「トマソは友達だった」わたしは答えた。「役に立てるなら何でもするよ」

「ありがとう」グァスタフェステは川を振り返った。水は静かで澄んでおり、日の光と影でまだら模様になっていた。「誘惑的じゃないですか？」彼は言った。「服を脱いで飛びこみたいな、子どもの頃やったみたいに」

「やればいいじゃないか」

「俺はもう大人ですよ。遊んでちゃいけないんです」

彼は立ち上がると、わたしの肩に軽く触れた。

「子どもたちに、俺からさよならって言っといてください」


夕食のとき、子どもたちはわたしを手伝い、ケバブを作って庭の端の焚き火で焼いた。自分たちの家では絶対にやれないことだ。彼らは街に――三階にあるアパートメントに住んでおり、目にする花は窓辺のプランターのものだけだ。わたしも以前は都会の住人だった。何年ものあいだ、わたしの工房はクレモナの中心にあり、都会のざわめきと騒音にかこまれた横丁にひっそりと存在していた。しかし七年前、車や環境汚染や家の狭さにうんざりしてしまい、田舎へ引っ越した。いまはクレモナからわずか数キロのところにいる——地平線に街のぼんやりしたシルエットが見える——しかしまわりは野原であり、風にそよぐとうもろこしの長い列であり、静けさを破るのは遠くでうなるトラクターと、牧場の犬たちの断続的な吠え声だけだ。

ケバブを串に刺しおわると、パオロとカーラは材木の山から薪《たきぎ》をとりに庭へ出ていったが、ピエトロはぐずぐずとキッチンに残った。ケバブを作っているあいだもひどくおとなしかったので、何かが心にかかっているのだとわかった。

「どうした、ちびくん?」

「おじいちゃん」ピエトロは小さな高い声で言った。「どうしてママとパパは行っちゃったの?」

「ひと晩だけだよ。あしたには戻ってくる」

「でもどうして僕たちは一緒に行っちゃだめだったの?」

「おまえには面白くなくて退屈な、大人の用事をしているんだよ」

「僕たちが一緒じゃいやだったの?」

「そんなことはない。大人はときどき自分たちだけの時間が必要なのさ。去年もママたちはおまえたちをわたしにあずけたが、おまえは気にしていなかったじゃないか」

しかしピエトロはあれからひとつ年を重ね、周囲の状況がよくわかるようになり、仲間はずれにされることに敏感になっているものの、まだそれを兄や姉のように理屈で考えることができないのだった。

「パパとママ、戻ってくる?」

彼がわたしを見上げると、泣いているのがわかった。

「おぅ、ピエトロ」

わたしは野菜を切っていたナイフを置いて、彼を膝にのせて座った。そして頬の涙を指でぬぐってやった。

「もちろん戻ってくるよ」

「ほんとに?」

「ああ、本当だとも。いいことを教えてあげよう、おじいちゃんが長い時間をかけて知ったことだよ。人生に単純な真実は少ないが、世界じゅうどこでも変わりなく、誰にとっても真実であることがひとつある。それはママとパパはおまえを世界の何よりも愛しているということだ。おまえとカーラとパオロを。そしてこれからもずっと愛してくれる。おまえが大人になって、家を出て、自分のやり方で世の中を生きていくようになっても、ずっと愛してくれるんだ。本当だよ、わたしは知っているんだ」

ピエトロは洟をすってわたしを見上げた。「じゃあ僕たちを置いていったんじゃないの?」

「違うよ、お馬鹿さん。あしたの午後にはおまえたちを迎えにくるさ。それまで待てるな?」

「がんばる」

「いい子だ。さあ、火を起こすのを手伝ってくれ」

わたしたちは野菜畑の端で大きな焚き火をし、やがて火がおさまって薪が赤く光るまで待ってから、ケバブをローストしはじめた。串にはぶあついラム肉と赤ピーマンと玉葱を刺しておいた。それをパンとじゃがいもと新鮮なインゲン豆と一緒に食べ、そのあとで熟れた桃を食べた。やがて夜になると、みんなで残り火をかこんで座り、ぞっとするような幽霊話をしてやると、ピエトロはわたしにぴったりと体をつけ、ぶるぶる震えながらもっと話してとせがんだ。

しかしあとになって、ようやく三人をベッドに入れたとき、三人とも怖がって眠れないのでしまったと思った。ピエトロのそばに座り、頭を撫でてやりながら落ち着くように低い声で話しているうちに、やっと彼も眠りに落ちた。わたしはそのあともしばらくそこにいて、フランチェスカと彼女の二人の兄弟がまだ小さかった頃、ときおり彼らが眠っているのを座って見ていたことを思い出した。まるでほんの少し前のことのようだった。

桜の木陰で椅子に座ってうとうとしていたとき、フランチェスカと夫が戻ってきた。

「パパ」フランチェスカはわたしをやさしく揺すった。

「ああ、お帰り」わたしはもぐもぐと言い、目をこすって体を伸ばした。

フランチェスカは庭を見まわした。「子どもたちはどこにいるの？　家の中？」

「どこかにいるよ」曖昧に答えた。

「知らないってこと？」

「野原を探検しにいった」

フランチェスカはわたしをにらみつけた。「子どもたちだけで行かせたの？」

「遠くへは行かないよう言っておいたよ」

「パパ、どうしてそんなに無責任なの？　誘拐されたかもしれないじゃない」

「あの三人を誘拐しようなんてやつはいないよ、そんな度胸があるものか」

「笑いごとじゃないわよ。世の中には変質者や頭のおかしい人がいっぱいいいるんだから。何があったっておかしくないわ」

フランチェスカは足音もいさましく庭を歩いていき、そのあとに夫が続き、端のところで野原に消えた。二十分後、彼らはしゅんとした子どもたち三人を連れて戻ってきた。子どもたちの恰好は乱れ、服も顔も泥だらけだった。三人とも木の枝を持っている。わたしですら、ずいぶんと汚れたものだと認めざるをえなかった。

「中へ行って体を洗ってきなさい」フランチェスカは子どもたちがわたしのところまで来ると、そう命令した。

「えー、しなきゃだめ？」パオロが言った。

「早く」

「うさぎを見たのよ」カーラが自慢げにわたしに言った。「草を食べてた。こんなに大きかったんだから」両手を広げて教えてみせた。

「うちに帰る前に、もういっぺん泳ぎにいってもいい、おじいちゃん？」ピエトロがきいた。

フランチェスカの鋼鉄のような視線が向けられるのを感じて、わたしは目をそらした。彼女は子どもたちが家に入るのを待ってから、火ぶたを切った。

「泳ぎって？　どうやってあの子たちを泳ぎに連れていったの？　水着は置いていかなかったわよ」

「水遊びをしにいっただけだよ」

「水遊び！　パパ、川へ連れていったんじゃないでしょうね？　あの不潔な、細菌だらけの池に？」

「不潔なものか」わたしは反論した。「池は全然問題ないんだ。おまえたちが小さい頃はよく連れていったが、誰もどうもならなかったじゃないか」

「いまは話が違うでしょう。汚染はひどくなっているのよ。あの池はバクテリアでいっぱいよ」

「それのどこが悪いんだ？　いまの子どもたちはバクテリアに触れなすぎるんだよ。体が丈夫になるし、抵抗力もつく」

フランチェスカは唇を結んだが、それ以上議論しようとはしなかった。一家が帰宅したとたん、娘が子どもたちを消毒石鹸で洗い、体温を測るだろうとわかった。

彼らが帰ってしまうと変な感じがした。わたしの最初の反応は安堵だった――幼い子どもたちの作りだす騒がしさ、やむことのない疲れる活発さ。しかしひと息ついたあとは、彼らがそばにいないのが寂しくなりはじめた。孤独と寂しさの感覚が前より強くなったような気がして、わたしは憂鬱な気分に圧倒されそうになったときにいつもすることをした。つまり、工房に入って、ハイフェッツ（ロシア帝国ヴィリナ出身の名ヴァイオリニスト。完璧なテクニックと情緒にとらわれすぎない演奏が特徴。一九〇一―八七）の昔のLPをレコードプレイヤーにのせ、自分の仕事に、木を削るという心静まるセラピーに専念したのだった。

外がほぼ暗くなった頃、電話が鳴った。作業台のそばの内線をとると、グァスタフェステの声が聞こえてきた。

「問題は全部片づきました」と彼は言った。「あしたから二日間の予定はどうなっていますか？」

「仕事だけだよ、いつもと同じように」

「いそぎのものは？」

「とくにないが。どうして？」

「一泊旅行の支度をしてください」グァスタフェステは言った。「朝になったら二人でヴェネツィアに行きますよ」

4

午後遅くにヴェネツィアに着いた。最後に来てから何年もたっていたが、ヴェネツィアはほとんど変わることのないところで、変わるときもその変化はほとんどわからないくらいだ。駅を出て大運河《カナル・グランデ》を前にすると、それまで何回訪れていようと、その感動は人の心を浮き立たせ、圧倒せずにはおかない。そしてにおいも変わらなかった——潮の香りにまじって、よどんだ水、鼻をつく汚水、モーターボートのディーゼル排気のにおいがかすかにした。
わたしたちの泊まるホテル——グァスタフェステが事前に予約しておいてくれたフェニーチェ・テアトロ・ラ・フェニーチェ
歌劇場の近くの小さなペンスィオーネ（食事付きの宿）——まで歩く道中は、観光客と犬の糞だらけという、いつもながらのヴェネツィア式障害物競走だった。荷物を部屋に置き、それからカナル・グランデに引き返して、しばしアカデミア橋の上に立った。ヴェネツィアは明暗法の街で、光と影が突然に思いがけなく変化する場所だ。あるときは荒廃してけばけばしくみえるのに、次の瞬間には日の光が変化して美しさがかいまみえ、心臓が鼓動を止めてしまう。橋の上の眺めのいい場所から見ると、カナル・グランデの水面は、ここへ到着したときには茶色で油っぽくみえたのに、いまは玉虫色の絹地のような光沢を放っていた。運河の端にそって丸見えになっている泥の岸は、実際には有毒なヘドロなのに、女性が顔の皺《しわ》に塗る若返りの高価な軟膏にみえた。
エンリーコ・フォルラーニの自宅はカナル・グランデの西岸にある館《パラッツォ》だった。狭い通りと横丁の迷路の中にあるので、たどりつくまでに時間がかかってしまい、そしてようやくその玄関の前で足を止めたときには、あまり宮殿《パラッツォ》のようにはみえなかった。化粧漆喰《しっくい》は壁から大きなかたまりがはがれ落ち、その下の煉瓦積みをさらけだしていた。ドアと窓の塗装は欠け、よろい戸は湿った空気の中で色あせて腐っている。グァスタフェステはインターフォンのベルを何度も鳴らし、そのたびに何秒も押しつづけた。ようやくひとりの男の頭が上の窓にあらわれた。

「何の用だ？」男はつっけんどんに言った。

「フォルラーニ《ドットール・フォルラーニ》さんですか？」

「そうだ。あんたたちは？」

「アントニオ・グァスタフェステ、クレモナ警察の者です。お会いする約束をしていました、お忘れでなければ」

頭が引っこんで、しばらくすると錠とボルトのはずされる音が聞こえた。正面のドアがチェーンをつけたままあいた。暗い、疑わしげな目が隙間からのぞいた。

「何か身分証を見せてくれ」

グァスタフェステが警察の身分証カードを出すと、しなびた鉤爪のような手がさっとそれを引ったくり、じきに返した。ドアがバタンと閉じ、中でチェーンをはずす音がした。フォルラーニはドアをあけなおしたが、前より少し広くあけただけだった。彼は手招きし、わたしたちがその隙間からぎこちなく体をねじこむと、わたしたちを片側に押しやって、すぐ後ろでドアに錠とボルトをかけた。

最初に気がついたのはツンとくるにおいだった。ヴェネツィアではどこでも湿っぽいにおいがするが、ここではとくにそれが顕著で、腐った野菜の不快な臭気と、もっと甘ったるく人間っぽいにおいによってさらにひどくなっており、それはフォルラーニ本人から発しているのがわかった。わたしの右側では、短い石の階段が建物の開けた地下へつながっていて、そこが運河ぞいにある大半の建物と同じように、この館《パラッツォ》の水上の入口兼船着場になっていた。錬鉄のゲートのむこうにカナル・グランデが見え、地下の壁を水が打つのが見え、その音が聞こえた。ここの薄暗い光の中でも、水面にごみが浮かんでいるのはわかった。ぶあつく積もった生ごみや、長年にわたって捨てられ、潮の動きによって流されなかったがらくただ。ぱたぱたという足音が聞こえるのは鼠だった。

わたしたちはフォルラーニについて階段を上がり、二階へ行った。凝った装飾の板をはめこんだ両開きの扉を抜けると、カナル・グランデを一望する広い部屋へ出た——少なくとも、窓のよろい戸がかたく閉ざされていなかったら、カナルが一望できただろう。よろい戸の隙間から日光のすじがさしこみ、部屋の中の何も敷いていない床と壁を薄く照らした。漆喰は病気の皮膚のようにはがれ落ち、窓の横の長いカーテンは汚れたまま垂れ下がっている。ずたずたのぼろ切れだ。家具は長い木のテーブルと安っぽい木の椅子が二脚あるだけ。テーブルの上には陶器の皿が積み重ねられて散らばり、固まったソースや異臭を放つ肉やひからびたパスタが腐るままほうっておかれていた。

この人物が、会いにきたエンリーコ・フォルラーニだとは信じられなかった。グァスタフェステも疑わしいと思ったのだろう、まず最初にこう尋ねた。「ヴァイオリン収集家のエンリーコ・フォルラーニさんですよね？」

「もちろんそうだ」フォルラーニはいらいらと答えた。「ほかの誰だと思ってるんだ？　さあ、いったい何の用だね？」

彼はすりきれた古いドレッシングガウンを着て、裸足に安っぽいビニールのサンダルをつっかけていた。体からただよってくるにおいがあまりに強烈だったので、わたしはあとずさり、彼から何歩か離れた。

グァスタフェステは部屋を見まわした。「どこかもっと、その、落ち着いて話ができるところはありませんか?」

「ここで何が悪い?」フォルラーニはぴしゃりと言った。

「あなたがよろしければ。まず最初に、会っていただいたことにお礼を言います。あまりお邪魔をしてしまったんでなければいいんですが」

「さっさと要点を言え」フォルラーニは言った。

グァスタフェステは唇を結んだ。「われわれはトマソ・ライナルディという人物の殺人事件を捜査しています。ヴァイオリン職人で、この前の水曜の夜に、クレモナにある自分の工房で死んでいるのを発見されました」

フォルラーニはいらいらと頭を振った。「そんなことはみんな電話で言っていたろう。それがわたしに何の関係があるんだ? クレモナなんぞ、生まれてこのかた行ったこともない」

「ライナルディは殺される二日前、あなたに会いにきていますね。その理由を知りたいんです」

今度はフォルラーニがわたしたちを見つめた。肌は青白く不健康な色をしており、まぶたの垂れた目は悲しげな禿鷹のようだった。わたしは彼の年齢を七十代後半と見積もった。

「あんたたちには関係ないと言ったら?」

「人がひとり殺されているんですよ、ドットール・フォルラーニ」グァスタフェステはおだやかに言った。「あなたなら全面的に協力してくださると信じています」と、フォルラーニに笑いかけた。感じのいい笑みだったが、見間違いようのないかすかな威嚇の棘があった。

フォルラーニが少し離れ、わたしたちを注意深く観察しているのを感じた。ヴェネツィア人は彼らの街と同じく、まだ若くて（ヴェネツィアが現在のヴェネツィア島に移ったのは九世紀）あてにならない。彼らは頑固なこと、計算高くて信用できないことで有名なのだ。

グァスタフェステは少し情報を出した。逃げ口上が返ってくるのはみえみえだったので、それを防ごうとしたのだろう。

「彼がヴァイオリンを探していたことはわかっているんです、〝メシアの姉妹〟と呼んでいたヴァイオリンをね。彼はそのことであなたに会いにきたんですか？」

「そのヴァイオリンと彼の死のあいだに関係があると思っているのか？」フォルラーニは言った。

「いまはあらゆる可能性を調べているんです。あなたは裕福なコレクターでいらっしゃる。彼はあなたの代理でそのヴァイオリンを探していたんですか？」

フォルラーニは答えなかった。わたしたちから表情が見えないように顔をそらした。部屋の中はむっとするほど暑くて息苦しい。わたしは気分が悪くなってきた。

「そうなんですか？」グァスタフェステはもう一度尋ねた。

「もしそうだったら？」フォルラーニは振り向いてわたしたちと向き合った。「その男とわたしだけの問題だろう」

「いまでは違います」グァスタフェステは答えた。「彼はもう死んでしまったんですから」

フォルラーニはよろい戸を閉めた窓へ歩いていき、掛け金をいじった。わたしは彼が窓をあけ、この不快な部屋に多少なりとも風と光を入れてくれるのではないかと思ったが、彼はそうしなかった。そして肩をすくめた。

「〝ル・メシー〟の話は知らんのだろう? あんたみたいな田舎の警官は」

グァスタフェステはその侮辱を聞き流した。「知っています。ここにいる友人が話してくれましたから」

「この人が?」フォルラーニはわたしに視線を向けた。「この人はあんたにそれがどれくらいの値打ちか話したのか?」

「ええ。彼はヴァイオリンにかけてはすぐれた専門家なんです」

「ほう、そうかね?」フォルラーニの唇がゆがんだ。「何であれ、警察に専門家はいないと思っていたがな、むろん、汚職は別だが」

「わたしは警官ではないんです」わたしは言った。「弦楽器職人です」

「弦楽器職人? 名前は?」

「ジョヴァンニ・バティスタ・カスティリョーネ」

フォルラーニは鼻に皺を寄せた。「あんたのことは聞き覚えがある気がする」と認めた。それから目が警戒の色を帯びた。「何であんたがここに来たんだ?」

「捜査を補佐してくれているんです」グァスタフェステが答えた。「わたしの質問に答えてくださるくらいの親切心はおありでしょう、ドットーレ。トマソ・ライナルディはなぜあなたに会いにきたんです？」彼の口調は鋭かった。忍耐心も切れかけていた。

フォルラーニは長いあいだ彼を見ていた。やがてそっけなく、自分の答えなどまったく重要ではないかのように言った。「提案をしてきたんだ。メシアがもうひとつあるのはたしかで、それを見つけてきてくれると言った」

「それで、あなたはそれを信じた？」グァスタフェステがきいた。

「そうだ」

「金を払うつもりだったんですか？」

「当座の費用に少しばかり渡したよ、ああ」

「いくらです？」

「五千ユーロ」

「ずいぶんな金額ですね」

「あんたにはそうかもしれんな。わたしには違う」

「ライナルディとは知り合いだったんですか？　以前に会ったことが？」

「ない。彼がうちの玄関にあらわれるまで、見たこともなかった」

グァスタフェステは疑わしげに老人を見た。「それじゃ、会ったこともない他人が玄関先にやってきて、ヴァイオリンのことを話したので、彼に金をやったというんですか？　それはちょっとありそうにない話ですね、ドットール・フォルラーニ」

「そう思うか？」フォルラーニの声が攻撃的な色を帯びた。「その話にどれだけのものがかかっているかわかっているのか？　そうは思えんな。こっちに来なさい、見せてやろう」

フォルラーニは部屋を出て、サンダルを大理石の床にぺたぺた打ちつけながら歩いていった。わたしたちは彼についてまた階段をのぼり、薄暗い廊下を進んだ。開いたいくつものドアからは、同じように打ち捨てられた部屋や、崩れた天井や積み重なったがれきが見えた。崩壊のにおいがあらゆるところにただよっていた。フォルラーニの歩みはのろく、たびたび立ち止まっては息をついた。廊下の端まで行くと、彼はあるドアをあけ、わたしたちは小さくて家具のない控えの間に入ったが、そこには壁にかかった金属のキャビネットがひとつあるきりだった。目の前には、銀行の金庫室の入口のような、大きな鋼鉄のドアがあった。

フォルラーニはキャビネットの錠をあけ、それから自分の体で指を隠して、キーパッドに一連の開錠番号を打ちこんだ。鋼鉄のドアがかちっとあいて、電子モーターを静かにうならせながら手前へ開いた。

ドアのむこうにはまた部屋があり、三階全体の半分は占めているに違いない広大さだった。窓はひとつもない——光はすべて人工のもので、天井にはめこまれた照明からそそがれていた——だから流れ出してきた冷風で、空調設備があって湿気を制御していることがわかった。フォルラーニの評判は知っていたし、すばらしいコレクションもこれまでにいくつも見ていたが、何であれ、その部屋に入ったとき目にしたものを見る心の準備にはならなかっただろう。周囲の壁すべてと部屋の中央に、それぞれ別の照明がついたガラスケースに入ってちりひとつなく、ずらりとヴァイオリンが陳列されていた。

ふいに息ができなくなり、戸口で立ち止まった。衝撃だったのは楽器の数ではなかった——それでも百挺かそれ以上はあっただろうが——その質の高さだった。ひと目見ただけで、それが本当にほかに類をみないコレクションであり、サラブーエ伯コツィオが集めた——そしてやがて失った——コレクション以来、最高のものかもしれないとわかった。

フォルラーニはわたしをじっと見て、反応をうかがっていた。

「どう思うね？」そうきいてきた。

「信じられません」

わたしはガラスケースを、光をあびたヴァイオリンたちを、日のさす秋の森のようにオレンジと赤と朽葉《くちば》色に輝くニスを見ていった。

「これでわかったろう？」フォルラーニは言った。「わたしは四十年かけて、このコレクションを築いてきたんだ。四十年だぞ、長い時間だ。ヴァイオリン作りの巨匠たちの楽器はすべて持っている。ストラディヴァリ、グァルネリ一族、偉大な弦楽器職人はひとり残らずだ。そのためにひと財産つぎこんできた」

彼は部屋の奥へ、まるで自分の貴重な所有物たちを抱きしめようとするかのように、両腕を広げて歩いていった。

「このためにライナルディに金をやったんだ。あいつはそのヴァイオリンにかんして勘違いしていたかもしれないし、嘘をついて、わたしをだまそうとしたのかもしれない。だが手に入るものを考えてみるがいい。完璧な、未発見のストラディヴァリだぞ、かの名匠が仕上げた日のままに新しく、誰の手にも触れられていない。一パーセントでも——いや、一パーセントの何分の一かでも——ライナルディが正しくて、それを見つけられる可能性があるのなら、わたしにはじゅうぶんだったんだ。あいつはわたしにそれを手に入れるチャンスをさしだした。そんな機会を棒に振れるコレクターがいるか？」

フォルラーニの目は熱に浮かされた光を帯びた。狂気の一歩手前の強く輝く光だ。わたしは彼を信じた。コレクターには何人も会ってきた。ヴァイオリンを手に入れたいという望みが、欲が、人間をどれほど食いつくし、堕落させるかは見てきていた。

フォルラーニは金持ちで抜け目がなかった。船主業をいとなむ一族の子孫で、その家系は中世にまでさかのぼる。その中世に、ヴェネツィア人は聖地に向けて死にいたる十字軍派遣を担っていた。船客たちのキリスト教徒としての目的に対する彼らの援助は、常に良識と先を見通す思考によって加減されていたのだが、いまやヴェネツィア人の非公式のモットーになりかけているその思考とはこういうものだ——〝どんな条件で？〟フォルラーニは手ごわくて容赦ないが、彼もまた抗いがたいヴェネツィア人的気質の持ち主だった——賭け事が好きなのだ。

わたしは夢心地でその完璧な部屋を、不潔の聖堂の中にある廟《びょう》を歩きまわっていたが、さまざまな感情のカクテルで頭がふらふらした。畏敬、驚き、羨望、賞賛。だが怒りもあった。フォルラーニに向けられた深く強い憤りが。わたしは全世界が共有するべき宝をしまいこんでいる彼を嫌悪した。芸術品を収集する人間に文句があるのではない。芸術品の唯一の目的は見られることだからだ。公共のギャラリーであろうと、コレクターの家の壁であろうと、肝心なのはそれをどれだけの人が楽しめるかということだけだ。しかしヴァイオリンは違う。ヴァイオリンとは演奏され、聴かれるべきものであって、金庫やガラスケースにしまっておくものではない。フォルラーニは自分の所有している楽器を、製作者たちが意図していたように使ってくれるはずの、才能はあっても貧しい演奏家たちや、若い音楽家たちに貸し出すこともできるのに、自分だけがながめられるようしまいこむほうを選んでいた。

部屋の中には少なくとも十挺のストラディヴァリがあるのがわかった。どうしてこのうえまだほしいのだろう？　何が彼の、弾かれることのないヴァイオリンをもっと手に入れたいという欲望を駆り立てているのだろう？　彼がヴァイオリニストでないことは知っていた。本物の音楽家なら絶対に、こんなふうに楽器をガラスケースに入れたりはしない。

フォルラーニはわたしを見ていた。「あんたがどれくらい詳しいのか試してみようじゃないか？　警察の〝専門家〟とやらが。挑戦を受けてみるか？」

「何をさせようというんです？」

「わたしのヴァイオリンがどういうものなのかあててみるんだ。中のラベルを見ないで」

わたしは侮蔑に鼻を鳴らしたいのを抑えた。こんなことを言うのは素人だけだった。料金ぶんの働きをするヴァイオリン専門家なら、ラベルをあてにしたりはしない。偽造されたものや、貼り替えられたものが多すぎるからだ。まず最初は外側から楽器を評価し、形、雰囲気、ニスの色とつや、f字孔と渦巻きのカットをじっくり見て、製作者の特徴を探す。それは強盗の現場に残された不注意な泥棒の指紋のように、確実に、そして専門家の目にはきわめてはっきりと存在するものなのだ。そこではじめてラベルに目を向ける。それがあればの話だが。それは彼の評価を裏づけるかもしれない。しかしそうでない場合、わたしはいつも自分の判断を第一に信じる——ラベルはおそらく偽造だろうと。

「どれから始めますか？」わたしは言った。

「これをやってみろ」フォルラーニは横の壁のそばにあるガラスケースをさした。

わたしはケースに近づいて中のヴァイオリンを見てみた。それが何かは即座にわかった。

「マッジーニですね」

「根拠は？」

自分をひけらかすこんな機会をさしだされて、抵抗できる者がいるだろうか？

「いくつかあります」わたしは答えた。「まずはニス。あの濃い金色がかったオレンジ色。それから胴のアーチが端に向かって非常にたっぷりしていること、胴のくびれが、そうですね、同時期に製作されたアマティの楽器よりももっと控えめであること。f字孔にマッジーニの特徴である小さな丸と羽根があり、それに、もちろん、彼のトレードマークである二重の縁線もありますね、これは——ヴァイオリン職人なら誰でも知っているように——彼が仕事の義務以上に心血をそそいでいたことを示しています」

ケースの後ろ側へまわった。そのヴァイオリンは裏板が楓材《かえでざい》の一枚板で、板目に挽かれ、木目の模様が蛇の頭に似ていた。もっと近づいて見てみた。「手にとってみないとはっきりとは言えませんが、この距離からだと、縁線の白い部分がイチジクの樹皮のように見えますね。イチジクの樹皮を縁線に使った名工は、マッジーニ、それに彼の師のガスパロ・ダ・サロだけです。クレモナとヴェネツィアの職人は白い部分にはポプラ材を使っていましたし、例外のルジエリはナポリやトスカーナの弦楽器職人のように、橅《ぶな》が好みでした」

フォルラーニは唇をすぼめた。「なかなかいいな。時期は？」

わたしは彼を一瞥《いちべつ》した。「勘弁してください、ドットーレ、もっとうまい質問をしてくれないと。マッジーニが楽器の日付の記録を残さなかったのは誰でも知っていますよ」

フォルラーニはふんと言った。第一ラウンドはわたしの勝ちだった。

「よろしい、これはどうだ？」

「アマティです」

「どの？」

「ニコロ」

わたしはそのヴァイオリンをじっくり見た。アマティの楽器はストラディヴァリやグァルネリのようなパワーに欠けるため、現代のソリストたちには好まれなくなってしまったが、すばらしく巧みに作られており、音の甘美さは類がない。ニコロは三代目で、一族の中では最高の職人だった。彼がヴァイオリン製作の技に及ぼした影響ははかりしれず、それは単に彼自身の楽器によるだけではなく、彼が教えた弟子たち――アンドレーア・グァルネリ、ジョヴァンニ・バティスタ・ロジェリ、のちにピアノを発明したバルトロメーオ・クリストフォリ、そしてむろん、アントニオ・ストラディヴァリのおかげでもあった。

「ではこれは?」フォルラーニが尋ねた。

「グァダニーニ。ジョヴァンニ・バティスタ」

「時期を当ててみたらどうだ?」

「一七五九年から一七七一年のあいだでしょう」わたしは答えた。「彼がパルマに住んで仕事をしていた頃です」

「なぜそう思う?」

「f字孔です。彼はその時期、f字孔を表板の上へ上へと刻んでいったので、必然的に、駒の位置を示す刻み目は下へ下へと入れなければなりませんでした」

「なかなかやるな。感心したよ」フォルラーニは言った。「だがこれはどうかな?」

そんなふうにしてわたしたちは部屋の大半をまわっていった。彼はアマティをあと数挺、グァルネリ一族全員のヴァイオリン、ベルゴンツィ、シュタイナー、ガリアーノも複数、それにストラディヴァリを十挺、非常に珍しい〝ポシェット〟、つまりダンス教師用の楽器で、演奏者の上着のポケットに入るように通常より幅が狭くなっているものも含めて、所有していた。そのどれも――フォルラーニはどんどんいらだちをつのらせていったが――わたしは正確に言い当てた。

最後に、ほかのケースとは別に、部屋の中央に置かれたガラスのキャビネットセットのところへ来た。ケースの前には椅子がひとつ寄せられていて、フォルラーニはここに座ってこのヴァイオリンを愛でるのが好きなようだった。

それはたしかにすばらしいヴァイオリンだった。二枚板の裏板は目を奪うばかりの炎のような楓材で、ニスはありとあらゆる赤とオレンジと金色を含んでスペクトラムの中で溶け合わせたような、まばゆい色彩の混合だった。

「グァルネリ・〝デル・ジェス〟」わたしは一瞬の躊躇《ちゆうちよ》もなく答えた。

ジュゼッペ・グァルネリ・〝デル・ジェス〟は、ニコロ・アマティと同じく、名高いヴァイオリン職人一族の中でももっとも才能に恵まれた人物で、ストラディヴァリと並んで、すべての時代を通じてもっとも偉大な弦楽器職人二人のうちのひとりである。人々がグァルネリのヴァイオリンについて畏敬をこめて口にするときは、彼のことを言っているのであり、名前のあとについている〝デル・ジェス〟は、彼が自分のラベルに記していた十字とＩＨＳの文字——ギリシャ語でイエスのこと——から来ている。その職人芸はストラディヴァリのまったき完璧さには劣るが、音色の美しさにおいて、彼の楽器の右に出るものはない。パガニーニ（十八—十九世紀の歴史的な名ヴァイオリニスト。超絶技巧を駆使した華麗な演奏で一世を風靡した）は〝デル・ジェス〟を弾いていた。ハイフェッツも、スターンも、グリュミオーもコーガンもそうだった（スターンは旧ポーランド領、現ウクライナのクレメネツ出身のヴァイオリニスト、一九二〇—二〇〇一。グリュミオーはベルギー出身、一九二一—八六。コーガンはウクライナ出身、一九二四—八二）。もしわたしがコンサートヴァイオリニストで、この世にあるどの楽器を選んでもいいとしたら、グァルネリ・〝デル・ジェス〟を選ぶだろう。

「だが、このグァルネリの特別なところを知っているかね？」フォルラーニがきいた。今度は彼の自慢するときが、すぐれた知識を少しばかりひけらかすときがきたわけだ。

「これはルイ・シュポアのものだったんだ」彼は司祭が聖なる父のことを話すときの敬虔な口調で言った。そしてわたしがその重要さに気づいていないかもしれないと、もう一度その十九世紀の傑出したヴァイオリニスト兼作曲家の名を繰り返した。「ルイ・シュポアだぞ。これはシュポアの失われたグァルネリなんだ」

それまでずっと沈黙を守っていたグァスタフェステが、ガラスケースをもっと近くからのぞいた。

「失われた？」

「一八〇〇年代はじめに紛失してしまったんだよ」わたしは説明した。

「一八〇四年だ、正確には」フォルラーニが言い足し、彼がその話をそっくり語り聞かせるつもりでいるのがわかった。シュポアの盗まれたグァルネリは、〝ル・メシー〟の話と同じく、ヴァイオリンについて学ぶすべての者にとって周知のものだ。しかしわたしはフォルラーニに語らせることにした。彼はわたしたちがこの部屋に入ったときから、この瞬間を待っていたのだから。

「シュポアがチェリストのベネケとドイツで演奏旅行をしていたときだ」と彼は言った。「彼のヴァイオリンは旅のあいだ、トランクに入れて馬車の後部にのせ、ロープで固定してあった。馬車の後ろには窓がなかったので、シュポアはたびたび外へ乗り出しては、トランクがちゃんとあるかどうかたしかめていた。ゲッティンゲンに着いて街の門で停まったとき、警備隊の曹長に、トランクは無事かときくと、曹長は〝トランクって？〟と答えた。シュポアが馬車から飛び出してみると、ロープが切られていた。彼は狩猟ナイフを抜くと来た道を走って戻り、泥棒たちを捜した。だが彼らはすでに夜陰にまぎれてしまっていた。次の日、トランクとからっぽのヴァイオリンケースが街の近くの畑で見つかったが、グァルネリは影も形もなかった。シュポアの生きているあいだには二度と見つからなかった」

「でもあなたが見つけた？」グァスタフェステがきいた。

「直接じゃない。七年前にあるディーラーから買ったんだ。その由来を示す確実な証拠になる手紙や書類もついていた。二百万ドル払ったよ」

　わたしは仰天した。「二百万？」

「驚いたようだな」フォルラーニは言った。「たしかに、かなりの金だった。だが自分のほしいものを手に入れるためなら、必要な金はいくらでも出す用意がある。ここのコレクションはいまならいくらになると思う？」

　彼の目が尽きることのない欲でぎらぎら光り、舌の先が唇にさわり、わたしの答えを期待して舌なめずりした。彼のコレクションの目的はこれだったのだ。フォルラーニにとって、ヴァイオリンは生きている楽器ではなく、単なる美しい物ですらなく、投資の対象だった。彼にとって大事なのはその値打ちだけ。ここで何時間も椅子に座り、自分のヴァイオリンをながめまわしている姿が見えるようだった。黄金を数えているミダス王（ギリシャ神話に登場するフリギアの王で、手に触れるものがすべて黄金に変わった）のようにわびしくむなしい作業だ。

わたしはヴァイオリンの値段を尋ねる相手全員に返す答えを言った。

「払う金のある人間にとってはいくらにでもなるでしょう」

フォルラーニの落胆と不満は一目瞭然だった。

「それしか言えないのかね？」彼は不満げに言った。「どういう答えなんだ、それは？」

「正直な答えですよ。ヴァイオリンは、ほかのすべてのものと同じように、買い手が払おうとするだけの価値しかないんです。そしてその価格は、市場の状況や、提示された値段についてくるもの、ほかにどんな買い手が入手しようとしているかによって変わります」

「だが何百万ドルもの値打ちがある、そうだろう？」フォルラーニは自分の考えを押しつけてきた。

「もちろんです。何百万、何千万ドルでしょうが、それ以上具体的には言えません」

「ドットール・フォルラーニ」グァスタフェステがおだやかに声をかけた。「トマソ・ライナルディに話を戻したいのですが」

「何だって？　ああ、そうか。ライナルディ。死んだ男だな」フォルラーニの視線がわたしたちから離れた。「もったいないことをした」

一瞬、命が失われたことを言っているのかと思った。しかしすぐに彼が実際は何を考えているのかがあきらかになった。

「五千ユーロだぞ、あいつにやったのは。すべて無駄になった。わたしのヴァイオリンはどこにあるんだ？」

「あなたの話では、彼は別のメシアがどこかにあると信じている、と言っていたんでしたね」グァスタフェステは言った。「むろん、その言葉をうのみにしたわけじゃないでしょう。彼が自分の主張を裏づける証拠を何か見せたはずです」

　フォルラーニは色の薄い、濡れたような目でわたしたちをうかがった。彼はみすぼらしくて不潔だったが、だからといって馬鹿ではなかった。ふいに、彼の人となりの核にある、狡猾で計算高い性質がかいまみえた。

「どうしてあんたらに言わなきゃならん？　そうしたらほかの誰かがあれを見つけにいってくれるのか？　わたしのヴァイオリンを」

「殺人事件の捜査で証拠を隠蔽するのは重大犯罪ですよ、ドットーレ」グァスタフェステは言った。「あなたに協力を強制することもできるんです、でもおたがいその手段はとりたくないでしょう。こう考えたらどうです、あなたは年をとっていて、はためにも体調がすぐれているとはいえない。ご自分でそのヴァイオリンを探しにいくつもりはないんでしょう？　ですが、捜査の過程でそれが発見されれば、公開市場に出るかもしれないし、そうなればあなたにも手に入れるチャンスができる」

　それはツボを押えた提案で、フォルラーニの欲深さと利己心にもうったえるものがあった。老人はわたしたちから離れて、しばしシュポアのグァルネリを見ていた。

「あいつは文書を見せたんだ」ようやくそう言った。「何枚かの書類だ——書類のコピーだよ——イギリスで見つけたそうだ」

「コピーをお持ちですよね？」グァスタフェステがきいた。

「いや、あいつが持って帰った」

「それには何が書いてあったんですか？」

「細かいことはおぼえてない。古い手紙だった、ずいぶん古い手紙。イタリアの織物商会と、イギリスにあるその仕入先との通信だ」

「織物商？」グァスタフェステは眉を寄せた。「それがヴァイオリンに何の関係があるんです？」

「その商会はカザーレ・モンフェラートにあった」

グァスタフェステはぽかんと彼を見た。「それで？」

フォルラーニはわたしに目を転じた。「あんたの同僚ならわかるだろう」

「アンセルミ・ディ・ブリアータですか？」と、わたしはきいた。

フォルラーニはうなずき、無言でわたしをほめた。「そのとおり」

「誰です？」グァスタフェステが尋ねた。

「あとでお仲間に説明してもらえ」フォルラーニはいらいらと答えた。

「それで、その手紙だけでライナルディを信用するにはじゅうぶんだったんですね？」

「賭けに出る気になるくらいにはな、ああ。五千ユーロと引き換えにしても、失うものなどないだろう？」

「それだけですか、何枚かの書類だけ？」

「そうだ。わたしに言えるのはそれだけだ」

フォルラーニは部屋の重い鋼鉄のドアへ歩いていき、わたしたちが出るのを待った。不思議な光景だった。サンダルをつっかけた不潔な老人が、値段のつけようもないヴァイオリンのコレクションにかこまれている。彼が電気モーターを稼動させると、わたしたちの後ろで巨大なドアが動いた。ドアはなめらかに元の場所におさまってカチッといい、鍵がかかった。わたしたちは彼について階下へ戻り、玄関へ行った。

「あんたたちは運がよかったぞ」フォルラーニはひとり悦に入ってそう言いながら、チェーンとボルトをはずしてドアをあけた。「わたしのコレクションのようなものを見られて。世界じゅうどこにもこれ以上のものはないからな」

わたしは戸口を抜けて、ドアの外の狭い横丁に出た。グァスタフェステがあとに続こうとしたが、フォルラーニは彼の袖をつかんで引き戻した。

「もしあのヴァイオリンが見つかったら、わたしのものになるべきだ。ほかの誰でもなく。わかったか?」老人はかすれた声でささやいた。「わたしのものに」

「何もお約束はできませんよ」グァスタフェステはそう答え、フォルラーニの執拗な手を振り払った。

「わたしは金持ちだ。あんたにも悪いようにはせん」

グァスタフェステは思わずひるむような軽蔑のまなざしを彼に向けた。

「警官はヴァイオリンじゃないんですよ、ドットーレ。値段のつかないのもいるんです」

わたしたちは夕食の前に一杯やりに、サン・マルコ広場へ行った。観光客は皆そうするのだが、なぜかヴェネツィアで食前酒をやれるのはそこしかない。この街はひどく狭く、オープンスペースは非常に小さくて少ないため、この広場《ピアッツァ》だけが息の詰まるような閉所恐怖からの逃げ場を提供してくれるのである。サン・マルコ広場でだけ、本当に空が見え、そこでのみ、ヴェネツィアの薄暮のえもいわれぬ雰囲気を、大聖堂の尖塔に触れる日の光を、踏み減らされた石に伸びる影を、磨いた薄い真珠母のように七色に変わる小広場《ピアツェッタ》のそばの水をゆっくりとながめることができるのだ。

たしかにそれはロマンティックな眺めであり、ガイドブックもサン・マルコ広場をそのように書いているだろう。だが実際に行ってみると、そこが騒がしい観光客や、無遠慮な物売りや、人ごみを抜けていこうとする頭の上に糞を落とす食べすぎの鳩であふれているのを目にすることになる。

その昔、ヴェネツィア人は野蛮な残虐さで有名だった。広場にあるあのすばらしい黄道十二宮の時計を作った二人の男は、ほかの誰かのために同じものを作れないよう、政府の手によって視力を奪われたとされている。反逆者たちはしばしば頭から生き埋めにされ、彼らの脚は小広場の板から突き出し、ため息の橋（裁判所から牢獄へ移される囚人が渡った）や地下牢での恐ろしい拷問は文明世界を戦慄させた。数世紀のあいだに市民は成熟したが、非人間的な刑罰の伝統は現代的な形をとっていまもサン・マルコ広場で続いている。昔の鉄環による絞首刑でも拷問台でもないが、もっとずっと微妙で容赦ないもの――カフェの楽団として。

広場にはこの邪魔物が三つ、小広場にはさらに二ついて、それぞれがいちばん胸が悪くなるほど甘ったるく、古臭くなろうと競い合っていた。彼らから逃れるのは不可能だ。その騒音は溶け合ってどろどろに混ざり合い、周囲の建物に反響し、四方八方から耳を攻撃してくる。鐘楼のてっぺんから身を投げる以外、唯一の理にかなった行動は、カフェのどれかにテーブルをとって、それによって自分の意識をひとつの楽団だけに絞ることだ。飲み物は腹が立つほど高いし、経営者はずうずうしくも〝音楽〟の提供代を請求するが、半時間かそこらの拷問くらいなら、その後長く健康を害することもなく耐え抜ける。

飲み物を二つ頼み、椅子にくつろいで、広場を歩きまわる人々をながめた。ヴェネツィア人は昔からその暮らしぶりや着道楽で名をはせてきた。この街が共和国だった頃、女性たちがあまりにドレスの豪華さやすばらしさを競い合うので、当局は華美な服装を制限する規制を導入したが、効き目はなかった。まあ、あるわけがないが。

その晩は派手な服を見せびらかしている人間はあまりいなかった。広場で固まっている人々の大半は、薄汚れた服装のバックパッカーや外国のツアーグループだった。わたしはひとりの青年が足を止め、鐘楼の写真を撮るのを見ていた。それなりにみごとな鐘楼ではあるが、クレモナの鐘楼とは比べものにならない――誰でも知っているはずだが――それはヨーロッパでもっとも高い煉瓦建築なのだ。ここの大聖堂もわたしの目には、クレモナの大聖堂にはかなわない。サン・マルコ大聖堂は建築上の驚異だが、あのビザンチン様式のドームや尖塔があると、けばけばしく下品にみえるのだ。マフィアの大物《カーポ》のウェディングケーキのように。

広場の中央でクークー鳴いている鳩の絨毯の中で騒ぎが起きた。誰かが餌をまいたのだ。女性がひとり、写真のためのポーズをとり、彼女の頭と伸ばした両腕全体に、疥癬《かいせん》病みの薄汚れた生き物たちがとまった。わたしは彼女が、休暇旅行の写真をたった一枚撮るために、鳥から恐ろしい病気をうつされる危険を冒していることがわかっているのだろうかと思った。

「それで、フォルラーニをどう思いました？」グァスタフェステがビールを飲みながらきいた。

「彼の頭はまともなんですかね？　あんなごみ溜めに住んでいて、耳元で家が崩れかけているじゃないですか。あのにおいときたら天国まで届いてましたよ、気がつきました？」

「気がつかないわけないだろう」わたしは答えた。「彼は金持ちなんだ。われわれとは違う基準で生きているのさ」

「それじゃ彼がくどくど話していたことは？　あなたが説明してくれるだろうって言っていたことですよ。ほら、手紙です、織物商の」

「カザーレ・モンフェラートか。この前の夜に話しただろう」

「そうでしたっけ？　カザーレ・モンフェラートについて俺が知っているのは、ピエモンテにある町だってことだけですよ。そこがヴァイオリンに何の関係があるんです？」

「カザーレ・モンフェラートにはサラブーエ伯コツィオが住んでいたんだ」

「サラブーエ？」思い出したようだった。「ああ、ストラディヴァリの息子から例のメシアを買ったっていう人物ですね？　ヴァイオリンコレクターの」

わたしはうなずいた。「コツィオはパオロ・ストラディヴァリからメシアを買った。しかし直接買ったわけじゃない。ジョヴァンニ・ミケーレ・アンセルミ・ディ・ブリアータという仲介者を使ったんだ、彼は――パオロ・ストラディヴァリと同じように――織物商だった。アンセルミはいくつもの売買で伯爵の代理人として動き、その中には、のちにコツィオがパオロからストラディヴァリの残した工具をすべて買い取った件もあった」

「工具？」

「そうだ。コツィオはストラディヴァリのヴァイオリンに関心を持っていただけじゃなかった。かの名匠がヴァイオリン作りに使っていたものもすべてほしがった――工具、型紙、石膏型」

「どうして？」

わたしは肩をすくめた。「熱狂的なコレクターだったからね。フォルラーニに似ているよ。コツィオはヴァイオリンを集めたが、フォルラーニとは違って、ひとりながめているだけでは満足しなかった。ヴァイオリンがどういうふうに組み立てられているか調べ、手間のかかる細部まで測った。ヴァイオリンやヴァイオリン製作についての本を書くつもりでいたが、達成することはなかった」

「それでその代理人、つまり織物商ですが、何ていう名前だったかもう一度」

「ジョヴァンニ・ミケーレ・アンセルミ・ディ・ブリアータ」

「トマソがフォルラーニに見せた書類に、その人物のことが書いてあったんですね？」

「そのようだ」

「では、われわれが追うべき線はそれしかないですね。その手紙に何が書いてあったのか、何についての手紙だったのかわからないんだから」

「エンリーコ・フォルラーニを説得して賭けのリスクを冒させるにはじゅうぶんだったということだけだな」

「さぞかし説得力があったんでしょうね。フォルラーニはやたらに金をばらまく人間にはみえませんでしたよ」

「ヴァイオリン以外にはね。彼はひどい暮らしをしているが、もうひとつのメシアを手に入れるためなら、全財産をつぎこむだろうよ」

わたしは五人の楽団のリーダーを見つめた。チコ・マルクス（二十世紀のアメリカのコメディアン、マルクス兄弟のひとり）に尋常でないほどよく似ていた——帽子はないが。演奏の腕は悪くなかった。ビブラートをかけすぎ、これみよがしのグリッサンド（弦に指をすべらせる奏法）が多すぎたが、テクニックはしっかりしていた。彼らはナポリの曲のメドレーを弾きおえるところだった——『帰れソレントへ』や、偽の訛りをつけた『フニクリ・フニクラ』だ。イギリス人は昔から後者を登山鉄道の歌だと思っている（実際には、男性が登山鉄道の中で、好意を持っている女性に告白しようかどうしようか迷っているという内容）。

年配の女性が野外ステージの隣の階段に出てきたところで、演奏が終わった。女性が手を叩き、演奏者たちにキスを投げると、彼らは感謝して優雅に礼をした。わたしは彼女が有名なイタリア人女優だと気づいた。才能よりも、長生きや派手な服装で有名だった。オレンジ系の厚化粧をし、肩には——あたたかい晩だというのに——最後に生き残っていた北米バッファローと思われる毛皮をまとっていた。

「トマソはなぜフォルラーニのところへ行ったんでしょう？」グァスタフェステが言った。「どうしてまずヴァイオリンを見つけ、それからオークションにかけていちばん高値の入札者に売らなかったんですかね？」

「金だよ」わたしは答えた。「トマソの暮らしは知っているだろう。いつもかつかつで、支出が収入をうわまわっていて。彼はもうイギリスに行っていた。それには金がかかったはずだ。その金を払ってくれる人間が必要だったんだよ。まして、探索は不成功に終わるかもしれなかったんだから。フォルラーニにはリスクを冒す余裕があった、トマソにはなかった」

「さっき言った手紙を見つけなきゃなりませんね――犯人がまだ見つけていなければの話ですが」

「それでトマソの工房が家捜しされたと思っているのか？」

「確率は高いでしょう。鍵は例のヴァイオリンですよ、俺にはわかるんです」グァスタフェステはビールを飲み干した。「そのヴァイオリンのにおいをつかまえれば、トマソを殺したやつのにおいもつかめるはずです」


テーブルを離れて小広場を通り、防波堤《モーロ》へ向かった。ゴンドラはそれぞれの係留ポストで上下に揺れており、水が船体に寄せて、ウェリントンブーツで泥の中を進むときのような音をたてた。カナル・グランデの端にあるサンタ・マリア・デッラ・サルーテ教会は、夕日をあびて時間を超越しているようにみえ、カナレット（十七―十八世紀のイタリアの画家）が油絵に描いたときと変わらず魅力的だった。

スキアヴォーニ河岸《リーヴァ・デリ・スキアヴォーニ》にそって歩き、しばらく立ち止まってため息の橋をながめた。眼下のドゥカーレ宮殿の後ろを走る小さな運河では、ゴンドラの長い列がこちらへ近づいてきた。先頭のゴンドラで、アコーディオン奏者と甲高い声のはげたテノールが乗客たちにセレナーデを聞かせていた。ゴンドラ漕ぎは片手をオールにかけ、もう片方の手で携帯電話を耳にあてている。列の最後尾のゴンドラには、日本人の観光客がひとりだけ、ビデオカメラを連れにして座っていた。彼が気の毒で胸がうずいた。ヴェネツィアはひとりでいる場所ではない。

〈ホテル・ダニエリ〉のむこう側で左へ曲がり、横丁に出ると、サン・ザッカーリア広場《カンポ・サン・ザッカーリア》の近くにトラットリアがあった。ヴェネツィアにあるたいていのレストランと同じように、うまくもない、値段の高い観光客むけの店だった。わたしたちはアサリのスパゲティと牛のカツレツを食べて赤のハウスワインをデキャンタ一杯飲み、それからぶらぶら歩いてサン・マルコ広場へ戻った。もう遅い時間だというのにまだたくさんの人がいて、広場を目的もなく歩いたり、楽団がまだサッカリンのようなメドレーを流しているカフェの外のテーブルに座ったりしていた。

わたしはペンスィオーネにいそぐこともないので、立ち止まってそこの雰囲気にひたった。

「俺はちょっと寝ますよ」グァスタフェステが言った。「あなたはそうしたければここに残ってください。また朝に会いましょう」

わたしはゆっくり広場をそぞろ歩いた。端にある屋根のない回廊に明かりがともっていた。商店の表側はウィンドーに並んでいるガラス器や銀器のようにまぶしく光っている。空気が冷えてきた。潟《かた》から風が吹いてきたのを感じた。その風が塵や敷石に散らかったごみを舞い上げる。人々が動きはじめ、カフェテーブルから立ち上がり、ジャケットやプルオーバーを着て、それぞれのホテルへ戻っていった。鳩たちですら、夜のねぐらへ戻って数が減ってきた。

広場の西端にある回廊で、ライトアップされた大聖堂を振り返ったとき、広場を通っていくある人物に目が留まった。五十メートルほど離れたところを、出口のほうへいそぐように歩いている。背が高く、やせていて、白いリネンのジャケットを着ており、ミラノのセラフィンのオフィスで会ったイギリス人だとわかった。まっすぐ前を見て、まわりのものには目もくれず、まるでもっと重要なことに気持ちが集中しているかのようだった。わたしは彼が通りすぎるのを見ていたが、やがて気まぐれをおこした。彼が誰で、ヴェネツィアで何をしているのか知りたくなったのだ。

彼の後ろから歩きだし、あとをついてサン・モイゼ広場を抜け、踏みならされた小道をアカデミア橋へ進んだ。そのあたりは通りももっと静かで、舗道は街灯の気味の悪い緑がかった光をあびていた。イギリス人は一度ならず振り返った。二人とも橋を渡って、カナル・グランデの西側にある暗い横丁へ入ったとき、わたしは首の後ろに奇妙な、何か落ち着かないちくちくする感じをおぼえた。自分も尾行されているという妙な感じがしたのだ。立ち止まってあたりを見まわし、耳をすました。だが何の足音も聞こえず、誰の姿も見えず、後ろに影もなかった。

もう一度前を向いた。イギリス人は消えていた。わたしは通りをいそいだ、不安な気分になっていたのだ——夜のせいで、その気味の悪い雰囲気のせいで、自分がひとりではないという消えない疑いのせいで。

イギリス人は見あたらなかった。横丁を進んでいくと、小さな明かりのない中庭に出た。わたしはふたたび立ち止まった。今度は足音が聞こえた——後ろではなく、前に。いそいでアーチの下を歩いて別の横丁へ出た。前方にイギリス人の白いジャケットがちらりと見え、あとを追った。しばらくすると彼は狭い路地へ曲がった。わたしはこっそりと路地の入口に近づき、彼がとあるドアの前で足を止め、ベルを鳴らすのを見守った。ドアがほんの少し開かれた。青白い顔が一瞬見え、イギリス人は中へ入って見えなくなった。わたしは近くにいたので、ドアが閉まって錠のかかる音が聞こえた。

来た道を戻って、アカデミア橋の上に立ってカナル・グランデを見わたした。ビールの木箱を積んだ平底船が下を通っていき、それから水上タクシーが客を探して流していった。運河から冷たい風が吹いてきて体が震えた。ヴェネツィアにはどこか根本的に信用できないところがある。気まぐれで謎めいた愛人のようで、忠実さに信用がおけない。いつかもっと金持ちの、もっと力のある誰かのところへ行ってしまうだろうと、心配の絶えない愛人。どんな男も彼女を永久に引きとめておくことはできないのだ。多くの男がそうしようとしたが。わたしは自分より前にここを訪れた歴史上の偉人たちを思い浮かべた。ゲーテ、スタンダール、メンデルスゾーン、ディケンズ、ヘミングウェイ、枚挙にいとまがない。ロバート・ブラウニングはカ・

レッツォーニコ（十七―十八世紀に建造されたバロック様式の建物。現在は博物館）で死に、カナル・グランデの数百メートル先にその建物がはっきり見えた。リヒャルト・ワーグナーはリアルト橋の北の先にあるヴェンドラミン・カレルジ宮（一五〇〇年頃に建造された。現在はカジノ）で、絹にかこまれて死んだ。バイロンはわたしの足の下の水で泳ぎ、奇跡的に死ななかった。

そんなことも考えた。しかしいちばん気にかかっていたのは、あのイギリス人がなぜ夜の十一時半にエンリーコ・フォルラーニを訪ねているのだろう、ということだった。

5

「ねえ」グァスタフェステは次の日の朝食を食べているときに言った。「フォルラーニは俺たちに隠しごとをしていますよ」

わたしは杏のジャムを丸パンに塗って顔を上げた。「どういう意味だい？」

「彼は俺たちに話した以上のことを知っているはずです。トマソが彼に見せた手紙――フォルラーニは何が書いてあったか思い出せないと言ってましたがね。俺は信じません。フォルラーニみたいなやつは。あいつは変人ですが、もうろくしちゃいない。ヴェネツィアを発つ前にもう一度彼と話がしたいですね」

「また彼の家に行くのかい？　あの悪臭ふんぷんの？」

「長くはかかりませんから」グァスタフェステは答えた。

勘定を払い、荷物をペンスィオーネに残して、もう一度カナル・グランデを渡ってフォルラーニの館《パラッツォ》へ歩いた。着いてみると、正面玄関が少しあいていた。グァスタフェステはそれを見て眉を寄せ、それから足でドアを押しあけた。

「ドットール・フォルラーニ？」

答えがない。グァスタフェステは手を触れずにドアを調べた。錠は無傷だった。押し入った形跡はない。

「どこかの店にでも行ったんじゃないか」わたしは言った。「彼だってときには食料を買わなきゃならないだろう」

「ドアの鍵をかけずに？　そうは思えませんね、フォルラーニにかぎって。きのうここの警報システムを見たでしょう？　まるで要塞みたいに守りを固めていたじゃないですか」

わたしたちは中へ入って二階へ上がった。二階の踊り場で立ち止まり、長いテーブルのある部屋をのぞいてみた。誰もいなかった。そのまま上がっていった。においはきのう来たときと同様にひどく、空気はよどんで暑かった。

グァスタフェステがきゅうに立ち止まった。三階の廊下のむこう端でドアが開いていた。その奥で、ヴァイオリン室を守っているあの重い鋼鉄のドアもあいている。わたしたちはいそいで廊下を進み、戸口で止まった。室内は照明がついていて、ガラスケースはすべてきのうのようにライトに照らされていた。しかしひとつ違うものがあった。部屋の床で、固まった血だまりに横たわっているのはエンリーコ・フォルラーニだった。

　彼はうつぶせに手足を投げ出し、頭は横にねじれて、目は大きく開いていたが何も見ていなかった。あのドレッシングガウンとビニールのサンダルを身につけたままだ。まわりの床じゅうに血とまじって散らばっているのは、割れたディスプレーケースのガラスのかけらで、老人がそこに倒れかかって割れたようだった。

　グァスタフェステは中へ入った。わたしはドアのそばに残り、目をそらした。室内はエアコンがついていたが、それでもかすかな腐敗臭がしていて、肉体が朽ちはじめているにおいだと察せられた。吐いてしまうかもしれないと思い、口をハンカチでおおった。

　少しだけフォルラーニに目を向けてみた。グァスタフェステが死体にかがみこんでじっくり調べていた。彼は警官の胃を持っているから、たいていの人間が吐き気をおぼえるような光景やにおいにも耐えられるのだろう。

　グァスタフェステは体を起こしてこちらへ歩いてきながら、ジャケットのポケットに手を入れて、携帯電話を出した。以前の光景が頭に浮かんだ。ライナルディの工房の外で、いまと同じことをしていたグァスタフェステ。あのときは彼がわたしを遠ざけ、暴力による死というショッキングな現実から守ってくれたが、今回はそんな保護はなかった。わたしはもうフォルラーニの死体を見てしまっていた。目にしたものは頭に刻みこまれてしまった。恐ろしい、血まみれの、やがて悪夢に出てくる光景。

　グァスタフェステはわたしの腕をつかんだ。「外で待ちましょう」

彼は廊下を戻って階段を降りながら電話に番号を打ちこんだ。わたしは頭がぼうっとしてしまい、彼が緊急オペレーターと話し、ヴェネツィア警察につなぐよう頼んでいるのをぼんやり意識していただけで、やがて正面玄関のそばの横丁に出ると、レンガの塀に寄りかかり、新鮮な空気を深く吸いこんだ。

「大丈夫ですか、ジャンニ？」グァスタフェステがきいた。

「たぶん。ただのショックだよ。一週間足らずのうちに二人の死体だからね」わたしはその光景を頭から締め出そうとしたが、それは消えてくれそうもなかった。どんなによそへ気持ちを向けようとしても、気持ちのほうは断固としてフォルラーニから離れようとしない。「何があったんだ？　彼は殺されたのか？」

「判断するのはむずかしいですね」

「ほかに何があるっていうんだ？　そこらじゅう血だらけだったじゃないか」

「俺には彼が倒れて——もしくは押されて——ディスプレーケースにぶつかったようにみえます。そして割れたガラスで動脈を切った。事故だったのかもしれない。彼は老人でした。心臓発作を起こして、ケースに倒れかかったのかも。解剖すれば実際に何があったのかもっとはっきりしますよ」

わたしたちは横丁を歩いていった。どうということもない路地で、幅もせいぜい一メートルしかなく、片側はフォルラーニの館《パラッツォ》で、反対側は高い塀になっていた。端まで行かないうちに、カナル・グランデがふいに、その荒れ果てた輝きをまとってわたしたちの前にあらわれた。川岸にそって並ぶ建物が日光をあび、あるものはピンクに、あるものはオレンジに、あるものは砂糖のように白くなっている。水上バス《ヴァポレット》が一隻通りすぎ、くすんだ緑色の波をわたしたちの足元の階段に打ち寄せていった。

「きみに知らせておいたほうがいいことがあるんだ」

わたしは前の晩、アントニオと別れてからあったことを話した。

「そいつがフォルラーニの家に入っていった？」グァスタフェステの声には張りつめたものがあった。「たしかにセラフィンのところで見かけた男なんですね？」

「うん」

「名前は知ってますか？」

「いや」

グァスタフェステは自分の携帯電話をよこした。「セラフィンに電話して。そいつが誰だか突き止めてください。とても重要なことかもしれない」

わたしはミラノのセラフィンのオフィスにかけた。秘書は彼がまだ出勤しておらず、どこにいるかもわからないと答えた。彼の携帯の番号にもかけてみたが、応答がないのでヴォイスメールに伝言を残し、至急グァスタフェステの番号に連絡するよう言っておいた。

電話をグァスタフェステに返していると、警察の大型ボートがこちらへ向かってくるのが見えた。舵手は高速で船を進め、川岸に衝突するのは間違いないと思った最後の瞬間にスロットルをリヴァースに入れて、舷側はおだやかにステップをかすっただけだった。警官がひとり、ロープを持って岸に飛び移り、ボートを運河のへりにある赤白の係留ポストにつなぎとめ、そこで五、六人の警官が——私服も二人——降りてきて、グァスタフェステと一緒に横丁を進んでいった。

わたしはその場に残り、運河に浮かぶ船をながめ、背後の建物にある死体のことは考えないようにした。やがてグァスタフェステが戻ってきた。

「もう一度上へ来てもらっても大丈夫ですか?」彼はきいた。「ゆうべのことについて、ここの警察があなたに話をききたがってるんです。それに、ほかにも手助けしてもらえることがあるかもしれない。俺が見すごした何かを。それとあの割れたガラスケースですが。中のヴァイオリンがなくなってるんです。それが何なのか知っておかないと」

わたしは彼について館《パラッツォ》に戻り、階段を上がって三階へ行った。ヴェネツィア警察の警官たちがフォルラーニの死体のまわりに集まっており、うち二人が死体のそばにしゃがんでいたので——ありがたいことに——わたしからはほとんど見えなかった。私服刑事のひとりがわたしたちを出迎えに近づいてきて、ジャン・ルイージ・スパディーナと名乗った。わたしはさっきグァスタフェステに話したことを逐一繰り返した。

「その男の名前を知らせてくる電話を待っているところなんです」わたしが話しおえると、グァスタフェステが言い足した。

「それで、なくなったヴァイオリンは?」スパディーナが尋ねた。

わたしは照明のついたガラスケースを見わたし、前の日に見ていった順番に思い出してみた。

割れたケースにあったヴァイオリンが何だったかはすぐわかった。

「マッジーニです」

「たしかですか?」グァスタフェステがきいた。

「たしかだ。とても有名な楽器だったよ。〝蛇の頭のマッジーニ〟、そう呼ばれていた」

「高価なんですか?」スパディーナが尋ねた。

「非常に。しかし、ここにあるほかのヴァイオリンのいくつかには及びもつきません」

スパディーナは室内を見まわした。「どうしてそれだけだったんでしょう?」彼は考えこむように言った。「殺人者はなぜもっと持っていかなかったんでしょうね?」

「殺人者?」わたしはグァスタフェステに目を向けた。

「殺人事件の可能性が高くなってきたようなんですよ」

「ご協力ありがとうございました、シニョール・カスティリョーネ」スパディーナが言った。

「のちほど、正式な供述をいただかなければなりませんが。いまのところはこれで失礼します」

彼はフォルラーニの死体のほうへ戻っていった。

グァスタフェステは部屋の中央にあるディスプレーケースを見た。「犯人はどうしてあれをとっていかなかったんでしょうね、ルイ・シュポアのものだったグァルネリを? ここのコレクションの中ではいちばん高価でしょうに」

「あれは贋作だ」わたしは自分が何を言っているかろくに考えもせずに言った。

グァスタフェステは振り向き、目を細くしてわたしを見た。「いま何て?」

わたしはためらった。「あれは贋作なんだ」

「どうしてわかるんです？」

わたしはなぜ彼に言ってしまったのか、いまの言葉を引っこめるにはもう遅すぎるだろうかと迷いながら、答えるのを引き延ばした。しかし彼には知ってもらいたかった。声を低め、ほかの警官には聞こえないようにした。

「作ったのはわたしだからだ」


わたしの年齢から人生を振り返ってみると、どの時点で重要な出来事が始まったのか、はっきり知るのはむずかしいものだ。人間の記憶はうつろいやすく、われわれという存在の引き潮と満ち潮はたがいに混ざり合って、どの潮が重大な——もしくはささいな——ものを呼びこんだのか、判別するのは不可能だ。たいていの人間には、そういう重大な出来事はめったに訪れない。人生は失敗と折り合いをつけつづける過程である。しかしわれわれは皆、どこかに自分のしるしを刻み、自分の通った跡を残したいと思う。しかし、どうやってそのしるしをつければいいのか？

ヴァイオリンを習いはじめたとき、わたしは七歳だった。十二歳のときにはもうバッハとハイドンの協奏曲を弾けるようになっていた。十四歳ではメンデルスゾーンを弾けた。わたしはパガニーニの再来となって、コンサートの名演奏家としてキャリアを築く夢を見ていた。どこでその夢がかなうことはないと気づいたのか？　ただひとつの、ここだと言える時点はなかった。人間は自分の大望をとりあげられるまでそこにしがみつくものだ。いまわたしは六十三歳で、頭は白髪になって関節もきしんでいるが、それでも十歳の頃夢見たように、ワールドカップの決勝でイタリアのために勝利のゴールをきめることを夢見ている。まだカーネギーホールでブラームスの協奏曲を弾く夢を抱いている。いいではないか？　人生は幻想なくしては耐えがたいものなのだから。

　しかし現実ではどうか？　わたしは十代のときに、自分がコンサートのソリストになれないことを悟った。オーケストラの平《ひら》の団員にはなれたかもしれないが、それは友人のライナルディが知ったように、失意と不満の人生だ。そういうことには大きなショックを受ける——自分の限界に気づくことには。しかし分別があれば、人は失望を後ろへ置いていき、別のものをめざす。自分が他人よりうまくやれる分野を。そのときわたしはヴァイオリン作りをめざした。

　十五歳のとき、地元クレモナの弦楽器職人、バルトロメーオ・ルフィーノの徒弟になった。何か月も彼のコーヒーをいれ、道具をとぎ、木の削り屑を床から掃いて、それからやっとヴァイオリンを作らせてもらえた。十六歳ではじめて、自分ひとりでヴァイオリンを作りあげた。出来はあまりよくなかったが、わたしはあきらめなかった。次のものはもっとうまくできた。わたしは自分に才能があることに気づいた。

　ルフィーノには一見して目に映る以外のものがあるとわかったのもその頃だった。彼は弦楽器職人としてとても尊敬されていて、その楽器はヴァイオリン作りの仲間うちでも市場でも高く評価されていた。しかし毎日彼のそばで仕事をするうちにだんだん、うちの親方は新しいヴアイオリンを作っているだけじゃないとわかってきた。オールドヴァイオリン（一七五〇年以前にイタリアの名匠によって製作されたヴァイオリン）の贋作も作っていたのだ。彼は自分が何にかかわっているか、わたしに隠そうとしなかった。それどころか、その悪行をわたしが手伝い、それによって彼の不正に加担するのを期待しているとはっきり言った。共犯になれば、わたしも手を汚すのだから、そのぶん裏切る心配がないというわけだった。

「選択の余地はなかった」わたしはグァスタフェステに言った。「わたしはまだ子どもで、ただの徒弟だった。ルフィーノは賃金を払ってくれていた。それにわたしはヴァイオリン作りをおぼえたくてたまらなかった――贋作ではなく、自分の楽器のことだよ。いま考えれば、彼のもとを離れて、悪事にかかわるのを断ればよかったんだとわかるが、若かったし、あっさり丸めこまれてしまった。それに徒弟の資格は手に入れるのがむずかしかった、だから自分のキャリアを危険にさらしたくなかった」

　グァスタフェステは食い入るようにわたしを見つめていた。いまわたしの言っていることを受け止めかねているようだった。わたしたちはフォルラーニ邸の近くの広場にあるカフェにいて、テラスに座り、あいだのテーブルにはミネラルウォーターのグラスが二つのっていた。

「ルフィーノのところには九年いた」話を続けた。「二十四歳になると、わたしは彼のもとを離れて独立した。それ以後、贋作はひとつも作っていない。あのシュポアの〝デル・ジェス〟以外」

「本当にあのグァルネリを作ったんですか？」グァスタフェステは信じられないというふうに

言った。「それで露見しなかった？　フォルラーニは専門家にじっくり見させて、調べさせたんじゃないんですか？」

「ああ、もちろん。専門家が調べたとも。クレモナ製ヴァイオリンにかんしてはイタリアでも一流の権威である人物が」

「誰です？」

「わたしだ」

「何ですって！」

「きみは警官だ、アントニオ」とわたしは言った。「だがヴァイオリン売買の世界のこととなると、まったくの世間知らずだよ。きみが出会う犯罪者、つまり暴漢や、泥棒や、社会の屑は、平均的なヴァイオリンディーラーに比べたら、美徳の手本みたいなものさ」

「自分で自分の贋作を本物だと鑑定したんですか？」

「不思議なめぐりあわせじゃないか？　そうだよ、自分で偽物を作り、そのあとその出どころを確認するために専門家として呼ばれた」

「呼んだのは誰です？」

「あれを売ろうとしていたディーラーだよ、ヴィンチェンツォ・セラフィンだ」

「セラフィンはあれが贋作だとわからなかったんですか？」

「セラフィンは贋作だと知っていたよ。そもそも最初にあれを作ってくれと頼んできたのは彼なんだ」

グァスタフェステはぼうぜんとわたしを見た。彼の理解を超えていたのだ。

「セラフィンがあなたに作るよう頼んだ？　彼はペテン師だということですか？」

「もちろんあいつはペテン師さ、ディーラーなんだからな」

「ヴィンチェンツォ・セラフィンが、尊敬されているミラノの事業家が、政治家やオペラのスターやいろんな人間と付き合いがあって、毎年子どものための慈善活動で派手な基金集めの催しだの何だのをしていて……その彼が平凡な犯罪者と変わらないと？」

「平凡ではないよ」わたしは言った。「そんなことを言われたら彼はショックを受けるだろうな。セラフィンは非常に洗練された犯罪者なんだ」

「で、贋作のヴァイオリンを売っている」

「贋作は少しだけだよ。大半は本物だ。言葉に注意しなければだめだ」

「それで、彼はいつからそんなことをやっているんです？」

「ああ、昔からだよ。彼の前には父親がやっていた。贋作売りは彼の血すじなのさ」

「なのにずっといままでばれなかったんですか？　どうして誰も気づかないんです？」

「この業界では、独立した専門家なんてものはいないということをおぼえておくことだ。ヴァイオリンを鑑定しているのはそれを売る人間なんだよ。そういう仕組みなんだ。ヴィンチェンツォ・セラフィンがあるヴァイオリンをグァルネリ・〝デル・ジェス〟だと言えば、そうなるんだ。その楽器をどこか別のところへ、たとえばロンドンかニューヨークのディーラーのところへ持っていき、セカンドオピニオンをもらうことはできるさ、だが彼らはセラフィンの意見に反駁《はんばく》することは好まないだろう。連中は皆、同じゲームに加わっていて、そのグラウンドは非常に狭い。彼らは自分たちがセラフィンの評判を落とせば、遠からずセラフィンも彼らの評判を落としはじめるし、それではおたがいのためにならないとわかっているんだ」

「それじゃ誰も信用できないと？」グァスタフェステは言った。

「何かを売りつけようとする人間は誰も信用できないものだよ」

グァスタフェステはミネラルウォーターを飲んだ。彼は人間性というものについてほとんど幻想を持っていない。誰も完全には正直でないこと、偽善は人間関係の潤滑油であることを知っている。それでも彼がショックを受けているのが見てとれた。わたしを新たな光で見ていることが。

「なぜです、ジャンニ？　どうしてそんなことをしたんですか？」

「セラフィンに圧力をかけられたんだ。ルフィーノが亡くなり、セラフィンは腕のいい贋作者を失ってしまった。彼のかわりをする人間がほしかったんだ。わたしならできるとわかっていた。彼は何年も口やかましく迫り、協力するよう説得しようとしたが、わたしはずっと抵抗していた。七年前までは。カテリーナが病気になるまでは」

その当時を思い返してみた。妻がゆっくりと衰弱していくのを見ていた長い月日。苦しみがあまりにひどいのを見て、毎夜、終わりが来て彼女が平穏を見出せるよう祈ったものだ。

「金が必要だった」わたしは言った。「看護のため、治療のために。街を出れば彼女の体にいいかもしれないと思った。カテリーナはずっと田舎に住みたがっていたから。それでセラフィンのためにヴァイオリンの贋作を作り、売値の分け前で家を買った」

「フォルラーニはいくら払ったと言っていましたっけ？　二百万ドルでしたよね？」

わたしは一瞬、顔を曇らせた。「ああ、あれはわたしも初耳だった。セラフィンは八十万ドルにしかならなかったと言ったからな」

「それじゃ彼はあなたまでだましたんですか？」

「さっきも言ったが、この世界では誰も信用できないんだよ」

わたしはなぜグァスタフェステに話してしまったのだろうと思った。良心を清めるためか、もしくは自分の中で腐敗していく秘密を消し去るためだろう。たしかに胸の中から吐き出したことで気持ちはさっぱりした。

「卑劣な人間だと思わないでくれ、アントニオ。間違いだったのはわかっているんだ。いままでは自分のやったことを恥じている。きみは警官だ。いちばんいいと思うようにしてくれ」

グァスタフェステはまじまじとわたしを見た。「俺があなたを売ると思ってるんですか？　俺を何だと思ってるんです？　あなたは友達ですよ。あのみじめったらしい年寄りが偽物のヴァイオリンに二百万ドル払おうが、俺の知ったことじゃない。でもいまや彼は死んでしまい、誰かほかの人間があのグァルネリを調べるでしょう。あなたにつかまってほしくないんですよ、ジャンニ」

「わたしはつかまらないよ」

「だけど、いまでは贋作を見分ける方法がいくつもあるはずでしょう、ヴァイオリンが作られた時期について、本当の、独立した査定ができる科学的な方法が」

「年輪年代測定法だろう」わたしは答えた。「木材の年輪を分析して時代を特定する技術だ。しかしそれは木材の時代がわかるだけで、ヴァイオリンの製作時期がわかるわけじゃない」

「昔の木を使ったんですね？」

「もちろん。ルフィーノは亡くなったとき、大量の古い木材をわたしに遺贈してくれた。どこで手に入れたのかは知らない。フォルラーニのグァルネリ・〝デル・ジェス〟は十八世紀初頭に伐採された木で作られた。年輪年代測定法であの楽器を調べれば、木材がまさにグァルネリなら使ったはずの時代のものだとはっきり確認されるはずだ。使った道具はすべて、技術もすべて、グァルネリが用いていたものとまったく同じにした。あれにだまされない専門家はこの世にいないだろう」

「それじゃ音は？　グァルネリのような音が出るんですか？」

「ああ、それは問題だな。いや、グァルネリの音は出ない。〝デル・ジェス〟の外見はコピーできても、残念だが、あの特別な、すばらしい音色を出す天才の仕上げはできないからね。それができるなら、わたしはジョヴァンニ・バティスタ・カスティリョーネではなく、もうひとりのジュゼッペ・グァルネリになれるだろう。だがフォルラーニはコレクターだった。ヴァイオリンは弾けなかった。彼は聴くためにあの〝デル・ジェス〟を買ったんじゃない、ながめて、ひとりほくそ笑むために買ったんだ」

グァスタフェステは広場のむこう側へ目を向け、カメラやガイドブックを持って通りすぎていく観光客を見ていた。黒ずくめの服装の年とった女性が野菜の入った袋を抱え、足をひきずって歩いていく。わたしたちの座っているところからも、彼女の低くぜいぜいいう息づかいが聞こえた。

「皮肉なもんですね？」グァスタフェステは言った。「フォルラーニはあれだけヴァイオリンを持っていたのに、いちばん高いと思っていたのが偽物だったとは」

「いいかい」わたしは言った。「彼なら本物だと信じられる偽物を持っているほうが、その逆よりずっとよかっただろうよ」

「そう思います？」

「そうだと知っているんだ。そういうのをさんざん見てきたからね。うちの工房にはたくさんの人がヴァイオリンを持ってやってくる。それがガリアーノやプレッセンダやそういう人物の作だと言うんだ。中のラベルにそう書いてあるようだと。わたしはその楽器を調べて、贋作だと言う。ガリアーノではなくて、十九世紀のドイツの複製品ですと。彼らは意気消沈して帰っていく。なぜだろう？　ヴァイオリンそのものが変わったわけじゃない。見た目は前と同じだし、音も変わらない。だが彼らにとっては違うものなんだ。もう見た目も音も、前より劣った楽器のようになってしまうんだ」

「でも値段はずっと安いわけでしょう」

「それはそうだよ。公開市場ではがくんと価値が下がったことになる。だが弾くためのヴァイオリンとして考えるなら、なぜその価値が変わってしまったのか？　それは人々がいいヴァイオリンを買うときには、ただ楽器を買うのではなく、名前を買っているからだ。夢を、偉大なるものとのつながりを買っているんだよ。わたしはそれを聖杯症候群だと思っている。過去の偉大な人物がさわった何かを自分のものにしたがること、それにさわりたいと願うこと。まるで、聖人の骨や、キリストの遺骸をおおっていた屍衣の切れ端を本物だと信じて買った、中世のだまされやすい人間のように。あるいは、有名人の記念品に馬鹿馬鹿しいほどの金を払う現代の人々のように。ほら、エルヴィス・プレスリーが一度だけコーラを飲んだというカップや、マリリン・モンローの子ども時代のテディベア、ジョン・レノンの足の親指から切った爪、そんなものだよ。いったいそれで何をしようというんだ？　それは人々が、彼らを有名にした魔法の片鱗がそこからこすれ落ちることを願っているからだろう？」

「それがルイ・シュポアを選んだ理由ですか？」グァスタフェステは言った。

「そう。コレクターたちは特別なものをほしがる。金はたっぷり持っているから、ただの古いグァルネリではだめだ。彼らは名前のあるもの、歴史がついてくるものをほしがる。そしてヴァイオリンの世界でいちばん有名なグァルネリは――いまはジェノヴァの市庁舎にある、パガニーニの〝大砲《イル・カノーネ》〟以降――シュポアの盗まれた〝デル・ジェス〟なんだ」

「危険はなかったんですか？」

わたしは肩をすくめた。「あれは個人への売却で、オークションは通さなかったから、おおやけに精査されることはなかったんだ。証拠となる書類は――もちろん、それも贋作だが――非常に綿密で説得力があったから、わたしですら信じそうになったよ。セラフィンはシュポアが紛失したあとヴァイオリンがどうなったのか説明する手紙、売却伝票、証明書、書類一式を偽造して、楽器が突然ワルシャワの古道具屋にあらわれた理屈をつけた」

「ワルシャワ？」

「東ヨーロッパ、元共産圏は、何世紀ものあいだ混乱の中だった。失われたヴァイオリンがあらわれるには理想的な場所だよ。詐欺をするには大風呂敷を広げることだ。ヒトラーの日記を偽造したコンラート・クーヤウを考えてごらん。彼が二冊、あるいは一ダースだけ偽造していたら、みんな即座に怪しいと思ったはずだ。しかし彼は五十八冊も偽造した。詐欺のためにそんな手間隙をかける人間がいると思う者はなく、誰もが本物だと思った。あるいは、一九二〇年代に、チェコの貴族がエッフェル塔をスクラップ用にまんまと売ったこともある。二度もね。われわれは驚くほどだまされやすい種族なんだよ」

「でもフォルラーニは？　彼みたいな金持ちで、狡猾な事業家が」

「いちばんだましやすいかもしれないな、その嘘をうまく売りこめば。きみがつつましい利益しか生み出さない店を開くという小さな計画をたずさえて金融業者のところに行ったら、相手は虫眼鏡できみの事業計画を調べ、厳しい質問を何百とするだろう。だが、何かふたしかな、常識はずれの計画で、年内に大きな儲けが出そうにみえるものに五千万出してくれと頼めば、相手は出資させてくれと必死になるだろう。ＩＴバブルを思い出してごらん。人間は欲深いものなんだ、楽して金を手に入れたがる。だから詐欺は特別なものにするんだよ、それが彼らを引っかける手なんだ。欲につけこむのさ」

「フォルラーニもそんなふうに引っぱりこまれたってことですか？」

「きみは彼の心理を理解する必要があるよ、コレクターの心理というものを」わたしは言った。「彼はほかの誰も持っていないもの、ほかに類のないものをほしがっていた。あれをシュポアの〝デル・ジェス〟と信じたくてたまらなかったのさ。欲が彼の目をくらませ、本来の疑り深さを凌駕してしまったんだ」

グァスタフェステはわたしを見た。「まだ信じられませんよ。あなたが贋作づくりだなんて」

「勘弁してくれ、自分でも恥ずかしいと思っているんだ」

「非難してるわけじゃないんです、ジャンニ。あなたがそうした理由もわかりますから。俺だってあなたの立場だったら同じことをしたでしょう」彼は立ち上がった。「俺はフォルラーニの家に戻ったほうがよさそうですね」

「わたしも行ったほうがいいのか？」

グァスタフェステは首を振った。「二人とも今日は帰れませんよ。スパディーナは俺たちに近くにいてもらいたがってますし。あなたはホテルに戻って、もうひと晩延泊すると伝えておいてくれませんか？　それと、ホテルからもう一度セラフィンに連絡してみてください」

わたしはペンスィオーネへゆっくり引き返しはじめたが、自分がどこへ向かっているのかよくわかっていなかった。うわのそらで、興奮していて、頭がぐるぐるしていた。フェニーチェ《テアトロ・ラ・フェ》劇場《ニーチェ》に近づいているとき、奇妙なことが起きた。興奮した想像力のせいかわからないが、混みあった通りを抜けながら横丁に目をやると、女性がひとり、反対側の端を通りすぎていくのがちらっと見えた。見たのはほんの一瞬だったから見間違いかもしれないが、彼女はヴィンチェンツォ・セラフィンの愛人、マッダレーナにそっくりだった。

6

わたしはペンスィオーネで部屋のベッドに長いこと横になっていた。まだ午前のなかばだというのに、くたびれはてていた。ヴェネツィアは疲れる街だ。歩くところが多すぎ、舗道は熱くて足には硬く、たえず人ごみを我慢しなければならない。しかしわたしを悩ませたのは肉体的な疲労だけではなかった。感情が疲れきっていたのだ。目を閉じてまどろもうとしたが、頭は休みをとろうとしなかった。フォルラーニの死体が思考の前に陣取って、ネオンサインのように光り、あの手足を投げ出した姿や、命のなくなった顔、まわりの血の海をわたしの網膜に焼きつけていた。その光景にいまだに胃がうねり、嫌悪で胸がいっぱいだというのに、それを追い払うことができなかった。

無理やり体を起こした。そんな心を乱す記憶を意識の中に長くしみこませてしまえばしまうほど、いっそう気持ちが騒ぎ、ダメージを受けるとわかったのだ。眠りでそれを消し去れないなら、何か体を動かすことで試してみればいい。ベッドの横の電話で外線をダイヤルし、もう一度セラフィンのオフィスにかけた。彼はまだ出勤していなかった。携帯電話にかけてみた。

そっちもだめだった。わたしはジャケットを着て外に出た。この街のにぎやかさと活気が気をそらしてくれることを願いながら。

サン・マルコ広場はすでに観光客でいっぱいだった。サン・マルコ大聖堂の外には百メートルもの行列ができて、くねりながら小広場《ピアツェッタ》まで延びており、その隣の高くなった木製の遊歩道は――この区域はしばしば洪水になるのだ――広場の定番的な、そして見栄えの悪い呼び物となっている。防波堤《モーロ》のほうへぐるりと歩いていくと、列をなしたアーティストやカリカチュアふうの似顔絵描きがドゥカーレ宮殿の隣に仕事場をかまえ、街路をほとんどふさいでいた。無理やりそこを抜けて、麦わら橋《ポンテ・デッラ・パリヤ》へ階段をのぼった。誰もがここからため息の橋をながめるのだ。あまりに人がいっぱいで――ポーズをとる人、カシャカシャいうカメラ――そのあいだを抜けるのに三十秒かそれ以上かかってしまった。それからほとんど間を置かずに、巨大な観光客のグループがまるで津波のように押し寄せてくるのが見え、先頭のガイド――小柄な東洋人女性――は客たちに呑みこまれないよう、傘を高くあげていた。わが身を案じ、わたしはすばやく横へよけ、聖域を探してヴェネツィアでもっとも豪華でもっとも有名な宿である〈オテル・ダニエリ〉の静かな正面玄関に入った。その変化は歴然たるものだった。外の荒れ狂って沸き立つ大きな渦巻きから、中の涼しく落ち着いた避難所へ入ると、ロビーの凪《な》いだ潟《かた》のような心安らぐ緑の大理石のおかげで、ふっと気持ちが静まるのがわかった。

周囲を見まわしてみた。建築は重苦しいゴシック様式で、初期フランケンシュタイン博士ふうとでも言うしかなかった。階段と柱とバルコニーがエッシャーの騙し絵のようにわたしの上へとそびえており、古風なクリスタルのシャンデリアと揃いの制服を着た従業員たちが、一世紀昔に足を踏み入れてしまったような感覚をさらに強めた。

ラウンジへ入ってコーヒーを頼んだ。コーヒーはエレガントな白と金と赤茶色の、横に〈ダニエリ〉の紋章がついている陶器のカップで運ばれてきて、そして――小さな銀のミルク入れの下に――九ユーロの勘定書きがついてきた。ヴェネツィアでは、静けさは金で買うものなのだ。わたしはゆっくりコーヒーを飲み、ひと口飲んでは間をあけ、外の騒々しいテーマパークに戻らなければならない気の滅入る時間を先延ばしした。

たっぷり一時間近くがたって、ようやくこの心地よい居場所を出ていかなければという気持ちになった。ロビーに戻り、奥の階段のそばにある公衆電話へまわって、もう一度セラフィンの携帯電話にかけてみた。今度は彼が出た。

「ジャンニ、きみか。どうしたんだ?」

「わたしの伝言を受け取ったか?」

「ああ、受け取った。きみが言っていた番号にかけたんだが、話し中だったよ。何かあったのか? 取り乱していたようだったが」

「取り乱していたんだよ。エンリーコ・フォルラーニの自宅で彼が死んでいるのを見つけて、少しばかりショックだったんだ」

電話がしんとなった。やがてセラフィンは言った。「フォルラーニ? きみはいまヴェネツィアにいるのか?」

「ああ」

「フォルラーニが死んだ？　どうして？」

「知らない。万事警察がやっているよ」

「警察？　どういうことなんだ、ジャンニ？　警察だって？　何があった？」

「それはいいんだ、ちょっとききたいことがあるんだよ」わたしは言った。「この前の金曜日、きみのオフィスにいた男、あのイギリス人だが、彼は誰なんだ？」

　セラフィンは答えなかった。

「ヴィンチェンツォ、彼が誰だか知らなければならないんだよ」

「なぜだ？　どうして彼に興味がある？」セラフィンは言った。はぐらかすのは彼の第二の天性なのだ。

「わたしからは言えない」

「彼はフォルラーニが死んだことに関係しているのか？」

「あのイギリス人だよ、ヴィンチェンツォ、彼の名前は何というんだ？」

　電話のむこうでまたしても間があき、セラフィンが答えを考えていた。わたしはじりじりして待ちながら、中年のカップルがホテルの玄関を入ってきて、フロントで部屋の鍵を受け取るのを見ていた。

「ヴィンチェンツォ……」わたしはせっついた。「警察がきみの家の玄関先にあらわれて、司法妨害で告発されてもいいのか？」

「スコットだ」セラフィンは答えた。「彼の名前はクリストファー・スコット」

「何者なんだ？」

「ロンドンのヴァイオリンディーラーだよ」

「彼の住所を知っているか？」

「イタリアの？」

「どこでもいい」

「イタリアのは知らない。いまどこにいるかもわからない。イギリスの住所は知っているが、オフィスのだ」

「きみはいまどこなんだ？」

「ああ、出先だよ」彼は曖昧に答えた。

「警察は彼の住所を知りたがると思うが」

「それはこっちで引き受けるから、心配しなくていい。スコットがフォルラーニの死に何か関係しているのか？」

「これ以上は話せないんだ」

「フォルラーニはいつ死んだんだ？　きみはそっちで何をやっているんだ、ジャンニ？　わたしには話してくれたっていいだろう？　なあ、古い友達じゃないか」

「すまない、よく聞こえなかった」と答えておいた。「接続が切れかかってるんだろう。さよなら《チャオ》」

電話のてっぺんにあるボタンを押し、また少し金を入れてグァスタフェステの携帯の番号を押した。

「セラフィンと連絡がとれたよ」グァスタフェステが出るとそう告げた。そしてこちらの得た情報を伝えた。

「いまどこなんだ?」

「ありがとう、ジャンニ。スパディーナに伝えておきます」

「まだフォルラーニの家です。いろいろ見ておいてるんです」

「地元の警察を信用してないのか?」

「いや、そういうことじゃありませんよ。彼らはちゃんとやってます。俺はただ、何でもはじめからかかわっておきたいんですよ。フォルラーニを殺した犯人が誰であれ、そいつがトマソを殺した可能性は高い。あなたは何をしているんです?　いまどこですか?」

「〈ホテル・ダニエリ〉」

「何でそんなところに?」

「静かだからね。ただ暇な時間をつぶして、することを作っているだけだよ」

「それはすみません、ジャンニ。ひとりで大丈夫ですか?」

「ああ、きみはするべきことをしてくれ。わたしは大丈夫だから」

「それじゃあとで会いましょう、いいですか?」

わたしはまだ通りの暑さと騒々しさに向き合えなかったので、〈ダニエリ〉に残り、階段を上がって屋上のレストランに行き、ワインを一杯と食べるものを注文した。食欲はほとんどなかったが。ようやくペンスィオーネに戻ろうとホテルを出たときには、午後に入っていた——一日でいちばん暑い時間だったが、その気温も通りいっぱいの観光客の群れには関係ないようだった。道に敷かれた石が白く熱しているようにみえ、それがわたしの靴底をあぶり、ぎらぎらする日光を反射して、見ると目が痛くなった。空気は人いきれがして、まるでまわりの人々が酸素を吸いとってしまったかのようだった。

ペンスィオーネの部屋に戻ると、冷たい水で顔を洗い、ベッドに横になってまどろんだ。鋭い電話のベルで目をさましたときには四時だった。ほぼ二時間眠っていたわけだ。

かけてきたのはグァスタフェステだった。「ジャンニ、フォルラーニの家まで来られますか?」

「いまかい?」

「お願いします。ここの警察があなたに話をききたいそうです。クリストファー・スコットの完全な人相風体を知りたがっているんですよ」

「まだ見つかっていないのか?」

「彼は朝一番でホテルをチェックアウトしているんです。そのあとどこへ行ったのかはわかっていません」

わたしに事情聴取をしたのは先刻のスパディーナという刑事だった。グァスタフェステも同席したが、口ははさまず、ただ見ていた。わたしたちはフォルラーニ邸の二階のダイニングルームにあるテーブルの一方の端に座った。よろい戸は開かれ、窓も二つほどあいていたが、やはり不快なほど暑かった。スパディーナはワイシャツ姿でネクタイをゆるめ、衿元のボタンをはずしていたので、黒くカールした胸毛のかたまりが見えた。彼はわたしの時間をとってしまうことを詫び、それからクリストファー・スコットの詳しい外観をメモにとった。そのメモを制服警官に渡し、警察署《クエストゥーラ》へ持って帰って全国の署に流すよう命じ、それから、前の晩わたしがスコットのあとをつけてフォルラーニ邸へたどりついたとき、正確に何を見たかについて供述をとった。

「間違いなくこの屋敷だったんですね?」スパディーナはきいた。

「ええ」

「それじゃ時間は?　それもたしかですか?」

「一分単位でというわけじゃありませんが、十一時半くらいでした」

「スコットが屋敷を出ていくのは見ましたか?」

「いえ、彼が中へ入ってしまったあとは待たなかったんです。自分のペンスィオーネへ帰りました」

わたしは供述調書に目を通してサインをし、スパディーナは部屋から出ていった。

「あしたはクレモナに戻ってもいいのか?」グァスタフェステにきいてみた。

彼はうなずいた。「あなたはもう義務を果たしてくれましたよ。これ以上とどまる必要はありません」

「いまの状況は？」

「スコットを捜します」

「彼が犯人だと思っているんだろう？」

「容疑者ですよ」

「ほかに誰がやったというんだ？」

「いまのところ、ほかには誰も浮かんでいません。でも時間が納得いかないんです」

「どういう意味だい？」

「スコットはきのうの晩十一時半にここへ来た。警察医は、フォルラーニの死亡時刻は今朝六時から八時のあいだだと判断しているんです」

「スコットは泊まったんじゃないか」

「それもありえます。あるいは一度出ていって、また戻ってきたか。または誰か別の人間が今朝早くやってきたか。単純に、われわれにはわかっていないんです」グァスタフェステは同情の目でわたしを見た。「あなたが心配しなくてもいいんですよ、ジャンニ。ペンスィオーネに戻って、今朝見たことは忘れるようにしてください。俺も夕食には戻りますから」

わたしはグァスタフェステが部屋を出ていったあともしばらくそこにいた。夕食まではまだ二、三時間つぶさなければならない。どうやって過ごそうかと考えた。そのとき、踊り場で足音が聞こえ、戸口にひとりの女性があらわれた。息を切らし、ひどく暑そうだった。右手にスーツケースをさげていて、やれやれというふうに長く息をついてそれを床におろした。それから手を伸ばし、戸枠で体を支え、こちらを見た。

「ああ《ディオ》、急な階段ね」声に実感がこもっていた。

わたしは立ち上がって彼女のために椅子を引き出した。「シニョーラ、どうぞ……」

彼女は感謝するようにうなずくと、スーツケースをドアのそばに残して腰をおろした。

「間違いなのはわかっていたのよ、あのスーツケースを持ってくるなんて。でも旅で荷物を軽くできたためしがないの」彼女はため息をついた。「駅から思ったより長く歩くのね」

「駅から？」わたしは言った。「駅からあのスーツケースを運んできたんですか？　水上バス《ヴァポレット》を使えばよかったでしょうに、シニョーラ、アカデミア橋のすぐそばに乗り場がありますよ」

「ドライバーの半日ストなんですって――そう呼んでいいのかしら、船を動かす人のことよ？」彼女はそう答えた。「水上タクシーを拾おうかと思ったんだけど、並んでいる列があんまり長かったものだから、真夜中まであそこに立つはめになると思って」

彼女はショルダーバッグからハンカチを出して、顔の汗をぬぐった。きれいな女性だった。わたしよりいくつか若い、と見当をつけた。五十代後半くらいだろうか。短くて黒みがかった髪――額《ひたい》のところにぽつぽつ白髪が見えはじめている――は、いまは少し乱れ、耳のまわりで好き勝手にカールして、前髪もばらばらに額にかかっていた。香水がかすかにただよい、その甘くほのかなにおいは、フォルラーニの悪臭ふんぷんたる館《パラッツォ》では場違いに思えた。

彼女は部屋を見まわし、はがれかけた漆喰《しっくい》や、ぼろぼろのカーテン、テーブルの上の汚れた陶器の山、黴《かび》がはえて青くなりつつあるほったらかしの食べ物に気づいた。

「どうなってるの、エンリーコおじさんはこんな暮らしをしていたの？」彼女は驚いていた。

「ドットール・フォルラーニはあなたのおじさんだったんですか？」

「ごめんなさい、自己紹介するべきだったわね。マルゲリータ・セヴェリーニです。彼の姪なの」彼女は手をさしだした。あたたかくてしっかりした握り方だった。「警察の方ね」

ほめ言葉ととっておいた。自分で思っているより若くみえたらしい。「いえ、警官ではないんです」と答えた。そして名前を言い、ここにいるわけを手短に説明した。彼女は口に手をやり、恐怖の叫び声をあげるのを抑えた。

「おじの死体を見つけたの？　恐ろしかったでしょう」

「おじさんが亡くなられたことを聞いたときの、あなたのショックほどではありませんよ」そう答えておいた。「おじさんと親しかったわけではありませんし。きのうはじめて会ったばかりなんです。本当にお気の毒なことでした、シニョーラ」

「ありがとう。そうね、ショックだったみたい。おじが死んだことではなくて――もう八十近かったはずだし――その状況のほうが。警察は電話ではあまり話してくれなかったの。正確にはどんなふうに死んだのかしら？」

「わたしは知らないんですよ」と答えた。「警察もまだ本当にはわかっていないんじゃありませんか」

「わからないほうがいいかもしれないわね。でも殺人だったんでしょう？」

「そのようです」

彼女は顔をしかめた。「警察はわたしに遺体を確認してもらいたがっているの。そんなことできるかしら？」彼女はもう一度部屋を見まわした。「この家、信じられないわ。ほかのところもこんなふうなの？」

「少々荒れているようですね」わたしは答えた。

「たしか――どれくらいかしら？――十五年前に来たのが最後だわ。でもこんなふうじゃなかった。いったい何があったの？」

それはわたしには答えられない問いかけだった。答えようとする必要もなかった、そのときスパディーナが部屋に戻ってきたのだ。彼はマルゲリータと握手をした。

「シニョーラ、到着されたと聞いたので。来ていただいて感謝しますよ、それもこんなに早く」

「それくらいしかできませんもの」マルゲリータは答えた。

スパディーナは彼女のスーツケースに気がついた。「まっすぐここへいらしたんですか？お泊まりはどちらです？」

マルゲリータは肩をすくめた。「まだどこも予約していないんです。ホテルのことは考えてなくて。スーツケースに少しばかりのものをほうりこんで、最初に乗れた列車に飛び乗ったものですから。あとでどこか探します、たぶん」

「わたしの泊まっているペンスィオーネに空室がありましたよ、たしか」と言ってみた。「あまり贅沢なところじゃありませんが、清潔です。ご案内しましょうか？　それほど遠くはないですよ」

彼女はほほえんだ。「ありがとう。ほんとにご親切に」彼女は不安な面持ちでスパディーナを振り返った。「おじの亡骸《なきがら》は、その……まだここにあるんですか？」

スパディーナは首を振った。「モルグへ搬送されました」

「いつ確認したらいいんでしょう？」

「おいそぎになる必要はありません。ペンスィオーネに行かれて、ひと息ついてください。あとで誰かを迎えにやりますから――一時間後でどうですか？」

わたしはマルゲリータのスーツケースをペンスィオーネへ運んだ。彼女はわたしの申し出を断ろうとしたのだが、こちらが譲らなかったのだ。その雄々しいふるまいのおかげで、手はひりひりし、肩はずきずきするはめになった。しかし一瞬たりとも後悔はしていない。わたしは古い人間で、荷物を運ぶのは男の仕事と思っているのだ。ペンスィオーネのあるじはわたしの部屋の上の階に彼女の部屋をとったので、それからは彼女を目にすることはなく、七時半になって――グァスタフェステが戻ってきたときにそなえて、シャワーを浴びて服も着替えていた――ドアがノックされたので出てみた。マルゲリータが外にいて、はためにも疲れているのがあきらかだった。

「お邪魔してごめんなさい」

「どうぞ中へ」わたしは彼女が入れるよう後ろへさがった。「さぞたいへんだったでしょう」

彼女は一瞬ぽかんとしたが、すぐにわたしの言った意味を理解して首を振った。

「いいえ、そうじゃないんです。モルグのせいではなくて。そっちのほうは本当にすぐ終わったの。別のことなんです」

「座ってください」わたしは窓のそばの椅子へ彼女を連れていった。

「いえ、長居はしませんから。今度のことは本当にたいへん。ごめんなさい、こんなことを言って馬鹿げて聞こえることはわかっているんですけれど、どうしたらいいのかわからなくて。ある人がずっと電話をしてくるんです。帰ってきてからもう三度も。いま下のロビーに来ています。わたしに会いたいんですって」

「何の用でです?」

「おじのヴァイオリンコレクションのことで。その人は――〝条件を話し合いたい〟って言い方をしていました」

わたしは怒りをおぼえた。「条件を話し合う? そいつは何者なんです?」

「ディーラーだと言っていました」

「ディーラー?」彼女が相手の名前を言う前から誰だかわかった。

「セラフィン、たしかそう言っていました。何とかセラフィン」

「彼はわたしが相手をしますよ」わたしは言った。

「その人はどうしてわたしがここにいることを知ったのかしら。つまりね、こんなことおかしいのよ。わたしはおじのコレクションのことなんか何も知らないんですもの。最近親者で――

それに唯一の親類ですけれど――だからってわたしがおじの遺産を相続するとはかぎらないし。どうすればいいかしら？　彼が強引に近づいてきそうで、外に出られないんです」

「心配いりません」わたしは言った。「自分の部屋に戻っていてください。彼はわたしがどうにかしますから」

彼女は疑わしげにわたしを見た。「ご迷惑はかけたくないわ。電話では本当に強引な人だったんですよ」

「外へ出ろとかそういうことを言うつもりはありませんよ。わたしはそんなことをするにはもういささか年をとりすぎですし――分別もありますから」

わたしは怒りを抑えながらロビーへ降りていった。セラフィンはフロントのそばの籐の肘掛け椅子に座り、太ってはいるがダークグレーのスーツとピンクの絹のネクタイで完璧に装っていた。彼はわたしを見るとぎょっとした。

「ジャンニ！　ここで何をしているんだ？」

「同じことをきこうか」

彼はそっけなく手を振った。「わかっているだろう。仕事だよ」

わたしは隣の椅子に座った。「フォルラーニの姪がここにいるのをどうやって知った？」

「彼の姪？」セラフィンはそらとぼけた。

彼のことはよくわかっているので推測はできた。「彼の家に行ってきたんだろう？　警察が教えてくれたのか？　いくらつかませた？」

セラフィンは自分がいかに利口かを話さずにいられなくなり、にやりと笑った。「玄関にいたお巡《ポリツツィオツト》りに五十ユーロやったんだ。本当は中に入ってコレクションを調べたかったんだが、さすがに相手もわかっていて、通してくれなかった。だが姪が来ていると言って、このペンスィオーネの名前を教えてくれたんだ」

「彼女はきみには会いたくないそうだ、ヴィンチェンツォ」

「どうしてきみが……」彼は言葉を切った。「彼女ともう話したのか？　知り合いなのか？」

セラフィンの目が細くなり、疑いをこめてわたしを見た。「まさかわたしを出し抜こうとしているんじゃないだろうな？」

もしわたしがもっと若くて、暴力を好んでいたら、彼の鼻に一発食らわせていただろう。しかしそうはせずに、冷たくこう答えた。「他人も自分と同じ性根だと思うな」

彼は驚いた。「ひどい言いようじゃないか。わたしは彼女のためを思ってやっているんだぞ。彼女はこの件で大金が稼げるんだ」

「きみには思いやりというものがないのか？」わたしはそう言ったが、馬鹿な質問だとはわかっていた。セラフィンは生まれたときに思いやりのバイパス手術を受けたのだ。「彼女はおじさんを亡くしたばかりじゃないか。商売の売りこみに来る前に待てなかったのか？」

「何を言ってるんだ、そんなことをして誰かが抜けがけするのを黙って見ていろと？　いいか、フォルラーニの死が世間に伝わったとたん、世界じゅうのディーラーで彼女の家の前に新しい道ができるぞ。わたしはちょっと彼女と話をして、いちばん先に申し出をしたいだけなんだ」

セラフィンはひげを撫で、それが最高級のセーブル毛皮であるかのように、顎にそって整えた。彼はひげにかんしてはうるさく、わたしの知るかぎりで、毎朝出勤途中に床屋に寄り、ひげの手入れをさせる男は彼ひとりだった――端を切り、白髪の痕跡は染料ですべて消すのだ。彼はロビーの反対側に目をやり、それからまたわたしを見た。狡猾なうさんくさい光が目にあらわれていた。

「ジャンニ、なあ」彼は猫撫で声で言った。「きみがその女性から信頼されているなら、かわりに彼女と話してくれないか？　わたしに会うよう説得してくれ」

わたしは信じられない思いで彼を見た。「そんなわけにはいかないな。きみのかわりにその汚い仕事をする気はないよ」

「汚い仕事？」セラフィンの表情がけわしくなった。そして本来のセラフィンが姿をあらわした。やさしげなうわべの後ろにいる男が。「善人面をするんじゃない、ジャンニ。わたしがきみの何を知っているか忘れるなよ」体を近づける。「フォルラーニのコレクションを見たか？」

わたしは答えなかった。

「見覚えのあるヴァイオリンはなかったか？」セラフィンは続けた。「たとえば、グァルネリ・〝デル・ジェス〟のあるものとか？　あれが間違った手に渡るのはおたがい不本意じゃないか、そうだろう？　きみにとっても危険かもしれない」

「わたしを脅したりするな、ヴィンチェンツォ。あれを彼に売りつけたのはきみだろう」

「だから取り戻したいのさ。ほかのものもほしいがね、フォルラーニのコレクションの残りすべて。あれを忘れないことだな、ジャンニ」

セラフィンは立ち上がるとジャケットのポケットを探り、自分の名刺を出した。

「彼女にわたしの名刺を渡してくれ、善意の人間がいます、とね」彼は温厚な人物に戻って言った。「わたしは〈グリッティ・ホテル〉に泊まるから」

彼がペンスィオーネを出ていくまで、わたしは不快な気分でその名刺を持っていた。そして彼が行ってしまうと、名刺を破いてフロントのそばにあったごみ入れにほうりこんだ。


その晩はペンスィオーネから角を曲がったところにある、小さな家族経営のトラットリアで、マルゲリータと夕食をとった。宿のあるじの奥さんがそこをすすめてくれたのだ。サン・マルコ広場とアカデミア橋のあいだにある混みあう通りから少しはずれただけなのだが、ヴェネツィアでは、せわしい通りから人けのない広場までほんの数メートルしか離れていないことがある。トラットリアはほっとするような静けさで、五つか六つあるテーブルは見た目もしゃべり方も、観光客というより地元の人々らしい客でいっぱいだった。

行ったのはわたしたち二人だけだった。グァスタフェステは八時少し前に電話をしてきて、スパディーナと一緒にフォルラーニの解剖に立ち会うので、帰りは遅くなると言っていた。ひとりで食事をする気になれず、マルゲリータも同じ気持ちではないかと思ったので、彼女の部屋に電話し、一緒にいかがですかと招待したのだった。

「来てくださってありがとう、シニョーラ」レストランのテーブルにかけると、わたしは言った。「ひとりで外食するのは苦手なものですから」

「どうぞ、マルゲリータと呼んでくださいな」

「わたしはジョヴァンニです、でもみんなはジャンニと呼びますよ」

「お礼を言うのはこちらのほうだわ」彼女は言った。「部屋でぽつんとお腹をすかせたままひと晩過ごさなくてすんだんですもの。女がひとり、レストランで座っているくらい最悪なものってないのよ。みんながこっちを見て、誰に待ちぼうけを食らったんだろうと思っているの」

「あなたに待ちぼうけを食わせる人なんていないでしょうに」

彼女はさらりとこちらを見た。「じゃあきっとびっくりよ」

マルゲリータはショルダーバッグから読書用眼鏡を出して、メニューをじっくり見た。さっきより冷静で、落ち着いているようだった。淡いブルーのブラウスと黒っぽいスラックスに着替え、アクセサリーは金のボタン形のイヤリングをつけているだけだった。髪は梳《と》かしてあり、テーブルのキャンドルの光にきらめいていた。

「こういうのって本当に苦手」そう言って、眼鏡ごしにわたしを見た。「何にします？」

「お腹はどれくらい減っています？」

「とっても。朝食を食べたきりで、あとは列車の中でビスケットを二枚だけ。何がおいしいのかしら？」

「前菜は食べますか？」

「もちろん」

「ここならシーフードがおいしいでしょう。それともパスタのほうがいいですか？」

「どちらでも。ハムがおいしそうね。アーティチョークもいいかも。それともサラダにしたほうがいいかしら？」彼女は髪をかきやり、後ろへ引っぱった。「ああ、もう、何かを選ばなきゃいけないのって本当に苦手」申し訳なさそうにこちらを見る。「経済学者のジョークをご存じ？　全世界の人間と寝てみても、まだ誰にするか決められない」

　わたしは噴き出した。「経済学者なんですか？」

「経済学を教えているの。ミラノの大学で。教室専門の経済学者。理論上は、わたしもイタリア銀行を運営できる。でも実際には――うちの学生の大半と同じように――預金残高以上にお金を使っちゃったりするの」

　彼女はメニューをテーブルに置いて、眼鏡をしまった。

「あなたが決めて、わたしはお腹が減りすぎて考えられないから」

　わたしは二人ぶんの注文をした――前菜の盛り合わせ《アンティパースト・ミスト》、魚介のリゾット、冷えたソアーヴェ（ヴェローナ産の辛口の白ワイン）のボトル。マルゲリータはワインが来るのを待って、それからグラスをわたしに掲げてみせた。

「ありがとう」

「何がです？」

「リストひとつぶんあるわ。おじの家で椅子を持ってきてくれたこと、泊まるところを見つけてくれたこと、スーツケースをペンスィオーネまで運んでくれたこと、ディナーに呼んでくれたこと、料理を注文してくれたこと……ああ、そうだわ、それからあの怖いディーラーを追い払ってくれたことも」

「逃げられたのもいまだけのことかもしれませんよ」わたしはそう言った。「セラフィンはとにかくあきらめない男ですから」

「お知り合いなの？」

「そうなんです」彼女の表情が変わり、目にかすかな不信があらわれるのが見えて、わたしはいそいで話をついだ。「これは何か企んだわけじゃありませんよ、本当です。わたしはディーラーじゃないし。この夕食も、あなたに何か申し出を押しつける口実なんかじゃありません。あなたのおじさんのヴァイオリンコレクションには何の関心もないんです。いずれにしても、利害関係はいっさいありません。信じてくれますよね？」

彼女の顔がやわらいだ。「ええ、信じるわ」

「セラフィンは仕事での知り合いなんです、それだけですよ」わたしは彼女に自分の仕事のことを話した。それから自分がヴェネツィアでしていること、ライナルディや、グァスタフェステのこともっと詳しく説明した。彼女は目を見開いた。

「まあ、ほかにも殺された人がいたの？　お友達だったなんて。驚いたでしょう」

「こんなに胸がつぶれる思いをしたことはありません」おだやかに答えた。

「ごめんなさい、ジャンニ。わたし、びっくりしてしまって。何て言ってあげたらいいのか。ショックでしょう。親しいお友達だったの？」

「幼なじみだったんです。もう五十年以上も一緒にヴァイオリンを弾いていました。ええ、親しい友人でした。本当に昔からの、大好きな友人でした」

自分の声が少し割れはじめるのがわかったので、ワインを飲んだ。マルゲリータはテーブルごしに手を伸ばして、わたしの手の甲にそっと指を触れた。短い、一瞬だけの同情の、たぶん共感の触れ合いだったのだろう。彼女も亡くした人がいたのだから。

わたしは目をそらした。ウェイター――たぶん店主の息子と思われる少年――がわたしたちのテーブルに近づいてきた。わたしは彼が前菜を出し、戻っていってからこう尋ねた。「おじさんとは親しかったんですか？」

「全然」マルゲリータは答えた。「もうずっと会ってもいないし話してもいなかったわ。というか、むこうが会おうとしなくて、話もしなかったの。おじはうちの父と仲違いして――父は弟なの――ずっと昔のことよ。おじはわたしたち全員と縁を切って、父とは口もきかなくなった。わたしとは喧嘩したわけじゃなかったけれど、どういうものかわかるでしょう、わたしは父の娘だし、だから汚《けが》れているというわけ」

「何で仲違いをしたんです？」

「さあ、よく知らないわ。おかしいわよね？　そんな大事なことなのに、それが何でか全然知らないなんて」

「そうおかしくもないでしょう」わたしは言った。「人はいろいろ馬鹿げたことで仲違いをしますからね。ごく些細なことでもたびたび」

「エンリーコおじは付き合いやすい人ではなかったわ。頑固で、妄想にとりつかれていて、疑り深くて。一度も結婚せず、祖父が亡くなったあとはひとりきりであの広い家に住んでいたの。ありとあらゆる不満を抱えていて、中には根拠のあるものもあったんでしょうけれど、大半は想像上のものだったんじゃないかしら。それで、年をとるにつれてひどくなっていった」彼女は切ったトマトにフォークを刺し、口に入れた。

「きのうお会いしたときは、たしかに少々変わった人のようでした」わたしは言った。

「結局、そうなったのはヴァイオリンのせいだと思うわ。お金、ってことよ。エンリーコおじは――長子だったから――祖父の遺産の大部分を相続したの。うちの父はずっとそれを恨んでいた。おじがヴァイオリンに莫大なお金をつぎこんでいたことが我慢ならなかったのね。あんなに多くのお金を無駄に使っている、というのが父の見かただった。そんなことは浪費で自堕落だと思っていたのよ。家族って面倒なものよね？　血は水より濃いけれど、水よりも簡単に悪いものになってしまうし」

「おじさんとはまったく音信不通だったんですか？」

「こちらからは手紙を送っていたわ。クリスマスカードをね、でも返事が来たことは一度もない。こちらがもっと努力するべきだったんでしょう。会いにいくとかね、たぶん鼻先でドアを閉められたと思うけど。今日の午後おじの家を見たとき――あの状態、ごみ、におい――悪かったと思ったわ。おじをほうっておいたことが申し訳なかった」

「彼の生き方はあなたのせいではありませんでしたよ。ヴァイオリンが彼の幸せだったんです。

ほかのものはいっさい関係なかった」

「そうかもしれないわね。あのディーラーの人が――セラフィン、だったかしら？――うちの事情を知っていたら、わたしがおじのコレクションを相続するなんてありえないとわかるでしょう。おじはきっと博物館かどこかに残しているはずよ」

わたしは前菜《アンティパースト》を食べながら、フォルラーニの金庫室へ入ったときのことを、ガラスケースでいっぱいのあの部屋のことを考えた。あのとき、あそこは死んだヴァイオリンたちの霊廟のように感じられた。フォルラーニが死んだいまはいっそう墓めいて思えた。わたしは楽器たちがエアコン付きの墓からよみがえり、外の世界であらたな命を与えられ、彼らの音楽がもう一度聴かれるよう願った。とはいえ、いやな予感がするのは止められなかった。シュポアのグアルネリ・〝デル・ジェス〟はまず間違いなく公開されるだろう。専門家やディーラー、オークションハウスの従業員たちによって調べられ、これまでは避けてきた厳しい精査を受ける。自分は本当にそれを望んでいるのか？

「でも、おじのことをくよくよ考えるのはやめましょう」マルゲリータは無理に弱々しい笑みを浮かべた。「あなたのヴァイオリンのことを聞かせて。孫がヴァイオリンを習いたがっているの」

「お孫さんがいるんですか？」

「三人ね。ステファノは六歳。始めるには小さすぎる？」

「そんなことはありませんよ」

「小さな楽器が必要よね、もちろん。あまり大きくない子なの。見つけるのはむずかしいかしら？」

「お孫さんにはたぶん四分の一サイズがいりますね」と答えた。「でも、手に入れるのはむずかしくありませんよ。その子もミラノに住んでいるんですか？」

「ええ。孫たちはみんな近くにいるわ」

「それは幸せですね。うちの孫たちはこっちの希望よりも遠くにいて。それで、ご主人は？一緒にいらっしゃれなかったんですか？」

「元主人ね」マルゲリータは言った。「四年前に離婚したの」

「ああ」わたしはその先を言わないでおいた。離婚のこととなると、お祝いを言うべきなのか、慰めにするべきか、いつもはかりがたい。

「あなたの奥様は？」彼女がきいた。

「六年前に亡くなりました」

彼女の顔を影がよぎった。

「まあ、ごめんなさい」

わたしはソアーヴェのボトルをとって、続く居心地の悪い沈黙をカバーしようとした。

「もっとワインをどうぞ。前菜《アンティパースト》はどうです？」

カテリーナのことは話したくなかった。いまこのときには、別の女性と夕食をとっているときには、そうするべきではない気がした。

部屋に戻ってからほんの十分でドアがノックされ、外でグァスタフェステの声がした。

「ジャンニ、起きてますか？」

ドアをあけて彼を中へ入れた。

「まだ寝ていなかったんですよね？」

「ああ、ついさっき戻ってきたんだ。解剖はどうだった？」

グァスタフェステは窓のそばの椅子に座り、脚を投げ出して、腕をだらんとさげた。目をこする。ずいぶん疲れているようだった。

「結論は出ませんでした」彼はあくびをした。「死因はわかったんですが。俺の思ったとおりでした。フォルラーニはガラスのディスプレーケースを割ったときに、左手首の動脈を切ったんです。要するに出血死でした」

「はっきり結論が出たように聞こえるが」

「でも何が起きたのかはやっぱりわからないままです。事故だったのか、殺人だったのか。病理学者はフォルラーニが心臓発作とか脳卒中とかを起こして、意識をなくしてケースに倒れかかったという証拠を見つけられなかったんですから」

「なくなったマッジーニはどうなんだ？　あいていた玄関は。あれは誰かほかの人間がその時間にあそこにいたという証拠じゃないのか？」

「そうとはかぎりませんよ。マッジーニはもっと早い時刻に持ち去られたのかもしれない。それもクリストファー・スコットと話すときにきいてみたいことのひとつです」

彼の口調、言葉遣いの何かがひっかかり、わたしはじっと彼を見た。

「とき？　彼の居場所がわかったのかい？」

「二時間前、リナーテ（ミラノ郊外の空港所在地）からロンドンへ飛ぼうとしてつかまったんです。スパディーナが車を用意してくれました。今度はミラノへ行くんですよ、俺たち二人とも」

7

わたしはペンスィオーネの裏手にある小さな、まわりをかこまれたテラスでひとりで朝食をとった。マルゲリータがいて話し相手になってくれたらと期待していたのだが、彼女があらわれたのはわたしがコーヒーと丸パンを食べおえ、自分の部屋に戻ろうとしていたときだった。

彼女は中庭から出てきて、わたしを見ると笑顔になった。「ご一緒してもかまわない？」

「もちろんですよ。さあどうぞ」わたしは皿とカップをどかして、テーブルの向かい側に彼女の場所をつくった。

「コーヒーだけお願い」彼女は厨房のドアから出てきたあるじに言った。そして腰をおろし、まわりを見まわした。テラスにいる客はわたしたちだけだった。わたしたちのテーブルは日陰にあったが、頭上では日の光が水漆喰《みずしっくい》の壁をゆっくりひそやかに降りてきていた。空は雲ひとつないコバルト色。わたしは彼女を観察した。顔には年齢の徴候があらわれていた――目や口元の皺《しわ》――しかし骨格はいまもすばらしく、若い頃にははっとするほど美人だったことだろう。規格どおりの美人ではなかったかもしれないが、わたしは昔から規格どおりのものが好みではない。

「また暑くなりそうね」彼女は言った。「暑いときのヴェネツィアは耐えられないわ。それににおいも。まだ滞在なさるの？」

　わたしは首を振った。「午前中に列車でクレモナに戻ります」

「まあ残念。ゆうべの食事は楽しかったわ」

「ミラノにはいつ戻られるんですか？」

　マルゲリータは肩をすくめた。「誰も知らないんじゃない？　午前中に警察署《クエストゥーラ》に来てほしいと言われているの。サインしなきゃならない書類があるんでしょうね。そのあとはおじの弁護士に会って、いろいろなことを処理しはじめないと」彼女は身震いした。「何もかもぞっとするわ。弁護士とか法律がらみのことが大嫌いなの。何が何やら、わかったためしがなくて。まだ何日かはここに足留めでしょうね」

　コーヒーが来たので彼女は顔を上げ、あるじにありがとうとうなずいた。それからわたしが腕時計を見ているのに気づいた。

「あら、どうぞもう行ってくださいな」

　わたしは詫びるように笑った。「列車が九時半に出るんです。もう行かないと」わたしは椅子を後ろへ引いて立ち上がった。「お会いできて楽しかったですよ。万事がうまく片づくよう願っています」

「片づく？」彼女は皮肉をこめて言った。「ここはイタリアですもの。何かが片づいたことなんてずっと昔じゃない？」

わたしは手をさしだした。彼女の指がわたしの指に触れた。

「さようなら」

「道中気をつけて、ジャンニ」

朝の光の中、カナル・グランデをさかのぼり、駅へ向かう水上バス《ヴァポレット》の中で彼女のことを考えた。考えるべき以上に考えたかもしれない。どうしてだろうかと思った。彼女に電話番号を教えるか、あるいは彼女の番号を聞いたほうがよかったかと考えた。しかしそんなことをして何になる？　わたしはもう若い男ではない。そんなことはまったく好ましくないし、たぶん見苦しくさえある年齢になったのだ。彼女とはただ知り合って、夕食をともにして、別れた。それだけのことだ。ほかに言うべきことはない。

家に着くとコーヒーを一杯いれてサンドイッチを作って食べ、それから工房へ行った。二日間閉めきっていたので、中は暑く、むっとしていた。窓をあけて風を入れてから、金庫を開いて、セラフィンからあずけられた傷ついたストラディヴァリを出した。

ストラディヴァリの何がそれほどすばらしいのか？　彼の秘密は何なのか？　どこかの科学者やら、いわゆる〝専門家〟が新しい説を出さない年はほとんどないほどだ――ストラディヴァリが使った木材について、その乾燥方法について、その加工方法について、そして何よりもニス塗りについて。彼のニスにある魔法の成分については数えきれないほどの論文がある。専門家たちは彼の作った板の振動を、ヴァイオリンの胴の内部の空気の動きを調べてきた。彼の道具を、図面を調べ、彼が使った木材の出どころを求めてアルプスを探しまわった。いったい何のためだろう？

人間は奇妙な種族だ。希望だけは山ほど持つことができる。わたしたちはストラディヴァリに秘密を持っていてもらいたいのだ、なぜなら、もしその秘密を発見できさえすれば、彼に並ぶ弦楽器職人になれるという希望が持てるから。だが秘密などない。ヴァイオリン作りは、卑金属を黄金に変える錬金術ではない。木工技術なのである。

学校に通っていた頃、わたしはそれなりに頭のいい生徒だった――クラスでいちばんではなかったが、まんべんなく何でもできた。そのまま学校にとどまり、たぶん大学へ進むこともできたが、学問的な勉強には興味がなかった。昔から芸術と工芸が好きで、そちらに際立った素質があったので、計算も読み書きもできないために〝手を使うのがうまい〟と思われていた間抜けや怠け者たちと一緒のクラスに押しこまれていた。そう、彼らは手を使うのがうまかった。盗んだり喧嘩をしたりがうまかった。だが木工はどうか？　彼らはアインシュタインの相対性理論を説明できないのと同様、木材でものを作ることもできなかった。自分の両手を使って仕事をする能力は、知性のない者に与えられる残り物ではない。それは才能であり、数学や言語の素質と同じようにたしかで、貴重なものなのだ。そして才能があるとしても、自分の本当の可能性を見極めるためには、真剣に仕事をしなければならない。それはこんにち、われわれの認めたがらないことだ。われわれは何にせよ、ハードワークというものをしたがらない。

ストラディヴァリはどこからともなく出てきたわけではなく、すっかりできあがった天才が真空から登場したのでもなかった。彼が生まれたのは弦楽器職人の街で、そこではヴァイオリン作りがそれまで一世紀半にもわたって普及し、実入りのいい仕事になっていた。彼がよって立つことのできるゆたかに確立した伝統が、経験と知識という富があったのだ。彼は十四歳の頃にニコロ・アマティの徒弟になり、九十三歳までヴァイオリンを作りつづけた。ほぼ八十年におよぶ修業だ。現在、どんな職業であれ、誰がそんな誇りを持てる？　彼は仕事をおぼえ、来る日も来る日もそれに真剣に取り組んだ。四、五週間の休暇をとってドロミテへスキーにいったり、トスカーナの海岸で日光浴をすることもなかった。週に六日働き、昼食には作業台の横でひと切れのパンとチーズを食べて、晩まで仕事をした。ヴァイオリン作りは彼の一生の仕事だっただけではない、人生そのものだったのだ。

それにひきかえ、いまの若い弦楽器職人はどこかの大学でせいぜい三、四年のコースをとるだけだ。彼らは学位を、印章の押された一枚の紙きれを持って世の中へ出てきて、自分はヴァイオリン作りを知っているつもりでいる。それどころか、世間がそれを買ってくれると思っている。彼らは夢の世界に生きているのだ。この仕事に就いて五十年たったいま、わたしにはストラディヴァリの秘密を教えてくれる専門家など必要ない。それが何かはわかっている。彼はただ、どんなヴァイオリン職人よりもすぐれた職人だっただけだ――グァルネリ・〝デル・ジェス〟はのぞくとして——彼以前も以降も含めて。

わたしは自分の前の作業台にのった楽器を見ていたが、やがていつのまにか目が上へ向き、工房の壁の一角にかけてある別のヴァイオリンへ惹きつけられていた——わたしが作ったものではなく、この先売るつもりもないヴァイオリン。立ち上がってそのヴァイオリンのところへ行き、作業台へ持ってきた。ストラディヴァリと並べて置き、二つの楽器を比べてみる。相似は歴然としていた。ニス、表板のアーチ、f字孔のカット、渦巻きの彫り、すべてがストラディヴァリ独特の特徴を有しており、それがあまりにはなはだしいので、わたしも知らなければあの名匠の作品だと断言していただろう。とはいえ、左側の楽器は本物のストラディヴァリだが、右にあるのはわが親方のバルトロメーオ・ルフィーノの贋作であることを、わたしは知っていた——売却されなかった贋作で、彼が道具や木材の在庫とともに、わたしに遺贈してくれたものだった。

ルフィーノの腕前には感嘆せざるをえなかった。彼はまれにみる才能の贋作づくりで、不名誉ではあるにしても、長い伝統の中で腕を磨いてきた。ヴァイオリンはアンドレーア・アマティやガスパロ・ダ・サロ、つまりこの楽器の父たちの時代から偽物が作られている。それが人間というものなのだ。あるものに需要があり、高い値がつけば、その市場で儲け、怪しいすじから需要にこたえようとする人間は必ず出てくる。大量のヴァイオリンが偽造された十九世紀、それはれっきとした産業であり、何百人という弦楽器職人が雇われていた。わたしが思うに、その時期に作られた楽器の総数のうち、半分はラベルが偽物だろう。正直な弦楽器職人たちが名匠たちのスタイルで作りはしたものの、そうしたラベルはつけなかったコピーも加えれば、あるヴァイオリンが本物かどうか見極めるのがむずかしいのも当然だ。こうした歴史があるので、ディーラーやバイヤーは、古い、もしくはイタリア製、そしてとくにその両方であるとされる楽器には、おのずと疑いの目を向ける。贋作者はどの職人のヴァイオリンを偽造するか、きわめて慎重にならなければいけない。

ルフィーノは用心深かった。一年にあまり多くの贋作は作らなかったし、おもに十九世紀後半と二十世紀初めの、知名度では劣る弦楽器職人に絞った。そうした職人のヴァイオリンなら、疑いを招かずに流通の中へまぎれこませるのがはるかに簡単だし、見返りもすこぶるいい。名匠の楽器はリスクが大きいのだ。綿密に調べられるし、おもてむきはずっと昔に作られたものなので、これまでの二、三百年間どこにあったのか、もっともらしく説明をつけるのがむずかしい。しかしルフィーノはそれでもそうしたものをも作った。誘惑、金、やりがいが大きすぎて抵抗できなかったのだ。わたしが徒弟としてそばにいた時期、彼はジョヴァンニ・グランチーノ、ニコロ・ガリアーノ、ジョヴァンニ・バティスタ・グァダニーニ、カルロ・ベルゴンツィの贋作を作り——実を言うと、ベルゴンツィは三挺作った。本物のベルゴンツィを手に入れ、パーツをひとつずつばらばらにして、それからそのオリジナルのパーツを使い、別のものを付け足して、新たな三挺のヴァイオリンを作りあげたのだ。専門家をだます狡猾な方法だった——間違いなく本物のベルゴンツィの表板を前にしては、そう、楽器そのものが本物だと信じやすくなる。

わたしの前にあるこの偽のストラディヴァリはもっとずっとあと、ルフィーノと別れてかなりたってからわたしのもとに来たのだが、それでも彼が作ったことはおぼえていた。完成までには何年もかかっていた。工房に彼を訪ねていくと、よくそれが作業台にのっており、彼は楽しげにどうやってそれを偽造しているかを正確に教えてくれた――裏板と表板を、ストラディヴァリのように、サーベルの刃からつくったやすりで仕上げ、木材の最後の磨きには乾かしたサメの皮と馬の尻尾と、名匠の時代にもそうだったように、いまもポー川の土手にはえている粗い研磨用の草を使っている、と。彼はわたしには無防備なほどあけすけで、徒弟時代と変わらなかった。わたしが絶対に彼を警察に通報したりしないとわかっていたのだ。人間として彼に愛情を持ちすぎていたし、だいいち、徒弟としての年月には彼を手伝っていたのだ。ルフィーノのことを暴露すれば、弦楽器職人としてやっと得た自分の評判を傷つけることになり、ルフィーノはわたしがそんなことはしないと知っていた。

彼のストラディヴァリに対する苦労は報《むく》われた。わたしの経験を積んだ目でさえ、その構造には何の欠陥も見つけられなかった。ルフィーノはストラディヴァリのスタイルのあらゆる面をこのうえない熟練の腕で模倣し、くわえてそのヴァイオリンを説得力たっぷりに〝老け〟させていた。ニスの色を濃くして汚し、演奏者の手が三度のポジションをとったときに触れるはずの、楽器上部のカーブをこすって傷をつけ、裏板の真ん中と渦巻きのすじのニスを少しこすりとってあった。胴体内部のラベルも、三百年前のものにみえるように褪色させてある。わたしが見てきた中でももっとも完璧な贋作だが、ルフィーノは決してそれを売ろうとしなかった。

ときおり、彼が手放さないのは、それが彼の贋作者としての技量を極めたものであり、同じものは二度とできないとわかっていたからだろうかと思った。しかしいっぽうで、ストラディヴァリは詐欺をするには危険な対象なのだ。彼は多くの楽器を製作した——おそらく千百挺近くを作り、そのうち残っているものは六百五十ほどだ——だから表面上は、わずかな数の、これまで発見されていなかったものを見つける機会はありそうにみえる。だが実際には、その六百五十挺はしっかり記録されており、長年にわたって多くの人間が残りの四百五十挺の行方を探そうとしては失敗してきたので、これまで知られていなかったストラド（ストラディヴァリのヴァイオリンの通称）が市場にあらわれると、根深い疑いと、まずは贋作だろうという推測が呼び起こされる。ルフィーノが自分の〝ストラディヴァリ〟を手放さなかったのは、売ろうとすれば露見するかもしれないのを恐れたというのもあったのだろう。

　わたしはそのヴァイオリンをとって、フックにかけなおした。もう四半世紀近くもそこにある。壊してしまおうと思ったこともあった——わたしが死んで、それが世間に出て本物だと信じられてしまう場合にそなえて——しかしその衝動にはずっと逆らってきた。それが壁のその場所にかかっているのが気に入っていたのだ。それは昔の師の形見であり、彼が教えてくれた技術を思い出すよすがであり、おそらくはそうした技術がどう使われるかについての警告でもあった。

　それから二時間、本物のストラディヴァリに取り組み、表板の傷の修理に使う石膏型を作った。作業に没頭していたので、グァスタフェステが大きな音をたててドアを閉めるまで、彼が工房に入ってきたことに気づかなかった。わたしははっと顔を上げた。

「すみません」グァスタフェステは言った。「驚かせるつもりはなかったんですけど」

「入ってくれ。いま何時だ？」

「七時半です。邪魔してしまいましたか？」

「もうやめる時間だよ。ああ疲れた」わたしは背中を伸ばして、スツールから降りた。「一杯どうだい？」

わたしたちはテラスのテーブルに、ヴァルポリチェッラ（ヴェネト州産の赤ワイン）のワインをついだそれぞれのグラスと、オリーヴの入った大きなボウルをあいだにはさんで座った。グァスタフェステはしおれた恰好をしていて、顔には黒っぽい不精ひげがあった。ほぼ二十四時間前にヴェネツィアで着ていたのと同じシャツとネクタイを身につけている。

「クリストファー・スコットはどうなった？」と、きいてみた。「それとも、部外秘かい？」

「あなたはもう関係者ですよ、ジャンニ」グァスタフェステは答えた。「俺にわかっていることは、あなたも知っていていい」

「フォルラーニを殺したのは彼だったのか？」

グァスタフェステはオリーヴを嚙み、種を手のひらに吐き出した。

「アリバイがあるんです。何人もの証人に確認しました。どうやら疑いは晴れそうです」

「どんなアリバイなんだ？」

「彼はヴェネツィアで〈シプリアーニ〉に泊まっていました。知ってますか？」

「いや。ヴェネツィアには詳しくないんだ」

「ジュデッカ島にある会員制の、ものすごく高級なホテルです。映画スターがお忍びで来るようなところですよ。予約が必要で、警備が厳重ですが、サン・マルコ広場からはボートでたった五分。潟《かた》を渡る専用のタクシーサーヴィスがあって――高速の豪華なモーターボートが何台も街とホテルを行き来して客を送り迎えするんです。運転手は誰を乗せたか記録をつけていて――庶民《ホイ・ポロイ》とパパラッチがホテルの敷地に入ってくるのを防いでいるんですよ。クリストファー・スコットは、タクシーの運転手とホテルの夜間受付係によれば、月曜の夜十二時半に部屋に戻ってきたそうです。七時に早朝モーニングコールを頼んでいて、そのあと八時にホテルから水上タクシーでイエーゾロの空港へ行った。九時半のアリタリア便でミラノへ飛んでいます」

「それで、フォルラーニは火曜の朝六時から八時のあいだに死んだんだろう？」わたしはきいた。グァスタフェステはうなずいた。「スコットが夜のあいだにホテルを抜け出して、フォルラーニの家にもう一度行き、午前七時のモーニングコールに間に合うよう〈シプリアーニ〉に戻っていたとしたら？」

「それは無理なんです。ジュデッカ島を出る唯一の方法はボートだけなんで。ヴェネツィア警察は丸一日かけてスコットのアリバイを調べ、市内の水上タクシー運転手全員に話をきいたんです。警察は彼が空港に行くまで島を出なかったのはたしかだと考えてますよ。泳いで潟を渡ったなら別ですが、はっきり言って、それはありえないでしょう」

「彼はあの晩フォルラーニの家に行ったことは認めているのか?」

「ああ、ええ、えらく協力的でしたよ」

「理由は何だと言っている?」

「ヴァイオリンのことで話し合いに」

「どれか特定のヴァイオリン?」

「来週ロンドンでオークションに出るはずのグァルネリだそうです。スコットはカタログを持っていました。それを見せてくれましたよ。フォルラーニの代理で入札することになっていて、いくらまで行っていいのか話し合うために会ったと言っていました」

「夜の十一時半に?」

「その時間を指定したのはフォルラーニらしいんですよ。俺はありえると思いますね、彼に会いましたから」

「スコットにメシアの姉妹のことはきいてみたかい?」

「聞いたこともないと言っていました」

「トマソのことは?」

「同じです」

「彼を信じるのか?」

グァスタフェステはもうひとつオリーヴをとって、指のあいだでもてあそんだ。

「わかりません。聴取は通訳を通してやらなきゃならなかったんです。スコットはイタリア語がほとんど話せないし、俺の英語は――ご存じのとおり――ひどいもんですからね。スパディーナはもっとだめだし。それで微妙なところがわかりにくくて。でも彼の態度や、顔の表情や、ボディランゲージからは、あまり信用できる人物にはみえませんでしたよ。俺くらい長く警官をやっていると、そういうものには勘が働くようになるんです」

「彼はディーラーだしな」わたしは皮肉をこめて言った。

グァスタフェステは笑った。「それはまだイタリアじゃ罪になりませんから」

「勾留しているのかい？」

「理由がなかったんです。もうイギリスに帰りましたよ」

「それじゃ、これからどうするんだ？」

「フォルラーニの件はスパディーナの問題です」

「トマソは？」

グァスタフェステはジャケットの内ポケットに手を入れて、薄い紙束を出した。

「彼の工房にもう一度行って、家を調べてみたんです。彼がフォルラーニに見せたという手紙のコピーは影も形もありませんでした。クラーラもそのことは何も知らない。手紙は消えてしまったようです」

「彼がイギリスへ行ったことについては、何かわかったのかい？」

「クレジットカードの記録は手に入れました。むこうで三泊しています。一日めの夜はロンドンのホテルに泊まり、二日めの夜はオックスフォードのホテルに泊まりました。三日めの夜は不明です。彼がどこにいたのかわからないんですよ、でもクレジットカードは使っていません」

グァスタフェステは手に持った紙束を広げてテーブルに置いた。

「彼の通話記録も手に入れました――これがコピーです。彼は回線を二つ持っていて、これです――自宅と工房。携帯電話は持っていませんでした」

「わたしもだよ。世代で違うのさ。携帯電話は若者のおもちゃだ」

「彼がかけた番号の大半は相手がわかりました。イギリスでの相手は三つ。二つはさっき言った、ロンドンとオックスフォードのホテルです――部屋の予約の電話でしょう。三つめはよくわかりません。何度かかけてみたんですが、相手が出なくて。ミセス・V・コフーンと登録されています。聞いたことはありますか？」

「いや」

「トマソが言ったこともない？」

「おぼえているかぎりではないな」

「このリストは置いていきますよ。あとで見てみてくれませんか？　知っている番号があるかどうか調べてください」

「わかった」

「俺は帰って寝ますよ。徹夜だったんで。ワインをごちそうさまでした」

グァスタフェステが帰ったあと、わたしは家に入って軽い食事を作った。それからもう一杯ヴァルポリチェッラをついで、奥の部屋の肘掛け椅子に引っこみ、電話番号のリストを見てみた。いくつかはわたしの番号だとわかった——トマソとは毎週のように電話で話していた——それにほかにも知っているものがいくつもあった。共通の友人、クレモナにいるほかの弦楽器職人。われわれは職人という固く団結したコミュニティなのだ。通話のほとんどは地元内だった。三本だけ——グァスタフェステが言っていたイギリスへの三本——が国際電話だった。番号の大半は横に電話の加入者名があった。トマソの娘ジューリアや、孫娘でミラノの音楽院《コンセルヴァトーリオ》で音楽を学んでいるソフィアとの長い通話があった。クラーラの近親の人々への通話もあった。彼らは北イタリアじゅうに散らばっていた。

ワインを飲んで、トマソの工房からかけられた通話リストの最後のページを見た。すぐにある番号が目についた——加入者の名前が横になくてもわかる、ミラノ内の番号。それはヴィンチェンツォ・セラフィンのオフィスラインだった。わたしは脈拍が速くなるのを感じ、拍動が落ち着くまで肘掛け椅子にもたれていた。セラフィン？　トマソは死ぬたった五日前にセラフィンに電話をしていた。通話は六分近く続いていた。それなのに、わたしが先週ミラノでセラフィンを訪ねたとき、彼はトマソを知らないと言ったのだ。

人生におけるわれわれの道は、誕生や結婚や葬儀で区切りをつけられるが、わたしくらいの年になると最後のものが多くなるように思う。まだそれほど年寄りではない——いまどきの六十三歳は老齢ではないのだ——しかし月日がチクタクと音をたてて消えていっていることは自覚している。ふさいだ気分のときには、暗闇が近づいてくるのを感じる。たぶん神にはまだわたしが見えていないだろうが、射程距離に入っていることは自分でも強く意識している。

　わたしの世代にとって、誕生や結婚ははるか後ろのものになってしまった。いまでは集まる機会となると、喜びよりも悲しみがたがいを結びつけることのほうが多い。ここ数年で、半ダースくらいの葬式に出たはずだ。血縁の誰かや親しい友人の葬式もあり、単なる知り合いのものもあった。そしていまやトマソまで逝ってしまった。彼はあまりにもずっとわたしの人生に存在していたので、もうそばにいないことが信じられないほどだった——もう彼の声を聞くことも、ワインのボトルを分け合って飲むことも、隣り合って四重奏を弾くこともないのだとは。理屈は通らないが、わたしは彼が自分を置いていってしまったことに、わたしたちみんなからこんなひどい消え方をしたことに腹を立てており、柩《ひつぎ》が教会へ運ばれていくのを見ているときも、彼がいきなり飛び出してきて、わたしたちがあっさりだまされたことを笑うのではないかとなかば期待していた。

　わたしたちは聖ジギスムント教会に来ていた——大聖堂についで、クレモナでもっとも壮麗な教会だ。ミラノ公爵フランチェスコ・スフォルツァと妻のビアンカ・マリーア・ヴィスコンティによって十五世紀に建てられ、内部はほぼ隙間なく——壁からアーチ形の天井にいたるまで——聖書のさまざまな場面の綿密な絵で装飾されている。その華麗さはまったく圧倒的だ。若き日のルイージ・タリシオ——例の、サラブーエ伯コツィオから〝ル・メシー〟を買った旅まわりの商人——が、貴重な楽器を発見する稀有《けう》な才能を身につけたと言われているのも、この教会でだった。収穫の時期、聖ジギスムントは〝鳩の祭り〟で有名だった。高い塔が教会の外に建てられ、ワイヤーが塔のてっぺんから正面扉を通って祭壇につなげられる。わらと火薬で作った〝鳩〟、つまり主《しゅ》の発現と言われるものがワイヤーにつけられて燃やされる。火薬に火がつき、炎をあげる鳩がヒューッと音をたててワイヤーをすべる。その炎に触れると祝福が与えられると考えられていた。タリシオが――と、言い伝えは続く――腕を伸ばしたときに鳩が勢いよく通りすぎ、彼の手は直接炎を通り抜けた。

トマソの棺が高くなった祭壇の前の台に置かれ、そのつややかな横腹にキャンドルの光が揺らめくのを見ながら、わたしはその話をちらっと思い出した。教会は弔問客でいっぱいになり、席のほとんどがうまっていた。トマソは付き合いの多い男だった。友人がたくさんいた。やがてアリーギ神父が信徒たちに体を向けると、彼の厳粛で力強い声がこちらに届き、わたしたちと一緒にトマソの生涯を祝福した。

わたしはアリーギ神父の言葉に耳を傾けていたが、実際にはまるで聞いていなかった。トマソがどういう人間だったかは知っていた。どんなに真情にあふれた感動的なものであろうと、司祭の演説に彼の人となりを教えてもらう必要はなかった。彼という人物、彼の存在は半世紀以上もわたしの人生とつながっていた。彼が死んでからの日々、わたしは彼のことを長々と考え、彼がいなくなってしまったことを受け入れ、自分の気持ちと何らかの折り合いをつけようとしてきた。葬儀は単なる公式な別れであり、われわれみんなを集めてトマソを送り出すための儀式にすぎなかった。しかしわたしはすでに彼に別れの言葉を送っていた。

教会の壁を、聖人や使徒や天使のフレスコ画を見ていくと、別の場所、別の葬儀が思い出された。妻が亡くなって六年になるが、いまでも毎日彼女を思い出す。奇妙なときに――作業台に向かっているとき、庭にいるとき、皿洗いのような日常のことをしているときすらあるが――彼女がそばにいるのを感じる。真夜中に、眠っているわたしを彼女が見ているのを感じて目をさますこともあった。すると枕が自分の涙で濡れていて、彼女が眠っていたときには誰が彼女を見ていたのかと思うのだった。

アリーギ神父が一緒に祈るよう呼びかけ、わたしはもはや信者ではないのに反射的に膝をついた。かつては主のやさしさと慈悲を信じていたが、カテリーナを奪い去られた日、すべてが嘘だと知った。そのとき、神が存在しないことを知り、それでいながら、まるで影を追いまわす狂人のように神に対して怒りを抱いていた。自分の悲しみをほかの誰のせいにできただろう？　神はわたしから彼女を奪った。苦しみと痛みのうちに彼女を奪い、それゆえにわたしは二度と神を許すことができなかった。

しかしまわりの声、トマソの友人たちや家族の声が彼のために祈りをつぶやくのを聞いていると、自分は公正ではなかったのだろうかと思えてきた。わたしは顔を上げて祭壇の上のキリスト像を見て、トマソのこと、妻のこと、永遠にわたしから失われた二つの魂を思い、自分の存在のありったけで、自分が神に対して間違っていたのであってほしいと願った。

安堵の気持ちが部屋の中を通りすぎるのがわかった。人々が疲れたように一体となって息を吐き、感情を解き放ち、葬儀の暗い余韻を、濡れた目と重い心を振り払い――少し沈んではいても――喜ばしい日常に戻るのが。もうトマソ以外のことを話し、古い知り合いの近況を知り、ワインを飲み、笑うことすらできる。わたしも肩が軽くなり、気分が上向くのを感じた。もう終わったのだ。

「調子はどうですか、ジャンニ?」グァスタフェステがわたしの肩に気遣うように手を置いた。

「大丈夫だよ」

「何か飲みます?」

彼は混みあった部屋をかきわけていき、赤ワインの入ったグラスを二つ持って戻ってきた。

「トマソにぴったりの葬儀でしたね」彼は言った。「アリーギ神父もいつもよりうまかったし。それに人が多かった。俺の葬式には、あの四分の一でも来たら驚きですよ」

「きみはいないんだから驚けないじゃないか」わたしが言うと、グァスタフェステは笑った。

「家族の人たちにはよかったですね。トマソがとても好かれていたのがわかって。あの人たちは誰なんです? ヴァイオリン職人?」

「彼らもおおぜいいるね、ああ」わたしは答えた。「彼がいなくなってみんなさびしがるだろう。トマソはほとんど誰とでもうまくやっていくこつを身につけていた。めったにない長所だよ」

わたしはトマソの娘、ジューリアが人々のあいだを抜けてこちらへ来るのに気づいた。彼女が通りかかると悔やみの言葉がかけられるので、立ち止まっては挨拶をかわしている。

「よかった、お二人とも飲み物にはありつけたんですね」彼女はわたしたちの前に来て立ち止まった。「キッチンには料理もありますから。少し召し上がってくださいね。ママが例によって、料理を作りすぎてしまって」

「お母さんの具合はどうだい？」わたしはきいた。

「何とかやっています。今日のためにがんばったんですよ。いろいろ準備があったおかげで忙しくしていられたし、少しは気持ちをそらしていられました。でも、これからのことが心配で。こういう忙しいのが終わったら、ママはひとりぼっちになってしまうでしょう」

わたしはうなずいた。葬儀が最初の激しい悲しみの時期に終わりをもたらしてくれても、クラーラが喪失から完全に立ち直るまで、悲しみは何年も——もし立ち直るとしたらだが——続くだろう。みんな終わりにすると口では言うが、伴侶を亡くした人間のほとんどは、本当に終わりにすることなどできない。折り合いをつけ、あきらめるかもしれないが、終わりにできることはまれだ。

「クラーラはこのままこの家に住むのかい？」と、きいてみた。

「母はそうしたがっています。わたしは二、三週間うちに来てくれるよう話しているんだけれど、ここを離れたがらないの。ひとりぼっちで、沈んだ気分でここに置いておきたくないんですけど」

「気持ちの整理がつくには長くかかるだろうね」

「わかってます」

わたしはジューリアの手をとった。クラーラにあまり余裕のないことはわかっていた。トマソは目の前のことしか考えないたちだった。年金の計画や貯金は二の次だっただろう。

「わたしにできることがあれば言ってくれ。声をかけてくれるだけでいい、わかっているね」

「ありがとう、ジャンニ。実はちょっと……」ジューリアはためらった。「いまじゃないほうがいいかもしれないけど。ママじゃなくて、ソフィアのことなんです」

「ソフィア？」

ジューリアは振り返って部屋の中を見まわした。そして娘の目をとらえると、こちらへ来るよう手招きした。教会でトマソの孫娘には気づいていたが、話はしなかった。彼女は背が高くやせており、黒みがかった髪が肩にかかっていた。わたしはここ数年、あまり会っていなかった。最後にはっきりおぼえている姿は、クレモナ音楽祭で優勝した、内気でどぎまぎしている十五歳の少女だった。いま目の前にいる自信に満ちて落ち着いた若い女性は、子どもがどんなに速く成長するかといういい見本だった。

「ソフィアをおぼえています？」ジューリアがきいた。

「もちろんおぼえているさ」わたしはソフィアに笑いかけた。「おじいさんがいつも話してくれたよ。音楽院《コンセルヴァトーリオ》での勉強はどうだい？」

「順調です。そっちは順調にいってます」ソフィアは答えた。「そのことでお話ししたかったんです。お願いがあって」彼女はグァスタフェステに目をやった。「お二人にお願いがあるんです」

「いいとも、言ってごらん」

「わたしのリサイタルのことなんです。デビューリサイタルの」ソフィアは話を始めた。

「ああ、そうだった、おぼえているよ」わたしは言った。「おじいさんがリサイタルのことを言っていた。もうじきなんだろう?」

「あさってです。このままやっていいものかどうかわからなくなってしまったんです。ほら、おじいちゃんが死んでしまったから、やってはいけない気がして」

「何をまた、キャンセルなんて考えちゃいけないよ」わたしはいそいで言った。「トマソはそんなことを望まなかったはずだ」

「わたしもそう言ったんですよ」ジューリアが話に入ってきて、娘のほうを向いた。「あなたにとっては大事な日でしょう。すごく大事な日よ」

「ええ、それはわかってるわ、でも……」ソフィアはためらい、グァスタフェステを見て、それからわたしを見た。「でもひとつ困っていることがあるんです。おじいちゃんがわたしのヴァイオリンに手を入れてくれるはずだったんですよ――新しい駒をつけて、魂柱（ヴァイオリンの内部で、表板と裏板のあいだにはさまっている細い木の円柱）を調べて。先週、楽器をおじいちゃんにあずけたんです。だから手を入れてくれる時間がなかったかもしれない。楽器はもう一挺持ってます――おじいちゃんが作ったものです――でもリサイタルには、別のほうでやりたいんです、できれば」

「まかせてくれ」と言った。「わたしが見てみるから」

ソフィアの目がグァスタフェステに向いた。「あいにく、そっちのヴァイオリンはおじいちゃんの工房にあるんです。でも、警察があそこを封印していて。きのう工房に行ってみたんですけれど、誰も入ってはいけないし、何も持ち出してはいけないって言われてしまったんです」

「どんなヴァイオリンなの?」グヮスタフェステがきいた。

「ロメオ・アントニアッツィです。外側にわたしの名前がついた黒いケースに入っています。工房の入口には警備のお巡りさんがいました。ヴァイオリンを取り戻すには、裁判所の令状が必要だろうって言っていました」

「安心して」グヮスタフェステが励ますように言った。「俺が何とかするよ」

トマソの電話記録のコピーは前の晩に置いていったとおり、奥の部屋のテーブルにあった。わたしはその束をとって、考えこみながらぱらぱらめくった。イギリスへの国際電話には黒いインクで太くアンダーラインが引かれていた――〈マールボロ・ホテル〉、ロンドン。〈ランドルフ・ホテル〉、オックスフォード。それからミセス・V・コフーン。警察は彼女に――わたしにわかっているかぎりでは――まだ連絡がとれていなかった。わたしはしばらく彼女の番号を見つめ、それから受話器をとった。厳密にいえば、警察の仕事を邪魔することになるのだろうが、グヮスタフェステもわたしは〝もう関係者〟だと言ったではないか? 手伝おうとしているだけだ。別に害はあるまい。わたしはその番号にかけ、待った。ベルは長いあいだ鳴りつづけた。切ってしまおうかと思ったとき、かちっと音がして、声が聞こえ、英語をしゃべった。

「もしもし」

女性だった。年配のようで、少し体が弱っていそうだった。

「ミセス・コフーンですか？」英語できいた。

「ええ、そうです」

「カスティリョーネといいます」

「もっと大きな声で言って、よく聞こえないの」

「すみません、接続が悪いんですよ。イタリアからかけているんです」

「イタリアとおっしゃった？」

「そうです」

「まあすてき。イタリアのどちら？」

「クレモナです」

「あら、そこは行ったことがないわ。お天気はいかが？」

何だって？「ええと、暑いです」と答えた。

「こちらは曇りよ。ちょっとじめじめしてい《マギー》るわ」

マギー？　どういう意味だろう？

「ご迷惑をかけて申し訳ないんですが……」

「クレモナっておっしゃったわね？　クレモナは知らないけれど、フローレンスは知っているわ、ああ、ほらあそこに街があるでしょう。フィレンツェ、そちらではそう言うのよね？　たしか……ええと、わたしがあそこに行ってから二十年、いえ、三十年たつわ、でもフローレンスを忘れる人なんているわけがないでしょう？　あのソレントも？　どうだったかしら……」話がとぎれた。「ティミー、そこから降りなさい。テーブルにのってはいけないってわかっているでしょう。ほんとにいたずらな子ね。あら、どこまでお話ししていたんだったかしら？」

「ミセス・コフーン、わたしの友人の、トマソ・ライナルディのことでおききしたいんです。最近、お宅に電話したはずなんですが」

「シニョール・ライナルディ？　ああ、ええ、おぼえているわ……」彼女はまた言葉を切り、声がかすかになった。「ティミー、二度は言いませんよ、このいたずら坊主。すぐに降りなさい」声がまたはっきり聞こえるようになった。「猫は飼ってらっしゃる、ミスター……ごめんなさい、お名前を忘れてしまったわ」

「カスティリョーネです。いえ、猫はいません」

「わたしは猫が大好きなの。イタリアの方たちも猫がお好きよね？　昔、フォロ・ロマーノに、何百っていう猫がいたわ。そこらじゅうにいたのよ」

「なぜ彼があなたに電話をしたのか教えていただけませんか？」わたしは会話を元に戻そうとして言った。

「誰が？」

「シニョール・ライナルディです」

「とってもいい方だったわ。箱入りのチョコレートを持ってきてくださったのよ。本当にやさしいでしょう。ソーントンズのコンチネンタルだったわ。わたし、ソーントンズのコンチネンタルが大好きなの。イタリアでも売ってます?」

「ないんじゃないでしょうか」

「おかしなものね。大陸《コンチネンタル》なんて名前なのに、大陸では買えないなんて」

「彼はお宅へうかがったんですか?」ときいた。

「あら、ええ。とっても楽しくおしゃべりしたわ。あの人の英語はちょっと、その、変わっていたけれど、わたしはいくらかイタリア語ができるから。あなたの英語はとてもお上手ね、シニョール……ごめんなさい、同じことばかりしてるわね」

「カスティリョーネです」

「どこでおぼえられたの?」

「長いあいだにぽつぽつとです。シニョール・ライナルディがなぜあなたに会いにいったのか、教えていただけますか?」

「何かの書類を見にいらしたのよ。昔の先祖の手紙を」

わたしの心臓は飛び上がった。

「昔の手紙?」

「ええ、もうずっとトランクに入れっぱなしになっているものよ、実をいうと何世紀も」

「その手紙には何が書いてあったんです?」

「さあ、わたしは知らないわ。ちゃんと見たことがないの」

「まだその手紙をお持ちですか？」

「もちろんよ、上の階にあるわ」

「わたしにも見せていただけますか」

「でもイタリアにいらっしゃるんでしょう」

「そちらへ行って拝見しますよ」

「そうおっしゃるなら。あまり面白いものじゃないと思うけど。単なる先祖の通信ですもの」

「お宅はイギリスのどちらですか？」

「ハイフィールド・ホール」

「それは、正確にはどこにあるんです？」

「ダービシャー州よ、ピーク・ディストリクト（イングランド北部の山岳地帯で、国立公園を擁する有名な保養地）。マンチェスターの近く」

「時間を決めるのに、あとでまたおかけしてもいいでしょうか？」

「もちろんよ。いつでもいらして」

「ご親切にありがとうございます。お会いするのを楽しみにしていますよ」

「イタリアの太陽も少し連れていらしてね。さようなら」

わたしは受話器を置き、それから警察署《クエストウーラ》のグァスタフェステにかけた。

「こんなことをするべきじゃなかったのはわかっているんだが」わたしは言った。「でも、手がかりを見つけたみたいなんだ」

8

わたしはロンバルディア州の田舎に住んで七年になり、これからもよそに移りたいとは思いそうにない。ここの広さ、庭のにおい、目を向ければどこでも地平線がいっぱいに広がる青空を楽しんでいるのだ。とはいえ、クレモナへ来ると、この街で過ごした日々に、奇妙な、ほとんど涙が出そうな郷愁を感じるようになってきている。

青春時代も中年期もそこで過ごした。いちばん揺るぎない記憶はその頃の友人たちや体験と分かちがたく結びついている。都会にいた頃の人とのまじわり、人間はまったくのひとりぼっちではないという心安らぐ気持ちを恋しく思い、昔よく行った場所をまわってみることがとても楽しい。いまは若い弦楽器職人に引き継いだ昔の自分の工房を訪ね、以前のご近所の誰かと一杯やったり何か食べたりし、しばし友情のあたたかさにひたって、この頃では何よりも純粋な喜びをもたらしてくれる思い出を語り合ったりするのだ。

ローマ広場《ピアッツァ・ローマ》は涼しく静かだった。クレモナは少々発展の遅れた場所なのである。この街にいちばんよくつけられる形容詞は――わざわざこの街のことを語ろうという人間がいた場合には――〝眠っているような〟だ。昏睡状態といったほうがいいかもしれない。あらゆることがわれわれの横を通りすぎていく。ミラノが北イタリアの脈打つ心臓で、そこから広がる道路は動脈だとすれば、クレモナは虫垂のようなものだ。みんな聞いたことはあるし、どこにあるかも漠然と知っているが、何のためにあるのか思い出せない。地元の観光協会も市の有力者たちも熱心だがつまるところ望みの薄い試みを重ね、この地域に訪問者——観光客やビジネスマン、学生——を呼び寄せようとしている。しかし、そうした立派な努力にもかかわらず、この土地は驚くほど外部の人々に汚染されていないままだ。

　わたしは広場の木陰にあるベンチに座り、広場の中央の噴水に踊る水をながめた。三百年前、ここはサン・ドメニコ広場《ピアッツア・サン・ドメニコ》と呼ばれていた。中央に教会があり、反対側には家々が並んでいて、ストラディヴァリもそこに住んで仕事をしていた。家々も教会も取り壊されて久しいが、ピンクがかった大理石でできたストラディヴァリの墓石のコピーが花壇の中に設置されている。本物の墓石は市の博物館にあるが、ストラディヴァリの遺骨は失われてしまった。市の歴史上、恥ずべき話のひとつによると、かの偉人の亡骸《なきがら》は、サン・ドメニコ教会が壊されたときに掘り返され、どこかの共同墓地にほうりこまれてしまったのだ。

　現在の広場は味気ないオフィスビルにかこまれ、その多くが銀行で占められているのだが、彼らの住みつくところすべて、魂を吸いとられることは保証つきだろう。一角にはマクドナルドの店まである、というのはあの悪名高き金色のアーチがわれわれのつつましいコミュニティにも植民地を作ったからなのだが、わたしのみたところ——現代にふさわしい皮肉で言うなら——マクドナルドの紙コップはいまや、路上の物乞い全員に、施しを求めてさしだす器に選ばれている。

この広場には、打ち捨てられているという雰囲気がある。野外ステージは、この頃では音楽のパフォーマンスよりも雨宿りに使われることのほうが多く、ひどく古びている。ポンキエッリ――クレモナ人で十ほどのオペラを書いたが、いまは『ラ・ジョコンダ』の〝時の踊り〟で知られるのみ――の彫像は汚れを落とす必要があり、広場の真ん中にある芝生も刈ったほうがよさそうだった。

わたしはここをほぼひとり占めしていた。この広場が母親と幼い子どもたちでいっぱいだった頃を思い出した。うちの子どもたちがまだ赤ん坊だった頃、午後によく仕事の休憩をとっては、カテリーナと一緒に子どもたちをここへ連れてきた。彼らが乳母車で眠っていたり、芝生で遊んでいるあいだ、わたしたちはベンチに座っていた。いまでは母子連れはあまり見かけない。母親たちは家賃を払うために外へ働きに出ており、赤ん坊たちは別の人間に世話をされている。わたしたちは幸運だった、カテリーナとわたしは。われわれは自分の子どもに割ける時間があり、彼らのそばについていてやれた。親にとってそれ以上の墓碑銘は思いつけない。

グァスタフェステが後ろからあらわれて、隣に座った。黒いファイバーグラスのヴァイオリンケースを持っていた。

「遅くなってすみません」

「かまわないよ。別にいそいでいるわけじゃないから」

彼はまわりを見まわし、警官としての目が広場のむこう端にあるまわりをかこまれた、木の繁った場所へ向かう連れのない男に留まった。そこは地元の麻薬の売人と客が会う場所として悪名高い。彼はわたしにヴァイオリンケースを渡した。

「これだと思うんですが。ソフィアの名前がついていますから」

わたしは膝にのせたケースをあけて、中のヴァイオリンを出した。作った職人のスタイルはすぐにわかったが、それでもラベルは見ておいた。〝クレモナのロメオ・アントニアッツィが《アントニアッツィ・ロメオ・クレモネーゼ、フェーチェ・ア・クレ》一九二〇年にクレモナにて製作《モナ・ランノ・ミッレ・ノヴェチェント・ヴェンティ》〟

「これだよ」わたしは言った。楽器を持ち上げてみる。「駒が少しくたびれているな。E線（いちばん高い音を出す弦）が食いこんでいるし、足が表板にぴったり合っていない。持ち出してくるのに問題はなかったかい？」

「捜査には関係ありませんから。判事はこれがなくなったことにも気づかないでしょう」

わたしはヴァイオリンをケースに戻して、留め金をかけた。

「ヴィンチェンツォ・セラフィンに会ってきましたよ」グァスタフェステは言った。「トマソと話したことなどないと否定していました」

「でもトマソの電話記録があるだろう？」

「セラフィンが言うには、自分は何も知らないと。自分で日誌を調べましてね。電話のあった朝はオフィスにいなかったんです――聞いたところでは。秘書もおぼえていませんでした」

「彼を信じているのかい？」

「信じたかもしれませんね――あなたから彼が贋作を売っていることを聞いていなければ。それに、トマソの電話が――電話会社の記録によれば――六分間も続いていなければ。セラフィンでなければ、誰が彼とそれだけの時間、話していたのか？　セラフィンはこちらに話した以上のことを知っていると思いますよ。問題は、それを証明できないことです」

「イギリスのほうは？」

「上司に話してみました。説得するのに少し手間取りましたが、行ってもいいと言われましたよ。本当はイギリス警察にやってもらいたがっていたんですがね——もちろん、予算の都合上。何もかも切りつめられてしまっているもので。ですが、長くはかからないからって何とか説得しました——法務大臣経由で正式な要請状を出してもらって、あれやこれやのお役所仕事。何かが形になるまでに何か月もかかるんですから。ですが、あなたのぶんの費用は出してもらえないんです」

「そんなことは期待してなかったよ」わたしは言った。「自分のぶんは払う」

「来てくれなくてもいいんですよ」

「何かまずいことでもあるのかい？　上司が反対なのか？」

「あなたが来ることは言ってません。彼らが知る必要はないですしね」

「きみはわたしが行ったほうがいいのかい？」

「ええ、来てもらいたいです。俺からすれば、あなたはチームの一員ですよ。それに、あなたは英語ができるでしょう。通訳にあなたがいないと」彼は言葉を切り、連れのない男がまたひとり、広場を通ってさっきの木立のほうへ行くのを見守った。「でも本当に行くつもりですか？　金がかかりますよ」

「金の問題じゃないさ。それくらいの余裕はあるし」彼を見た。「だが、きみが心配しているのは金のことじゃないんだろう？」

　グァスタフェステは悲しげに笑った。彼のことはよく知っているので、何を考えているかもわかる。彼はうちからほんの数軒先のアパートメントで育った。はじめて会ったときの彼はまだ生後二日で、わたしは子ども時代を通じてずっと彼を見てきた。彼の両親は――父親はほとんど家にいないセールスマン、母親は美容師で長時間働いていて――まったく彼の面倒をみなかった。故意ではなく、ただそこまで気がまわらなかったのだ。彼らの罪は何かをしたことではなく、しなかったことだった。自分たちの生活で精一杯で、単純に息子のことを忘れ、その息子は早くからわたしとわたしの家族に引き寄せられるようになり、放課後にはうちのドメニコと一緒に工房へ来て、みんなでうちへ帰っては、彼の両親が与えることのできない食事をともにするのもしょっちゅうだった。わたしは彼にとっていわば父親代わりになった。最初のチェロを彼にあげたのもわたしだった――古ぼけたハーフサイズのもので、地元のオークションで安く手に入れたのだ――そしてのちにフルサイズのチェロを作ってやり、彼はいまもそれを弾いている。グァスタフェステは賢い子どもだった。どんな職業でも選べたのだが、たぶん育った環境の無秩序さ、落ち着かなさが警察を選ばせたのだろう――彼に見つけられる中でもっとも秩序だっていて安定した仕事を。

「あなたに迷惑をかけたくないんです」グァスタフェステは言った。

「迷惑？」わたしは答えた。「馬鹿を言わないでくれ。きみがトマソを殺した人間を追跡するのを手伝うのが、迷惑なわけないだろう？　わたしも何かしたいんだよ」

「仕事ができなくなってしまうでしょう」

「仕事はいったん保留だ。わたしの仕事なんかどうでもいいじゃないか？」

「それにリスクもあります。たぶん危険も」グァスタフェステはわたしを見なかった。「トマソは殺されたんですよ。エンリーコ・フォルラーニもそうだった、俺はそう思ってます。二人とも例のヴァイオリン探索に関係していた、メシアの姉妹ってやつに。そのどこかに殺人犯がいる。必死になった、とても危険なやつが。もし俺たちがそいつの邪魔をしたら……」

「わたしがそれを考えなかったと思っているのかい？　リスクは承知のうえだよ」

「あなたのことは俺が守りますよ、ジャンニ。俺はただ、あなたがこれ以上深入りする前に、そういうことをわかっていてもらいたいんです」

「わかっているとも」わたしは言った。「それに手伝いたいんだ。トマソのために。彼を殺したやつを見つけるだけじゃない、それはきみの仕事だからね。ヴァイオリンを見つけたいんだ。彼のためにそのヴァイオリンを見つけたいんだよ」

「本当にあると思いますか？」

「イギリスへ行って何が見つかるかやってみようじゃないか」

　車へ戻る道には、かつてわたしの親方だったバルトロメーオ・ルフィーノが所有していた建物がある。いまは服を売る店になり、シックなブラウスや高価なワンピースでいっぱいのブテイックに変わっていて、わたしの記憶にあるおんぼろの工房とは大違いだ。通りをはさんでむかい側の舗道に立ち、しばらくその店を見つめた。その建物で人生の九年間、十五歳から二十四歳までを過ごし、それからルフィーノのもとを離れて独立した。そのときにはもう結婚していたので、妻と赤ん坊を養わなければならなかったが、その建物のわきを走る暗く人目につかない横丁では、それなりにいろいろな若い女性とかかわった。いまでも彼女たちの何人かを思い出せるし、もたもたした手探り、思春期の求愛の引きつるような笑い声が思い浮かぶ。はじめての性体験をしたのもその陰気な横丁だった。煉瓦の壁を背にせわしなく、ぎこちなく結ばれたあとには——相手もきっとそうだっただろうが——いったいそれまで何を大騒ぎしていたのかと思ったものだ。クラウディア・シモーネ、それが彼女の名前だった。わたしのはじめての、本物の恋。六か月も続かなかったが、あのとき彼女と結婚するつもりだったことはいまでもおぼえていた。いまもときおりクラウディアを見かける。彼女は三十代で太った。わたしがあんなにも焦がれた胸と腿《もも》は戦艦並みのサイズになり、幼い恋のさなかにわたしがはやそうとしていたような真っ黒でふわふわしたひげが伸びていた。つかまらずにすんだのは幸運だった。

ルフィーノのことを思った。彼はずる賢い悪党で、贋作づくりとして成功する鍵は——むろん、つかまらないことは別にして——立派な体裁だと常に心得ていた。そうすれば誰も、自分が見かけどおりの人物でないとは露ほども疑わない。ルフィーノの外見にも態度にも、彼が本当はどんなことをしているのかをうかがわせるものはなかった。週に五日は工房へ来てヴァイオリンを作り、昼食どきにはときどき近くのバーでワインを一杯やり、晩になると妻や子どもたちのいる家に帰る。地元の同業者組合の幹部であり、一度は組合長にもなった。見本市を開き、国際ヴァイオリン製作コンクールで数々のメダルをとり、クレモナのヴァイオリン商業の歴史について、評判の高い論文を二つほど書いてさえいる。外見にかんするかぎり、彼は熱心な職人とよき家庭人の見本だった。

しかし事実はいささか違っていた。たしかに、彼は自分自身のラベルのついたヴァイオリンを作った——そしてそれは非常によくできたヴァイオリンだった——しかし自分の時間のたっぷり四分の一は新しい楽器を巧みに作ったり、もしくは古い楽器を修理したりすることについやし、それらがもっと偉大な、もっと世の中で人気のある弦楽器職人のものとして通るようにしていた。そう、彼はよき夫であり父であり、土曜の夜には家族をトラットリアへ連れていき、息子たちと公園でサッカーをして、結婚記念日は一度も忘れたことがなかった。しかし日曜の朝、いちばんいいスーツとネクタイでミサから帰ってくるとき、彼は自分の工房に寄って、作業台で愛人とセックスをしていた。わたしが知っているのは、ある日彼らを見てしまったからだった。

わたしは工房の鍵を持っていた——わたしの仕事のひとつは、毎朝工房をあけて、ルフィーノが来たときにはコーヒーがはいっているようにしておくことだったから——そしてその日曜日、わたしは工房へ行って自分のヴァイオリンの作業を進めようと思っていた。物置にいると、彼らが入ってくるのが聞こえた。部屋の外をのぞいたときには、二人はすでにことを始めてしまっていたので、姿をあらわすのはまずい気がした。ルフィーノの愛人のティツィアーナというあだっぽい女性は作業台にのっていて、ブラウスをはだけ、スカートは広がって肉づきのいい腿が見えていた。わたしはどうしたか？　もちろん、二人を見つづけた。そうしない人間がいるだろうか？　わたしは十五か十六だった。二人から目が離せなかった。ルフィーノは日曜の上等な服を着て、ティツィアーナは彼の指に探られてかすかに声をあげていた。

あの日曜日、わたしが居合わせたのはまったくの偶然だった。それに続く八度――九度だったかもしれない――の日曜日も偶然が起きた――しかしやがて、自分ののぞき趣味に嫌気がさし、見つかるのが怖くもあったので、安息日には工房に行かないようにした。とはいえ、このことのおかげで、すぐれた贋作師たるもの、プライヴェートに何をしていようと、立派な人物という外見は常に保たなければならないのを教えられた。誠実さという幻を作りだし、念入りに手入れをしなければならないのだ。

ルフィーノなら、自分の昔の地所が別の使われ方をしていることをよしとしただろう。工房の外では、いつもしゃれた身なりをしていたし、女性の服についてはなかなかの目利きで、現金に余裕があると愛人の服にかなりの額を使い、それを買うことも、あとで脱がすことと同じくらい楽しんでいた。亡くなって二十四年になるが、いまも彼がいないのをさびしく思う――彼の毒舌、大声と芝居がかったしぐさ、ヴァイオリンへの比類ない情熱。わが家にとってあるたくさんのがらくたのどこかに、地元の新聞にのった彼の訃報の切り抜きがある。あらかたは一言一句思い出せる。ある日曜の朝、礼拝のあとに工房で死亡、と記事には書いてあった。遺体は偶然通りかかって彼の叫び声を聞いた、友人のティツィアーナ・リッツィさんによって発見された。楓材《かえでざい》の新しい板を切っているときに力を入れすぎ、心臓発作を起こしたもよう、と。死に方としては悪くないだろう。

中庭を歩いているとヴァイオリンが聞こえてきて、わたしはしばし足を止め、その音にうっとりした。ジュゼッペ・ヴェルディ音楽院《コンセルヴァトーリオ》（ミラノ音楽院のこと）の厚い壁という障害物のせいで遠く、弱くなってはいたが、その音には耳を惹きつける清澄さ、純粋さがあった。しばらく聴き入ってからまた歩きだすと、音はしだいに大きく、さらに胸を打つ響きになっていった。そこには何かひどく特別なものがあった。ごく少数のヴァイオリニストだけが弦から引き出すことのできるあたたかさが、深みがそなわっていた。ヴァイオリンはわたしにとっていちばん奥の深い楽器だ。ヴァイオリンは唯一――ヴィオラをのぞけばだが、わたしはヴァイオリニストなのでそれは数えないことにする――人の体が、肌がじかに触れ、弾き手がその振動を頭の中で感じることができる楽器である。ピアニストのように、楽器から切り離されているのではなく、楽器と一体になるのだ。

科学者は言う、あらゆる物質、動物、野菜や鉱物は固有の振動数を持っていると――その振動数を与えられると、それぞれの原子が抑制できないほど振動しはじめると。だから兵士は、たとえば橋を渡るときには、行進する足のリズムが橋の原子を振動させて橋を崩してしまわないよう、足並みを揃えるなと指示される。人間の体にも固有の振動数がある。ハーモニーのある音楽が心地よさをもたらし、耳障りな騒音が不快感を与えるのはそのためだ。人間は自分の内なる構造を共鳴させる周波数で振動する音が好きなのだ――ゆえに、モーツァルトはこれからも常にシェーンベルクより好まれるだろう――そしてヴァイオリンは、あらゆる楽器の中でももっとも弾き手の望む音を奏でるだろう。それは人間の魂にぴたりと合っているのだ。

そんなことを思いながら、コンサートホールから流れてくる音楽に聴き入っていた。それは単にわたしの耳のための音楽ではなく、わたしの存在すべてのための音楽だった。

ホールに入り、後方で黙って待っていた。ソフィアは舞台の上にいて、ジーンズにお腹が見えるぴったりしたTシャツという姿だった。弾いているあいだ、体が若木のようにしなり、長い褐色の髪が顔のまわりで揺れ、ヴァイオリンの端をかすめた。弾いているのはバッハの無伴奏パルティータ・ニ短調で、もっとずっと年長の奏者の落ち着きと技術があった。わたしは深い喜びを感じながら彼女を見つめた。

「違う、違う、何をやってるんだ？」

ステージの横からある人物があらわれ、魔法は破られた。独特の鉤鼻の横顔で、ソフィアの指導教授のルドヴィーコ・スカモーツィだとわかった。

「いまの音、違うぞ、全然だめだ」彼はきつい口調で言った。「これはバッハなんだぞ。きみの弾き方では彼が醜く聞こえる」

「醜い？」

ソフィアはヴァイオリンと弓をおろし、驚いてスカモーツィを見た。

「きみの音色だよ、まったく美しさがない。弓が食いこみすぎている、運弓が荒いんだ。ほら」

　スカモーツィはソフィアに近づいて、彼女の後ろに立った。

「腕を上げて」

　彼は手を伸ばして、ソフィアの弓を引く腕を右手でつかみ、左腕を彼女のウェストにするりとまわした。ソフィアは身震いし、それがホールの後方からでも見てとれた。彼女が体を硬くして離れようとするのがわかった。しかしスカモーツィは後ろから彼女に体を押しつけ、放さなかった。

「力を抜いて、ソフィア、リラックスするんだ。体がそんなに緊張していては弾けないぞ」と叱る。

　スカモーツィの顔が彼女の髪にうもれ、彼はソフィアの首の横に鼻を押しつけんばかりになった。わたしが来ていることを知らせるにはこのうえないタイミングだった。

　わたしは大きな音をたてて咳払いした。スカモーツィはぱっとソフィアを放して顔を上げた。

「誰だ？」そう怒鳴ってホールに目を向けた。

　わたしは彼から見えるよう前の席へ歩いていった。

「ああ、きみか、カスティリョーネ」彼とは仕事のうえでの知り合いだった。彼のヴァイオリンを扱ったことがあるのだ。「何の用だね？」

　わたしは彼を見上げ、それからソフィアを見た。彼女は安堵の目をわたしに向けて、そっとスカモーツィから離れた。

「きみの演奏に聴きほれていたんだよ」彼女に言った。「本当にすばらしかった。美しい音色だった」わざとスカモーツィと反対の言葉を言い足した。

彼女はほほえんだ。「ありがとう」

「いまレッスン中なんだがね」スカモーツィはいらだたしげに言った。

「おや、あれがそうでしたか、シニョール・スカモーツィ？」

音楽院《コンセルヴァトーリオ》のほかの教師になら、喜んで〝先生《マエストロ》〟をつけただろうが、スカモーツィは別だ。敬意というものは自分で獲得しなければならない。

「きみがいると邪魔なんだ」スカモーツィが嚙みついてきた。

「ソフィアのヴァイオリンを持ってきたんですよ」わたしはケースを持ち上げてみせた。彼女は手を伸ばして受け取った。「弾いてみてごらん。何か調整が必要かもしれないから、しばらくここにいるよ」

わたしはホールの最前列に座り、ソフィアがヴァイオリンを替えてレッスンを再開するのを見守った。スカモーツィはもう彼女にさわらなかったが、ステージの端をそわそわ歩きまわり、ひっきりなしにソフィアが弾くのを中断させては、自分の長い髪をいじり――耳にかけたり、指で梳《す》いたり、ときには気の短い子馬のように頭を後ろへ振り、両手で髪をつかんだりした。彼はじっとしていることができないらしく、すぐれた教師に何よりも必要な素質があきらかに欠けていた――じっくり聴く能力が。

とは言っても、彼は好きこのんで、もしくは一生の職として教師になったのではなかった。

かつてはサルヴァトーレ・アッカルド（イタリアのヴァイオリニスト・指揮者。十三歳でデビュー、パガニーニの再来と言われる。一九四一―）の後継者として、イタリア最高の名演奏家《ヴィルトウオーゾ》ともてはやされ、世に知られた天才だったのだ。コンサートヴァイオリニストとしてキャリアをスタートし、どこから見ても輝かしい成功をおさめるものと思われていた。しかし二十代後半ですべてがおかしくなった。わたしのみるところでは、彼ははじめから、本物の音楽性よりもテクニックが勝った見かけ倒しの演奏者だった。やがてそのテクニックも彼を見放すと、あとには何も残らなかった。少しでも必死に努力すれば取り戻せたのに、彼は怠け者で傲慢だった。何度も出演をすっぽかし、ぎりぎり間際になって客を裏切り、あてにならないという評判がたってしまった。プロモーターたちは契約するのをやめ、彼は酒に逃げたが、それは凋落のスピードを速めただけだった。いまでもときどきはコンサートホールに姿をあらわすが、事実上、彼のキャリアは終わっていた。四十を目前にしたいまは、皮肉と恨みつらみですさんでしまっていた。

スカモーツィは音楽院《コンセルヴァトーリオ》の教師職にしがみついていたが、どうやってそれを手に入れたのかは誰にもわからない。彼はその仕事にまったく向いていないからだ。わたしが出会ったことのあるすぐれた教師たちはすべて、生徒の意欲をかきたて、励ますことをよしとしていた。しかしスカモーツィの哲学は——わたしがいま見ているものからすると——その反対のようだった。生徒たちに恐怖を与え、自信と自尊心を萎えさせることだけが上達への道だと。彼は容赦なく執拗な批評をした。たぶん、平凡なヴァイオリニスト相手ならば、厳しく叱責するのもそれなりの大義名分があっただろう——あれほどひどい言い方でなくともいいにせよ——しかしソフィアには才能があった。彼女は本当に弾くことができた。

わたしは怒りでじっとしていられず、二人のあいだに割って入りたいという親のような気持ちを抑えながら、スカモーツィが彼女をずたずたに引き裂くのを聞いていた。彼の残酷さ、怒りっぽさに油をそそいでいるひそかな羨望に、たまらない嫌悪をおぼえた。彼がこんなにもソフィアに厳しい理由はわかっていた――彼女の中に、かつて自分も手にしたがかなえられずに失ったものと同じ、洋々たる前途が見えるからだ。

「もういい」彼はレッスンの終わりに言った。「僕にはこれ以上どうしようもない。出ていきなさい、出ていって練習するんだ。僕に言えるのは、今日の夜までには自分を立て直しておいたほうがいいということだけだ」

ソフィアはヴァイオリンをしまうあいだ、ケースの上に頭を垂れていた。彼女が泣きそうになっているのがわかった。舞台を降り、腕の下にケースを抱えて、ほとんど走るようにホールを出ていった。わたしはスカモーツィに指導技術について意見を言いたくなるのをこらえ――口出しするのはわたしの立場ではない――ソフィアを追った。彼女が廊下を進んでいき、女性用トイレに消えるのが見えた。わたしは出てくるのを待った。やがて出てきたとき、彼女の目は赤く、目のまわりの肌は腫れぼったくなっていた。そうとう泣いたのはあきらかだった。

「昼食をおごらせてもらえないかい？」わたしはきいた。

ソフィアはためらった。「練習しないと」

彼女の腕をとって出口へ連れていった。

「きみがいまいちばんしなくていいのは練習だよ」

音楽院《コンセルヴァトーリオ》から角を曲がったところにカフェがあったので、ひさしの陰になった舗道のテラスに席をとった。ソフィアは自分の思いで頭がいっぱいで、メニューに集中できなかったので、わたしがどちらにもサラダとミネラルウォーターのボトルを注文した。そして彼女にしばらく時間をあげてから、やさしく言ってみた。「スカモーツィはきみの教師には不向きだよ、わかっているだろう」

「わかってます」

「どうして変えないんだい?」

「できればそうしたいんです、でも……」彼女は逡巡した。「簡単にはいかないの。いろいろあるんです……関係している名士の人たちとか、派閥争いもたくさん」

「派閥争いなんかどうでもいいだろう」わたしは言った。「これはきみのキャリアの問題なんだよ。音楽家になりたいんだろう?」

ソフィアはうなずいた。「先生はとても力のある人なんです。逆らったら、わたしの将来はかなりむずかしいものにされるかもしれない」

「いまよりもっとむずかしく?」

ソフィアは肩をすくめたが、答えなかった。ウェイターがサラダを運んできた。彼女は切ったトマトをフォークで刺し、ゆっくり嚙んだ。肩が落ち、しょぼんとしている。自信を引き上げてもらう必要があるのがわかった。

「さっきのはすばらしい演奏だった」わたしは言った。「今夜、きみは聴衆を心底ノックアウトするよ」

「だめよ。きっと大失敗するわ」

「馬鹿な」

「本当よ。たくさんの人、エージェント、プロモーター、名士の人たちが来るのに、わたしは笑いものになるんです」

「いいかい、ソフィア、きみの演奏は聴いた。わたしは自分の時代のヴァイオリニストたちをおおぜい聴いてきたんだ、だから信じなさい、きみは笑いものになんかならない」

彼女は唇を噛んでこちらを見た。わたしは彼女を守り、娘がもっと幼いときにしてやったように、彼女を励ましてやらなければと思った。

「スカモーツィの言ったことなんか気にするんじゃない。きみはあの曲が演奏されるべきだと自分が思うように弾けばいい。あのバッハのパルティータだが、わたしはあれの演奏を何度となく聴いてきた。イツアーク・パールマン（イスラエルのヴァイオリニスト・指揮者。一九四五―）が弾くのも聴いた。メニューイン（アメリカ出身のヴァイオリン奏者。二十世紀のもっとも偉大なヴァイオリニストのひとりと言われる。一九一六―九九）もオイストラフ（ロシア帝国、現ウクライナのオデッサ出身のヴァイオリン、ヴィオラ奏者。一九〇八―七四）も聴いた。一度だけだが、ずっと昔に、ハイフェッツが弾くのだって聴いているんだ。だがわたしがいちばん感動したことは、彼らの誰ひとりとして同じようには弾かなかったということだよ。彼らはみんな偉大な芸術家だが、曲を演奏するやり方に正しいとか間違っているとかはないんだ。あるのはただ、きみ自身の解釈だよ、ソフィア。きみはスカモーツィがさせようとしているように弾くことはできない――はっきり言えば、そんなことはやろうとするだけでもだめだ。きみはきみのやり方でしか弾けない。そしてきみのやり方は、オイストラフやハイフェッツ、そのほかの誰のやり方とも同じように正当で、音楽的なんだ。きみはソフィア・ヴィヴァリーニなんだ、そしてそれがきみの音楽なんだよ」

ソフィアはサラダから顔を上げた。「そう思います？」疑うようにきいた。

「きみもわかっているはずだよ。きみが弾いていた様子で、自分の解釈を信じているのはわかったからね。それにきみはあの曲を伝えていた。それが上手なヴァイオリニストと芸術家の違いなんだ。きみたち若い演奏家はみんな、テクニックがあり、音符を弾きこなせる。だがきみはそれ以上のことをしている。聴衆に語りかけている」

「そんなふうに言ってくださってありがとう」

「親切で言っているんじゃない。事実だからさ。スカモーツィに個性を壊されてはだめだ。彼に自信を崩されてはだめだよ。リサイタルではさっき弾いたように弾くんだ、そうすれば大丈夫。大丈夫以上だ」わたしは彼女にほほえみかけた。「わたしは教師じゃないが、ヴァイオリンについてはかなりわかっているんだから」

ソフィアの頰にいくらか血色が戻ってきていた。目もさっきのうつろな無気力さがいくらか消えていた。

「今夜は来てもらえます？」彼女がきいた。

「ああ、行くとも」と答えた。「きみのご家族、おじいさんの友人たち、みんな行くよ。トマソは本当にきみが自慢だったんだ、わかっているだろう」ソフィアは赤くなって目をそらした。

「ヴァイオリンはどうだった？」

「え……ああ、ごめんなさい。わたしったら失礼ですね。ヴァイオリンは申し分ないです。どうもありがとう。戻ってきてよかった。おじいちゃんのヴァイオリンもいいんだけれど、そのう……」彼女はあたりさわりのない言葉を探して言いよどんだ。「……アントニアッツィのほうが好きなの。ああいうホールではよく響くし」

「新しい楽器を使ったらどうだい。アントニアッツィもいいが、きみにはもっといい楽器を使うだけの腕がある」

「新しいのを買うお金がないもの」

「将来有望な演奏家にいい楽器を貸し出す信託基金があるだろう。音楽院《コンセルヴァトーリオ》にそれを仲介してもらうべきだよ。わたしも探しておこう。いまのようなヴァイオリンではコンサートのキャリアは築けない」

「わたしにはよくこたえてくれてるわ」

「もちろんそうだろう。きみがあのヴァイオリンで出す音色、音量はすばらしいよ。だが、自分の才能を最大限に発揮しようとするなら、次の段階に移らなければ」

「マエストロ・スカモーツィは、わたしには一流になる素質がないって言うんです」

わたしは目を丸くして彼女を見た。「彼はそんなことを言ったのか？」どっと怒りが湧いた。

「いいかい、わたしの言うことを聞くんだ、ソフィア。きみは自分の心に、聴衆に耳を傾けるんだ、スカモーツィみたいな根性曲がりの、恨みつらみで固まった過去の人間にじゃない。よくもきみにそんなことを言えたもんだ！　まったく、あいつは阿呆だな！」

ソフィアは噴き出した。それで顔がぱっと変わった。本当はとても美しい娘なのだ。人の心をとらえるみずみずしさと純粋さを持っている。わたしは彼女がエージェントやレコードレーベル、クラシック音楽業界のありとあらゆる鮫どもと契約をしたとき――わたしのみたところでは、〝もし〟はない――のことが心配だった。彼女の外見ではなく、音楽を売り出してもらうには、ソフィアは非常に強い性格になる必要があるだろう。

「そのほうがいい」わたしは言った。「今夜演奏するときには、そのことを心に留めておくんだよ。きみのリサイタルなんだ、ほかの誰のでもない」

「戻って少し練習しなきゃ。あとでピアニストと通し稽古をするんです」

「しすぎないようにね」と言っておいた。「晩のために力をとっておくんだよ」

「本当にもう怖くて。これにたくさんのことがかかっているんですもの」ソフィアは不安げだった。

「聴衆はきみの味方になるってことだけをおぼえておくんだ。みんなきみが成功することを望んでいる。とにかく集中して、弾いて、伝えるんだよ。わたしの先生はよくそう言っていたものさ。集中して、弾いて、伝えるんだ、って」

「がんばります」

わたしはそっと彼女の手を握った。

「楽しみにしているよ」

オフィスのドアはあいていた。学生が二人――女と男――がデスクのそばに立っているのが見えた。マルゲリータの姿は見えなかったが、彼女が経済理論の難解な点についていくつか説明する声が聞こえた。わたしは戸口で立ち止まった。学生が振り返った。彼らが少し離れたので、デスクのむこうに座っているマルゲリータが、鼻の先に読書用眼鏡をのせているのが見えた。目がわたしの目と合い、驚きに見開かれ、すぐに彼女は笑顔になった。

「ジャンニ、入って」

「お邪魔じゃないですか?」

「全然よ、ちょうど終わるところだから」マルゲリータは学生たちにもう二言三言いったあと、デスクから立ち上がって彼らを外へ送り出し、彼らがいなくなるとドアを閉めた。

「またお会いできてうれしいわ」彼女は手をさしだした。「電話してくれればよかったのに」

「そうですね。タイミングが悪いときに来てしまいましたか?」

「いいえ、今日はもう授業は終わったから。どうやってわたしを見つけたの?」

「この大学で経済学を教えているマルゲリータ・セヴェリーニはひとりしかいないでしょう」

「どうぞ座って」

彼女はデスクのむこうへ戻り、また椅子にかけ、眼鏡をはずしてむぞうさに横へ置いた。デスクは散らかっていて、本や書類の山でおおわれている。マルゲリータは積み重なったファイルを持ち上げて、椅子の横の床におろし、おたがいがよく見えるようにした。

「ヴェネツィアから回復したようですね」と、わたしは言った。

彼女は笑いだした。「ヴェネツィア、第一幕はね、ええ。でもこれからまだ分割払いがあるようなの。おじの弁護士たちが……」顔をしかめた。「まったく、あんな連中に会ったのははじめてよ。弁護士ひとりですむと思ったのに。四人になってしまったの」

「狩りをするには集団になるんですよ。狼みたいに」

「お願い、狼たちに失礼なことは言わないでおきましょう。あの人たちが言うには、資産がすごく複雑なんですって。おじは——彼らの話では——自分の法律上のことをわかりやすくしておくのを好まなかったのよ。そこらじゅうにお金が分散しているらしいわ。海外とか、外国の会社にくっつけてあったり、いろいろなタックスへイヴンに貯めこんであったり。もう悪夢よ。そんなわけで弁護士が四人も必要なの——遺言検認の専門家、税金の専門家、企業法の専門家」

「四人めは？」

「彼らの必要経費を手押し車で銀行へ運んでいるわ」

「それで、おじさんのヴァイオリンは？」

「ヴァイオリンにかんしてはよくわかる人が誰もいないの。弁護士たちは、エンリーコおじが自分のコレクションについて別の条項を作っていたのか、あるいは単に一般的な資産の一部と考えていたのか調べているところ。わたしはあっちに二日いたの。二週間後にまた彼らに会いに戻らないと」

「たいへんですね」

「自分に知識のないことが腹立たしいわ。弁護士連中は何でも自分たちの好きに言えるのに、わたしにはそれが本当かどうかわからないんですもの。いますぐ手を引いてしまいたい――まったく、おじのお金なんていらないのに――でもそうはいかない。生きている身内でいちばん近いのはわたしだし。わたしが整理をつけるしかないのよね」

「セラフィンはまたあなたをわずらわせましたか?」

「ヴェネツィアではなかったわ、でもそのあと何度か電話をしてきた。追い払われる気はないようよ。あの人の皮はきっとサイ並みね。付け加えるなら、彼だけじゃないの。ほかの人たちも同じくらいしつこいわ」

「ほかの人?」

「ほかのディーラー。ほかにも二人が電話してきて、おじのコレクションに興味を示しているの。あの人たちって信じられないわ。礼儀正しくて、チャーミングで、なのにとことん無神経で」

「彼らの名前をおぼえていますか?」

「ひとりはスイスの人よ、チューリッヒの。名前はたしかワイスマン。もうひとりはイギリス人で、クリストファー・スコット。でもそんなことを全部知りたいわけじゃないでしょう、本当にうんざりするもの。ミラノにはどうして?」

わたしは床に手を伸ばして、持ってきたヴァイオリンケースを持ち上げた。

「お孫さんがこれなら気に入るんじゃないかと思いまして」

デスクの上にケースを置いてあけ、四分の一サイズのヴァイオリンを出した。マルゲリータは歓声をあげた。

「あら、まあ、こんなに小さいヴァイオリンだなんて。見せて」

彼女はわたしの手からヴァイオリンを受け取ると、持ち上げてみた。

「ステファノもきっと気に入るわ。それに弓もついているのね。まるでおもちゃみたいじゃない？　何て可愛いの。あの子が弾いている姿が思い浮かぶわ。これはあなたのところの？　つまり、あなたが作ったの？」

わたしは首を振った。「これは工場生産の輸入品です。板はプレスで、削りだしたものじゃありません。縁の線はインクで、ニスはスプレーです。弦楽器職人は四分の一サイズの楽器は作らないんですよ。手間隙がかかるので驚くくらい料金を請求しなければならないし、誰もそんな額は払いたがりませんから。こういう初心者用の楽器には」

「ジャンニ、あなたは本当に親切な人ね」

「気に入りましたか？」

「もちろんよ。いくらお支払いすればいいかしら？」

「楽器はお貸ししますよ」

「いいえ、そんなこといけないわ。ちゃんと払わなければ」

「お金は受け取りません」と、わたしは言った。「お孫さんにそれを使わせて、少しレッスンを受けさせてみてください。続ける気がなくなるかもしれないし、そうしたら楽器を買っていたことが無駄になる。続けたとしても、あっという間に四分の一サイズは卒業して、ハーフサイズを使うようになりますよ。使い終わったときは、わたしに返してくれればいいですから」

「まあ、あなたがそう言うなら。ありがとう。でも、お金をさしあげられないなら、ほかの方法で払わせて。夕食にお連れしてもいいかしら？　今晩はミラノに泊まるの？」

「ええ」と答えた。「でも音楽院《コンセルヴァトーリオ》のリサイタルに行くんです。古い友人の孫娘が演奏するんですよ」

「ヴァイオリン？」

わたしはうなずいた。「彼女の演奏は聴いたことがあるんです。本当にすばらしいですよ」

デスクごしにマルゲリータを見た。「一緒に来ませんか。クラシック音楽はお好きですか？」

「大好きよ」彼女は間を置き、わたしの招待を考えていた。「あのね、ぜひご一緒したいわ――最後にコンサートに行ったのはずいぶん昔だし。でもひとつ条件があるの。これから一緒にうちに来て、何か食べるものを作らせてくれなければだめ」

「喜んで」と答えた。

「それはわたしの料理を食べたことがないからよ」マルゲリータはそう言った。

マルゲリータのアパートメントは大学に近いモダンな地区の三階にあった。中はこぢんまりしていた。キッチン、リビング、バスルームと寝室が二つで、彼女はそのうちひとつを——あいていたドアから見えた——書斎に使っていた。自宅はオフィスよりも散らかっていた。いたるところ本だらけで——壁の棚、テーブルの上、平らな表面のあるところはほとんどすべてがそうで、それに床にまで積み上げてあった。わたしたちはその中をぬってリビングへ行った。

「取り散らかしていてごめんなさい」マルゲリータは言った。「どうしてこんなになっちゃうのか自分でもわからなくて。わたしのせいじゃないのはたしかよ。わたしはすごくきちんとした人間なの」彼女は肘掛け椅子から汚れた洗濯物とおぼしき山を持ち上げて、キッチンへ持っていった。

「楽にしていてね」彼女が声をかけてきた。「ワインをいかが？」

「わたしがしましょう」彼女のあとからキッチンへ入った。

「そっちの食器棚の中よ。栓抜きはそこの引き出しの中」

「赤、それとも白？」わたしが棚をあけると、二十本ほどボトルの置かれたラックがあった。

「あなたの好きなほうにして。わたしはどっちでも」

わたしは二つのグラスに赤ワインをそそぎ、ひとつを彼女に渡した。キッチンはわたしが〝心地よく汚れている〟というものだったが、気にはならなかった。これまでも、家の中をきちんとしている人々には、何か深いところで気の休まらないものを感じていたからだ。朝食の汚れ物、実際には前の晩からのものがまだ流しに手つかずのままあり、水切りボードには片づけられていない陶食器が置いたままで、調理台は本格的に掃除する必要があった。しかし不潔な感じはなく、単に女性が家事より実のあることに時間を使っているという健全な証に思えた。「散らかっているのはわかってるのよ」マルゲリータは言った。「でも、少なくとも散らかっているのはわたしのうちだから」

「皿を洗いましょうか」と言ってみた。

「そんなことしないで。むこうへ行って、ワインを飲んでいてちょうだい。料理しているのを見られるのは嫌いなの」

わたしはリビングへ戻った。家具は上質なものだったが、使いこまれていた——しみのついた木のサイドボード、布が色あせて薄くなっている長椅子と肘掛け椅子。一方の壁につけた古いベヒシュタインのアップライトピアノは外側が傷だらけで、脚も欠けたところがある。ショパンのノクターンの楽譜集が開かれたまま譜面台にのっていた。

「ピアノが弾けるんですか?」

マルゲリータがキッチンの戸口に出てきた。「ええと、ピアノが弾けるって言葉が正しいのかどうかわからないわ。わたしが弾くのは聴いたことがないでしょう」

「ショパンを弾くのなら、そんなに下手なはずはありませんよ」

「ショパンはあなたと意見が違うかもよ」彼女はすまして言った。

マルゲリータはまたキッチンへ消え、わたしはリビングの探検を続けた。サイドボードの上に家族の写真が何枚もあった。結婚式の写真が二枚あり、その中の若い女性二人は、マルゲリータに似ていることからみて、彼女の娘たちだろうと思った。その二人の女性のほかの写真には、彼女たちの子どもたち、幼い女の子が二人と男の子がひとり写っていて、男の子はおばあちゃんと目がそっくりだった。わたしは男の子の写っている写真を手にとり、キッチンのドアのところへ行った。マルゲリータは調理台でトマトを切っていた。

「この子がステファノ?」と、きいた。

マルゲリータが肩ごしに振り返った。「ええ、その子よ」

「可愛いですね。あなたに似ている」

「そう?」

「お嬢さんたちも」

「ええ、みんなそう言うわ」

「よく会っているんですか?」

「娘たちと? ええ、わたしたち仲がいいの。二人ともそれぞれ忙しくやってるけれど、月に二度は何とか会ってるかしら。電話でもしゃべるわよ、もちろん。わたしが子守をしてあげることもあるし」

「楽しいですか?」

「とっても。おばあちゃんになるのっていいものよ。その言葉に慣れるにはしばらくかかったけれど――すごく年とった気分になるものね――でもいまでは楽しんでる。孫たち相手なら世話をしなきゃっていう責任感も――騒々しさも――ないし、楽しいもの」

「ここへも来るんですか、お孫さんたちは?」

「なるべく来させないの。こんな大きさのアパートメントに、興奮した子どもが三人？　お宅はどう？」

「うちは孫たちに使えるスペースがもう少しありますから。それに外の畑でも遊べるし」

「うらやましいわ。以前はもっと広いところにいたんだけれど、離婚したときにその家を売って、売却金のうちのわたしの取りぶんでここを買ったの。ごらんのとおり、わたしひとりの物だけでも広さが足りないくらいよ」

マルゲリータは刻んだトマトをレタスとアボカドと一緒にボウルに入れ、それからパルマハムを二つの皿に広げた。

「パンを切ってもらえる、ジャンニ？　ナイフはどこかにあるわ――流しを探してみて」

「どれくらい結婚していたんですか？」わたしはパンを切りながらきいた。

「二十九年間。長く聞こえない？　二十九年も続いたなら、もう少しがんばれたんじゃないかと思うでしょう。でもわたしたちってまさに言い古されたタイプだったたんじゃないかしら――おたがいに気づかないまま別れていた夫婦。ロレンツォは、例によって、別の女性を見つけたの。もちろん、もっと若い人をね。彼が言うには、わたしが〝彼の世話〟をしなくなったそうよ。〝もっと僕の要求にこたえてくれる〟女性が必要なんですって」マルゲリータは苦笑いした。その言い方に苦さはまったくなかったが。「つまり彼の言うのはにこにこ笑っているドアマットってこと。わたしには笑うドアマットはつとまらないわ」

彼女はナイフとフォークを引き出しから出して、皿の横に置いた。

「さあ座って。いちばんおかしいのはね、わたしが離婚することを母に話したとき――母はずっとロレンツォとそりが合わなかったの――母が何て言ったと思う？〝だから続きっこないって言ったでしょう〟よ」

音楽院《コンセルヴァトーリオ》のコンサートホールはほぼ満員――学生のリサイタルとしては上々だった。クラーラとジューリア、ほかにもトマソの身内が何人かと、見覚えのあるミラノの音楽マフィア数人の姿も見えた――エージェントが二人、レコード会社の幹部たち、コンサートプロモーター。ホールの正面席近くには意外にも、セラフィンのセクシーな愛人、マッダレーナもいた。

ソフィアのプログラムはいろいろな曲の面白い組み合わせだった。第一部はベートーヴェンのソナタ『春』とバッハの無伴奏パルティータで、第二部はサン＝サーンス、サラサーテ、ヴィエニャフスキ、パガニーニのもっと軽い作品のセレクションだった。古風な感じがした。それはある意味、二十世紀初頭の巨人たち――イザイ、クライスラー、エルマン――が取り組んだであろう、多方面にわたるプログラムだったが、こんにちではあまり見ないものだった。いまのソリストたちはもっと重みのあるプログラムを好む。自分たちの志の真剣さを、深みのある芸術家としてのみずからの見識を反映すると感じられる、もっと真面目な曲のセレクションを。まあ、ヴァイオリニストは芸術家だが、エンターテイナーでもあるわけで、わたしはソフィアが多少のリスクを冒してでも、自分の才能のありったけを見せようとしていることがわかってうれしかった。

ベートーヴェンはあたたかく叙情的で、ヴァイオリンパートとピアノパートが体の長い魚のようにからみあっては離れ、恥ずかしそうに相手に重なって誘惑的なダンスを踊り、つかのま別れてからまたたがいにあだっぽく抱き合い、最後に輝かしくひとつになった。おおげさな言い方かもしれない、比喩が抑えのきかないものになっているのはわかるのだが、もともとわたしは感情的な人間であり、ソフィアの演奏はわたしを歓喜させてくれた。

次にバッハになり、最初の一音から、ソフィアには偉大な音楽家になるために必要なものがそなわっているとわかった。彼女は堂々と、集中して、感情のおもむくまま奔放に弾き、まるで催眠術のようだった。周囲にいる人々の体に力が入り、五感が目をさまして、わたしたちの目も耳も思考もただひたすら、背中がぞくぞくするようなその音に集中するのがわかった。ホールは消え去り、外の世界が別の人生の記憶になった。あるのはただ、舞台にいるヴァイオリンを持った女性だけだった。

誰も動かず、咳払いもせず、プログラムをかさこそさわることすらやめているようだった。そして彼女が最後のシャコンヌを弾きはじめたとき——今回の演目全体で、ヴァイオリンのために書かれたものとしてはもっともすばらしい曲だろう——わたしは自分の肌が発疹のように粟立つのを感じ、聴衆の中で同じように感じていない人はただのひとりもいないとはっきり知った。目に涙が湧いてきた。この曲はわたしの人生の大切な一部だった。それをいま聴いていると、五十年前の幼い頃に連れ戻された。わたしは十三歳で、いつも和音相手にぶざまに格闘し、正しい音を探し、声を探していたのに、それをこの若い女性はいま、こんなにも優美に、うっとりするほど楽々と奏でていた。

　演奏が終わるとたっぷり三十秒の沈黙が降り、最後の和音が天へ溶けていくまで、誰も手を叩かなかった。そこで爆発したように拍手が湧きおこった。ひとりが立ち上がり、また別の人間が立ち上がる。たちまち聴衆全員が立ち上がっていた。ソフィアは数秒間その場に固まっていたが、やがて笑顔になると、目をぱちぱちさせながらホールを見まわし、その最高の賞賛を受け入れた。

　彼女が五回舞台を出ていき、五回戻ってきてそのたびにお辞儀をしたあと――わたしたちの手は拍手でひりひりしてきた――やっと聴衆は自分たちの熱い抱擁から逃れることを彼女に許した。ホールのドアが開かれ、幸福感にあふれた空気も外へ流れていった。

　わたしたちは席から立ち上がって脚を伸ばした。

「本当にすばらしかったわ」ホールの隣にある開放された中庭へ出ながら、マルゲリータが興奮して言った。「ヴァイオリニストには詳しくないけれど、彼女には感動したわ」

「本当にそうですね」わたしは同意した。「将来が楽しみな子です」

「知り合いなの？」

「古い友人、トマソの孫娘なんです。以前殺されたと話した人ですよ」

「ああ、おぼえているわ」マルゲリータはやさしい声で言った。

「彼が今夜ここにいたら、心からあの子を誇らしく思ったでしょう」

「本当にそうね。すばらしかったわ。でも、ほかにもご家族の方が来ていらっしゃるんでしょう？」

「ええ、もちろん。母親、父親、祖母、たくさんの人が支えていますよ」

「わたしのせいでその人たちに会っていかないなんてだめよ、ジャンニ。お手洗いに行ってくるから。またあとで、中で会いましょう」

わたしは中庭を見まわした。ソフィアの家族はまだホールの中にいるのだろう。わたしはいま彼らに会いたいのかどうか自分でもわからなかった。トマソがいないのにここにいることには耐えがたいものがあった――彼らにとっても、わたしにとっても。しかし二メートルほど離れたところで、セラフィンの愛人が、言うことをきかないゆたかな漆黒の髪の女性と話しているのに気がついた。その女性には見覚えがあったが、誰だか思い出せなかった。二人は別れ、黒髪の女性は離れていって別のグループと話しはじめた。

「こんばんは、マッダレーナ」わたしは声をかけた。

マッダレーナは振り向いてわたしを見ると、金持ちの高級娼婦が厚かましい副執事に話しかけられたように驚き、つんとすました。

「こんばんは《チャオ》……」彼女はわたしの名前が思い出せないかのように、マニキュアをした手を力なく振った。

「あなたが音楽を好きとは知らなかった」

「そんなことないわ。大好きよ」

彼女はもっと面白い話し相手を探してまわりを見たが、これといった候補者は近くにいなかった。わたしにつかまってしまったのだ。彼女はプログラムで自分をあおいだ。

「さっきあなたと話していた女性は誰だっけ？」と、きいてみた。

「マグダ？　マグダ・スカモーツィのこと？」

そうだった、やっと思い出した。ルドヴィーコ・スカモーツィの妻。かつてはコンサートヴァイオリニストだったはずだ、わたしの記憶が正しければ。しかしスカモーツィに出会ったあとにやめてしまった。二人の音楽家が――二人の何であれ――結婚すると、夫のキャリアのほうが優先権を得ることは多い。

「彼女も以前は演奏していたよね？」わたしは尋ねた。「その頃は何という名前だったかな、旧姓は？　マグダ・……」

「エルジェーベトよ。でも旧姓じゃないわ。もうひとり夫がいたの、ルドヴィーコの前に」

「彼女は才能ある演奏家だった、思い出してきたよ」

マッダレーナは肩をすくめた。「わたしはその頃の彼女は知らないの。ヴィンチェンツォを通じて知り合っただけだから」

「今夜ヴィンチェンツォはどこに？」

「田舎に行ったわ」マッダレーナは棘のある口調で答えた。

ということは、彼は妻と家族のもとへ行っているわけだ。可哀相なセラフィン、とわたしは思った。いや、可哀相なのは妻と家族のほうだった。

「それじゃヴェネツィアからは戻ってきたんだね？」

「もう何日も前に帰ってきたわ」

「あなたはヴェネツィアに詳しいのかい？」さりげなくきいてみた。

　彼女の険しい青い目がわたしの顔にぴたりと据えられた。「あまり」と答えた。「あそこに行ってからずいぶんたつし」彼女は目をそらし、逃走ルートを探した。「失礼するわ、知り合いを見かけたから」

　わたしはホールの自分の席に戻って待ち、やがてマルゲリータも戻ってきた。ソフィアがふたたびピアニストと舞台に登場すると、短い拍手が湧きおこったが、すぐに期待に満ちた静寂が聴衆の上に降りた。ソフィアはサン＝サーンスとサラサーテとヴィエニャフスキの、華麗だが底が浅くて軽いと遠ざけられがちな曲を弾いた。しかし、ソフィアの演奏には底の浅さなどまったくなかった。彼女の演奏はきらめく花火にもまさり、音楽の魂を引き出して、それを惜しみなく聴衆席にまきちらした。フリッツ・クライスラーはかつて、もし人生をやりなおせるものなら、レパートリーのうち古くさい大曲はもう弾かず、軽い曲だけを弾きたい、と言った。うっとり聴き入る聴衆の中に座っていると、彼の言う意味がわかった。そうした曲には喜びが、ソフィアの弾いているような喜びがあり、それがわたしの心を高く舞い上がらせてくれた。

　次に彼女はパガニーニに移り、『モーゼ幻想曲』と『レ・ストレーゲ』、つまり〝魔女たちの踊り〟を弾いた。パガニーニのほかのどの曲にもまして、彼が悪魔の仲間だという評判を呼んだ曲だ。実際、ある演奏のときには何人もの目撃者——あきらかにまともな頭の持ち主——が、魔王自身が巨匠の右手と指を動かしているのを見たと誓った。わたしもこの曲を弾いてみたことがあるが、弾きこなすには肘に悪魔をくっつけるだけでは足りなかった。しかしソフィアは何の助けも必要としていなかった。超自然のものであれ、何であれ。彼女は自在に楽器をあやつり、急速のフレーズもフラジョレットもそのほかありとあらゆるむずかしい技巧も、まるでたった一オクターヴの音階を弾くのと同じくらい簡単だといわんばかりだった。それは無限に広がっていくヴァイオリン演奏で、そこではテクニックは指ではなく、演奏者の心にあり、それこそがただ音符を弾く者と音楽を奏でる者との違いだった。ソフィアはそこをめざしていた。彼女は彼女自身であり、それをまのあたりにする栄誉に浴してわたしの胸は高鳴った。

演奏が終わったとき、もはや敬意に満ちた静寂はなかった。最後の和音が消える前に、喝采と歓声が噴き上がった。わたしたちはすぐにまた立ち上がり、彼女にスタンディングオヴェイションをし、彼女はお辞儀と恥ずかしそうな喜びの笑顔でそれにこたえた。音楽が人の心を歌わせるためにあるのなら、彼女はわたしたちの心臓を天上の聖歌隊に変えてくれたのだ。

「一緒に楽屋に来ませんか？」拍手の音にまぎれないよう、席から乗り出してマルゲリータにきいた。

彼女は首を振った。「邪魔者の気分になってしまいそうだもの。外で待っているわ」

ソフィアは家族や友人たちと一緒で、おそらくは何人かのエージェントも肉食動物のように周囲をうろついているだろうと察しがついた。しかし今日の午後の会話のあとでは、いまの演奏を祝ってあげなくてはという気がした。

楽屋のドアはあいていた。通路を進んでいくと、スカモーツィの金属をこするような声が聞こえてきた。

「……きみががんばらなければならないのはそこだ」と彼は言っていた。

わたしは戸口で立ち止まった。ソフィアは部屋の真ん中に立っており、疲れてしょんぼりしているようにみえた。

「……音も狂っているものがあったぞ、気をつけなければだめじゃないか、それに弓を弾く腕がサン＝サーンスの終盤近くで硬くなってしまっていた。小さなことだが、そういうもので違ってくるんだ……」

ソフィアはわたしに気づき、その顔が笑いにほころんだ。スカモーツィは振り返ってわたしを見ると顔をしかめ、それからまた向き直って彼女のリサイタルの検死解剖を続けようとした。わたしは前へ進んで、彼のおしゃべりをさえぎった。

「すばらしかったよ」と言った。「本当にすばらしかった」そしてソフィアの手をとった。そうしながらスカモーツィの足を踏んづけてしまったかもしれないが、だとしてもまったくの偶然だった。

「大成功だったね」わたしはそう続けた。「心から誇りに思うべきだよ」

「ヴィエニャフスキは……」スカモーツィはしつこく言っていたが、ソフィアはもう聞いていなかった。いつのまにかわれわれの位置が入れ替わり、スカモーツィはわたしの背中に話していた。

「きみは必ず成功する」わたしはやさしく言った。「何年かすれば、きみのデビューリサイタルを聴いたんだと自慢できるよ」

「ありがとう」

ソフィアはぼうっとして、言葉を失っていた。たぶんこのことは何もおぼえていないだろう、聴衆の反応と、リサイタルがこんなにもうまくいったという安堵で頭がいっぱいになっているのだ。あしたにはすべて笑顔と善意の言葉のうねりになり、細かいことは幸福にあふれた回想というあたたかい洪水の中に消えてしまっているだろう。

ほかの人々も楽屋に入ってきた。滝のようにゆたかな黒髪がわたしの横を通りすぎ、女性の感激した声が聞こえた。

「ソフィア、ダーリン。すごくよかったわ、すごくよかった。信じられないくらいよ」

マグダ・スカモーツィだった。不満たらたらの夫とは反対に、賞賛を連発している。彼女はソフィアに両腕をまわして抱きしめた。

「何て言えばいいのかしら?」彼女のイタリア語は東ヨーロッパのアクセントでいろどられていた。「あなたは未来のスターよ。みんな夢中になってた。そうでしょう、ルドヴィーコ?」

「まあ、僕はあまり感情に流されるべきじゃないと……」スカモーツィは言いかけたが、すぐに熱弁をふるう妻にさえぎられてしまった。

「馬鹿を言わないで、もちろん感情に流されましょう。彼女は完璧だった、完璧だったわ。今夜はあなたの夜よ、ソフィア。雲の中まで舞い上がっていって、このひとときを楽しみなさい。あなたは若いし、前途洋々なんだから。自分の勝利にひたりなさい。これからももっとたくさんの勝利を手にするでしょうけど、今夜の勝利ほど甘いものはもうないわ。シャンパンよ、ルドヴィーコ。あのシャンパンはどうしたんだっけ？　ああ、あそこにある。グラスを持ってきてちょうだい、みんなでお祝いしましょう……ルドヴィーコったら、グラスを」

新たな支持者の波がソフィアをかこんだ。クラーラとジューリアも見えた。わたしはクラーラの両手をとった。彼女は弱い笑みを浮かべた。目がうるんでいた。わたしたちはどちらも何も言わなかった。言う必要もなかった。二人とも思いは同じだった。彼女は顔をそむけ、ハンカチを探した。わたしはまばたきで涙を払った。

「あの人がここにいてくれたら」クラーラが小さな声で言った。

「霊魂になって来ていたよ」わたしは答えた。「これからもずっといるさ」

彼女は涙をふいてうなずいた。「あの人はさぞ喜んだでしょうね」

「そうとも」

「泣いちゃいけないわね。ソフィアが困るわ。あの子、上手だったでしょう？」

「すばらしかったよ」わたしは周囲を見まわした。「彼女がきみを待っているよ」

「また会いにきてね、ジャンニ」

「うん」

わたしは彼女が孫娘のところに行き、抱きしめるのを見守った。自分が場違いな気がした。いまは家族だけの時間だった。間を置いて気持ちを落ち着けてから、楽屋を出た。マルゲリータは中庭で待っていてくれた。わたしたちは音楽院《コンセルヴァトーリオ》の門を出た。

「お宅まで送りましょうか？」と、きいた。

「心配しないで。タクシーを拾うから」マルゲリータはショルダーバッグから紙を一枚とペンを出した。「あなたの電話番号を教えて」

彼女はわたしの番号を書き留め、それから体を近づけた。

「すてきな晩をありがとう、ジャンニ。必ずまた会いましょう」

マルゲリータは手を伸ばして、わたしの頬にキスをした。わたしは彼女の香水を吸いこみ、彼女の唇が触れるのを、彼女の体がすぐそばにくるのを感じた。それから彼女は離れ、ショルダーバッグを腰にはずませながら通りを歩いて遠ざかっていった。

9

もしイギリス人は冷たくてとっつきにくい人種だという概念に反証する例をあげるとしたら、それはルーディ・ワイガートだった。なるほどルーディは典型的なイギリス人ではないだろう。生まれはたしかにイギリスだが、両親はオーストリア系のユダヤ人で、戦争前にイギリスへ移住してきたのであり、ルーディは——外見も気性も——生まれた国の気質と同じように、ご先祖様たちの中央ヨーロッパの特性をたくさん持ち合わせていた。それでもわたしにとって彼はイギリス人であり、それも想像するのはむずかしいだろうが、人情に厚く、感情を隠さずオープンにする男だった。彼はいま自分のオフィスの戸口に立ち、両腕を広げ、うれしそうに目をきらきらさせていた。

「ジャンニ！　ジャンニ、わが古き友よ」と彼は声をあげた。「どうして前もって知らせてくれなかったんだ？　さあ、入って入って」

戸口をまたぐや、歓迎する熊のハグのごとく、ルーディの腕に抱擁されるのを感じた——もしルーディのように背が低くて胴回りが巨大な人間を熊にたとえるのが適切ならばだが。わたしはとくに背が高くはないが、ルーディの頭のてっぺんはやっとわたしの喉仏を越えるくらいだった。わたしたちのあいだで彼の出っぱった腹がはずむせいで、お湯の入った大きな風船に押しつけられているような心持ちがした。

「来るなら言ってくれればよかったのに」ルーディは不満そうだった。「いつから来てたんだい？」

「今朝飛んできたばかりだよ。空港からまっすぐここへ来たんだ」

「会えてうれしいよ。さあ座って。一杯やるだろう、もちろん」

返事も待たず、ルーディはデスクの後ろの大きなキャビネットへよたよた歩いていって、たっぷりと——本当にたっぷりと——二つのグラスにモルトウィスキーをそそいだ。そしてグラスのひとつをわたしに渡し、心からの、あけっぴろげな好意を見せてにっこり笑った。

「ごぶさたしすぎだったよ、ジャンニ。もっとちょくちょく来てくれなきゃ。どこに泊まるんだい？　うちならきみのためのベッドはいつでもあるよ、わかってるだろうけど」

「実はひとりじゃないんだよ、ルーディ」

彼は斜めにわたしを見た。「ほう？　意外にやるな、ジャンニ。どんな女性なんだ？」

「女性じゃないよ。クレモナの友達だ」

「それで、どこにいるんだい？　会ってみたいよ」

「車を停める場所を探しているんだ」

「この近くで？　そりゃあ少々かかるかもしれないぞ。葉巻はやるかい？」

ルーディは海賊の宝箱ほどもある葉巻入れをあけて、太いキューバ葉巻を二本出した。わたしは基本的に吸わないのだが、ルーディの葉巻だけはいつも例外にしている。彼は火をつけてくれ、それからオフィスの片側にあるソファに座り、わたしも座るよう身ぶりで示した。わたしは残ったわずかなスペースに体を押しこみ、やわらかいクッションによりかかった。

「今日は実にいい日になったなあ」ルーディは言った。「元気そうだね。あの太陽とパスタのおかげだろう。こっちは日光が少々足りなくてさ、だがパスタのほうは精一杯努力している」

彼が愛情をこめて腹を叩いて笑うと、その顔がくぼみと二重顎のくしゃくしゃなスポンジになった。

「ちょうどいいときに来てくれたよ」彼はそう続けた。「見てもらいたい楽器があるんだ。きみの意見を尊重するつもりだ」

わたしは得意な気持ちになった。ルーディは彼の勧めるオークションハウスでトップの弦楽器専門家であり、ヴァイオリンにかんしては世界的な権威なのだ。

「いいとも」と答えた。「どんなものなんだ？」

「ええと、ラベルはニコロ・アマティで、状態はいいし、本物らしくみえるよ。だがどうも確信が持てなくてね。ラベルの日付は一六三一年。そこが首をひねるんだ」

一六三〇年代はじめのヴァイオリンはきわめて希少なのだ。その頃に作られたものの数がかなり少ないようで、おそらくペストが北イタリアで猛威をふるっていたせいだろう。ニコロ・アマティの父、ジローラモも腕のいいヴァイオリン職人だったが、一六三〇年にペストで亡くなっているし、その二年後にはマッジーニも同じ病気で死んだ。世間はヴァイオリンを買うよりも、生き延びるほうに関心があったのだ。

「贋作だと思っているのかい？」と、きいてみた。

「ヴァイオリンは間違いなく古いものだよ。でもラベルは替えられたんじゃないかな。縁の線、渦巻きの仕上げの粗さからみて、アンドレーア・グァルネリじゃないかと思うんだが、きみの意見がききたい。あとで見せるよ。ウィスキーはどうだい？」

「うまい」

「当然だ」彼はおうように葉巻を振った。「何か買いにきたんだろう。カタログに目に留まったものがあったかい？」

「いや、これから北へ行くんだ。ダービシャーへ」

「いいねえ。きみならきっとあそこが気に入るよ。すばらしい田園地帯だ。ヴァイオリンがらみかい？」

「昔の手紙を見にいくんだ。単なる副業の仕上げだよ」わたしは言葉を切った。「きみに頼みがあるんだ、ルーディ」

「遠慮なく言ってくれ」

「きみになら調べられるデータベースがあるだろう、わたしには手の届かない情報源も。いま、マッジーニのヴァイオリンについてあることを突き止めようとしているんだ――蛇の頭のマッジーニだよ。どのヴァイオリンのことを言っているかわかるだろう?」

「わかるとも。うちで扱ったやつだ」

わたしはぽかんと彼を見た。「きみが売ったのか?」

「五、六年前かな。あれはよくおぼえているよ。うちで扱ったマッジーニの中でも最高だった。興味を持った人間も多かったからな、たしか、入札も多かったよ。調べてみよう」

ルーディはデスクのコンピューターのところへ行き、いくつかキーを叩いた。

「これは単なる概要だ。詳細は紙にして、どこかにある。そら出た。そうそう、一九九八年、秋の売却だ。落札価格は十二万ポンド。買い手は――きみの昔なじみ、ヴィンチェンツォ・セラフィン」

わたしはぎょっとした。「セラフィン?」

「驚いているみたいだね」

「いや……まあ、少しは驚いたかもしれないな。だが考えれば当然だ。彼はあらゆる顧客の代理でオークションに行くから」

ルーディはソファに戻ってきた。「彼が自分の金で入札したはずはないな。ちゃんと買い手を確保して、手数料をがっぽりもらえるようにしておいたんだろう」

「ああ、そのとおりだよ」わたしは言った。「彼はエンリーコ・フォルラーニの代理で買っていたんだ」

ルーディは葉巻の煙をひどくゆっくり吐き、黒い毛虫に似た眉の片方を上げた。

「亡きエンリーコ・フォルラーニのことか。何だか面白くなってきたな」

「そのマッジーニはフォルラーニが殺されたあと、彼のコレクションから消えたんだ」

「犯人が持っていったのか？」

「可能性はある」

「マッジーニだけ？」

「そうだ」

「ますます面白いな。コレクションのほかのものは？　どうなったんだ？」

わたしは笑った。「それにかんしてはきみより先んじている人間が何人かいるようだぞ」

「セラフィンか？」

「むろん、彼は熱心だよ」

「まったく、あの野郎」ルーディは顔をしかめた。「本当にあさましいな。うちみたいな大きなオークションハウスにはできないまねだ」

「ああ、そりゃそうだろう」わたしは重々しくうなずいた。

「うちでは必ず、遺族に接触するまでにそれなりの時間をはさむんだ」

「それなりの時間というのはどれくらい？」

「遺体が冷えるまでどれくらいかかるかによるね」ルーディは答えた。

「マッジーニにはほかに誰が入札していたかおぼえているかい？」

「会場にはいなかった。でも電話の入札でセラフィンと競争していたのが何人もいたような気がするな」

「その電話入札者の記録はとってあるのか？」

「もちろん。掘り出すには少々時間がかかるだろうが、どこかに指示のメモがあるはずだよ。ダービシャーにはどれくらいいる予定だ？」

「まだはっきりしないんだ。一日か二日かな」

「帰るときに電話をくれよ。それまでに調べておくから」

「そのヴァイオリンについて、ほかにわかることがあったら何でも知りたいんだ、あまり手数でなければ。売ったのは誰かとか、由来はどんなものかとか」

ルーディはうなずいて葉巻を吸いこんだ。

「フォルラーニが殺されたのはマッジーニのためだと考えているんだな？」

「どうして殺されたのかはわからないんだよ」わたしはそう答えた。

わたしたちがペナイン山脈を登りはじめたのは午後も遅くなってからだった。イギリスにはこれまで何度も来ていた——ロンドンと南東部だけだが——しかしいま目にしているこんな不思議な地形があるとは知らなかった。谷と丘陵の低い斜面はどこか見覚えがあり、威圧感はない——乾いた石の壁にかこまれた緑の牧草地、広葉樹の雑木林、夕暮れの光にきらめく貯水池。だが曲がりくねった道路をのぼっていくにつれ、森や畑は風景にまるでそぐわない、暗く広がる針葉樹の人工林に変わっていった。光が変化しはじめた。黒い雲が太陽をさえぎる。霧雨の細かい粒が、レンタカーのウィンドーに飛び散った。グァスタフェステはワイパーを稼動し、それからヘッドライトもつけた。

上へ上へとのぼっていき、人工林もはやはるか下になった。道路は急なカーブをえがき、勾配が突然きつくなったと思ったら、わたしたちは丘の頂上に出て、それからは平らなところを進んだ。目の前には果てしない荒野が、波打つヒースと泥炭の海が広がり、その岸辺をむきだしの砂岩の急斜面が縁どっていた。雲は低くて切れ目がなく、灰色の靄《もや》で地平線をおおっていた。風が車の両横を打つのがわかり、湿った意地悪な空気がドアからしみこんでくるのを感じた。こんなに荒涼とした、人に厳しい環境ははじめて見た。

「彼女はここには住んでませんよ、きっと」グァスタフェステは言った。「こんなところに住める人間がいるわけない」

わたしは自分のメモを、ロンドンからミセス・コフーンに電話したときに教えてもらった道順をたしかめた。

「住んでいるようだよ。左へ曲がる道を探してくれ」

靄が迫ってきつつあり、自動車道に流れこんで、悪意を持った亡霊のように車の両横をそろそろとまわってきた。グァスタフェステはスピードを落とし、道路をよく見ようとシートの上で前かがみになった。

「そこだ」わたしは言った。

道を曲がってもっと小さな狭い道路へ入ると、そこも砂利で舗装されてはいたが、中央に白いラインがなかった。フロントガラスが曇りはじめた。わたしはそれを消すためにファンをつけた。

「このあたりの十字路の右側だ」と指示した。

「こういうのはいやですね」グァスタフェステは言った。「道がほとんど見えない」

「溝にはまらないようにしてくれよ。このへんのに落っこちたら、二度と出られないぞ」

グァスタフェステはヘッドライトをフルビームにして、うねる霧を突き通そうとしたが、ライトはただ靄に反射して、いっそう前が見にくくなるだけだった。彼はまたライトを落とし、アクセルから足を離した。

「標識を探そう」わたしは言った。「家につづく小道のすぐ手前にあると言っていたから」

道路わきのくぼみに泥炭まじりの水がたまっているのが見え、その表面は真っ黒で油っぽかった。それからてっぺんに古びた板のついた柱が霧の中からぬっとあらわれた。色あせた白いペンキの文字がかろうじて読めた。〝ハイフィールド・ホール〟

「ここだ」

小道は舗装されておらず、深い穴やわだちがいっぱいあった。グァスタフェステはゆっくり車を進め、そうした障害物がまるで地雷であるかのようによけていった。うねる靄がボンネットの上を流れていき、塗装面やフロントガラスに爪をたて、ヘッドライトの広がる光の中でこの世ならぬものにみえた。

「いったい……」グァスタフェステがブレーキを踏みこむのと同時に、羊が一匹、わたしたちの前を走って横切り、ヒースのむこうに消えた。

わたしたちは台地を降りはじめた。小道は下り坂になって浅い水たまりに入っていた。靄が一瞬晴れると、前方に大きな家が見えた。二本の粗削りな石の柱が車の両側を通りすぎ――門のない門柱だ――それから車はカーブを切り、小道をぐるりとたどって家の前に着いた。グァスタフェステはエンジンを切り、わたしたちはしばし座ったまま、フロントガラスにかかる雨の幕ごしにその家を見た。それはいかめしい三階建ての建物で、台地の上の崖と同じ、オレンジ色の砂岩のブロックで造られていた。屋根の瓦も砂岩で、その薄く切り出された岩は苔でおおわれていた。

「まさに思いえがくとおりの、のどかなイギリスふうカントリーコテージってやつですね」グァスタフェステは言った。

わたしはドアをあけて車を降り、後部座席のレインコートをとった。嚙みついてくるような風に対抗して、ぴっちりボタンを留める。ルーディのオークションハウスを出たときには夏の盛りだったのに、どうしたものか、ここに着いたら冬になっていたようだった。

階段をのぼって正面玄関に行った。この家の荒廃した雰囲気はあまりに強烈で、まるではるか昔に打ち捨てられ、壁も窓も屋根も、あとは崩れて土に還るだけのようにみえた。グァスタフェステはわたしに目を向けて身震いした。

「日が暮れたあとはここに来たくないですね」

彼は熊の頭の形に鋳造された大きな真鍮《しんちゅう》のノッカーを持ち上げ、何度かドアを叩いた。その音がむこう側のホールに響くのが聞こえた。それから待った。グァスタフェステはもう一度ノックした。しばらくすると、女性の声が「いま出ますよ」と、かすかにして、やがて重い木のドアが開き、両腕に猫を一匹ずつ抱えた老婦人があらわれた。

「ごめんなさいね。長くお待たせしてしまったかしら？　家の奥にいるとよく聞こえないものだから。さあ中へどうぞ」

彼女はしゃがんで猫たちを放した。

「さあ行って、ティミー。今夜はもう鼠は結構よ、おぼえておきなさい」

猫たちはドアから頭を突き出し、天気をひと目見るなり、家の中へ駆け戻った。

「あぁら、でもまあ、しょうがないわね」ミセス・コフーンは同情するように言った。そしてドアを閉めてわたしたちに向き直った。厚いウールのカーディガンとツイードのスカートという恰好で、どちらも銀色がかった猫の毛できらきらしていた。

わたしたちは名前を名乗り、グァスタフェステは警察の身分証カードを見せた。

「お知り合いになれてうれしいわ」ミセス・コフーンは骨ばった手をわたしたちにかわるがわ

るさしだした。見た目はきゃしゃだったが、手の握り方に弱々しいところは少しもなかった。

「旅のあとにはお茶を召し上がるでしょう」と彼女は言った。「どうぞこちらへ」

わたしたちは長く隙間風の入る廊下を歩いて、家の奥の居間へ行った。

「楽になさってね」ミセス・コフーンはそう言ってドアのむこうに消えた。

わたしたちは座る場所はないかと見まわした。部屋の中には大きなすりきれたソファが二つと三脚の肘掛け椅子があったが、どれもびっしりと猫たちに占領されつくしていた。黒白の猫、しょうが色の猫、トラ猫、灰色と白の猫、縞柄の猫。二、三十匹はいたに違いない。猫たちは尊大な目でわたしたちを見て、まるで、われわれは動かないよ、ここはわれわれの家だよ、と言っているようだった。わたしたちは立ったままでいた。

グァスタフェステはまわりを見まわし、ふんふんとにおいをかいだ。この部屋自体にどんなにおいがあったにしても、それはつんと鼻を刺す、圧倒的な猫のにおいにおおい隠されてしまっていた。壁や天井には湿気のしみが広がり、壁紙ははがれてところどころ黴《かび》で緑色になっていたが、そのにおいは全然感じられなかった。とにかく猫のにおいだけがした。

わたしは窓へ歩いていった。そこにも猫が三匹いた――大きな張り出し窓で、ヨーク産砂岩のテラスのむこうが見渡せた。テラスの中央には高くなった石の池があって、真ん中に四角い台座にのった女性の彫像があった。池に水は見えず、ただ苔と藻で厚くおおわれていた。テラスのむこうにはこぶだらけの木が二本あったが、風のせいでねじくれて大きくなれず、それから黄色っぽくなった芝生、すなわちこの荒野という砂漠の中に人の手で作られた不自然なオアシスには、本来の植物たちがすでにその周囲から忍びこんできて、この庭を奪い返して呑みこみ、野生に戻そうと迫っていた。家というものにはどれも独特の雰囲気がある。この家のそれはさびしげで、ものがなしさと衰退に食われている建物という感じだった。

「ほんとにすてきだわ」ミセス・コフーンがお茶の道具ののった盆を持って戻ってきた。「どうぞ座ってくださいな……」彼女は猫たちを見まわした。「あら、ごめんなさいね」

「猫たちの邪魔をしたくなかったものですから」わたしは説明した。

「心配しないで。この子たちはただの猫ですもの」彼女はソファのほうへ行って、シーッと声をたてた。「ティミー、降りなさい。あっちへ行って。おまえもよ、ティミー。それからおまえもね、ティミー」

三匹の猫たちは大儀そうに立ち上がると、尊大なプライドを見せて頭をそらしてから、ソファを降りて部屋の反対側へ歩いていった。

「猫たちをみんなティミーと呼んでいるんですか?」わたしはきいてみた。

「あら、ええ、どの子もね」

「ちょっとややこしくないですか?」

「わたしにはややこしくないわ。前はみんな別の名前をつけていたんだけれど、どの子がどの名前だったかおぼえられたためしがなくて、だからいまはみんなティミーと呼んでいるの。そのほうがずっと簡単でしょう。さあ、お座りになって」

クッションはまだ猫のせいであたたかかった。はやくもわたしのジャケットの袖に毛がついたのがわかった。ミセス・コフーンはお茶をそそぎ、カップと、バター付きスコーンの皿をわたしてくれた。

「今朝わたしが作ったのよ」彼女は言った。「あなたからお電話をもらったあとに。スコーンは焼いた当日のほうがずっとおいしいものね、そう思いません？」

「ご親切にありがとうございます」

「この頃は焼く機会もあまりなくてねえ。お客様がいらしてくださると気分が変わるわ」

「おひとりで暮らしてらっしゃるんですか、ミセス・コフーン？」

「あら、猫たちがいますよ、もちろん。でもあの子たちとの会話はかなり限られているでしょ」

「広いお宅ですね」

「広すぎるのよ。以前はキャスルトンに小さな家があったの、山脈の反対側に。キャスルトンはご存じ？　知らないわよね、もちろん、イタリアの方ですもの。感じのいい小さな村よ。洞穴とブルー・ジョンで有名なの」

「ブルー・ジョン？」

「フローライトの一種——水晶よ。とても美しいの。最初に発見した鉛鉱夫たちはフランス人だったの。青と黄色《ブリュ・エ・ジョーン》、と彼らは呼んだそうよ、その水晶には青と黄色の縞が入っているから。当時のイギリス人たちはフランス語がうまくなかった——それはいまも変わらない《ブリュ・サ・シャンジュ》わね——それでブルー・ジョンと呼んだの」

「ははあ」

グァスタフェステはスコーンをぱくぱく食べていた。

「これは何とおっしゃってましたっけ？」と彼はきいた。

「スコーンよ」ミセス・コフーンが答えた。

「とてもおいしいです」

ミセス・コフーンはほほえんだ。「ありがとう。もうひとつ召し上がって。そのあとエドワードが——亡くなった主人よ——ここを相続したの。もう二十年近くも前かしら。当時から崩れかかっていたんだけれど、あれからさらにいたんでしまったんじゃないかしらね。でもどうにかする余裕がなくて」

「ここは……」わたしは家のことについて何かほめるものを探した。「……かなり昔のものなんですね」

「十八世紀までさかのぼるそうよ。この湿気もそうなんでしょうね。それから幽霊も」

「幽霊がいるんですか？」

「ええ、いますよ。ずっと昔、この家の女主人が赤ちゃんを生んだの。ある晩、子守があやまって子どもを二階の踊り場の手すりから落としてしまい、その子は死んでしまった。子守も母親も夜になるとこの家を歩きまわって、亡くなった子どもを呼ぶそうよ。わたしも何度か、子どもの泣き声を聞いたことがあるわ。お茶をもっといかが？」

彼女はわたしのカップをとってお茶をつぎたした。

「だからあとでおかしな物音を聞いても心配しないでね」
「あとで?」
「お二人とももちろん今夜は泊まっていかれるでしょう」

わたしたちはそれからも一時間、居間に残っていた。ミセス・コフーン——あきらかに会話に飢えていた——は、わたしたちの来訪を最大限に楽しもうとしているようだったし、わたしたちも彼女のお相手をして楽しんだ。というか、少なくともわたしは楽しんだ。グァスタフェステは英語と格闘し、ほとんど言葉を発しなかった。だがスコーン相手には立派にベストをつくした。

やがてミセス・コフーンは言った。「そろそろ手紙をお見せしましょうか?」

彼女のあとについて廊下を進み、オークの鏡板の階段をのぼって二階へ行った。猫のにおいもここでは少し薄かったが、湿気のほうはもっとひどかった。高い天井は凝った石膏《せっこう》の飾りがついていたものの、黴で黒くまだらになっており、空気はじっとりとよどんでいて、いつまでも鼻孔から離れなかった。

三階への階段は家の奥にあり、おそらく、もともとは屋根裏に住居をあてがわれていた召使たち専用に作られたものなのだろう。勾配が急で敷物もなく、汚れた壁と雨のしみがついた天井にかこまれていた。ミセス・コフーンはわたしたちの先に立って階段をのぼり、暗く不快な廊下を進んで、段ボール箱とがらくたの山でいっぱいの部屋へ案内した。

「あの中ですよ」彼女は古い木の収納箱を指さした。

「シニョール・ライナルディは」と、わたしは言った。「彼は手紙がここにあると知っていたんですか?」

「あら、いいえ、ご存じのわけがないでしょう?」ミセス・コフーンは答えた。「あの方が電話をしてきたときにわたしがお話ししたの。うちにありそうな古い文書には何でも興味をお持ちだったのよ、ほら」

「彼はその理由を言ってましたか? というか、彼はどういうふうにあなたに連絡してきたんです?」

「歴史上の調査をしているとだけ」

「何の調査です?」

「何かヴァイオリンにかんすることよ、たしかそうおっしゃっていたわ。イタリアの貴族で、すごいコレクションを持っていた人のこと」

「サラブーエ伯爵コツィオですか?」

ミセス・コフーンは自信がなさそうだった。「そうだったかもしれないわ。わたし、名前をおぼえるのが苦手なの。でもあなたは電話であの方のお友達だと言っていなかった? ご本人にきいてみたら?」

わたしはグァスタフェステに目をやった。どう対処すればいいかわからなかったのだ。「彼は亡くなりました」

「亡くなった？　まあ驚いた。そんなにお年じゃなかったでしょう。どうして？」

「事故なんです」真実は彼女には刺激が強すぎると思い、そう答えておいた。

「何てこと。本当にいい方だったのに。箱入りのチョコレートを持ってきてくださったのよ、ほら」

「ええ、電話でそうおっしゃっていましたね」自分で自分がいやになった。わたしもチョコレートをプレゼントに持ってこようと思っていたのに、忘れてしまったのだ。

「この屋根裏には値打ちのあるものはあまりないのよ、でもシニョール・ライナルディはあの箱の文書にとても興味をお持ちだったわ。どうしてかしらね、ただの古い手紙なのに」

「彼がとくにどの手紙に興味を持ったかご存じですか？」

「ええと、一、二通を村のお店でコピーしていったわ、ハイフィールドの。わたしも一緒に行ったのよ。でもどれだったかはわからないわ」

「ライナルディは手紙をお返ししたんですね？」

「ええ、そうよ。箱に戻すのを見ましたからね。わたしはもう行ってもいいかしら？　夕食は八時よ、それでよろしい？」

「わざわざ用意していただかなくていいんですよ、ミセス・コフーン」わたしは言った。「われわれは外に行って、何か食べるものを探しますから」

「何をおっしゃるの、あなた方はうちのお客様ですよ。はるばるイタリアからいらしてくれて。わたしには少しばかりイギリス流のおもてなしをしてあげるくらいしかできませんもの」

彼女は部屋を出ていった。グァスタフェステは膝をついて、箱の蓋をあけた。中は黄ばんだ文書であふれそうになっていた。グァスタフェステは文書のひとつを持ち上げた。端がもろく茶色になっていて、ほこりでおおわれている。グァスタフェステはその紙を窓のほうへ向けてじっくり見た。外は暗くなりかけていた。窓は小さく、汚れの縞がついていた。作業をするだけの光はない。わたしは立ち上がって頭上の照明のスイッチを入れたが、すぐに電球が飛んでしまった。屋根裏はいっそう暗くなったように思えた。

「トマソはたぶんこの箱全部を調べたでしょう」グァスタフェステは憂鬱そうに言った。「ずいぶんな量の文書を調べなきゃならないですね」

「絞りこんでみよう。最近調べられたようにみえるものに集中するんだ。上に近いものじゃないか」

グァスタフェステはていねいに箱の中を調べ、文書の束をひとつまたひとつと取り出しては、床に置いた。文書は非常にもろくなっており、中には年月ですっかり色あせ、聖書の書かれた羊皮紙のようにみえるものもあった。わたしたちは文書を分類して山にしていき、ばらばらの記録とは別にした。文書の一枚がひどくいたんでいて古かったため、グァスタフェステの手の中でばらばらになってしまった。

「気をつけて」わたしはかけらを集めて、ジグソーパズルよろしく元どおりにしようとした。

「正確には何を探すんです?」グァスタフェステがきいた。

「手紙だ、たぶんイタリア語の。上にカザーレ・モンフェラートの住所があって、下にジョヴアンニ・ミケーレ・アンセルミ・ディ・ブリアータのサインがあるものを」

二人でひと山ずつ見ていった。記録を分けるのは言うほど簡単ではなかった。どれも当然のことながら手書きだし、中にはひどく字のはっきりしないものがあり、どこの国の言葉で書かれているのか判読するのも不可能に近く、ましてや言葉を読みとるなど無理だった。それに加えて、どれも歳月のせいでひどく色あせてしわが寄っており、手書きの文字がもともとははっきりしていたものでも、もはや判読がむずかしくなっていた。

グァスタフェステが火の中から半分焼けたのを救いだしたかのような、丸まった紙を持ち上げた。

「これは無理ですよ、ジャンニ。この光じゃ読みはじめることもできない。箱を下へ持っていきましょう」

「朝まで待とう」と、わたしは言った。「もう遅いし、今日は二人とも長い距離を走ってきたんだ。元気を取り戻してから、もう一度見ようじゃないか」

二人で屋根裏階段を降りていくと、階段はいまにも踏み抜けそうに不穏な音をたててきしんだ。

「俺たち、ここへ泊まらなきゃならないんですかね？」グァスタフェステがささやいた。「ホテルとかゲストハウスを探せませんか？」

「彼女の気持ちを傷つけたくないだろう。ひと晩だけのことだよ」

猫たちは居間のソファの持ち場に戻っていた。あまり気の乗らないまま彼らを立ち退かせようとしてみたが、猫たちは見下すようにひげを振っただけで、また眠ってしまった。わたしたちは猫はほうっておき、家の中を探検して歩いた。ミセス・コフーンはキッチンにおり、そこは大きな、石で舗装した部屋で、客を歓迎するあたたかみのある巨大なオークのテーブルと、黒くなった調理台があった。この家はひどく冷えていたが、ほかの部屋に暖房は一切ないようだった。

「あら、ちょうどよかったわ」ミセス・コフーンは言った。「おいしくて伝統的なイギリス料《イングリッシュ・キュイ》理《ジーヌ》をご用意したのよ」

グァスタフェステの顔に一瞬、恐怖が浮かぶのが見えた。もっとも屈強なイタリア人をも震撼させること間違いなしのものがあるとしたら、それは〝キュイジーヌ〟と〝イギリスの《イングリッシュ》〟という言葉の組み合わせだ。しかしミセス・コフーンがオーブンから出した大きなキャセロール皿からただようにおいはこくがあり、おいしそうだった。さらに心強いことに、テーブルには赤ワインのボトルが三本もあった。これはいい徴候だった。

わたしたちはキッチンで食事をし、おかげでほっとした。グァスタフェステとわたしはダイニングルームらしきものをその前に見つけていたのだが、凍るような温度はさておいても、その湿気と、ずらりと並んだペットの排泄用箱からしてくる猫の尿のにおいでは、誰も食べ物が喉を通らなかっただろう。

「あの箱の中の手紙ですが」わたしは煮こみ料理とダンプリング（小麦粉・油・水を小さくボール状にこねてゆでたもの）を食べながらきいた。「どこから伝わってきたものなんです？」

「主人の一族よ」ミセス・コフーンは答えた。「わたしたちがこの家に越してきたときにはもうあそこにあったの。一度見てみたんだけれど、ほとんど進まなかったわ。エドワードはずっとあれを調べようと思っていたのに、なぜだか一度もできなかった。そういうものよね。煮こみの味はどうかしら？」

「とてもおいしいですよ、ありがとう。あの箱には、イタリアの織物商の事務所から来た手紙があるようですが。ご主人の一族はなぜ、イタリアの織物商とやりとりしていたんでしょう？」

「家業でしたもの。マンチェスターの工場主だったのよ。はじめは羊毛をあきなっていて、それから綿。エドワードの曾々――いくつ曾がついたか忘れてしまったわ――祖父のトーマス・コフーンが、十八世紀に会社をおこしたの。そしてひと財産を築いた。彼は非常に大物になって、田舎の避難所としてこの家を建て、工場の騒音と汚れから逃げてきたの」

「ここに？」わたしは言った。「でもずいぶんと寒いし、さびしいところじゃありませんか」

「トーマスは少しロマンティックなところがあったんじゃないかしらね。荒れ地の野性味が気に入ったのよ」

「それで、イタリアと仕事をしていたと？」

「どことでもよ、たぶん。彼はとても成功した実業家だったの。家を上等な絵や家具でいっぱいにして、週末にはパーティーを開いて、お金で貴族たちのひいきを得た。たたき上げのイギリスの郷士《カントリー・ジェントルマン》だったのよ」

「事業はいまも続いているんですか？」

「あら、いいえ」ミセス・コフーンは申し訳なさそうに手を振ってキッチンをさしてみせた。「続いていたら、こんな暮らしをしていると思う？　この家の暖房も、雨漏りする屋根の修理もできないのよ。ええ、財産はとっくの昔になくなったわ。放蕩息子が何代も続いて浪費してしまったの。うちの主人は自活の道を開いて、父親が亡くなったときに相続したのは借金と、この家に対する責任だけ」

「売るのを考えたことはないんですか？」ときいてみた。

「まあ、売るなんてできなかったわ。エドワードの一族の家だったんですもの。主人は息子に継がせたかったと思うし。だいいち、こんな荒れ果てた家を買う人なんていないでしょう？」

「息子さんがいらっしゃるんですか？」

「アメリカにね。めったに帰ってこないわ」

ミセス・コフーンはテーブルの真ん中に置いたキャセロールの蓋をとった。わたしはそれが気をそらすためで、話したくない話題を終わらせるための方法なのだと察した。「もっと煮こみをいかが、シニョール・カスティリョーネ？」

「ありがとう、でももう結構です」

「お友達の方は？」

グァスタフェステは皿から目を上げた。

「おかわりはどうか、って」わたしはイタリア語できいた。

「それじゃ、もし……」

わたしたちは遅くまで起きていて、ミセス・コフーンの思い出話を聞き、体にいい以上のワインを飲んだ。やがて彼女がわたしたちを泊まる部屋へ案内してくれた。

「申し訳ないけれど、一緒のお部屋にさせていただいたわ。使える客室はここだけなの」

わたしは長いあいだ目をさましたまま横になって、幽霊の物音がしないかと耳をそばだてていた。しかし聞こえてきた妙な音といえば、グァスタフェステのいびきだけだった。

IO

次の日の午前中はまた上の屋根裏へ行き、箱いっぱいの文書を系統だててよりわけることについやした。それは奇妙な、広範囲にわたる記録のコレクションだった。〈トーマス・コフーン・アンド・サンズ〉商会に関係した仕事上の通信があり、もっと個人的な家族間の手紙もあった。文書の内容を一見したところでは、なぜいままで保存されてきたのか理由がわからなかった。事業での取引もしくは日常の家政にかんするごく平凡で、まったくもって退屈な記録のようなのだ。たぶんこれは、もっと多くの、もっと面白い記録文書が長年のあいだになくなったり捨てられたりしたあとの残りものなのだろう。しかし、イタリアからの手紙はなかなか見つからなかった。

「ここにはないんじゃないですか?」グァスタフェステがまたひとつ、ほこりまみれの文書を調べながら沈んだ声で言った。

「希望を捨てるんじゃないよ」わたしは答えた。「まだたくさん調べてないものが残っている」

一時になると、ミセス・コフーンがあがってきて、昼食が用意できたと知らせてくれた。わたしたちは彼女のあとについて屋根裏階段を降り、踊り場を通った。そのとき、壁にかけてあった絵が目についた。どうしてそれまで気がつかなかったのかわからない。絵の位置のせいだったのかもしれないし、踊り場の明かりのせいで目立たなかったのかもしれない。だがいまそれを見ると、金めっきのロココふうの額縁に、一メートル四方くらいのカンバスがはめこまれていた。

「わたしのお気に入りの一枚なのよ」ミセス・コフーンは、立ち止まって絵を見上げたわたしに気づいて言った。

カンバスは古く、表面がひどくひび割れており、きれいにして修復する必要があった。しかしそのひどい状態にもかかわらず、画家のすぐれた腕前は積もったほこりの層を突き抜けて輝いているかのようだった。描《か》かれているのは音楽室にいる若い男——男の服と家具からみて、描かれたのは十八世紀初頭あたりと見当をつけた。手のこんだ装飾をほどこしたヴァージナル（ハープシコードの一種）が絵の片側を占めているが、わたしの目はどうしても、両腕にヴァイオリンを抱えて譜面台の前に立っている若い男のほうに惹かれてしまった。ヴァイオリンのネックは彼の左手に握られていて、右の前腕が胴体の下の部分にゆったりと曲げられ、弓は彼の指からだらんとぶらさがっている。細かい部分への観察力は目をみはるものがあった。ヴァイオリンの胴の木材の肌理《きめ》までが、ニスの膜をとおして見えた。指板と緒止板《おどめいた》のあいだの松脂《まつやに》の粉や、渦巻き部分の鑿《のみ》の跡まで描かれている。すべてがあまりにも完璧で、手を伸ばせばカンバスからヴァイオリンを取り出せそうな気さえした。

「これは誰が描いたんですか?」わたしは左下の隅にある判読しづらい署名を読みとろうとしながらきいた。

「チェーザレ・ガローファロよ」ミセス・コフーンが答えた。

聞きおぼえのない名前だったが、その絵は間違いなく、イギリスではなくイタリアのものだった。男の顔だち、肌の色は地中海人種のものだったし、音楽室の片側にある窓のむこうには、イタリアにしかない杉の木々と赤煉瓦の教会が見えていた。

「この絵の男性は誰かご存じですか?」

ミセス・コフーンは首を振った。「いいえ。画家は別として、この絵のことはほとんど知らないの。昔からここの壁にかかっているのよ。エドワードはこれがとても好きでね。本人は音楽の才能がなかったけれど、ご先祖はみんな演奏したの」

「ヴァイオリンを?」

「そうらしいわ。トーマス・コフーン、つまり一族の会社の創設者も、忙しい合間をぬって室内楽を演奏していたんですって。とても上手なヴァイオリニストだったと伝えられているわ」

「彼の楽器をいまもお持ちですか?」

「いいえ、彼のヴァイオリンは――いくつも持っていたそうだけど――ずっと昔に売り払われたの。わたしたちがこの家を相続するずっと前に。まるで生きているような絵でしょう？」

「本当に」

グァスタフェステがわたしの肩のところへ来て興味ありげに絵を見た。

「このヴァイオリンが何だかわかります？」彼はそうきいてきた。

「作者ってことかい？」わたしは言った。「ああ、グァルネリ・〝デル・ジェス〟だよ」


「調べものの進み具合はいかが？」昼食のときにミセス・コフーンがきいた。

わたしたちはキッチンで、辛いイングリッシュマスタードをつけたソーセージと、ホールのハーブガーデンから採ってきたチャイヴを散らしたポテトサラダを食べているところだった。

「のろのろですね」そう答えた。「どうしてあの文書があそこにあるのかご存じですか？　どうしてとっておいたんでしょう？」

「身内がものをとっておく理由なんて」ミセス・コフーンは肩をすくめた。「センチメンタルな未練からのときもあるでしょうけど、面倒くさいとかものぐさのせいのほうが多いんじゃないかしら。コフーン家はものを捨てないことで昔から悪名高いのよ」

「しかし、かつてはもっと数があったはずですよね。ご一族の事業では、長年のあいだに何千という記録がたまったはずですから。どうして収納箱ひとつだけが残っているんでしょう？」

「まったくの偶然ね、言うなれば。いずれにしても、事業での通信の大半はここに保存されたことはなくて、マンチェスターの商会の事務所に保管されていたの。その多くが十九世紀なかばの火事で焼けてしまった。わたしの知るかぎり、上にある収納箱はとくに理由があって残ったわけではないわ」

「アンセルミ・ディ・ブリアータというイタリアの商会を聞いたことはありませんか？」と、きいてみた。

「いいえ、ないと思うけど」

「その商会からの手紙があの箱にあったと信じる理由があるんです。シニョール・ライナルディがコピーをとったのはその手紙だと思うんですよ。でもまだ見つからないんです」

ミセス・コフーンは驚いてびくっとした。「あら、あそこにあるはずよ。言ったでしょう、彼が元に戻すのを見たって」

「本当に同じ手紙でしたか？」

「そうじゃなければ何だというの？　とても古いものだったわ。あの方はとてもていねいに扱っていましたよ。いまでも思い出せるわ、黄色くて丸まっていて。ええ、絶対に返していましたとも」

わたしたちは昼食のあと屋根裏へ戻り、箱の中の文書調べを再開した。

「ミセス・コフーンは勘違いしていて、トマソは手紙を戻さなかったのかもしれませんよ」グァスタフェステが言った。

「そうかもしれないな」

「もし戻したのなら、上にあったはずでしょう？」

「さあどうかな。この箱全体がごちゃごちゃだからね」

わたしたちは記録の最後の層、つまり箱のいちばん底の層まで到達した。グァスタフェステはひとつの山を取り出して、わたしとのあいだの床に置いた。わたしは赤いリボンでくくられた文書の束をとった。外側の文書には白っぽい線があり、それは紙がリボンによって変色をまぬがれた場所だった。しかしいまリボンはその線にぴったりそっていなかった。

「この束は一度リボンをほどかれて、そのあともう一度くくられたんだ」と、わたしは言った。

「それもごく最近だよ」

リボンの結び目をほどいて、慎重に文書を分けた。文書は四つあり、どれも枯葉のようにもろくなっていた。ひとつめの手紙の下にサインがあり、わたしはうずくような興奮が背骨を這い上がってくるのを感じた。

「見つけたぞ」そっと言った。

「本当に？」グァスタフェステがかがみこんで手紙を見た。「英語ですね。翻訳してくれませんか」

「読めればね」

わたしは手紙を手にとって、もっと明るい窓の近くへ持っていった。手紙のうち三通は同じ筆跡で書かれており、四通めは別のものだった。わたしは手紙をじっくり見て、上にある日付を判読しようとした。一通は一八〇三年二月十六日とあるようだった。もうひとつは一八〇三年七月のようだったが、正確な日付はわからず、三通めは一八〇三年九月の日付だった。四通め——別の人間に書かれたもの——はさらに判読がむずかしかった。手書きの文字は蜘蛛《くも》の脚のように細長く不揃いで、ところどころインクがひどくにじみ、言葉が読みとれなかった。書かれたのは一八〇四年のようだった。四通ともマンチェスターのトーマス・コフーン宛で、上にジョヴァンニ・ミケーレ・アンセルミ・ディ・ブリアータの住所があり、下に彼の華やかな書体のサインがあった。

いちばん日付の早いものから始めて、読みながらイタリア語に訳していった。

「〝高名なお方へ〟」と読んだ。「〝この前の十二月のお手紙への返事が遅れましたことを、心よりお詫び申し上げます。こちらでは何ごとも、ご想像いただきますとおり、われわれの業務を的確に差配する助けにはなりません。いまの不明瞭な状況があと数か月は続くやもしれず、何とぞご寛恕のほど……〟」

「何のことを言っているんですかね？」グァスタフェステがきいた。

「フランスとオーストリアがイタリア北部の覇権を争った戦争のことじゃないかな。当時の通商の大半が混乱させられただろうね」

次の数段はありふれた仕事上のことが書かれていた——イギリスからイタリアへの羊毛や布の注文や輸送、銀行家の手配、等々——わたしたちの調査には何の関係もないものだった。

「ああ、ここは面白そうだよ」わたしは言い、次の段落を読み上げた。

「〝お手紙で言っておられた扱いに注意を要する件について、閣下のご指示により、状況はいまだ満足のいく解決にいたっていないことを閣下が嘆かれている旨をお知らせし、事態を解決するためにいましばらく閣下に猶予をくださるようお願いいたします。シニョール・カーリに手紙を書くよう指示されておりますので、最大の迅速さをもってあたるつもりです、そうすればいずれ、あなたにもっと中身のある返事をさしあげられるでしょう。わたしはいまもあなたのもっとも忠実なる従僕です、ジオ・ミケーレ・アンセルミ・ディ・ブリアータ〟」

わたしは手紙を屋根裏窓の下にある段ボール箱の上に置いた。

「それのどこが面白いんです？」グァスタフェステがきいた。「ヴァイオリンのことなんて何も言ってないじゃないですか」

「たしかに」と、わたしは答えた。「だが名前を見てごらん。〝閣下〟と〝シニョール・カーリ〟だよ」

「で、その二人は誰なんです？」

「〝閣下〟はひとりしか考えられない――サラブーエ伯爵コツィオだ」

「シニョール・カーリは？」

「カルロ・カーリ、伯爵おかかえのミラノの銀行家だよ、ついでに言うと卓越したアマチュアヴァイオリニストで、パガニーニと四重奏をするほどの腕前だった。オーストリアとフランスがピエモンテで戦っていたとき、コツィオは自分のヴァイオリンコレクションを安全に保管するため、サラブーエにあった邸宅から、カザーレ・モンフェラート近くの、ミラノにあるカルロ・カーリの自宅へ移したんだ」

わたしは次の手紙に向き直って読んだ。こちらはもっと具体的だった。通常の挨拶と、織物取引についての相談がいくつかあったあと、ミケーレ・アンセルミはこう書いていた。「〝さて、閣下の負債についてのお尋ねに対し、書かなくてはなりません。シニョール・カーリとはずっと連絡をとっておりますが、遺憾ながら、状況は前回書き送ったときからほとんど変わっていないことをお知らせします。それどころか、以前より悪くなっております。フランス軍の命令によってかなりの資産が没収されたため、閣下は多大なる財政的窮迫に陥られ……〟」

わたしは言葉を切った。次のいくつかの言葉が判読しづらかったのだ。じっと文章に目を凝らした。「次に何とあるのかわからないな。〝残念〟。残念、と書いてあるようにみえる。〝残念ながら……〟何とかだ。〝残念ながら〟何かを、何かを、〝返金することができません〟。だめだ、残りの部分がにじみすぎている」

「それはさしあたって抜かして、先に行きましょう」グァスタフェステが言った。

次の段落に移った。「〝しかしながら、閣下は、あなたが音楽に大きな関心を持っているのをご存じですので、支払いの代わりに閣下のコレクションからのひと品をお受け取りくださるかどうかお尋ねになっておられます〟」

わたしは読むのをやめた。手紙のあとの部分はただのインクのにじみになってしまっていた。紙は水をかぶったように汚れていた。だがそんなことはどうでもよかった。わたしたちはいまもっとも重要なことを耳にしたのだ。

「コレクションからのひと品？」グァスタフェステが高ぶった声で言った。「やっと先が見えてきましたね。次は何です？」

肝心なことが書いてあったのは三通めだった。

「〝今週中にヴァイオリンをお送りするために必要な手続きはすべてととのいました〟」わたしはミケーレ・アンセルミの言葉を読み上げた。「〝息子のパオロがフランスでわたしの代理として仕事をしておりますので、彼がパリまでヴァイオリンを運び、そこで楽器をイギリスへ輸送する者を手配いたします。閣下は今回の件にかんするあなたのご理解と忍耐に感謝を伝えるよう仰せられ、あなたが楽器に満足されることを確信しておられます。このヴァイオリンは閣下のコレクションの中でも最高のひとつで――それどころか、かの名匠の手になる中でも最高のものです――しかも、クレモナの工房を出た日から、ほとんど弾かれておりません。閣下はこれを手放すことを悲しんでおられますが、あなたがこれを弾くことに大いなる喜びを見出すよう願っておられます〟」

「それだ」グァスタフェステが言った。「それが俺たちの探しているヴァイオリンですよ。イギリスに送られたんだ、トーマス・コフーンに。手紙には誰が製作者なのか書いていないんですね？　それがコツィオのコレクションで最高のひとつなら、間違いなくストラディヴァリでしょう。どう思います？」

「手紙には製作者は書いてないんだ、ただ〝かの名匠〟とだけでね、ストラディヴァリのことかもしれないが」

「それでトーマス・コフーンはヴァイオリンを手に入れた。それがまだこのハイフィールド・ホールにあるとしたら？　ミセス・コフーンが彼の楽器はずっと昔に売り払われたと言っていたのはわかってますが、彼女が間違っていたら？　この家はがらくたでいっぱいですよ。屋根裏のどこかに隠してあるのかもしれない」

わたしは疑わしげに頭を振った。たしかに楽しい思いつきだ、宝探しの伝承物語の定番だろう――ほこりまみれの屋根裏部屋。しかしそう簡単にいかないことはわかっていた。

「どうしてだめなんです？」グァスタフェステは言った。「探してみようじゃありませんか。この家全体を探すんです。別に損はないでしょう？」

「最後の手紙の中身を見てみよう」

四通めの手書き文字はこれまででいちばん悪筆で、読みにくかった。アンセルミがこのときまでに秘書を変えたか――だとしたら、あきらかに飾り文字の才能がある者を雇ったのだ――もしくは自分自身でその手紙を書いたかだった。わたしは後者だろうと思った。

文章の判読と翻訳はのろのろとしか進まなかった。はじめにまとまりのない説明があり、その中でアンセルミはコフーンの健康について長々と尋ねていた。それからもっと重要な件に移った。

「〝ひきつづきヴァイオリンの紛失を調べております。パリの代理人はわたしの息子が雇った配達人を追跡しておりますが、いまのところ、ほとんど成功しておりません。現時点では、ヴァイオリンがパリを離れたのかどうか、離れたとすれば、イギリスへの道中のどの地点で盗まれたのかもたしかめることができません。月日がすぎるにつれ、ヴァイオリンは二度と取り戻せず、泥棒はそのありかという秘密を抱えたまま墓におもむくのではないかと案じるようになりました〟」

わたしは手紙から顔を上げた。グァスタフェステは、ついさっきまではあんなにも勢いづいていたのに、いまは暗い絶望の表情を顔に浮かべていた。わたしは文章に戻った。

「〝この損失には深く心を痛めています。閣下がヴァイオリンを安全に輸送するようまかせてくださったというのに、その使命においてわたしは閣下の信頼にこたえることにはっきりと失敗してしまいました。今回の不幸な紛失が生じたのはわたしの目配りが足りなかったためですので、あなたには当然の償《つぐな》いをさせていただくのが名誉と思っております。それゆえ、閣下があなたにお借りした負債の総額ぶんの銀行為替を同封いたします。あなたのことですから、きっとこの取り決めに反対なさり、支払いにはご自分で為替を出すと主張されるでしょう、ですから、わたしはその反対を乗り越えなくてはなりません。あなたの善意がこんなことでわたしたちの友情を損わせることはないと信じています。どうかお願いですから、今回の負債は名誉にかなうよう、わたしに返済させてください、それだけがわたしの良心を安らげることができるのです。常に変わらず、あなたのもっとも忠実なるしもべ、ジオ・ミケーレ・アンセルミ・ディ・ブリアータ〟」

わたしは手紙をおろしてほかのものと一緒にした。しばらくは二人とも何も言わなかった。

やがてグァスタフェステが陰鬱な口調で言った。「それじゃそういうことだったわけか。ヴァイオリンは消えた。二百年前に盗まれた。俺たちがそのありかを突き止めるチャンスなんてないんですね？」

彼の落胆はあきらかだったが、不思議なことに、わたしは彼の暗い気分にはまったく染まらなかった。

「少なくとも、そういうヴァイオリンがあったことは裏づけられたよ」

「それが何の役に立つんです？」グァスタフェステはむすっと言い返してきた。「それがどこに行ったか誰も知らないんでしょう？　きっとずっと前にまたあらわれて、いまじゃ誰かのコレクションに入ってますよ。どこかのソリストが弾いていて、誰もその出自を知らないでいるのかもしれない」

「それはないだろうな」と、わたしは言った。「それが本当にストラディヴァリなら、それはない。いま残っているストラディヴァリの楽器はすべて、由来が詳細に記録されているんだ。コツィオのコレクションから出たもので、フランスへ運ばれる途中で盗まれたものがあれば、われわれも知っているはずだ」

「それじゃどういうことなんです？」グァスタフェステがきいた。「まだどこかで、発見されるのを待っているってことですか？」

「それか、あるいは壊されてしまったかだな」

手紙の内容はいろいろな意味で落胆するものだったが、わたしはそのことに気力をくじかれるつもりはなかった。わたしたちのめざすゴールへの楽な道を示してはくれなかったが、ゴールが存在することは教えてくれたようだったから——というか、かつて存在していたことは——わたしにとって重要なのはそれだった。それを信じたかった。信じなければならなかった。

自分をごまかしているのだろうか？　その可能性はあった。ヴァイオリンは永遠に失われ、割られて薪《まき》にされるか、ほったらかしにされて朽ちてしまったのかもしれないが、わたしはそれを信じないことにした。どういうわけか、わたしという存在の核にまで及ぶ何か力強い、説明のできない気持ちがして、この調査を続けないではいられなかった。ただトマソのためではなく、自分のためにも。

窓の外へ目を向けた。外はじめじめと曇っていたが、前の晩の靄は上へ移動していた。荒野で草を食《は》んでいる羊たちや、歳月を経た岩の奇妙な陣形のシルエットが地平線にかかっているのが見えた。

「トマソがつかんでいたのはこれだけなんですかね？」グァスタフェステが言った。「彼がフォルラーニに見せた手紙はこれなんですか？　ほかには何もなかった？」

「フォルラーニにはこれでじゅうぶんだったんだろう」わたしは答えた。「彼はもうひとつのメシアが存在すると信じたがっていた。それは彼の夢だったんだ。トマソはその夢を現実にする方法を示した」

「でもどうやって？　この手紙は袋小路ですよ。ヴァイオリンはイギリスへ行く途中で消えてしまった。いまどこにあるかは誰も知らない。あらゆる可能性からみて、二度と発見されなかった」

「そうかもしれない」

「それじゃトマソはどうやってその先へ行ったんです？　次にどこへ調査を進めたっていうん

です？」

「わからないな。トマソもわからなかったのかもしれない。だが犬が臭跡を見失ったとき、狩人はどうする？」

「引き返してたどりなおすでしょう」グァスタフェステは言った。「どこかでもう一度においを拾おうとして」

「それで、道のどこを探せばいいのかわからなかったら、狩人はどうするか？　出発点に戻るんだ。もう一度においの源から始めて、それをたどりなおす」

わたしは間を置いた。「サラブーエ伯コツィオとミケーレ・アンセルミ・ディ・ブリアータから始めなければならない。それはつまり、カザーレ・モンフェラートへ行かなければならないということだよ」

11

オックスフォードの〈ランドルフ・ホテル〉はいかにもトマソが泊まりそうなところだった。高級で、料金が高くて、それとわからないように金がかかっており、彼の贅沢好みという弱点にぴったりだっただろう。

わたしたちが着いたとき、一台の長距離バスがホテルの外に停まって、アメリカ人観光客とそのガイドの集団を吐き出した。そのグループが中へ入ってそれぞれの部屋へ散っていくのを待ってから、フロントに行って支配人に会いたいと頼んだ。ここに泊まるつもりはなかった。グァスタフェステの警察経費では、こんな贅沢なホテルの料金を払う余裕はなかったし、わたしのほうも、一夜の宿には快適なベッドと洗面器だけあればいいので、豪華なホテルに金を無駄遣いするのは昔から避けている。

ホテルの支配人はやわらかい声で話す、笑みを崩さない男で、ものごしは裕福な――そして要求の多い――客の扱いに慣れた人間らしい、相手の気持ちをなだめるものだったが、グァスタフェステの警察身分証をじっくり見たあと、それを返してこう説明した――いかにも残念そうに――当ホテルの規則により、お客様の情報をもらすわけには参りません。

「重要なことなんです」わたしはグァスタフェステのために通訳をした。「シニョール・ライナルディは殺されたんです。何もたいへんなことを頼むつもりはありません。ただ、彼がオックスフォードにいたあいだ、何をしていたかをはっきりさせようとしているだけです」

「殺された？」支配人は恐ろしげな表情になり、それからいまの気乗りしない態度をあらためて協力してくれた。「その方がこちらに泊まられたのはいつだったか、もう一度言っていただけますか？」

ホテルの記録からは、わたしたちがすでに知らないことはほとんど判明しなかった。トマソはひと晩だけ宿泊し、ホテルのダイニングルームでひとりで夕食をとり、食事の代金は宿泊費に加算されていた。支配人は彼をおぼえていなかった。フロント係のひとりはおぼえていた

――〝ひげのある大柄なイタリア人の紳士〟――しかしそこまでだった。彼女はトマソが宿泊中にどこへ行ったのか――行ったところがあるとしたらだが――知らなかった。トマソがどこか特定の場所への行き方もしくはそこの情報をきいたかどうかもはっきり思い出せなかった。

　支配人とフロント係に礼を言い、ホテルを出た。わたしは外の舗道で足を止め、通りむかいにあるアシュモリアン美術館のギリシャ・ローマ様式の堂々たる正面玄関を見た。

「思うんだが」と、わたしは言った。

「何を？」グァスタフェステがきいた。

「トマソがここへ来たのはただこのためだったかもしれない。ハイフィールド・ホールからロンドンへ戻る途中の寄り道。あれを見るチャンスだったんだ」

「見るって何を？　オックスフォードのことですか？」

「教えてあげるよ」

　わたしは彼を連れて通りを渡って美術館に入り、それから上の階の〝ヒル・ミュージック・ルーム〟へ行った。その展示室に特別なところは何もない。目立たないし、みすぼらしいとさえいえる。わが家の居間のほうが広いくらいだ。壁は汚れたオフホワイトで、天井蛇腹（天井と壁の接合部につけた装飾）はあちこち欠けている。床はつやのあるコルクタイルだった。曇りガラスの窓はブラインドでさえぎられ、日光を遮断しているので、室内は天井をぐるりとめぐるレールにつけたライトで照らされていた。そのさえない道具立ての中で、部屋の中心にあるヴァイオリンが篝火《かがりび》のように輝いていた。

「〝ル・メシー〟だ」わたしは言った。「メシアだよ」

それはガラスケースの中にひとつだけあり、真鍮《しんちゅう》のバーから角度をつけて吊り下げられ、下のカーブは明るい緑のフェルトのマットに接していた。わたしはたまにイギリスに来たときには、ここへ来てこれを見るようにしている――聖杯の巡礼さながらに。そして感動しなかったことは一度もない。ヴァイオリン作りのすべてがここにあるのだ。

「メシア？」グァスタフェステが言った。「これがメシアなんですか？」

ときどき、ほかの人間がこのヴァイオリンを目にするときには何を見ているのかと思うことがある。たぶん、ただ古い弦楽器としてしか見ていないのだろう――ニスを塗った木材で、巧みに作られていて、目にも喜ばしいものではあるが、ほかの古いヴァイオリン以上に感動するところはないと。もしそんなふうだとしたら、わたしはその人たちの盲目さに哀れみを感じる、なぜならル・メシーは世界の偉大な芸術作品のひとつであり、すべての傑作と同じく、門外漢にもおおいに評価されうるが、そのすばらしさを完全に理解するには専門家でなければならないのだ。わたしはこのような楽器を作ることがいかにむずかしいかを知っている。表板や裏板の曲線、縁の線、横板、渦巻きの職人技を見てとれる。そして見るたびに、その完璧さで息もできなくなる。

わたしはゆっくりとケースのまわりを、ガラスに顔をくっつけんばかりにして歩いた。二枚の板からなる楓《かえで》の裏板には独特の木目があり、濃淡の縞模様は森の地面にさす日の光を思わせた。ニスには艶が、油を塗った肌のようなベルベットの輝きがあった。ぼんやりと、別の部屋でする声のように遠くから、グァスタフェステの声が――いつもどおり想像力のかけらもなく――こう言うのが聞こえてきた、「これに一千万ドルの値打ちがあるんですか？」しかしその言葉はほとんどわたしの意識に留まらなかった、すっかりわれを忘れて見入っていたのだ。

　この楽器はむろん、ストラディヴァリが残したままの状態ではない。ジャン＝バティスト・ヴィヨームがネックを長くして力木《バスバー》と指板を取り替えた。糸巻きと緒止板《おどめいた》――聖母マリアと、頭に光輪のある幼子キリスト、二人の上でハープとトランペットを鳴らす二人の智天使《ケルビム》の凝った浮き彫りがついている――もヴィヨームの作ったものだ。しかしそういうものはただの彩りであり、装飾であり、楽器のほかの部分から目をそらすというよりも、ストラディヴァリの才能の驚くべきシンプルさを際立たせているようにみえる。

「それじゃこれが、噂には聞くけれど誰も見たことのなかったヴァイオリンなんですか」グァスタフェステが言った。「ガラスケースにしまわれっぱなしなんてもったいないな。どこかのコンサートホールで弾いてもらったほうがいいんじゃありませんか？」

「そうだな」わたしはうなずいた。「でも、わたしはこれがここにあってうれしいんだ。見られるだけでもありがたいからね」

「これは何なんです？」グァスタフェステがきいた。彼はガラスケースの横にあるスタンドの印刷された解説文を読んでいた。

「〝メシアの表部分にあるいちばん新しい輪は一六八二年のものである。液材（樹皮の内側のやわらかく樹液を多く含む部分の木材）をとりのぞいて十年余り乾燥させたとすれば、ストラディヴァリによる製作年と考えられている一七一六年に問題なく合致する〟これはいったい何を言ってるんです？」

「木材の年輪年代測定法のことだよ」わたしは言った。「被告側の言い分さ」

「被告？」グァスタフェステがきいた。

「そう。このメシアが贋作だと考えている人間もいるんだ」


静寂の中、出口のそばの椅子に座っている守衛が読んでいる本のページをめくる音が聞こえた。紙がかさかさと鳴る音が異常に大きく聞こえ、ぎょっとするほど室内に響いた。

「贋作？」グァスタフェステが言った。「メシアが贋作？」

「本物であるということに対する疑いがあるんだよ、ああ」わたしは慎重に答えた。

「わ、わかってないんですか？　たしかだと言えないんですか？」

「ヴァイオリンの世界では、絶対に確実ということはないんだ」

「でも、あれの由来は証明されているんでしょう？」

「ある程度まではね。だがストラディヴァリまでさかのぼれるわけじゃない。ヴィヨームがメシアと呼んでいたヴァイオリンがこれだということは確実にわかっている。それ以降の歴史も疑いの余地なく証明されている。だがそれ以前に何があったのかは明瞭さに欠けるんだ」

「明瞭さに欠ける？」グァスタフェステはいらだったように言った。「どういうことなんです？」

「こみいった話なんだよ」わたしは答えた。「説明するには、時代をさかのぼらなきゃならない、一八五五年の一月上旬まで」間を置いた。グァスタフェステの視線はわたしの顔にぴたりと据えられていた。「〝壁の蠅〟というパーティーゲームをしたことはあるかい、自分がそこにいられるとしたら、どんな歴史の瞬間に居合わせることを選ぶか、というものだよ？　ほら、恐竜の絶滅とか、ヴェズヴィオ火山がポンペイを灰で埋めるところとか、キリストの誕生――もしくは復活、ヒトラーのベルリン掩蔽壕《えんぺいごう》での最後の日々を見たり、ケネディが暗殺されたときに〈テキサス・スクール・ブック・デポジットリー（ケネディ暗殺犯のオズワルドはこの建物の六階から狙撃したとされている）〉の窓に立つとかだよ。挙げればきりがない。もしきかれたら、わたしは片手の指の数ほどの人々しか聞いたことのない、歴史の中ではせいぜい脚注にしかならない二人の人間にかかわる時間を選ぶだろうな。

一八五四年の後半、偉大なるヴァイオリンコレクター、ルイージ・タリシオが死んだ。彼の死の知らせがパリに届くまではしばらくかかったが、届いた瞬間、ジャン＝バティスト・ヴィヨームは馬車に飛び乗って一路ミラノへ向かった。彼はレニャーノ通り《ヴィーア・レニャーノ》にあったタリシオのアパートメントへ行った、タリシオが自分の宝物を保管していた小さくてみすぼらしい屋根裏部屋へだよ。わたしならそこに居合わせたいね、そしてヴィヨームが中へ入ってタリシオのヴァイオリン――床に高く積み上げられたり、部屋に張られたロープに吊り下げられたりしている――を見つけるのを壁から見ていたい。ヴァイオリンは百五十挺近くあった、二十五挺のストラディヴァリを含めて」

「その中にメシアが？」グァスタフェステがきいた。

「正確に言うと、違う」と答えた。「ヴィヨームがル・メシーを見つけたのは、フォンタネットにあるタリシオの親族の農場だった。しかしわたしたちがいま話しているのは証拠のない俗説だよ。ほかのヴァイオリンと一緒に屋根裏にあったなら、そのほうが話としては面白い。ヴィヨームはタリシオの親族からコレクションをそっくり買い取り、パリへ持って帰った。メシアはその後さまざまな手を渡ったあと、ヒル一族が買ってアシュモリアン美術館に寄贈したんだ」

「それじゃ、何が問題なんです？」グァスタフェステがきいた。

「問題は、ヴィヨームの前にこれを所有していた人間だ。タリシオ、サラブーエ伯コツィオ、それからパオロ・ストラディヴァリ。コツィオは非の打ちどころがないが、タリシオもパオロもいかがわしい噂があった。ヴィヨームも疑う余地がないわけじゃない。彼がメシアだと言っていたこのヴァイオリンがタリシオの親族の農場で見つかったという証拠は、彼の言葉しかないんだ」

「でも、タリシオは何年も、完璧で、誰も弾いたことのないストラディヴァリを持っていると自慢していたんでしょう」グァスタフェステは言った。「あなたがそう話してくれたじゃないですか」

「わかっているよ。だがタリシオはこの話にかんしてはあまり信頼できる証人ではないんだ。彼はディーラーだった、いささか疑わしいところのある人物で、北イタリアをまわって古い楽器を探していたが、いつも正直にやっていたわけじゃないのはあきらかでね。売買の記録はいっさいつけていなかったし、コレクションの目録も残さなかった。彼が一八二七年にコツィオから多数のクレモナ製楽器を買い入れたことはわかっているが、どの楽器だったのかははっきりわかっていない。しかし、一七七五年、かの名匠の死から三十八年たって、コツィオがストラディヴァリの末息子パオロから、ストラディヴァリのヴァイオリンを一ダースほど買ったことはわかっている——そしてそのひとつが、間違いなく一七一六年作のすばらしいヴァイオリンであったこともね、コツィオは自分のコレクションを詳細に書き残していたから」

「それじゃ、コツィオがメシアを持っていたことはわかってるわけですね」グァスタフェステは言った。

「ああ、しかし彼が記録していたその一七一六年作のヴァイオリンは、彼がのちにタリシオに売ったストラディヴァリと同じものだったのか？　そして、ヴィヨームがフォンタネットで発見したのと同じヴァイオリンだったのか？」

「俺にはついていけませんよ」グァスタフェステが言った。「人がたくさん出てきすぎて、所有者も多すぎる」

「だろうな。わかりにくい話だから」

「ここの、このケースの中にあるヴァイオリンは、メシアじゃないと言うんですか？」

「違うかもしれない。それどころか、ストラディヴァリのヴァイオリンですらないかもしれないんだ」

「何ですって？」グァスタフェステはわたしを見て眉を寄せた。「ストラディヴァリじゃなかったら、何なんです？」

わたしはドアのそばの警備員に目をやったが、彼は本に夢中になっていて、わたしたちには何の注意も払っていなかった。

「ストラディヴァリは一七一六年にメシアを製作したと言われている、そして生涯それを手放さなかったと。そのこと自体が少々疑わしいんだよ。言い伝えによれば、あまりに完璧だったので、ストラディヴァリはそれを売るに忍びなかったとされている。それはわれわれの知っているストラディヴァリに合わないんだ。一七一六年には、彼はもう金持ちで売れっ子の弦楽器職人だった。自分で作れる数をはるかに超える楽器製作の依頼を受けていた。彼の時間は一分残らず、誰かが注文してきたヴァイオリンを作ることについやされていたんだ。だったらどうして、ヴァイオリンを作っておいて売らなかったのか？　彼はセンチメンタルな人間じゃなかった。われわれの知るかぎり、自分ではヴァイオリンを弾かなかった。どうしてそのヴァイオリンを作り、それから一七三七年に死ぬまで、二十一年間も吊り下げておいたのか？

いずれにしても、ここアシュモリアンにあるこの楽器は完璧じゃない」わたしはガラスのキャビネットに顔を向けて、ヴァイオリンの表板を指さした。「ほらここ、指板の右側――見えにくいが、ちゃんとある――木材の傷、脂《やに》つぼだよ。あれも疑わしい。ストラディヴァリは傷のある木材を使わなかった。あまりに完璧主義者だったし、だいいち、使う必要もなかったんだ。最高の木材を使う余裕があったし、顧客たちも最高の支払いをする用意があったんだから。

少し先へ進もう。ストラディヴァリが死に、あとには完成した楽器と完成していない楽器がいくつも残された。彼の息子たち、フランチェスコとオモボノは未完成だった楽器を仕上げ、彼らが死ぬと、残っていた楽器はパオロに渡り、彼は少しずつそれを手放していった。しかし、彼が売った楽器はすべて父親が作ったものだったのか？　いくつかは父アントニオではなく、フランチェスコとオモボノのものだろう。パオロは正直だったかどうか疑問があるんだ、だからサラブーエ伯コツィオは最後のヴァイオリン一ダースほどを買ったとき、楽器はすべて本当に父親の作品であるという書類に偽りのないことを宣誓させた。

その一ダースの楽器のなかには、一七一六年のヴァイオリンも含まれていた。コツィオは自分の記録にそう書いている。ただしまた別の問題があるんだ。コツィオの記録と、われわれがメシアとして知っているヴァイオリンのあいだには矛盾があってね――その矛盾がこのヴァイオリンが本物であることにクエスチョンマークをつけているんだよ」

「それじゃ、もしこのヴァイオリンを作ったのがストラディヴァリでなければ」グァスタフェステは言った。「誰が作ったんです？」

「指はヴィヨームをさしているな」わたしは答えた。

「でもこれは分析されたんでしょう」グァスタフェステはガラスケースの横の解説をさした。

「これには一七一六年に合致すると書いてありますよ」

「それは木材の年を証明しているんだ」わたしは答えた。「ヴァイオリンの年じゃない。一八五五年は、ストラディヴァリが亡くなってから百年ちょっとしかたっていなかった。ヴィヨームが――もし彼がヴァイオリンを贋作したのだとしたら――古い木材を見つけるのは造作もなかっただろう、適切な質のものではないかもしれないが。表板に脂つぼがあるのはそういう理由なのかもしれない。ヴィヨームが手に入れられた木材はそれだけだったからかも」

「なぜヴィヨームが贋作を作ったりするんです？」

「誰にもわからないよ。自分の夢をかなえるためじゃないかな。彼はタリシオからさんざんそのすばらしい、完璧なストラディヴァリのことを聞いていた。しかしタリシオは自慢屋で、話に尾ひれをつける人間だった。もしヴィヨームがタリシオの死後ミラノに駆けつけたとき、そのヴァイオリンがないことを知ったらどうか？　おそらくタリシオが嘘をついていて、メシアはそもそも存在しなかったということを。あるいは、それより前に彼のコレクションから消えてしまっていたことを。ヴィヨームの落胆が想像できるかい？　それで彼は自分でメシアを作ることにした」

「それ以降、ありとあらゆる専門家をあざむけるほどいいものを？」グァスタフェステは不信もあらわにきいた。

「彼ならじゅうぶんできただろう。ヴィヨームは最高の複製作りだったんだ。ある有名な式典のとき、パガニーニは自分のグァルネリ・〝デル・ジェス〟の〝大砲《イル・カノーネ》〟をパリにあるヴィヨームの仕事場に持っていき、あずけて帰った。彼が次に訪れたとき、ヴィヨームはその楽器の複製をひとつではなく二つも作っていて、しかもパガニーニも三つのうちどれがオリジナルなのかわからなかったんだよ――そしてこれが驚くところなんだが――外見からだけじゃなく楽器の音からも」

「それじゃどうしてヴィヨームはグァルネリのように偉大な弦楽器職人にならなかったんですか?」

「複製するのと、オリジナルの創作は違うものなんだ。昔の名匠の作品を見てそれを完璧に複製できる――もしくは贋作を作れる――アーティストは何人もいるが、彼らは同等の質を持つ自分たちのオリジナルは決して作れないだろう。ヴィヨームもヴァイオリンにかんしてはそうだった。彼自身の作った楽器はとても出来がいいが、彼の作った複製は――そして彼は何挺もメシアのコピーを作ったが――オリジナルと同じ質を持っているんだ」

グァスタフェステはガラスケースのまわりを歩き、ヴァイオリンをすみずみまでじっくり見た。

「それで、あなたの意見はどうなんです?」彼は言った。「ヴィヨームがこれを偽造したと思っているんですか?」

思っているのだろうか? わたしはしばしば、ジャン＝バティスト・ヴィヨームと自分にはクリスチャンネームのほかにも共通するものがあると思っていた。

「どうかな」と答えた。「きみ自身で判断しなければだめだよ」

グァスタフェステは考えこみながらわたしを見た。「それじゃこういうことですね」彼は言った。「このヴァイオリンは贋作かもしれないし、そうでないかもしれない。そのタリシオってやつは、完璧な、誰も弾いたことのないストラディヴァリを持っていたかもしれないし、いなかったかもしれない。ここまでは合ってますか?」

「うん」

「でもたしかなのは――それも唯一たしかなのは――サラブーエ伯コツィオが一七一六年製作のすばらしいストラディヴァリを所有していたということ」

「そうだ。その事実は記録されていて疑いの余地はない」

「それじゃ、これがその一七一六年のストラディヴァリじゃないとしたら、それはいったいどうなったんですか？　コツィオがトーマス・コフーンに譲渡したヴァイオリンが――それはイギリスへ送られる途中で紛失したわけですが――その一七一六年のストラディヴァリだったとしたら？」

「その可能性はある」

グァスタフェステの目は抑えた興奮で輝いていた。

「それじゃ俺たちが探してるのは……メシアの姉妹なんかじゃないかもしれないんですね。メシアそのものかもしれないんだ」

12

ヴァイオリンのオークションはあからさまに興奮をそそる催しではない――村の牛の競りのほうがもっと激した感情があらわになるのを目にできるだろう――しかしわたしからみると、

その非常に強い抑制力こそが、人を惹きつけてやまないのだと思う。表面上は誰もがとても冷静で、とても寡黙で、完璧なまでに礼儀正しいが、その下ではさまざまな感情が泡立ち、人間のもっとも基本的な衝動によって大釜が沸騰していることを、わたしは知っている。その緊迫した空気が、期待の雰囲気が、空中にただよう願望と欲のにおいが大好きだ。それは人生においてもっとも人を酔わせる体験のひとつである。

会場はほぼ満員だった。フロア全体であいている席はひとつか二つあるだけで、さらに後ろ側にもおおぜいの人間が立っていて、低い声で話し、オークションが始まるのをいまかいまかと待っていた。開始時間を五分すぎていたが、それもそっくりゲームの一部だった――客を待たせ、圧力鍋が爆発する寸前まで熱をためこませるのだ。

正面にルーディ・ワイガートがおり、血色のいい顔をして、ダークスーツに赤い蝶ネクタイとしゃれこんでいるのが見えた。同僚とおしゃべりしている。彼がちらっと腕時計に目をやり、登場のタイミングをはかってから、壇に上がると、会場全体が静まりかえった。ルーディは衿につけたマイクをチェックした。彼の頭の上でデジタルの電光掲示板が点灯して、ロット番号とポンド・米ドル・スイスフラン・ユーロ・日本円での値段を表示した。

「おはようございます、レイディース・アンド・ジェントルメン……」ルーディはよどみなく、リラックスしてオークション開始の口上を述べ、わたしたちの緊張をやわらげた。そして二つの入札中止品のことを知らせ、入札のルールをおおまかに説明し、それからショーが始まった。

「ロット番号一、ジュゼッペ・ザンベルティのヴァイオリンです。千二百ポンドから始めます。

千二百から……千三百……千四百……千五百……あなたです、サー、千五百……千五百……ほかの方はいらっしゃいませんか？」ルーディの木槌がバンと振りおろされた。「あなたに決まりました、サー、千五百ポンドです。入札者番号札を拝見できますか？」

落札者は番号のついた札を上げてみせ、ルーディはすぐにロット番号二、オットー・モーケルのヴァイオリンに移った。ロット番号の若いものは大半が価格の低い楽器で、あいだに弓のグループ、つまり買い手の唾液腺を目ざめさせるために投げられるくず肉で変化をつけたのち、本物の肉が登場し、ルーディは——彼の希望としては——後ろへさがって餌の奪い合いを見物するのだった。彼は猛スピードでロットをさばいていった——一時間あまりで百も。彼が仕事をしているのを見るのは楽しかった。儀式の達人が群衆をあやつり、彼の内なるショーマンシップが前面に出てきている。

「何か見逃してしまったかな？」横でささやく声がした。

顔を向けると、ヴィンチェンツォ・セラフィンが隣の空席に座るところだった。

「そうでもない」と答えた。

「よかった」

彼はズボンを引っぱってナイフの刃のように鋭い折り目が広がらないようにし、カタログを開いた。アフターシェーヴローションのにおいがして、息がかすかに乱れているのがわかり、まるでいそいでここまで来なければならず、その途中で無理をしたかのようだった。タクシーから縁石までだいぶ歩かなければならなかったのだろう。

「いまどのロットなんだ?」会場の正面に番号がはっきりディスプレーされているのに、彼はそうきいてきた。

「一〇九番だ」わたしは答えた。「カルロ・ロヴェリ」

セラフィンはいそぐ様子もなくカタログをめくった。はるばるロンドンまでカルロ・ロヴェリを買いにきたのではないらしい。

「さて、ロット番号一一〇です」ルーディが言った。「十九世紀のヴァイオリン、ラベルは〝クレモナのジョヴァンニ・バプティスタの息子、ジュゼッペ・チェルッティが一八二五年に製作《ヨゼフス・チェルッティ・フィーリュス・ヨアンニス・バプティステ・クレモネンシス・フェチット・アンノ・ミッレ・オクティンジェンティ・ヴィジンティ・クィンクェ》〟。二千の方はいらっしゃいませんか? ありがとうございます、サー。二千二百……二千五百……二千八百……三千」競り値は着実に上がっていった。「四千五百はいらっしゃいますか?」ルーディがきいた。「四千五百、ありがとうございます、サー……四千八百……五千……電話で五千五百の方がいらっしゃいます……」ルーディは会場の横、ロンドンのあらゆるオークションハウスが雇っているように思える薄い唇の上品な女性たちが詰めている電話の列へ目を向けた。「電話にいるエミリーが五千五百……六千、ありがとうございます、サー……電話で六千五百……七千……七千五百は?」ルーディは電話のほうを見た。エミリーは首を振った。「七千五百はいらっしゃいますか? そこの奥の方が七千五百です……八千……あなたですね、サー、八千ポンド……八千……八千五百……九千、あなたです、サー……」

競りは続いた。「一万……一万一千……一万二千はいらっしゃいますか? 一万二千……一万三千」空気が変わるのがわかった。わたしの前にいた人々が座ったまま振り返りはじめ、あきらかに並程度の楽器に誰がそんな競り値をつけるのか見ようとした。カタログでの予想落札価格はわずか二千五百から四千五百ポンドだったが、競り値は上がりつづけた。誰か、このヴァイオリンについてほかのわたしたちよりよく知っている――もしくは本人がそう思っている――人間がいるらしかった。わたしも体をひねって、後ろのほうで二人の男が、バーでどっちが先にまばたきするかにらみあっているように競り合い、値を吊り上げていくのを見物した。「二万二千」ルーディがとうとう言った。「あなたです、サー、二万二千ポンド」槌が振りおろされた。「落札!」

わたしは椅子に座ったまま向き直り、ちょっと座り直した。スチールフレームのプラスチックの椅子は座り心地が悪くてひどく硬いので、尻の感覚がなくなってきた。カタログに目を落とす。前座は終わった。これからは主役が舞台の中央へ出てくる時間だった。

「ロット番号一一一」ルーディが告げた。「ジョヴァンニ・バティスタ・ガブリエーリのヴァイオリン……」

目の端で何かが動いた――男がひとり、通路を歩いてきて、わたしの二列前にあった空席に座ったのだ。クリストファー・スコットだった。わたしがはっと背中を伸ばし、彼の砂色の髪、そばかすのある頬を見ていると、彼は頭をまわして壇の横にあるテーブルに目を向けた。そこでは紺色のエプロンをつけた係員が次に出品される楽器を持っていた。セラフィンがレモンをかじったように、歯のあいだから息を吸いこむのが聞こえた。わたしはちらっと横を見た。彼は隠しようもない憎悪の目でスコットをにらんでいた。

「わたしもこれにはいささか興味があります。一万七千ポンドから始めましょう。一万八千をつけてくださる方は？　ありがとうございます、サー、前列の方が一万八千です……一万九千……二万……二万二千……」

わたしがスコットを観察しているあいだに、ロットは次々と落札されていった。ガブリエーリは三万八千ポンド、トマソ・バレストリエーリは七万五千ポンド、ヴィヨームは四万二千ポンドで売れた。スコットはそのどれにも入札しなかったが、膝に番号札があるのが見えた。

やがてショーの本当の主役が登場した――一六九八年作のマントヴァのピエトロ・グァルネリで、予想落札価格は二十万から二十五万ポンドだった。ピエトロ・グァルネリはかの偉大なる〝デル・ジェス〟のおじだった。すぐれたヴァイオリンを作ったが、数は多くなかった、というのは――当時の弦楽器職人には珍しくないが――マントヴァのゴンザーガ家の宮廷楽団ヴァイオリニストとしても契約していたのだ。

ルーディは十四万ポンドから始め、一万ポンドずつ上げていった。スコットは早々と参戦し、十七万ポンドの競り値をつけて、興味を持っていることを示した。このヴァイオリンは、彼がエンリーコ・フォルラーニの代理で買うよう契約していたとグァスタフェステに話したものだった。しかし今日、フォルラーニのために入札しているのでないことはたしかだった。

「十八万」ルーディは、壇にうなずいてみせたセラフィンを見ながら言った。スコットは頭を振り向けて、自分の対抗相手を見るや、唇の両端を上げた。セラフィンは彼の目を避け、ルーディを見たままだった。

「十九万は？　十九万の方はいらっしゃいますか？」

スコットは前へ向き直ると、指を上げた。

「十九万、ありがとうございます、サー」

セラフィンが二十万の値をつけた。

「二十万」ルーディが告げた。「二十万が出ました……二十一万……二十二万……二十三万……」わたしは値段が上がるにつれ、デジタル表示板の赤く光る数字が変わっていくのを見つめた。この競争に参加している入札者は二人だけ——スコットとセラフィンだけだった。「二十四万……二十五万……あなたです、サー、二十五万ポンド」ルーディは期待をこめてセラフィンを見た。わたしは自分でも入札したくなった——あいにく、番号札の登録をしていなかったのだが——セラフィンをいらだたせるためだけに。

セラフィンはうなずいた。するとまたスコットが指を上げた。わたしは二人が誰のために競っているのだろうと思った。自腹ではあるまい——彼らは他人の金を使っている人間らしいどこか余裕のある興奮で競い合っていた。

競り値は三十万ポンドに達し——予想落札価格より五万ポンドも高い——しかもまだ上昇しつづけていた。スコットは三十一万をつけ、セラフィンは三十二万をつけた。わたしはセラフィンをちらりと見てみた。表情は不自然なほど落ち着いていたが、額《ひたい》にうっすら汗をかいている。スコットが三十三万をつけ、セラフィンは三十四万をつけた。

「三十五万の方は？　三十五万の方はいらっしゃいませんか？」ルーディがスコットを見た。

スコットはためらっているようだった。わたしは誰もが彼が続けることを願っているのを感じた。このまま行け、とわたしは思った。どこまで行くのかやってみろ。

スコットが指を上げた。

ルーディはセラフィンを見た。

「三十五万。三十五万が出ました。三十六万の方はいらっしゃいますか？」

わたしは自分の心臓がどくどく打つのを聞き、こう思った――ありえないが――セラフィンの心臓の音も、わたしの隣で駆けているのが聞こえると。彼は息を止めている――わたしにはそれが聞こえた。待っている。考えている。祈っているのかもしれない。ルーディは彼を見たままだった。

「三十五万ポンドが出ました。さらに上の値をつける方はいらっしゃいますか？」

セラフィンは悩んでいた。彼の顔でわかった。彼にも限界があるのか？　誰にだって限界はあるだろう、セラフィンのような人間でも。それはいくらなのだろうか？

「さらに高値をつける方はいらっしゃいますか？」ルーディがもう一度言った。

セラフィンは動かなかった。彼の顔は凍りつき、口はきつく結ばれていた。まだ息を止めていた。目は冷たく、まばたきもせずに壇を見つめている。さあ行け、ヴィンチェンツォ、とわたしは声を出さずにうながした。何かしろ。

セラフィンは鋭く息を吸い、その音が会場じゅうに聞こえた。残っていたすべてのエネルギーを振り絞るかのようにして、彼は頭を振り、まるで痛みを感じているかのように床に目を落として顔をゆがめた。

ルーディの槌が振りおろされた。「落札！　三十五万ポンドです」

クリストファー・スコットは自分の番号札を上げ、それから座ったまま振り返ると、セラフィンに勝利の薄笑いを向けた。


ルーディは人々のかたまり――何かを共謀しているように集まって背中を丸めたディーラーたち、売却カウンターで支払いをするのを待っている落札者たちの長い列――を巧みによけながら、混みあったロビーをわたしのほうへやってきた。

「ジャンニ。もっと早く話ができなくて申し訳なかったな。きみなら状況はわかっているだろうけど」

「もちろんわかっているよ」と答えた。「いまもお邪魔はしたくないんだ。きみが忙しいのはよくわかっている」

「大丈夫さ。僕のぶんの競りはもう終わった。あとはほかの連中がやる。それで、ダービシャーへの旅はどうだった？」

「よかったよ」

「正確に言うと、どこへ行ったんだ？」

「ハイフィールド・ホールというところだ」

「聞いたことがないな。その話をしてくれよ。ランチはどうする？　きみがどうするかはわかってるぞ、僕と一緒に食べるんだ」

「友達がいるんだ、アントニオが……ここで会うことになってるんだが。彼はオークションのあいだじゅう座っていられなくてね」

「ならきみたち二人とも来ればいい。そこの角をまわったところにちょっとした店があるんだよ」

ルーディはわたしの腕をつかんで出口のほうへ歩きだした。わたしは体のむきを変えたとたん、後ろに立っていた人物にぶつかりそうになってしまった。クリストファー・スコットだった。いつからそこにいたのだろう。彼は険しい視線でわたしを見て、その淡い青の目は冷たく敵意があったが、すぐにルーディに会釈するとわたしたちの横をすぎ、支払いカウンターへ向かった。

ルーディの〝角をまわったところのちょっとした店〟は高級なフランス料理店で、こってりした高コレステロールの料理を得意としており、そうした料理のおかげで、イギリスではたくさんの心臓専門医がトスカーナに別荘を持っていた。

わたしたちが座りもしないうちからルーディは赤ワインを二本――「二本めを持ってきてもらうまで待っていられないんだよ」――とオードヴルを注文した。彼はワインが運ばれてくるのを待ち、一杯めをごくごくとふた口で飲んでしまった。

「あぁ落ち着いた」彼は深く息をついて、椅子の背にもたれた。「どう思った?」

「オークションのことかい?」わたしはきいた。「きみの仕事ぶりにはそつがないね」

「売れ残ったものもあったよ」

「いつだってあるだろう。肝心なものはみんな落札されたじゃないか。あのグァルネリには驚かなかったか？　予想価格の上限より十万も高かった」

「あれはとてもいいヴァイオリンだったからな」

「セラフィンは自分が手に入れられなくて怒り心頭だったぞ」

「だったら入札を続ければよかったのさ。彼がやめてしまったので意外だったよ。まして相手がクリストファー・スコットだったのに。スコットに負けるなんて、なおさら腹立たしかっただろうにな」

グァスタフェステは顔を上げて、眉を寄せた。英語での会話についてこようと悪戦苦闘していたが、その名前が出たのは聞きつけたのだ。

「クリストファー・スコット？」

「オークションにいたんだよ」わたしはイタリア語で答えた。「セラフィンの鼻先から目玉の品をさらっていったんだ」

それから、英語に戻ってルーディにきいてみた。「どうしてなおさら腹立たしいんだ？」

「きみも見てわかっただろう」ルーディは言った。「あの二人のあいだには一片の好意もない」

「彼らはディーラーだろう、それが当然じゃないのか？」

「仕事上のライバルってだけじゃないのさ。僕はディーラーならたくさん知っている。みんなおたがいに競争はするが、大半はビジネスのことでは現実的だよ。ヴァイオリンを一挺落札しそこなったって、肩をすくめるだけだ。次の競売でまた別のものが出てくるとわかっているからね。だがスコットとセラフィンは違う。実際に個人的な敵意があるんだ」

「理由は？」

「そうだな、ただの業界の噂話だよ、ほら」ルーディは言った。「口外するべきじゃないかもしれない」

「それでもするだろう」

「これまでの習慣を変える必要はないな。セラフィンの女を知っているだろう――しゃれた髪のナナフシみたいなのだよ？　何ていう名前だっけ？　マリエッタ？」

「マッダレーナ」

「そう、マッダレーナだ。所有するには金のかかる可愛い女。彼女は春の競売のときにセラフインとここへ来たんだよ。僕はあまり顔を合わせなかったが。完全な買い物狂いにみえたな。ハロッズだってからっぽにしたんじゃないか、セラフィンは言うまでもなく。それで、噂では――むろんこれは証拠のない噂話だからな――スコットが彼女と火遊びをしたそうだ」

「春に？」

ルーディはうなずいた。

「それで、セラフィンが気づいたのか？」

「そこのところはよく知らん。だが、それ以来、男二人の関係はかなり冷たいものになった」

「マッダレーナとセラフィンはまだ続いているようだが」

「だったら全部でたらめなのかもしれない」ルーディは詰め物入りのオリーヴを二つ食べた。

「スコットのことはよく知っているのかい？」と、きいてみた。

「それなりに」ルーディはしかめ面をした。彼がスコットを好いていないのはわかった、そしてルーディが人を嫌うのは珍しい。

「彼を相手にいやな思いをしたことでもあるのか？」

「これまで取引があった中で、いちばん感じのいい人間ではないとだけ言っておくよ」

「だが、大物なんだろう」

ルーディはうなずいた。「そしてさらに大物になりつつある。多くのビジネスを手がけ、たくさんの品物を買い、客すじもいいし……」

「それでも……」

「僕の好みからすると少々押しが強すぎるし、あからさまに上昇志向すぎる」ルーディはもう一度自分のグラスをワインで満たした。「彼みたいな人間はほかにもいる。先をいそぐ生意気な若者たちさ。彼は頭がいいし、教育もあるし、シティにだって行けたタイプだ。ほら、商品相場ブローカーか、投資銀行の銀行員とかでもよかったんだ。だが彼はヴァイオリンのディーリングを選んだ――ひと財産つくる方法だと思ったんだろう。自分の能力をちゃんと知っていて、商売をしながら世界じゅうをジェットで飛びまわっている。香港で朝食、LAでディナー、そういうふうにね。だが彼は……まあ、僕の好きなタイプじゃないのさ。品がないし、礼儀もなってない。万事が露骨なんだよ、どうでもいいことだが」

「だったら単に、ほかのディーラーより正直なんだろう」わたしは言った。「池の中で鮫が一匹、歯を隠す手間をはぶいているってことだ」

ルーディはくっくっと笑った。「そうとも言えるな。きみはこのビジネスがどう動くかをよく知っているよ、ジャンニ」彼はメニューを手にとった。「さて、何が食べたい?」

わたしはいつも昼はごく軽くすませているのだが、ルーディはわたしたちも前菜、魚料理、肉料理、デザートのコースをとるように言って譲らず、料理のマラソンになってしまったせいで、わたしは無理やり餌を詰めこまれたフォアグラ用ガチョウの気分になった。

「いつもこんな昼食をとっているわけじゃないんだろうね?」と、きいてみた。

「おお、まさか」ルーディは答えた。「週に三、四回だけさ。いまダイエット中なんだ」

わたしの口の中には何もなかったが、そうでなければ喉を詰まらせていただろう。

「ダイエット?」

「ルースがうるさくてね。医者も。僕が食べ物や酒を減らさないと、大きな心臓発作を起こすって言うんだ。彼にわかっていないのは、大事なのはそこだということさ。僕は心臓発作を起こしたいんだ」

「本気じゃないんだろう?」

「死ぬにはいい方法に思えるがな、僕に言わせれば。肘掛け椅子に座ったよぼよぼの間抜けになるのも、アルツハイマーにかかるのも、長引くおっかない癌になって、いっそ死んでればよかったと思うだけで効きもしない薬をどっぷり体に流しこまれるのもいやだ。そうさ、心臓発作ならすこぶる慈悲深い最期じゃないか。おいしいクラレットを二杯とロッシーニふうステーキ、それからドカン！　暗転。僕には最高だよ」

ルーディは二本めのワインの残りを飲み干し、満足げにほほえんだ。「少しは努力もしているんだぜ、ルースのために本当にね、でもランチは僕の生きがい《レゾン・デートル》だ。朝起きて仕事に行くのも、ただこのためなんだ。それに残されたランチタイムはそれほどないんだから、そのうち一度だってチーズサンドイッチなんかで無駄にする余裕はないんだよ」

「それで、少しは体重が減っているのか？」

「ああ、減っているよ。先月は二ポンド減った。とても厳しくやっているんだ。無理のない範囲でだがね、もちろん。さて、ブランデーはどうだい？」

「いったい彼はどうやって午後の仕事をするんです？」ルーディが手洗いにいっているあいだ、すでに半分眠りそうになっているグァスタフェステがきいてきた。

「しないよ」わたしは答えた。「彼が仕事をするオークションハウスはひとつだけだ」

「さてと」ルーディは椅子に戻ってくると、せりだした腹の上でジャケットを直した。「お尋ねのマッジーニだが」

　彼はポケットから一枚の紙を出してテーブルに広げた。

「一九九八年十一月の競売だったよ。ジオ・パオロ・マッジーニ製作のヴァイオリン。状態は最高、〝蛇の頭〟として知られたものだ。うちでは予想価格を七万から九万ポンドと見積もった。最終的には十二万までいった。買ったのは、きみも知っているとおり、ヴィンチェンツォ・セラフィン。さて、前にも言ったように、これには会場にも多くの参加者がいた。入札者の記録は持っていないが、うちでは六人の電話入札者からの指示も書き留めてあったよ——三人はアメリカ、ひとりは日本、二人はヨーロッパだ」

彼はその六人の名前を教えてくれた。わたしは六人とも知っていた。みな定評のあるディーラーで、自分の金で入札していたか、もしくはたぶん——セラフィンのように——匿名でいるのを好むどこかの金持ちのコレクターのために入札していたのだろう。

「スコットは入札したのかい？」と、きいてみた。

「それはわからないな。彼なら会場に来ていただろう、電話じゃなくて。入札しただろうとは思うが、僕はおぼえていないな」

「楽器の由来についてはどうだい？」

「そこは面白い話があるんだ」ルーディは言った。「不幸を呼ぶんだよ。ちょっとボットみたいだな」

「本当に？」〝ボット〟とはストラディヴァリのヴァイオリンのひとつで、呪われているという噂があった。あまりにも多くの不幸な——そして悲劇的な——ことが歴代の所有者に起きていたからだ。

「十九世紀半ば、ロンドンのディーラーのジョージ・ハートが買ったときまでさかのぼるたしかな記録はあるようなんだ」ルーディは続けた。「売り手はある男の未亡人で、夫はある晩、劇場からの帰り道で追いはぎ——いまでいう路上強盗——に殺されていた。ハートはのちにこのヴァイオリンをロンドンの金融業者に売ったが、そいつは一八七五年に派手に破産して、マッジーニも含めてすべての所有物を売らなければならなくなった。ヴァイオリンはその後さまざまな人間の手を経て、一九〇六年にストイコ・ラルチェフというブルガリアの買い手に売られた。ラルチェフは一九二〇年までそれを持っていたが、第一次世界大戦の直後、ルーマニアのオラデアにいたイムレ・ボルソスという人物に売った。楽器はそれから六十年ほど消えてしまっていたかにみえたが、一九八四年にチューリッヒのオークションにあらわれた」

「どこからあらわれたんだ？」ときいた。

「ソヴィエト連邦らしかったな。ヴァイオリンはスイスのコレクターに買われ、その人物が一九九五年まで所有していた。その年に彼はヨットから落ちたらしく、トゥーン湖で死んでいるのを発見された」

「疑わしい状況だったのか？」

「警察の捜査はあったようだが、事故死だろうと結論された」

「きみが不幸を呼ぶと言った理由がわかったよ」わたしは言った。「以前の所有者二人が普通でない状況で死に、今度はフォルラーニだ。わたしならあのヴァイオリンを持っていたくないね」

「そうだな」ルーディはうなずいた。「あれにはたしかに波乱万丈の過去がある」

「ほかにも何かあるかい？」

「これだけだよ。きみの役に立つといいんだが」

「ありがとう、ルーディ」

「あのヴァイオリンにはよくない波動を感じるね。ときには、そっとしておくほうがいいこともあるんだ、わかるだろう」

「わたしはただ好奇心にかられているだけだよ」

「まあ、気をつけてくれよ、ジャンニ」

13

カザーレ・モンフェラートはイタリアのセメント業の中心として知られている。それ以上説明する必要があるだろうか？　実のところ、その呼び名はかなり公正を欠いている、というのは、この町を訪れても、これといってその産業的地位を示すものは何もないからである。周辺地域に煙の雲もなく、そびえる工場の煙突もなく、木々や建物が石灰岩の塵でおおわれているわけでもない。どちらかと言えば、そこはポー川の岸にある静かな、魅力がなくもないこぢんまりした地域で、その中心は城と、イタリアでもっともすばらしいユダヤ礼拝堂《シナゴーグ》と、ここがマントヴァ公爵の領地だった頃からある、数えきれないほどのエレガントな十六世紀の館で占められていた。

　わたしたちが着いたのはまだ宵の口だったが、長居はしなかった。カザーレから南西へ、車道にそってアスティへ向かった。はじめは平らだったが、車はじきに、低い木の繁った丘や、点々とある農家の赤い屋根、木々に半分隠れた教会の塔のあいだを進んだ。道路の横にはとうもろこしの畑が、もっと上のほうには葡萄の木の整然とした列があった。ここはワインの産地であり、バルベーラとネッビオーロ葡萄の本場だった。

二十キロほど行ってから、主道路をはずれ、踏切を渡り、上へのぼっていって丘へ入り、またとうもろこし畑と葡萄畑のあいだをくねくね走る道路を進んだ。あけた窓から木の煙のにおいが入ってきた。角を曲がると前方の急斜面の山のてっぺんに、サラブーエ城が見えた。サラブーエ伯爵イグナツィオ・アレッサンドロ・コツィオ、すなわち歴史上もっとも偉大な、もっとも著名なヴァイオリンコレクターの先祖伝来の居城である。城は――本物の城砦というよりは田舎の邸宅だが――暮れゆく日に照らされ、漆喰《しっくい》の壁がピンクとオレンジに輝いていた。その隣には教会の鐘楼が、淡い青色のサテンのような空を背景に、くっきり浮かび上がっていた。

錆ついた鉄の門を入って、木に縁どられたでこぼこの曲がった車まわしをあがっていった。車まわしの端のむこうには、植林された丘が急勾配で下りになって谷へ続いていた。近くで犬の吠える声が、われわれの到着に気づいたことを語っていた。

まず出迎えに出てきてくれたのはワイマラナー（ドイツの猟犬）たちで、なめらかな輝く毛皮の、ぴょんぴょんはねる気のいい三匹だった。彼らの後ろから、長身で眼鏡をかけた人物がパイプをくわえてあらわれた。

「ジョヴァンニ・ダヴィーコです」と手をさしだした。「サラブーエへようこそ」

彼はわたしたちを案内して別の門を抜け、砂利敷きの前庭を通り、犬たちもはねながら横についてきた。屋根のある石の階段をのぼってテラスガーデンに出て、それから玄関を通って家へ入った。

「中はあとでご案内しますよ」ジョヴァンニは言った。「まず、ワインを一杯飲んでいただかなくては」

彼に案内されて図書室へ行くと、奥さんのマリー＝テレーズが飲み物の盆を用意して待っていた。

「うちの葡萄からとれたんですよ」彼女はそう言ってグラスを渡してくれた。「特別なものじゃありませんけれど。ごく普通のテーブルワインで」

壁には書棚が並んでいた――古い革装丁の本たちはもっとはぶりのいい時代を見てきただろう――が、その部屋は図書室であると同時に、リビングとしても使われているのはあきらかだった。中心を長い木のダイニングテーブルが占め、片側の、暖炉の火の前には肘掛け椅子とソファ、雑誌を何冊ものせたコーヒーテーブルと、木のキャビネットの上に置かれたテレビとビデオデッキがあった。家族の写真が本棚とマントルピースのあちこちにあり、石の床に置かれた家具と敷物は古びて使いこまれていた。この家にはどこか心地よくさびれた雰囲気があった――歴史的住宅建造物だがいまでも人が住んでおり、ただガイド付きツアーのために保存されているのではなかった。

みんなで暖炉をかこんでワインを飲んだ。ワイマラナーの一匹がやってきてわたしの膝に頭をのせ、撫でてもらうのを待った。ジョヴァンニは犬に離れなさいと言った。

「いいんですよ」わたしは言った。「犬が好きなんです。この子たちは立派な犬ですね」

「犬を飼ってらっしゃるんですか？」マリー＝テレーズがきいた。

「いいえ。この子たちは猟犬ですよね？　一緒に狩りをなさるんですか？」

「この三匹と？　この子たちは気がやさしすぎるし甘やかされすぎてます。猪を見たら一マイル先まで走って逃げてしまうでしょうよ」

「近くに猪がいるんですか？」グァスタフェステがきいた。

「森に。白い黄金も――トリュフもです」

「この犬たちがにおいでトリュフを見つけられるんですか？」

「いいえ、優秀なトリュフ探索犬はたいてい雑種なんですよ。この子たちが見つけてくれたらいいんですけれどね。トリュフ探索犬はこのあたりじゃひと財産ぶんの価値がありますもの」

「あるいは豚も」ジョヴァンニが言った。「うちにも昔は、どんな犬よりうまくトリュフを見つける豚がいたんですよ。でも糞のしつけをするのがたいへんで」

わたしは笑い、ワインを飲んだ。

「このワインはご謙遜がすぎましたよ」と言った。「ごく普通のテーブルワインなんてものじゃありませんね」

「ただのバルベーラワインですよ」マリー＝テレーズが言った。「本当にいいものをお飲みになりたければ――バローロとバルバレスコですが――アルバの近くまでいらっしゃらないと」

「葡萄畑はたくさんお持ちなんですか？」

「ほんのわずかです」ジョヴァンニは答えた。「昔この家のものだった土地も大半が売り払われてしまいましたのでね。いまでは車まわしの下の丘に、狭い一画があるだけです。わたしたちが飲む何リットルかをとるにはじゅうぶんですが、それ以上は無理ですね」

「コツィオの時代には？」

「その頃は事情が違いましたよ。カザーレに土地も、農場も、町の別邸もありましたし」

「その別邸はもうないのですか？」

「とっくの昔に。ヴァイオリンと同じです」

わたしは部屋を見まわした。「コツィオはどこにヴァイオリンを保管していたんですか？ ここに？」

「わからないんです」ジョヴァンニが答えた。「コレクションが正確にどこに保管されていたのか、記録がいっさいないようで。この家は広いわけじゃない。居間は四つだけです。たぶん彼が使っていたのは一室だけじゃないでしょう」彼は立ち上がった。「それじゃご案内しますよ」

図書室を出て続きになっている部屋へ行くと――そこはもっと広く、もっと格式のある客間で、金色の額に入った絵画や、エレガントな金の調度品や骨董もののプレイエル（フランスのピアノ製作会社）のグランドピアノがあった。そこからそのままダイニングルームへ入ると、周囲の田舎の風景を描いた巨大な色あせた壁画があった。

「コッツィオの時代には、このあたりはこんなふうだったんですか？」ときいた。

ジョヴァンニはうなずいた。「コッツィオが死んだとき、彼にはマティルダという娘ひとりしかおらず、彼女には子がありませんでした。彼女が死ぬと、家はヴァッレ侯爵が相続しました、わたしの祖先で、コッツィオの奥方の縁者です。その後この地所は長い年月のあいだに一族の手を離れ、さらに荒れてしまいましたが、一九三五年にわたしの両親が何とか買い戻しました。文字どおりの廃屋で、壁と屋根が穴だらけのただの骨組みになっていたそうです。両親はそれを修理しました。ここにあるこの絵をクラシックな様式で描いたのは母です」

四つめの居間――いちばん暗くて陰気――は大きなビリヤード台でほとんど占められていた。一方の壁に、コッツィオその人の肖像画がかかっていた。

「クレモナのストラディヴァリ博物館でこれを見たことがあります」わたしは言った。

「クレモナにあるほうがオリジナルですよ」と、ジョヴァンニが教えてくれた。「これは写真複製なんです。とてもいいものですが、絵と同じではない。風合いもないし、深みもありません」

わたしはもっと近くに寄って、肖像画をじっくり見た。その絵は伯爵を、白髪のかつら、ウイングカラー、ひだ飾りつきのシャツ、フロックコートに白い蝶ネクタイ姿の老人としてえがいていた。左手はステッキの握りをつかんでいる。右手にあるのは、だらんとさがっているので表面は見えるようになっているのだが、何も書いていない白い紙だった。その紙にはどこか不自然なところがあった――伯爵の衣服がすみずみまで細かく描かれている中で、のっぺりと白い絵の具が広がっている。グァスタフェステもそれに気づいた。

「あれは妙ですね」彼は言った。「どうして画家はあの紙に何か描かなかったんですか？　最初から空白だったわけではなさそうですが」

「それが少し奇妙なのですよ」ジョヴァンニも認めた。「わたしには答えはわかりません。もともとは何かが――たぶん伯爵の名前が――書かれていたのでしょうが、それを消し去るのが賢明だと考えられたんでしょう。ピエモンテは革命後、フランスに占領されていたんです。自分が貴族であると宣伝するのは賢いことではありませんでしたから」

「コツィオは革命のあいだに何か困ったことになったのですか？」ときいてみた。

「それはなさそうです。領地もそのまま持っていましたし、首もついたままでした、それだけでもたいした成果だったのですよ。フランスの貴族たちのように地元民から憎まれてもいなかったようですし。たぶんこの紙には〝市民コツィオ〟とでも書かれていて、誰かが――反革命派が――のちに消し去ったんでしょう。誰にもわかりませんが」

「コツィオの文書はここに残っているのですか？」

「少しだけ」ジョヴァンニは答えた。「ほとんどはクレモナの市立図書館にあります。彼の『書簡集《カルテージョ》』、つまり彼のヴァイオリンにかんする詳細な解説書はたしかにここにありますが、あなたならもうご存じでしょう」

わたしはうなずいた。『書簡集《カルテージョ》』はいくらか読んだことがあった――伯爵のオリジナルの記録ではなく、レンツォ・バッケータという学者が一九五〇年代に作った写本で。弦楽器職人にとってすら、非常に無味乾燥で、退屈な読み物だった。

「ですが、まだいくらかはここにあるとおっしゃる？」

「多くはありませんがね、それにかなりひどい状態ですよ」

「お読みになったことは？」

「二度挑戦しましたが、降参でした。ひどく色が薄くなってしまっているうえ、コツィオの筆跡がそれはもうひどいもので。何度もクレモナの博物館にそちらで所有しませんかときいているんですが、あまり価値はないんじゃないでしょうか。重要なものはみんなずっと以前に持っていかれてしまいましたからね。朝になったらお見せしますよ」

わたしたちはダイニングルームで夕食をごちそうになり、皆の声が高く広がった天井に反響した。マリー＝テレーズはアニョロッティ、つまり肉をつつんだ半月形のぷっくりした可愛いパスタ料理――地元の名物――を作ってくれ、それから豚肉と新鮮な果物が出された。そのあとは皆でバルベーラワインのグラスを持って図書室に戻った。わたしは部屋の中をぶらぶら歩き、壁にかかった絵や写真を見ていった。

「コツィオが住んでいたときも、ここは図書室だったのですか？」

「誰も知らないんですよ」とジョヴァンニは答えた。「その頃ここがどんなふうだったのか、何の記録も絵もないんです」

わたしはシンプルな漆喰の壁や、高い窓、モザイクの床を見て、二百年前にはこの部屋はどんなふうだったのだろうと想像した。コツィオがかの有名なヴァイオリンコレクションを保管していたのはここだったのだろうか？　ヴァイオリンをすべておさめるのに、じゅうぶんな広さがあったのか？　わたしはコツィオがここで机を前にして、ろうそくの灯のもと、横にヴァイオリンの一挺を置いて、後世の人々のためにその寸法を測ったり、細かい外観を記録したりして、羽根ペンを走らせている姿を思いえがいた。

コツィオについてはごくわずかなことしかわかっていない。幼くして称号とサラブーエの領地を相続し、十代後半にははやくも異常なほどヴァイオリンに関心を抱いており、当時すでに老人で、トリノで困窮していたジョヴァンニ・グァダニーニに楽器を注文しはじめた。パオロ・ストラディヴァリから、残っていた最後のストラディヴァリを一ダースほど買ったときにはまだ二十歳で、それからの四半世紀、コツィオはひたすら――働かずに生きていける財産のあるマニアにしかできないやり方で――最高の楽器コレクションを築き、記録することに邁進したのだった。

とはいえ、たいていの情熱と同様、彼の関心も薄れはじめるときが来た。十八世紀の末、ピエモンテはフランス、ロシア、オーストリアの軍によって侵攻された。コツィオはすべてのヴァイオリンを安全に保管してもらうべく、ミラノの銀行家カルロ・カーリに送ったのだが、おそらくそのときに熱中の炎が少しだけ弱まりはじめたのだろう。大切なヴァイオリンたちが目の前から消えてしまうと、彼は別のものに――地元の歴史文書のコレクションに関心を向け、かつてヴァイオリンに捧げたのと同じ細心の注意を払ってそれを書き写し、目録を作ったのだった。

ヴァイオリンがサラブーエに戻ったという証拠はない。一八一七年にカルロ・カーリがコツィオのストラディヴァリの一挺をパガニーニに売ったことはわかっているし、かなりの数が――表向きはメシアも含めて――一八二七年にタリシオに売られたこともわかっている。しかしそれでも多くのものが行方不明のままだ。わたしを悩ませ、たえず心にひっかかっている問題はこういうことだ――ほかのヴァイオリンはどうなったのか？

その夜、わたしとグァスタフェステは同じ部屋に泊まった。城の主要部分の下の、古い貯蔵用の建物の中で、いまでは寝室とバスルームに改造されている場所だった。

屋根を打つ激しい雨の音や、森でふくろうがたえまなくホーホーと鳴く声に目がさえてしまい、なかなか寝つけなかった。翌朝、目をさますと、グァスタフェステはまだ上掛けの下にうもれており、わたしは丘の斜面が厚い靄《もや》におおわれ、谷の家々や畑も見えなくなっていることに気がついた。地面は濡れそぼり、木々からは滴が垂れていた。空気にはむっとするよどんだにおい、朽ち木かいたんだきのこのような土っぽいにおいがただよっていた。テラスに出てみると、ジョヴァンニが犬の散歩から帰ってきたところだった。ワイマラナーたちは――霧の中から灰色の幽霊のようにあらわれ――興奮してはあはあと息をしていた。彼らのベルベットのような毛皮から蒸気がたちのぼるのが見えた。

「早起きですね」ジョヴァンニが言った。「朝食をいかがですか？」

「アントニオを待ちたいんですが」

「それじゃ教会をご案内しましょう。コッツィオの墓です」

わたしたちは中庭のむこう側のドアを通って、教会の横に出た。その屋根のない鐘楼は城砦の壁に組みこまれるようにして建てられていた。

「これはコッツィオ専用の礼拝堂だったんですか？」ときいてみた。

「いいえ、昔から村の教会なんです。でも、一族は何世紀も前からここと強いつながりがあるんですよ」

教会の正面扉はあいていた。ひとり二人と挨拶をかわしながら中へ入っていく。

「礼拝があるんですか？」わたしはきいた。

「早朝のミサです。十分足らずのものですが。さあどうぞ、誰も気にしませんから」

彼について教会へ入った。そこは小さな、とても簡素な祈りの場所だった——身廊には五列の会衆席があるだけで、翼廊（十字形の教会の左右に広がった部分）と言えるようなものもない。主聖壇は大理石と金だったが、左手にはもっと簡素な聖壇があり、その隣には大理石の墓碑が教会の壁にはめこまれていた。墓碑銘はラテン語で、名前と日付がいま彫られたばかりのようにくっきりしていた。サラブーエ伯爵イグナツィオ・アレッサンドロ・コッツィオ、一八四〇年十二月十五日。

わたしはそのつつましく飾りのない墓を長いあいだ見つめながら、コッツィオのこと、彼のヴァイオリンのこと、彼が死んだときにそのまま持っていってしまった秘密のことを考えていた。

文書は城の小塔のひとつにある、マリー＝テレーズの仕事部屋の厚紙ボックスファイルの中にあった。黄ばんでもろくなっており、湿気と黴《かび》のしみがひどいので、書いてある内容はほとんど読めなかった。

「俺が何を言いたいかわかります?」グァスタフェステが言った。「これじゃどうしようもないですよ」

わたしはとにかくデスクに文書を広げて、判読可能な節があった場合にそなえて一枚ずつじっくり見ながらめくっていき、それからグァスタフェステに渡して意見をきいた。

「これはどこで見つけたんですか?」と尋ねてみた。

「地下です」ジョヴァンニが答えた。「木のはねあげ戸の下に、地下室があるんです。妻は地下牢と呼んでいますが、わたしは昔、氷室として使われていたんだろうと思っています。その隅っこで、がらくたの山の下にほうりこまれていたんですよ。黒いどろどろになってしまったものもありました。大半は捨ててしまうしかありませんでした」

「それじゃ、残っているのはこれで全部なんですね?」

「ええ」

「城の中に、まだ調べていない場所はないんですか? 秘密の隠し部屋とかもなし?」グァスタフェステが希望をこめて尋ねた。

「あればもう見つけているでしょうね。この家は隅から隅まで、離れもすべて調べてみましたから」

「カザーレはどうです?」わたしはきいた。「あそこの文書保管庫には何かないんですか?」

ジョヴァンニは肩をすくめた。「あるかもしれませんね。わたしは見たことがないんですよ」彼はパイプに火をつけて吸い口から吸いこみ、唇のあいだから煙がもれた。

グァスタフェステは最後の文書を調べているところだった。「何かありますよ」と彼は言った。「でもたいしたものじゃありません。ほかのものよりははっきりしていますが、たいしたことは書いてない」

その文書をよく読んでみた。コツィオ宛の手紙だった。上にある住所と書き出しの文字〝親愛なるコツィオ〟はまあまあはっきりしていたが、そのあとは、ページのいちばん下にある署名まで、文章がまったく読めなかった。

「送り主の名前は何でしょう?」グァスタフェステが言った。「読みにくいな。フェデリーコ?　フェデリーコ何とか。マリネッリかな?」

「マリネッティだ」わたしは言った。「フェデリーコ・マリネッティ」ジョヴァンニに目を向ける。「その名前に心当たりはありますか?」

「まったくありませんね」

わたしは甘く考えすぎていた。サラブーエの城がこれまで発見されていなかった秘密を明かしてくれると期待していた。探しているヴァイオリンの臭跡へ、もう一度わたしたちを戻してくれる何かを。だがまたしても、行く手は袋小路になってしまった。

「ジョヴァンニ・ミケーレ・アンセルミ・ディ・ブリアータという名前はどうです?」そうきいてみた。

「何者なんですか?」

「それも聞き覚えがありません」ジョヴァンニは答えた。「何者なんですか?」

「カザーレの織物商で、コツィオがパオロ・ストラディヴァリから、残っていた最後のストラディヴァリのヴァイオリンを買ったときの代理人です。少なくとも一度、伯爵のためにトーマス・コフーンというイギリスの織物製造業者と取引したことがあり、コツィオは彼に金を借りたらしいんです。イタリアの貴族がどういう理由でイギリスの工場主に金を借りたんでしょう?」

ジョヴァンニは唇をすぼめ、それからぼんやりとパイプを持ち上げてその柄で軽く歯を叩いた。

「一族の者で、コツィオの金がどこから出ていたのか、きちんと知っている人間はひとりもいないんです」彼は言った。「彼がある種の事業に携わっていたという噂も以前からありますが――むろん、必ず仲介者を使ってですが。彼の時代の貴族は、そんな不快なことは公然とはやらなかったでしょうから」

「織物取引ですか?」

「その可能性はあります」

「それなら彼がアンセルミを知っていた説明になる」グァスタフェステは言った。「その商会はいまでもあるんでしたよね。そこに記録があれば見られるかもしれない」

ジョヴァンニは棚から地元の電話帳をとってめくった。「それは無理のようですよ。アンセルミの名前では、企業も個人も登録がありません」

「それじゃどうします？」グァスタフェステが言った。
「カザーレ・モンフェラートの図書館をあたってみよう」わたしはそう答えた。「そこの文書保管庫に何かないか探してみるんだ」

14

ポー川もコツィオの時代には交通の盛んな水路で、両岸には桟橋や荷揚げ場があちこちにあり、ずっしりと荷を積んだ平底船が二列も三列も連なって、荷下ろしを待っていたのだろう。積みおろしの労働者たちは木箱や樽の下で背中をたわませながら、行ったり来たりと動きまわり、馬の引く荷車が列をなして、カザーレやそのむこうにいる商人に荷を運ぼうとしていただろう。一七七五年にストラディヴァリの最後のヴァイオリン数挺が届いたのもここで、ゴッビという名の平底船の船長によって、クレモナから上流へ運ばれてきた。ていねいに木箱に詰められ、コツィオの馬車に積みかえられて、サラブーエまで最後の二十キロの旅をしたのだ。

残念ながらこんにち、そうした活気に満ちた歴史の名残はない。いまのポー川はカザーレとは分かたれてしまったようにみえる。忙しくにぎやかな水辺は消え、したがって平底船も消えた。とうの昔に道路と鉄道に役割を奪われて。川ぞいの土手に建物はなく、ただ北側に淡い色の砂利が三日月形にあるだけで、そこに水路が長いカーブをえがいて曲がっており、町の側には野原が広がって、今朝は恋愛中のカップルが木の下でキスをしている以外、誰もいなかった。

川のすぐ上のごちゃごちゃと広がった駐車場に車を置いて町の中心へ入り、堂々とした石の館に見おろされた並木道を歩いた。興味があったので――グァスタフェステではなくわたしのほうが――少し遠回りをして、かつてコツィオの町の別邸があったマメッリ通り《ヴィーア・マメッリ》へ行ってみた。建物はとうにアパートメントやオフィスに変わっていた。かの伯爵がここに住んでいたことを示すものは何も、看板や壁の飾り板もなかった。弦楽器職人でもなければ、コツィオの名は――イタリアですら――耳にすることはないのだ。

市立図書館は目と鼻の先だった。文書保管庫の司書は典型的な公務員で、国民のことも、いかなる意味での奉仕も憎んでいた。わたしたちが探しているものを説明すると、彼女は分厚い眼鏡のむこうでぐるりと目をまわし、長々と辛辣《しんらつ》ないらだちのため息をついてみせた。

「アンセルミ・ディ・ブリアータですか、彼のものはうちには何もありません」彼女はそう言った。

「見もしないでどうしてわかるんですか？」わたしは尋ねた。

「わかっているんです」

「わたしたちが見てもいいですよね？」と言ってみた。

デスクの隣の、索引カードの入っている引き出しの列のほうへ行こうとしたが、司書は――短気なガラガラヘビ並みのスピードで反応し――わたしと目標物のあいだに立ちはだかった。

「彼にかんするものは何もないと言ったでしょう。先週も尋ねてきた人がいたんですよ」

グァスタフェステとわたしは目を見合わせた。

「アンセルミのことを尋ねてきた？」グァスタフェステが鋭く言った。「誰です？　きいてきたのは誰でした？」

「わたしの口からそんなことは言えません」司書は気取ってそう答えた。

グァスタフェステは警察のＩＤを出して司書の顔の前に突きつけた。

「これは殺人事件の捜査なんですよ、シニョーラ。少しご協力願えると助かるんですがね」

司書はグァスタフェステの身分証にいやなにおいがついていたとでも言いたげに、鼻に皺《しわ》を寄せた。

「誰だったかは知りません。名前を言いませんでしたから」

「イギリス人でしたか？」わたしはきいた。

司書はびっくりしてわたしを見たが、すぐに立ち直った。

「さあどうでしょう。そうかもしれません」

「それであなたは、ここにはアンセルミにかんするものは何もないとそいつに話した、そうですね？」グァスタフェステがきいた。

「ここに彼のものは何もありませんから」

「自分の目で見せてもらいます」

グァスタフェステはファイリングキャビネットへ歩いていった。司書はあわてて彼を追った。

「ファイルにさわれるのはスタッフだけです」彼女は食ってかかった。

「ここは公共の文書保管庫でしょう」グァスタフェステは冷ややかに答えた。「俺には見る権利がありますよ」

グァスタフェステは引き出しのひとつをあけ、中のカードを調べていった――コンピュータデータベースは、現代におけるほかの狂乱と同様、カザーレにはまだ到達していなかった。司書は彼をにらんだが、止めようとはしなかった。

グァスタフェステは索引カードを一枚出して持ち上げ、見出しを読み上げた。「〝アンセルミ・ディ・ブリアータ。織物商家、カザーレ・モンフェラート、一七二六―一八七〇年〟これでも何もないと？」

司書はしばらく何も答えなかった。形勢を立て直し、反撃の材料を集めているのがわかった。

「それは目録に入っていない文書なんです」彼女はかすかに勝利の響きをにじませて言った。

「つまり？」グァスタフェステはきいた。

「整理されたことがなく、ファイリング用の正しい照会先が付記されていないということです」

「だから？」

「たぶん地下で箱に入ったままなんです。見つけるには時間がかかるでしょう。わたしにはいま、そんな時間はありません」

「あなたが見つけてくれなくてもいい」グァスタフェステは言った。「行き方を教えてくれれば、われわれが探しますよ」

保管庫にはほこりをかぶった文書が十五もの大きな箱いっぱいにあった。グァスタフェステはうんざりした顔でそれを見た。

「こいつはあんまりいいアイディアじゃなかったかもしれないな。全部調べなきゃだめですかね？」

「時期の早いもの、一七七五年より前のものは無視してもいいだろう」わたしは言った。

「どれが時期の早いものか、どうやったらわかります？」

「わからないよ」

わたしはひとつめの箱をあけ、中身をテーブルに出した。分厚いほこりの雲がぶわっと顔に舞い上がり、わたしは顔をそむけて咳こんだ。

「どうしてスコットだとわかったんです？」グァスタフェステがきいた。

「ただの推測さ」

わたしはジャケットを脱いで椅子の背にかけた。地下は暑くて蒸していた。まわりには何段もの棚がわたしたちをかこみ、閉じこめていた。日の光は入らず、テーブルの上に裸電球がひとつあるきりで、文書にぎらぎらする黄色い光を投げかけていた。わたしは腰をおろして最初の文書をとった。これが楽しい体験になりそうにないことはわかった。


一時間後、わたしは十八世紀の織物業について知りたい以上のことを知ったが、ヴァイオリンについては何も――さらりと触れるだけの言葉も――見つかっていなかった。これまでに読んだものはすべて退屈な布の注文、支払いの請求書、そのほか商売上の細かいものばかりだった。わざわざ目録にしようとする人間がいなかったのも無理はなかった。ひと目見るなり捨ててしまわなかったのが奇跡だった。

五番めの箱にかかっていたとき、やっと面白いものが出てきた。グァスタフェステが読んでいた手紙を持ち上げた。「ヴァイオリンのことが書いてありますよ」

「何て書いてある？」

「見てみてください」

グァスタフェステに渡された手紙を見てみると、日付は一七八七年の六月だった。文字は下手くそで子どもっぽく、送り主はあまり教育を受けていないかに思われ、簡単なイタリア語の文章にもかかわらず、文法上の間違いだらけであることがいっそうその感を強めていた。

〝情け深いお方、母が残してくれたヴァイオリンに興味持てくださって本とにありがとございます。これたいへんよい品。悪いところありません。おっしゃる値段いいです。すぐ送ります〟

サインは大文字で書かれていて、おかげで読みやすかった。

「エリザベータ・ホラク」わたしは言った。「ボヘミアの住所だ」

「誰なんです？」

「見当もつかないよ。アンセルミにヴァイオリンを一挺売っただけの人だろう」

「コツィオのコレクションのために?」

「たぶんそうだろうね」

「何か手がかりになりますかね?」

「わからないな」わたしは答えたが、ともかくその手紙を横へ置いておいた。それはテーブルの隅にぽつんと置かれたが、重要なものとは思えずむしろ哀れを誘った。三時間も根を詰めて働いた成果としては見るべくもなかった。

三時頃にカフェで短いランチをとって休憩し、それから元気はついたもののやる気はあまり起きないまま保管庫へ戻った。グァスタフェステは自分の側のテーブルにのった文書の山をおざなりに指さした。

「やらなきゃだめですか?」

「ほかにもっとこの午後にやるべきことがあるかい?」わたしは言った。

「そりゃあ、ありますよ」

「広場でビールを何杯か、というのは数に入れないよ」

「それだってここに座ってほこりを嚙んでるのと同じくらい生産的ですよ」彼はわたしの表情を見た。「オーケイ、オーケイ。次の箱にとりかかります」

それから二時間ほどして、瀕死の文書の山からまた別の使えそうなものが出てきた。今度見つけたのはわたしだった。

「フェデリーコ・マリネッティ。彼からの手紙があったぞ」わたしは声をあげた。

「何て書いてあるんです？」

「最後まで読ませてくれ……うーん、あまり多くは書いてないな」わたしは認めた。「いいかい。〝親愛なるアンセルミ、この二週間僕が便りを送らなかったのは許してくれなければいけないよ、熱病にかかってベッドから出られなくなり、そのあとも起き上がれず、ましてや手紙を読むなんてできなかったのだから。でもいまは、主《しゅ》のおかげで、病気もすっかりよくなり、また一緒に音楽を楽しむのが待ち遠しい。今週末にミラノからお客様方がみえるんだ。土曜にきみの楽器を持ってきてくれ、そうすれば一緒に四重奏をやって楽しく過ごせるだろう〟」

グァスタフェステは鼻を鳴らした。「それだけですか？　全然突破口にならないじゃないですか？」

「希望を捨てるんじゃないよ」わたしは答えた。「まだ調べる箱はあと四つある」

「最高ですね。二つずつだ」

「やった！」グァスタフェステはいきなり飛び上がり、椅子を後ろに倒しそうになった。彼はテーブルの端をつかんで体を支えた。「トーマス・コフーンからアンセルミへの手紙ですよ。英語で書かれてる。ほらこれ」

彼はわたしに手紙を渡した。まるで獣の皮のように硬く、しわが寄っていた。わたしはしばらく、消えかけた文章をじっくり見てみた。

「どうです？」グァスタフェステがきいた。「何が書いてありました？」

「何も」わたしは大きなため息をついて答えた。「まったく何もない。あの絵に対する礼状だよ」

「どの絵?」

「ハイフィールド・ホールの壁にかけてあったやつさ。ガローファロ。ヴァイオリンを持った男の」

「アンセルミからの贈り物だったんですか?」グァスタフェステがきいた。

「そうらしい」

わたしは手紙の中の関係箇所を、イタリア語に訳して読み上げた。「〝あの絵は本当にすばらしく、ヴァイオリンの部分の筆遣いは類を見ない出来ばえですね。正直に申し上げますと、閣下の楽器のほうがずっとよかったのですが――それに実はまだあれを取り戻す希望を捨ててはおりません――しかしあなたからの絵は、あれを失ったわたしを慰めてくれています。お心遣いと、常に変わらぬ寛大さには感謝してもしきれません。あなたがほのめかしておいでの謎はいまのところ解けておりませんが、あなたの冗談好きにも慣れましたので、そのうちこの判じ物を解いてみるつもりです。しかし、助けていただかなければ成功はしないでしょう……〟」

グァスタフェステは顔をしかめた。「彼は何のことを言ってるんですかね? 何の謎? 俺には何が何やら。あの絵のヴァイオリンがなくなってしまったやつなんですか?」

「この文章からははっきりしないな。たぶんそうなんだろう」

「でも、ハイフィールド・ホールで、あれはグァルネリ・〝デル・ジェス〟だと言っていたじゃないですか」

「そうだからね」

「だったら、コッツィオがコフーンに送ったのはストラディヴァリじゃなかったんですね」

「どうかな」と、わたしは言った。「わたしも混乱しているんだ。どう理解すればいいのかわからない」手紙の上にある日付を見た――一八〇六年六月。「これはわれわれがハイフィールドで見つけた手紙のいちばん新しいものより二年たって書かれている。あのなくなったヴァイオリンは――それが何であったにせよ――このときも見つかってなかったようだな」

「二度と見つからなかったんですよ」グァスタフェステはがっくりと言った。「永久になくなってしまったんだ。それが真相でしょう？」

わたしはその手紙を、よりわけておいたほかの二通と一緒に山の上に置いた。すっかり気落ちしていた。敗北の毒がわたしたち両方にしみこんできた。

「俺の言うとおりなんでしょう？」グァスタフェステが言った。「ヴァイオリンは永久に消えてしまったんだ」

「ああ」わたしは答えた。「そのようだ」

15

わたしたちは夕刻にカザーレを出発した。それ以上いてもさして得るところはないように思えたのだ。クレモナへ走っているときはひどい雷雨で、地平線の上で雲の中に稲妻が光り、道路は雨水につかっていた。グァスタフェステはわたしを家の前で降ろしてくれた。車のドアをあけて降りようとすると、彼はわたしの腕に手を置いた。

「考えていたんですが」と言った。「気になることが二つあって。まあ、二つなんてものじゃないんですが、とくにその二つが頭に引っかかっているんです。ひとつめは、トマソはどうやってミセス・コフーンにたどりついたのか？　何を手がかりにはるばるイギリスへ渡り、丘にかこまれたあのさびしい家に行って、昔の文書を調べたのか？　何かがあったから、彼はその臭跡を見つけたんですよ。それについてはクラーラと話してみます。二つめは、ハイフィールド・ホールにあったあの絵。あれについてはもっと知りたいですね。トーマス・コフーンがアンセルミへの手紙に書いていた謎。彼は何のことを言っていたのか？　ミセス・コフーンに電話してくれませんか、ジャンニ？　俺が自分でやれたらいいんですが、俺の英語がひどいのは知ってるでしょう。彼女にあの絵の来歴についてもっと何か思い出せないかきいてみてください、あの絵をよく見てもらって、裏に何かしるしがないか調べて、何か目を惹くもの、変わったところがないかたしかめてもらってください。あとでまた連絡します」

わたしは家に入った。雨はもうやんでいたが、中の空気は湿って冷たかった。窓をいくつかあけて夕食にパスタ料理をつくり、それからミセス・コフーンに電話した。一時間後、寝る支度をしていたときに、グァスタフェステから電話がかかってきた。

「彼女と話せましたか？」

「うん。でもあまり助けにはならなかったよ。あの絵については、わたしたちに話してくれた以上のことは何も知らなかった」

「絵を見るように頼んでくれました？」

「彼女に十五分あげて、それからもう一度かけたんだ。あの絵は彼女には重すぎておろせなかったんだが、壁から浮かせて裏を見てくれた。何もなかったよ。謎についても何も知らないそうだ。クラーラのほうはどうだった？」

「トマソがどうやってコフーン－アンセルミのつながりをつかんだのか、彼女は知りませんでした。でも、トマソが最近、クレモナの市立図書館に入りびたっていたと話してくれました」

「何を調べていたんだろう？」

「わかりません、でも突き止めますよ。興味はあります？　少し助けが必要かもしれないんで」

わたしはため息をついた。長く疲れる一日だったのだ。図書館にも昔の文書にもうんざりしはじめていたが、手がかりをすべて追い、ジグソーパズルのなくなったピースをすべて探さなければならないことはわかっていた。

「いつ待ち合わせようか？」

「あしたの朝いちばんに」とグァスタフェステは答えた。「アッファイターティ宮《パラッツォ・アッファイターティ》の外で」

アッファイターティ宮は非常にみごとな十六世紀の建築なのだが、外観からはそうとわからない。もう何か月も足場で文字どおりおおい隠され、これから何年もそのままであることはあきらかで――まるで修復を請け負った建築家が、板や錆びたポールを自分の〝コンセプト〟に組み入れているかのようだった。

アーチのある玄関と、三本の大きな木蓮の木がそびえる中庭へ続く前廊付きのホワイエを通り、それから幅の広い大理石の階段をのぼって二階へ行く。踊り場の一方の側には絵画館とストラディヴァリ博物館《ムゼーオ・ストラディヴァリアーノ》があり、反対側にはクレモナの市立図書館と歴史文書館がある。グァスタフェステとわたしは文書館へ行った。

勤務についていた司書はさいわい、カザーレの司書よりも協力的だった。

「ええ、シニョール・ライナルディならおぼえています」彼女は言った。「よくここへいらしてましたよ。あそこのテーブルに座って。亡くなられたと聞いて残念です。それもあんな恐ろしい状況で」

「彼がここへ来たとき閲覧していたものの記録はありますか？」グァスタフェステがきいた。

「もちろんです。利用者は全員、請求用紙に記入しなければならないんです、そのあと書庫から閲覧物が出されてきます」

「その用紙はまだ残っていますか?」

「十二か月は保存されますから」

イタリアのお役所主義に感謝だ——とわたしは思った——病的なまでに、古い書類をとっておかずにはいられないことに。

司書は自分のオフィスに消え、数分すると分厚い請求用紙の束を持って戻ってきた。グァスタフェステとわたしはテーブルのひとつにそれを広げてじっくり見た。

「彼はきっとここに何週間も来ていたんだ」わたしは言った。

「そうですね」グァスタフェステは答えた。「この日付を見てください。四月、五月、六月。真剣に調べていたんですよ」

トマソは文書館を訪れ、資料を請求し、三か月のあいだに二十回ほどもそうしていた。毎回同じ収蔵文書、もしくはその一部を請求している——サラブーエ伯爵コツィオの『書簡集《カルテージョ》』、伯爵が自分のヴァイオリンコレクションについて作成した、詳しい綿密な記録だった。

「いくつか見てみましょう」グァスタフェステが言ったので、わたしは彼に疑問の目を向けた。

「何ページあるのか知ってるのかい? コツィオは偏執的な人間だった。自分のヴァイオリンの寸法を隅から隅まで測ったんだ——アーチの高さ、縁線の幅、渦巻きの大きさまで。綿密な仕事をしたせいで何年もかかってしまった。『書簡集《カルテージョ》』は何千ページもあるんだ。コツィオはすべてをとっておいた。自分の覚え書だけじゃなく、音楽家やヴァイオリン職人、ほかのコレクターに宛てた手紙の複写もだ。彼はしょっちゅう売買をしていた、コレクションを大きくしようとして、いらなくなった楽器を売り、そうでないものを買っていたんだ」

「トマソがその『書簡集《カルテージョ》』の中で、トーマス・コフーンのことが書かれているのを見つけたと思います？」グァスタフェステがきいた。

「その可能性はおおいにある。だが、それを見つけるには、トマソがかけたのと同じだけの時間がかかるだろう――何週間、何か月も。トマソの工房には本当に何もなかったのかい？　彼の調査の覚え書もなかった？」

「紙一枚も。俺が調べたんです。請求書や送り状、そういうものはありました、でも覚え書はないし、この文書館のものも何もありませんでした、少なくとも……」グァスタフェステはふっと言葉を切った。「待てよ。ちょっと待って」彼は親指を口へ持っていき、ぼんやりと爪を嚙んだ。「ここにいてください、すぐに戻りますから」

　わたしはテーブルを前に座って待った。たっぷり半時間たった頃、グァスタフェステが戻ってきた。〝クレモナ警察〟というスタンプが押された透明ビニールの袋を持っている。袋には白いラベルが貼ってあり、通し番号と中身の説明が書かれていた。グァスタフェステは袋をテーブルに置いた。透明ビニールごしに、十センチ×八センチほどの四角い紙きれが見えた。明るいオレンジ色で、〝クレモナ市博物美術館〟と見出しが印刷されており、その下には〝共通券〟とあって、犬を連れた少年、鋤《すき》、ヴァイオリン職人とヴァイオリンの四つの黒インクの絵がついていた。

「これが何だかわかりますか?」グァスタフェステがきいた。

「ストラディヴァリ博物館の入場券だよ」と答えた。

「トマソの工房のごみ箱にあったんです。まだ誰も調べてなくて。あなたは博物館に友達がいましたよね?」

わたしはグァスタフェステについて図書館を出て踊り場を横切り、ストラディヴァリ博物館へ行った。以前はパレストロ通り《ヴィーア・パレストロ》の角を曲がったところにあり――数挺のヴァイオリンが吊り下げられ、かの名匠の道具や原型をおさめた汚いガラスケースが並んでいるだけの、みすぼらしく狭い場所だった。しかしこの二年で市議会が――わたしも含め、さまざまな市民からの圧力で――アッファイターティ宮の中の〝マンフレディーニの間《サーラ・マンフレディーニ》〟を改装し、この街の歴史におけるストラディヴァリの地位にふさわしい環境を与えたのだった。

「ここで何をする気だい?」グァスタフェステにきいた。

彼はビニール袋に入ったチケットの左下の隅を指さした。「通し番号がついてるでしょう――4578。これがいつ発行されたものか知りたいんですよ」

わたしはチケットカウンターの若い女性に名前を告げて、館長を呼んでくれるよう頼んだ。数分後、ヴィットーリオ・シカルドがカウンターの後ろのドアからあらわれ、わたしたちは握手をした。

「ジャンニ、よく来てくれたね」

「ちょっと頼みたいことがあってね」

古い付き合いなのだ、ヴィットーリオとわたしは。三十年前、彼がまだミラノ大学の美術学生だった頃、わたしのヴァイオリンを――大幅に値引きして――売ったことがあり、それ以来ずっと付き合いが続いていて、彼も若い頃はブレッシャ、トリノ、パルマの博物館ポストを転転としていたが、やがて副館長としてクレモナに戻ってきて、その後市立博物館の館長になった。美術と彫刻の教育を受けていて――専門は十五世紀のイタリア画家だ――しかし、熱心なアマチュアヴァイオリニストでもあり、クレモナ文化史のチャンピオンでもあった。わたしはここをストラディヴァリに敬意を表した新しい、改善された博物館にするよう要請した委員会のメンバーだったが、ヴィットーリオの不屈さと献身、政治的な抜け目のなさがなければ成功はしなかっただろう。

「お安いご用だ」グァスタフェステのことを説明し、彼の希望を伝えると、ヴィットーリオはそう言った。「控えをチェックすればすむから」

ヴィットーリオはチケットカウンターの陰になっているデスクの引き出しの鍵をあけ、分厚い黒の台帳を出した。

「これは六月十六日に発行されているね」彼は顔を上げて言った。「二週間ほど前だ」

わたしはグァスタフェステに目をやった。彼は断固として感情を顔に出さないままだった。

「ありがとうございました」と礼儀正しく言った。「ご協力に感謝します」

「これだけかい?」ヴィットーリオがきいた。

「博物館を見てまわってもいいですか?」

「かまわないとも。ゆっくりしていってくれ」

わたしはヴィットーリオに礼を言い、少しおしゃべりをしたが、グァスタフェステが行動に移りたくてうずうずしているのが感じとれた。やがてわたしたちはもう一度握手をし、ヴィットーリオはオフィスに戻っていった。

「六月十六日」グァスタフェステはわたしもその日付の重大さに気づいているのを承知で言った。「殺された日、トマソはここに来たんですよ。なぜ？」

二人で博物館の建物の中を歩いていき、まず絵画館とそこに何百枚とある、高価だが退屈の見本のような〝豊満な女性と裸の天使〟派の絵の中を通りすぎた。それからストラディヴァリ博物館に着いた。

わたしたちが入った第一室はヴァイオリン作りのさまざまな工程の展示で半分ほどが占められ、あと半分はテレビスクリーンの前に何列も椅子が並んでいて、ヴァイオリン作りのビデオが見られるようになっていた。わたしは漠然とあたりを見まわした。

「どうして彼はここへ来たんだろう？　博物館なんて。未発見のヴァイオリンは見つからないだろうに」

「何か理由があったはずです」グァスタフェステは言った。「ただ目を開いていてください。何かぴんとくるものがあるかどうか」

次の部屋では、十九世紀のさまざまな弦楽器職人によるヴァイオリンがガラスケースに入っていたが、ヴァイオリン製作業界の外では知られていない名前ばかりだった――それに、業界の中でも知られていないものも。しかし、壁にかかっていた絵が目を惹いた。ベルナルド・モレーラによるサラブーエ伯爵コツィオの肖像画の本物で、わたしたちがサラブーエ城で見た写真複製はこれから作られたのだった。

絵の前で立ち止まり、しばらくじっくり見てみた。傑作ではないが、この当時の無名の貴族の肖像画の大半がそうであるように、まずまずの出来だった。サラブーエの複製より生き生きしている。油絵の具の筆遣い、色彩には力があり、コツィオの目の表現にははっとさせられた。

「どう思います？」グァスタフェステがわたしの肩のところへ来て言った。

「わからないよ」

「手に持っているあの何も書いてない紙はやっぱり妙ですよ。ジョヴァンニ・ダヴィーコの推測には納得できませんね」

「フランス革命、ってやつかい？」

「日付を見てください。これは一八三一年に描《か》かれたんですよ。革命からほぼ半世紀たってる。どうして貴族だと確認されることを心配したりするんです？」

わたしはそのことを考えながら、彼と一緒に博物館のほかの部屋をまわり、最後にいちばん堂々たる部屋、〝マンフレディーニの間〟に行きついた。パオロ・ストラディヴァリが一七七五年にサラブーエ伯コツィオに売ったストラディヴァリの道具、石膏型、原型のコレクションをおさめてあるところだ。部屋の天井は高く、中央にクリスタルのシャンデリアがあり、壁にはだまし絵の柱と古い廃屋という古典的な風景が描かれていた。エアコンと加湿器のうなりが聞こえ、それにもっとやわらかな、もっと魅力的なヴァイオリン曲の響きがスピーカーから流されていた。

ひとつめのライト付きガラスケースへ行くまでに、わたしの生徒二人に出くわした――ドイツ人とスウェーデン人で――国際ヴァイオリン製作学校に来ているのだ。たぶん、ストラディヴァリの伝説にインスピレーションを求めているのだろう。わたしは客員教授としてときおり学校を訪れているのだが、その学校は壮麗だが古びてしまったライモンディ宮《パラッツォ・ライモンディ》の中にあり――学生たちがいずれ弦楽器職人としての次なるキャリアで直面することになる、疲弊した上流階級への適切な準備というわけだった。世界じゅうから若い男女がここクレモナへ学びにくる。みな才能があり、熱心だが、わたしは彼らの将来が心配だ。世界にはヴァイオリン職人が多すぎ、オールドヴァイオリンも多すぎる。新しい職人たちはそういう飽和した市場で競争していくために、必死に努力しなければならないのだ。

生徒たちと短い会話をかわし、それから部屋の中をゆっくりと歩きまわった。

「俺はこれまでここへ来たことがなかったんです。どうしてかいまわかりましたよ。ここはいままで行った中で、いちばん退屈な博物館です」グァスタフェステはキャビネットのむこうから元気なく言った。

「きみはときどき本当に俗物っぽくなるな」と、わたしは答えた。

「だけどここには、古い鉋《かんな》と鑿《のみ》がいくつか、それに意味のない紙きれが山ほどあるだけじゃないですか」

「歴史に残る宝物だよ」

「宝物？　誰にとって？　ここには防犯カメラがそこらじゅうにあるけど、正気の泥棒なら、こんながらくたを盗みたいなんて思いませんよ」

「ほかの部屋にはヴァイオリンがあるじゃないか」

「でもストラディヴァリじゃないでしょう。ここはストラディヴァリ博物館なのに、彼の作ったヴァイオリンは一挺もないんだ」

それは事実だと認めざるをえなかった。クレモナ市のささやかな名ヴァイオリンコレクション――ストラディヴァリ、グァルネリ、アマティの手によるもの――は市庁舎の鍵のかかった部屋にあり、その部屋は誰かがそれを見たがった場合にのみ、そして二人の警備員の油断のない目のもとでのみ開かれるのだ。

「これだってわれわれの貴重な文化遺産だよ」わたしはかばうように言いかけた。しかしそのとき、グァスタフェステの顔に浮かんだ表情に気づいた。「どうかしたのか？」

「カ、カ、カメラだ」と彼は言った。

「好きなだけ使ってくれていい」ヴィットーリオ・シカルドはそう言ってくれた。「テープは全部ここにあると思うから。ほかに必要なものがあったら言ってくれ」

わたしたちは博物館事務所の一室におり、ただでさえ狭いのが、床に散らばっているもののせいでいっそう狭くなっていた――割れた陶器の入った箱、積み重なったみすぼらしい金色の額縁、どういうわけか修理工房からさまよいこんできた、胴体から切り離されて鼻が欠けている大理石の頭部。わたしたちの前にあるデスクには、テレビとビデオレコーダーがあった。グァスタフェステはヴィットーリオが探してくれたテープの一本めを入れた。

「これはストラディヴァリ博物館の入口を監視しているカメラです」と彼は言った。「六月十六日の一本めのテープで、博物館が開館したすぐあとのものですよ」

グァスタフェステは録画を再生した。最初の数分間は何もなく、ただ人けのない玄関が映っているだけだったが、やがて博物館の係員が制服姿で絵画館から入ってきた。彼は短くあたりを見まわしてから、続きになっている部屋へ入っていって撮影範囲からいなくなった。グァスタフェステはそのままさらに数分間テープをまわし、それからリモコンの〝早送り〟ボタンを押した。スクリーンの下の隅の時刻表示によれば、別の人間が博物館に入ってきたのは、さらに一時間半たってからだったが、それも制服の係員だった。

「人気のある場所ですね」グァスタフェステは皮肉っぽく言った。「連中は本当は働いてないんじゃないですか？　彼は何をやってるんです？」

係員はプラスチックの容器をたくさんのせた台車を押していた。そして部屋の隅の器具のそばで立ち止まり、その蓋をはずした。

「加湿器のタンクを交換しているんだよ」と、わたしは言った。

グァスタフェステはもう一度テープを早送りしたが、スピードアップされても画像は映ったままなので、何かあればわかるはずだった。わたしたちは幸運だった。博物館がＣＣＴＶカメラの映像テープを保管しておくのは二週間だけだったのだ。もし一日でもあとに来ていたら、テープの中身はすべて消えていただろう。

「あれ」わたしは言った。「あれは何だ？」

グァスタフェステは〝再生〟ボタンを押した。男がひとり入口から入ってきて、立ち止まって自分の位置をたしかめた。しかしトマソではなかった。わたしたちは再生を続けた。午前中にさらに何人かの人間が博物館に入ってきたが、その誰もトマソではなかった。わたしは落ち着かなくなってきた。立ち上がって体を伸ばした。オフィスの中を歩きまわりたかったが、スペースがなかった。

「彼ですよ」グァスタフェステが静かに言った。

彼は画像を静止させた。トマソが入口から入ってきたところだった。わたしは亡き友が生き返ってきたのを見て、喉が詰まってしまった。

グァスタフェステはまたテープを再生した。わずか数秒で、トマソは隣の部屋へ入って撮影範囲から消えた。グァスタフェステは時刻を書き留め、それからテープを止めて、デスクの上のテープの山から、隣の部屋を撮ったテープを探した。トマソが玄関から入ってきた時点までテープを早送りするのはごく単純な作業だった。彼は足を止め、ヴァイオリンのキャビネットをおざなりに見まわしてから、壁にかかったコツィオの肖像画に目を向けた。それは彼の興味をそそったようだった。トマソはその絵を長いことながめ、立ち位置を変えて別の角度から伯爵の姿を見た。やがてもっとそばに寄り、絵の一部をもっと細かく見ようとかがみこんだ。彼は指を立てて、それから――あまりにもすばやかったので、見逃しそうになったが――コツィオが右手に持った白紙を指先で撫でた。

「彼は何かに気づいたんですね」グァスタフェステは言った。

「わたしが気づいた以上のものにだな」わたしはひたすらスクリーンを見つめた。

わたしたちはトマソを追って次の何室かも見たが、彼はそのどれにも長居しなかった。やがてグァスタフェステはマンフレディーニの間のテープを入れ、トマソが入ってきたときから再生した。トマソはいそいでいるようにはみえなかった。腕時計に目をやり、ゆっくりと部屋を見まわし、それから腰の高さほどのガラスキャビネットのひとつめのところへ行き、中の展示品に目を凝らした――しかし視線はうわのそらで、まるでつぶさなければならない時間を持て余しているようだった。

彼の注意は次のキャビネットに移ったが、じきにさまよいだした。のんびりとあたりを見まわす。退屈しているようだった。ときにはあくびすらしていた。それでも、彼の行動にはまだこれという目的がなかった。あたかも、何かが見つかると希望を持って博物館に来たのだが、それが何だかよくわからないというようだった。

「彼は自分があそこで何をしているのかわかってないんですね」グァスタフェステが言った。

「釣りだろう、たぶん」

「何を釣るんです?」

「インスピレーション。うちの生徒たちみたいに。トマソはフォルラーニに、自分は二つめのメシアを見つけられると言った。ヴァイオリンがかつては存在したにせよ、所在不明になってしまったことを示す昔の手紙を手に入れていた。だがそれだけだ。彼は次にどうすればいいのかわからなかったんじゃないかな。正しい道へ導いてくれる新たな手がかりが必要だったんだよ。だから何かが――何でもいいから――ひらめいて、その手がかりをくれないかと博物館へ来てみたんだ」

「見つからなかったようですね」グァスタフェステは言った。

「もう少しねばってみよう、あれは何だ？」

別の人物が映像に入ってきた――もっと背が高く若い男で、薄くまばらな髪をそばかすのある顔から後ろへ流している。オープンネックのシャツに流行の明るい色のリネンのジャケットを着ていた。トマソは彼を知っているようだった。二人の男は二言三言ことばをかわし、彼らの唇がスクリーンの上で音もなく動いた。やがてトマソは何かに同意するようにうなずき、クリストファー・スコットのあとについて部屋を出ていった。

わたしは部屋の上の一角にあるカメラに一挙手一投足を記録されているのを承知のうえで、さっきの絵に近づいた。肖像画にはとくに興味を惹くようなものは何もなく、さっきよく見てみたときに目に入らなかったものもなかった。右へ一歩動いてみた。照明の角度が変わり、カンバスが光ってコツィオの顔とフロックコートの前部分が見えなくなった。わたしは元の位置に戻り、そのまま左へ動いた。もう一度光が変わった。今度は伯爵の顔がくっきりと浮き上がった。画家の筆遣い、コツィオのシャツのごく細かい部分の塗り方、指と手の皺《しわ》まで見てとれた。そしてこれまで気づかなかったものが見えた──空白の紙の端にそってある、油絵の具の風合いの微妙な違いが。わたしはわずかな盛り上がりを感じるだろうと思いながら、その継ぎ目に触れてみたが、もちろん絵に塗られたなめらかなニスの層以外、何も感じなかった。

「何かありましたか?」グァスタフェステがきいた。

「わからない。だが、見つける方法はある」

「これは本当に例外的なことなんだよ、ジャンニ」ヴィットーリオ・シカルドは言った。「もし絵画部門のキュレーターが聞いたら、かんかんになる」

「誰が告げ口するんだ?」わたしは答えた。「ほんの二分しかかからないよ。大事なことなんだ」

ヴィットーリオはため息をついた。「上に戻っていてくれ。機械はわたしが持っていくから」

グァスタフェステはまだサラブーエ伯コツィオの肖像画の前に立っていた。

「準備はできたよ」わたしは声をかけた。

数分後、ヴィットーリオが紫外線灯と延長コードと、色つきゴーグルを三つ持ってきた。彼は博物館の係員に連絡し、部屋には誰も入れないよう指示してから、延長コードを壁のソケットにつなぎ、ゴーグルを渡してくれた。

「どの部分を見たいんだ?」

「紙の空白の部分だ」と答えた。

ヴィットーリオは紫外線灯のスイッチを入れ、光を絵に向けた。色つきのゴーグルごしに、コツィオの姿が奇妙な青みがかった光に輝くのがわかった。伯爵が持った紙の空白部分はカンバスのほかのところより黒っぽく、実際、ほとんど黒だった。

「見えたかい？」ヴィットーリオが言った。「上塗りされた部分は必ず黒に蛍光を発するんだ。きみたちの言ったとおりのようだな、この絵は描きかえられている」

彼は紫外線灯を消し、みんなゴーグルをはずした。

「塗りつぶされてしまったところを見る方法はあるのかい？」そうきいてみた。

「何が描かれていたと思っているんだ？」

「わからない。言葉だろう、たぶん。あの紙には何かが書かれていた。赤外線で絵の具の下にあるものを見られないのか？」

「赤外線写真なら、下の層にえがかれたものを突き止めることはできるだろう、うん。画家が肖像の下絵を描くのに使ったチョークか黒鉛の線が見えるだろうね。だが、紙の部分にあるのが言葉だとしたら、モレーラ、つまり画家は、下絵の段階では描きこんでいないだろう。そういう細部は絵の具の層に描き入れられるものだし、赤外線写真では絵の具の層どうしの区別はつかないよ」

「それじゃ、紙に何か書かれていたとしても、突き止める手段はないのか？」

「ニスと上塗りした部分をはがすしかないな」ヴィットーリオは言った。彼は次の質問を察知した。「だめだよ、ジャンニ、そんなことを許可するわけにはいかない。これは貴重な絵画なんだ」

わたしはぐったりとうなずいた。「ありがとう、ヴィットーリオ。やってみただけのことはあったよ」

ヴィットーリオは延長コードを抜き、それを腕に巻いて輪にした。「モレーラのスケッチならいつでも見られるよ、その気があるなら」と彼は言った。

「彼のスケッチがあるのか？　この肖像画の？」

「そうだったかはっきりはおぼえていないが、地下に彼のデッサンのコレクションがあるんだ。持ってこようか？」

デッサンはA1サイズの紙ばさみ三冊ぶんあり、もう何十年もほどかれたことがないかのように色あせた黒いリボンできつく閉じられていた。ヴィットーリオはレターオープナーを使ってリボンの結び目をほどき、それからデスクの上に最初の紙ばさみを広げた。彼はデッサンに汚れがつかないよう、白い木綿の手袋をはめていた。

ゆっくりとデッサンを調べ、一度に一枚ずつ紙をとり、わたしたちが見られるように片側に移した。風景や、畑や庭や、大きな田舎用の邸宅のラフスケッチがあった。静物のデッサンや、木炭での男女両方の裸体の線画、数えきれないほどの顔の習作、モレーラの芸術的産物の大きな部分を占めていた肖像画の線画も入っていた。

「あった」ヴィットーリオが紙ばさみからスケッチを引き出した。「コツィオのようだよ」

たしかにそうだった。伯爵の頭部をチョークで描いた線画で、彼の目鼻だちがある程度細かく描かれていた。上半身と両腕はなかったが、それが博物館の壁にかかっているあの肖像画のための予備スケッチであることは間違いなかった。

ヴィットーリオはコツィオの頭部だけのデッサンをもう一枚とり、それから肖像画全体のもっと大きくて粗いスケッチを出した。そこでのコツィオは座っており、左手をステッキにかけ、右手で紙を一枚持っていた――その紙にはいくつかの言葉がぞんざいに書きなぐってあった。

ヴィットーリオはもっと近くで目を凝らした。「きみの推測が当たっていたね、ジャンニ。てっぺんにあるのは紋章のようだ、コツィオの家紋だよ」

「それでその下は？」わたしはデスクにかがみこみ、言葉を読みとろうとした。

「これは読むのがむずかしいな、チョークがずいぶんこすれてしまっている。ここの文字はわかるよ、数字だ。十七、それからまた数字だ。一七一六とあるようだ――日付だね」

わたしはグァスタフェステに目をやった。一七一六、メシアが作られた年だ。

「残りはかなりかすかだ」ヴィットーリオは言った。彼はデスクの引き出しから虫眼鏡を出して、デッサンの上にかざした。「Sとその次にLが見える――いや、Tだろう。次の何文字かは読めないな。それからたぶんV、それからI。よくわからないが」

「ストラディヴァリ《STRADIVARI》ってことはあるか？」ときいてみた。

ヴィットーリオは時間を置いてから答えた。「かもしれない」彼はやっと答えたが、虫眼鏡から目も上げなかった。「それから別の言葉が二つある。フェデリーコ……フェデリーコ・何とか」

「マリネッティ？」と言ってみた。

「うん、そうかもしれない。昔ふうのリラの記号のようなものがあるが、そのあとの数字はやっぱりぼやけて読めない」彼は体を起こした。「面白いね。伯爵が持っているのは手紙ではないようだ。言葉のパターン、配置、言葉の数の少なさから考えると、送り状か売渡証書のように思えるよ。何らかの商業文書に。日付も不思議だね。一七一六か。この絵は一八三一年に描かれたんだ。コツィオはなぜ一七一六年付けの文書を持っているんだろう？」

「文書の日付じゃない」とわたしは言った。「ヴァイオリンの日付だよ。一七一六年のストラディヴァリ。コツィオがフェデリーコ・マリネッティに売ったストラディヴァリのヴァイオリンだ」

16

カザーレ・モンフェラートの市立文書保管庫で見つけた三通の手紙が、わたしの家のキッチンテーブルに広げられていた——むろんオリジナルではなく、許可を得てとったコピーだった。わたしはそれを順番に見ていった。トーマス・コフーンがハイフィールド・ホールの絵についいて書いた手紙――興味をそそる手紙だが、いまだに謎のままだ。それからエリザベータ・ホラクからの、彼女の母親のヴァイオリンにかんする手紙――わたしは首をかしげた。これは何か関係があるのだろうか？　どのようにかは、この時点ではわからなかった。それにエリザベータ・ホラクとは何者だろう？　最後に、フェデリーコ・マリネッティからミケーレ・アンセルミ宛の手紙に目を向けた。もう一度読んでみる。最初に気がついたのは、それが実はわたしたちが思っていたようにミケーレ・アンセルミ宛ではなく、彼の息子のパオロに宛てたものだということだった。

「それが重大なことですか？」わたしがその違いを指摘すると、グァスタフェステはそう言った。「マリネッティの住所だけわかればいいじゃないですか」

それが二番めに気づいたことだった。「ああ。住所ね」

「書いてあるんでしょう？」

手紙のいちばん上に書かれた住所は、そのときになって気づいたのだが、汚れがひどく、まったく判読できなかった。

「いくらかでもわかるかい？」ときいてみた。

グァスタフェステはわたしから手紙を受け取った。「一語も」

「マリネッティから来たもう一通の手紙――サラブーエの――あれは住所が書いてあったかな？」

グァスタフェステは肩をすくめた。「おぼえてませんね。あのときは彼が重要人物とは思わなかったし。むこうに電話してきいてみましょう」

わたしはジョヴァンニ・ダヴィーコに電話をかけた。彼は二分ほど席をはずし、手紙を持って戻ってきた。

「ええ、住所は書いてありますよ」と彼は言った。「かすかだし汚れていますが、ヴィッラ・マジェンタ、フラッシネート・ポーとあるようです」


フラッシネート・ポーはカザーレ・モンフェラートから五キロ東にあり、小さすぎて〝町〟と呼ぶのはお世辞がすぎるというたぐいの目立たない、とるにたりない集落のひとつ――たとえるなら馬が一頭しかいないような町で、その馬もとうに倒れ、犬用玩具の工場にとってかわられていた。

カフェで道を尋ねると、川から離れて、ポー川の南の土手のでこぼこした丘へあがっていくよう言われた。ヴィッラ・マジェンタは二キロほど先の、低い丘の横にちょこんとあって、その下の斜面には雑木林とひらけた牧草地があった。急なうえにくねくね曲がった車まわしを道路からスピードを上げてのぼっていくと、家の前の砂利敷きの庭に出た――大きな三階建ての十七世紀の屋敷で、別々の三つの部分から成っていた。長い中央棟は両端に塔のある翼がついている。手前と真ん中の部分には人が住んでいるようだったが、いちばんむこうの翼はほったらかしになっていた――屋根はあとかたもなく、窓にもガラスがなく、まわりの漆喰《しっくい》は煤で黒ずんでしまい、紙のようにはがれかかっていた。玄関の前に停まっているのは黄色のランボルギーニのスポーツカーだった。グァスタフェステはその隣に車を入れた。

玄関に出てきた男は三十代前半だった。カジュアルだが金のかかった服を着ていて、目を隠すミラーサングラスをかけていた。グァスタフェステは警察の身分証を見せた。

「お忙しいところをすみませんが」と彼は言った。「シニョール・マリネッティですか？」

「いや、フェルッチといいます」

「でもここはフェデリーコ・マリネッティが住んでいた家では？」

「昔はね」

「それじゃ子孫の方ですか？」

「いえ、家はマリネッティ一族の手を離れたんですよ……ええと、百五十年前に。一族は破産したんです。どういったご用ですか？」

グァスタフェステはわたしたちがここへ来た理由を説明した。フェルッチはサングラスをはずしてわたしたちをじっと見た。

「ヴァイオリン？　そんな話は知りませんが」

「少しお邪魔してもかまいませんか？」グァスタフェステがきいた。

フェルッチはためらった。「そうですね……まあどうぞ」

彼はわたしたちを案内してホールを通り、居間へ入った。くつろぐためというよりは見せびらかすための家具が置かれていた。椅子とソファ——すべてロココふうに曲線的で張り地は絹——は座るにはきゃしゃすぎてみえ、壁は金色の額に入った陰鬱な絵で埋めつくされていて、そのせいで部屋は息苦しい感じがした。

「マリネッティ家は破産したとおっしゃいましたね？」グァスタフェステはソファに座りながらきいた。

「そうです」フェルッチは答えた。「賭けの借金で。フェデリーコ・マリネッティはギャンブル狂いでした。父親からこの家と広大な領地を相続したのに、贅沢な暮らしと賭博台のために吹っ飛ばしてしまったんですよ。いきさつはご存じないんですね？」

「残念ながら」グァスタフェステは答えた。

「当時はたいへんなスキャンダルだったんですよ。フェデリーコは強い個性の持ち主でした。大がかりな宴を催すのが好きで、友人たちを、それも何十人も招待して滞在させました。一度などはオーケストラを丸一週間雇ったこともあります――音楽が非常に好きだったんですね――そうして朝晩、疲れて倒れるまで宴に明け暮れたんです。巨額の負債が重なり、領地は少しずつ売られていきました。でもそれも彼を止めることはなかった。最後に一度、常軌を逸した賭け騒ぎをやり、残っていた相続財産もすってしまった。そのあと彼はこのヴィッラ・マジエンタへ戻ってきて、愛人と一緒に西翼に閉じこもり、家に火を放った。彼も愛人も炎の中で死にました」

それでコツィオの肖像画の紙に書かれていた言葉が塗りつぶされていた理由がわかった。フェデリーコ・マリネッティのような男とのかかわりをおおやけにしたい人間などいるわけがない。

「その後、西翼は再建されなかったんですね？」わたしはきいた。

「ええ、火事のあとは手をつけられないままです。火が家のほかの部分に広がる前に、召使たちが何とか消し止めたんですが、西翼はだめになってしまいました」

「それで、マリネッティの死後は？」グァスタフェステがきいた。「どうなったんですか？」

「彼の負債を払うために、すべて売りに出されたんじゃないでしょうか」

「それじゃ、マリネッティのものはいまはもう何も残っていない？」

「母屋にはないですね」

「では西翼には？」わたしはまだ、この訪問がまったくの無駄にはならないかもしれないと望みをつないでいた。

「まあ、火事のあとはほとんどそのままになっていますよ」フェルッチはそう答えた。「床も屋根もなくなってしまいましたが。ただのがれきの山です。誰も片づけようとしなかったので」

「見てもかまいませんか？」

フェルッチは肩をすくめた。「どうぞ」

「本当に安全なんですか？」グァスタフェステは外壁だけになったからっぽの建物をのぞきこんで言った。

「まあ、落ちてくるものは何もないよ」と、わたしは答えた。「それにここの壁がすこぶる頑丈だから、これまでずっと崩れないでもってきたわけだろう」

わたしはかつて扉があったはずの開口部を入ってあたりを見まわしたが、心は沈んでいった。それまではたぶん自分で自分自身をだまし、探しているヴァイオリンを最後には見つけられるという、根拠のない楽観主義に常識を押しつぶさせてしまっていたのだろう。もしそうなら、いまこそ目をさますべきときだった。いま目の前にある完全な崩壊の光景と向き合っては、いかなる楽観主義といえども無傷ではいられなかった。壁は石がむきだしになり、その表面はいまだに炎の痕跡や、煤や灰や焼け焦げの水ぶくれで醜かった。屋根はむろんなくなっていたが、垂木の残骸が壁の――恐ろしい地獄のたきつけのように燃えて大きな切り株みたいになった、黒焦げの木材の上にはめこまれたままになっていた。わずかに残った屋根瓦と建物の二階の崩れた床は地面に積み重なり、そのいちばん下は、これまでの歳月にコロニーを築いて繁った草の下になって、ほとんど見えなかった。

わたしは植物のあいだに隙間を探しながらがれきの山をまわった。頭上には日の光も青い空もあるのに、下のここには影ばかりだった。煙の硫黄《いおう》くささの残滓を感じたのはわたしの想像だったのか、それとも現実だったのか？　高く伸びた雑草を束につかんで引き抜き、また別のを抜き、がれきの中に隙間をひとつ作った。靴の先で、がれきの山の横にゆるく食いこんでいるものを掘り出した。

「ヴァイオリンは木でできているんですから」グァスタフェステが言った。「まっさきに燃えてしまったでしょう」

半分土に埋もれた、細い糸のような針金が見えた。わたしはしゃがんでそれを引っぱり出した。ヴァイオリンの弦だろうか？　そうでないことはわかっていた。弦は羊の腸で作られていたのだから、楽器本体と同じくらい簡単に燃えてしまっただろう。それはただの錆びた針金だった。わたしはそれを捨ててまわりを見た。グァスタフェステの言うとおりだった――どんなヴァイオリンでも、これほどまでにすべてを破壊した火事から助かったはずはない――だがわたしはどこかでまだ、それが存在した痕跡を見つけられるかもしれないと願っていた。黒焦げになった糸巻き、渦巻きのかけら、〝クレモナのアントニオ・ストラディヴァリが一七一六年《アントニウス・ストラディヴァリウス・クレモネンシス・ファチェバット・アンノ・ミツレ・セプティンジェンテ》に製作《イ・セデチム》〟と書いてあるぼろぼろになった紙きれでもいい……。

「あきらめましょう、ジャンニ」グァスタフェステがそっと言った。「もう終わりですよ」

17

失望は病気に似ている。エネルギーを吸いとり、意志の力を奪って、人を弱くもろくする衰弱性の熱病だ。手当てをせずに放置すれば、そいつは心を食いつくし、体の免疫システムを鈍らせて、最後には細菌やウイルス性の病気と同じ、痛みをともなった本物の肉体的症状を引き起こす。

わたしはすっかり気落ちしていた。グァスタフェステも同じだった。イギリスに行き、サラブーエに行き、カザーレ・モンフェラートに行き、今度はフラッシネート・ポーにまで足を運んだというのに、めざしていたところにはたどりつけなかった。

「結論はひと晩寝てからにしましょう」グァスタフェステはわたしを家の外で降ろしてくれたときにそう言った。「朝になったら電話しますよ」

もう遅かったし、ドライブのあとで疲れていたが、すぐには二階のベッドに行かなかった。バッハのCDをかけてリビングに座り、トマソが殺された夜のことを、そのあとにあったすべてのことを思い返した。殺人捜査は警察の領分だった。彼らには人材があり、専門家がいて、わたしよりもずっと大きな力があった。その分野では、グァスタフェステの助けになってやれない。しかしヴァイオリンは――ヴァイオリンはわたしの領分だった。

一七一六年のストラディヴァリを追ってフェデリーコ・マリネッティまでたどった興奮、それからそれがほぼ確実に破壊されてしまったとわかった落胆のせいで、わたしたちはもうひとつの楽器を一時的に忘れていた――二百年前にイギリスへの途上で消えたヴァイオリンを。そしてそのヴァイオリンの行方への鍵を握ると思われた絵を忘れていた。ミセス・コフーンは家の壁にかかっていたあの絵について、いま以上のことは何も知らなかったが、わたしの好奇心を満たすにはほかにも方法があった。朝になり、博物館が開くとすぐ、わたしはアッファイターティ宮のヴィットーリオ・シカルドに電話をかけ、こちらの頼みを伝えた。

「ペンを探すから待ってくれ」ヴィットーリオが言った。「もう一度、何ていう画家だ？」

「チェーザレ・ガローファロ」

「こういうことはインターネットで簡単に調べられるよ、知っているだろう」

「わたしは古風な人間なんだよ。いまでも本や図書館を哀れなほど信頼しているんだ。だいいち、コンピューターを持っていないからね」

「何かわかったら折り返すよ。ちょっと時間がかかるかもしれない、今朝はずっと会議なんだ」

「いつでもかまわないよ」

わたしは工房へ行き、セラフィンに頼まれた、いたんだストラディヴァリの修復を仕上げることで、波立つ心をそらした。十一時近くなったとき、グァスタフェステが電話をしてきて、短い会話をかわした。彼はイギリスの警察が――彼らには公式にクリストファー・スコットの行方を突き止めるよう要請してあった――スコットをまだ自宅でも仕事場でも見つけていないことを教えてくれた。スコットは姿を消してしまったようだった。

キッチンで昼食をとっているとき、また電話が鳴った。予想したようにヴィットーリオからではなく、マルゲリータ・セヴェリーニだった。

「今日の午後はお忙しい？」彼女はきいた。

「とくにいそいでいるものはありませんが」

「それじゃそちらへうかがってもいいかしら？」

「もちろん。夕食に来てください」

「いいえ、それはだめなの――晩にはミラノに戻らなきゃならないから――でもありがとう」

「どんなご用なんです？」

「あとでお話しするわ。いまどこにいるの、それと、どうやって行けばいい？」

わたしは彼女が着くとテラスへ連れていき、蔓棚《パーゴラ》の下の日陰、葡萄の這う頭上の格子が太陽の熱から頭を守ってくれるところに座った。彼女は袖なしの青いサマードレスを着て、ほんの少しだけ化粧をしていた。わたしはジャグいっぱいのレモン入りのアイスティーを持ってきて、彼女に一杯ついだ。彼女はわたしを見てほほえんだ。

「本当は電話でもよかったんだけれど」と言った。「でも直接会ったほうがいいと思って。今日の午後は授業がなかったし、ミラノを離れたかったから。ときどきミラノから離れたくなるの」テラスのむこうを見た。「すてきなお庭があるのね。全部自分で手入れしているの？」

わたしはうなずいた。「この家を買ったときには、もうかなりできあがっていたんですよ。木はあらかた前の持ち主が植えていったんですが、わたしも低木をかなり植えて、端に菜園もつくりました」

「本当に広いのね。排気ガスじゃない、新鮮な空気のにおいがするわ、車の列じゃなくて青空も見える」

「まあ、これからも市内に住むなら仕方ないでしょう」わたしは言った。

マルゲリータは顔をゆがめた。「そうね、自分が悪いんだけど。工房もここにあるの？」

「むこうです。あとで案内しますよ、興味があれば」

彼女はアイスティーを飲んだ。わたしは待った。

「おじの弁護士から聞いたの」と彼女は言った。「おじはヴァイオリンのコレクションの処置について、個別の条項は何も作っていなかった、だからほかの資産と一緒に、それもわたしが相続することになるみたい」

「あれはたいへんなコレクションでしたよ」

「百挺以上もあるのよ」マルゲリータは言った。「飾られていたものだけじゃないの。銀行の金庫にも預けてあったわ。書類仕事の得意な人じゃなかったのね、エンリーコおじは。自分が買ったヴァイオリンの正確な記録もつけてなかったみたい。送り状も、領収証もないのよ。おじがどんなヴァイオリンを持っていたか、誰も正確には知らないの、誰の手になるもので、いつ買ったのか、それにいくら払ったのか。ただもうごちゃまぜ」

「保険はかけてなかったんですか？」

「かけたのもあったわ、でも全部じゃない。エンリーコおじは保険のことはあまり考えてなかったようね。結果として、コレクションの総目録は存在しない。でも弁護士たちはそれが必要。税務署もね。そこであなたの出番なのよ、ジャンニ。あなたはコレクションを見ているし、ヴァイオリンのことも知っているでしょう。コレクションの楽器を鑑定して、目録にして、値段をつけてもらえないかしら？　もちろん、手数料はお支払いするわ」

「わたしはディーラーじゃありませんよ」と言った。「市場の最新知識もないし」

「ディーラーなんてごめんよ。あの人たちとやりとりしたおかげで、ずいぶんといやな思いをしたわ。彼らはわたしをだまそうとするだけ。それは間違いなし。わたしも少し調べて、きいてまわったの。あなたの名前がどこでも出たわ。自分の扱うものをよく知っていて、しかも誠実な人を探しているなら、ジャンニ・カスティリョーネだ、ってみんな口を揃えて言っていたもの」

「それはどうも」

「お願いできる？　やっていただけないかしら？」

「もちろん引き受けますよ。保険のための価格査定ならいつもやっていますから。でも、保険のための価格査定と市場の価格査定は違いますからね」

「市場の価格査定とは何か？」マルゲリータはわざと芝居がかって言った。「どこかの悪徳ディーラーが、疑うことを知らない依頼人をペテンにかけるために、勝手につけた数字でしょう。だめよ、わたしはあなたのつけた値段でやりたいの、ジャンニ」

「わかりました、やりましょう」と、わたしは答えた。「ヴァイオリンはどこにあるんですか？　まだおじさんの家に？」

「弁護士たちが銀行の金庫に移したわ。あなたにはヴェネツィアまで行っていただかなきゃならないけど、費用はすべて払われるから。手数料を言ってくれるだけでいいのよ」

わたしは手を振った。金の話をするときまって身の置き所がない気分になる。

「手数料のことはあとでいいですよ」

「だめよ、あなたをただ働きさせるわけにはいきません。これは仕事なんですもの。わたしはあなたの時間と専門的知識に対してお金を払うの。わたしのお金じゃないけどね。それはおじの資産から出るし、それに――これは本当よ――その資産にはあなたに正当な報酬をさしあげる余裕があるわ」

わたしは庭へ目を向けた。花壇はあざやかな色彩にいろどられていた――緋色のフクシア、深紫のブッドレア、目のさめるような黄色のつる薔薇。花たちのように目を奪う羽の蝶々が、そよ風に舞う花びらさながらに、葉の上をひらひら飛んでいた。

「金はいりません」わたしは言った。

「ジャンニ……」

「いや、最後まで言わせてください。別のものがほしいんです。ヴェネツィアでおじさんを訪ねたとき、彼は飾ってあるヴァイオリンをすべて見せてくれました。そしてわたしとちょっとしたゲームを始めて、ヴァイオリンを鑑定してみろと言ったんです。あれは最高のコレクションでした――わたしがこれまで見てきた中でもいちばんすばらしいものであるのはたしかです。どの楽器も最高級品で、経歴も疑う余地のないものでした――ひとつをのぞいては。彼のヴァイオリンのうち、贋作が一挺あったんです」

マルゲリータはわたしを見つめた。「贋作？」

「もちろん、おじさんには言いませんでした。そのヴァイオリンがとくに気に入っていましたから。よくできた贋作で、たいていの専門家もごまかせるほど出来のいいものですが、それでも贋作であることに変わりはありません。手数料として、それをいただきたい」

「その贋作を?」

「そう」

「なぜ?」

「理由はいろいろあります。あれには珍品としての価値はありますが、金銭的な価値はわずかです――たぶん数千ユーロというところでしょう。手数料としては法外だと思いますか?」

「全然。それはどのヴァイオリン?」

「グァルネリ・〝デル・ジェス〟、一七四〇年のものです。おじさんはそれがかつてルイ・シュポアのものだったと信じていましたが、彼はだまされていたんです」

マルゲリータは好奇心に満ちた目でわたしを見た。「面白いわね。奇妙なご要望だけど、それ以上はわたしに話したくなさそうだわ」

「これは何も、値段のつけようのない〝デル・ジェス〟を手に入れるために、まわりくどい手を使っているわけではないんです」と言った。「その点は信じてもらってかまいません。でも、いまはこれ以上お話しできないんです。それでもいいですか?」

「もちろん。それにあなたの条件も受け入れるわ。おじの弁護士に連絡しておくわね。彼らのほうからあなたに連絡して、ヴェネツィアに行ってコレクションを詳しく見てもらう手配をするでしょう」

「いそぎなんですか?」

「彼らは弁護士よ」マルゲリータは皮肉っぽく言った。「あの人たちにとって、いそぐことなんて何ひとつないわ——自分たちの請求書に対する支払いは別だけど」

わたしたちはアイスティーを飲みおえ、わたしは彼女を工房へ連れていった。弦楽器職人の作業台や、道具や原型や型にとくべつ面白いものはない。しかしわたしは彼女にそれを見てもらいたかったし、わたしが何時間も仕事をしている場所、家の中のどこよりも本当の家と思っている場所に、彼女と一緒にいてみたかった。

わたしが完成させたヴァイオリン、それから製作中のもの、まだ白木のものや、まだ将来の姿のはじまりにすぎないもの、粗く切った表板や半分だけ組み立てた横板を彼女に見せた。そして製作の工程を説明し、木材貯蔵庫に天井まで積んであるトウヒや楓《かえで》の粗削りの板が、どのようにしてコンサートホールの高価な、ニスを塗られた楽器に変わるのかを説明した。彼女は黙って熱心に耳を傾けていたが、やがてわたしが顔を上げると、こちらを見てほほえんでいた。

「何か？」

「自分の仕事を愛しているのね？」と彼女は言った。

「ええ、そうです」

「美しいものを作りだすことにこんなにも情熱を持つ——こんなにも才能のある人を——目にするのは気持ちがいいわ」

「わたしはヴァイオリンを作っているだけですよ」と言った。「ほんの何枚かの木ぎれにこんなに夢中になるなんて、ちょっとこっけいにみえることはわかっているんですが、自分ではどうしようもない。これが人生だったんです。わたしはただ、自分の作った楽器が少しばかりの人たちを喜ばせ、ほかのおおぜいの人たちに音楽と喜びを与えられてきたのならいいと思うだけです。それだけでやった甲斐があるように思えるんですよ」

「わたしもそう思うわ」

「それじゃ庭を案内しましょう、わたしがもうひとつ、長年入れこんでいるものです」

わたしたちはテラスへ戻って、半時間ほど小道や生垣を歩き、それからこの七年間、自然の助けを借りながら、大甘な父親の愛情と忍耐をもって世話してきたうちの林檎やスモモの果樹園、ハーブと岩と水の庭を歩いた。

やがて二人とも午後の暑さで疲れると、家の中へ戻った。マルゲリータは奥の部屋にあるピアノに目を留めた。

「ピアノも弾くの？」

「いや、妻が弾いたんです」

マルゲリータは軽くキーに指をすべらせ、それから蓋にのっている楽譜の山を見た。

「ブラームスは好きですか？」

「ええ」

「それじゃいつか一緒に二重奏をしましょうか」

「そうね」彼女の手がわたしの腕に触れた。「もう本当に帰らなくちゃ」彼女はわたしの頰にキスをした。「また連絡するわね、ジャンニ」

そのキスは彼女が帰ってしまったずっとあとまで残っていた。わたしはひとりでいることに、夜の——そしてときには日中の——暗い時間を、自分の最期を思って静かに過ごすことに慣れていた。ずっと以前にその準備をした。人生はすべて、わたしが思うに、死への準備であるが、若いときにはその真実を忘れるのもたやすい。中年になって、母が亡くなったときにやっと、自分もいつかは死ぬというぞっとするような現実認識が本当に襲ってきた。それからわたしは年を数えはじめ、永遠について前よりはいくらか考えるようになった。気をそらしてくれるものはいろいろあった——妻、子どもたち、仕事——そういうものがわたしの暮らしに多少の型を、目的を、与えてくれた。しかし妻が亡くなったときには、まわりのすべてが崩壊したような気がした。わたしは孤独感に、罪悪感に打ちのめされた——カテリーナは逝ってしまったのに、自分は、彼女に比べれば何の価値もない人間は、いまだに生きながらえていると。やがて悲しみが鎮まると、わたしは奇妙な解放感を、ひとりでそう長い年月を耐える必要はないだろうという、安らぎに近いものを感じるようになった。そう言うと不健康で沈みこんでいるように聞こえるだろうが、誤解を招く言い方だったかもしれない。何もずっと不幸だったわけではないのだから。むしろある意味で満たされたような、安定と充足を見出したのだ。もし人生が明日終わるとしても、わたしはさして気にしないだろうと思えた。

しかしその安定がいまや乱されていた。気持ちを安らげてくれる日常は、落ち着いた状態からほうりだされ、わたしは混乱し、自分がどこにいるのかわからない気がしていた。こんなことが起きるはずはなかった。この年で。わたしはそんな気分になってうろたえた。うろたえたが、それでいてどこか解放されていた。

ヴィットーリオ・シカルドが折り返してきたのは宵の頃だった。

「チェーザレ・ガローファロだが」と彼は言った。「わたしもほとんど聞いたことがない名前なんだよ。あまり多くはわからなかった」

「おおまかなことでじゅうぶんだよ」

「ええと、生まれたのはカメリアーノだ、ノヴァーラの近くで、一六四二年、死んだのはカザーレ・モンフェラートで一七〇四年、享年六十二歳。一六六〇年代前後に、ミラノでフランチェスコ・カイロの弟子だったと言われている、その後トリノへ移り、最後はカザーレに行って、晩年の三十年間をそこで過ごした。彼の作品は図版が二枚しか見つけられなかったよ――両方とも下級貴族の肖像画だ――しかし驚くほど出来がいい。もっと名が知られていないことが意外だね。これ以上知りたければ、カザーレの市立美術館なら力になってくれるかもしれないよ」

「彼が死んだ年をもう一度言ってくれないか?」

「一七〇四年だ」

「ありがとう、ヴィットーリオ」

「あまり役に立てなくてすまないね」

「まさにわたしが必要としていたものをくれたよ」

わたしは受話器を置かずに、しばらくそのまま指でボタンを押えて電話を切った。それからグァスタフェステに電話をした。

「これをおぼえているかい？」わたしはカザーレの文書保管庫から持ってきた手紙のコピーの一枚を持ち上げてみせた。「トーマス・コフーンからミケーレ・アンセルミ宛の、あの絵の礼状だよ」

グァスタフェステはピアノのそばの肘掛け椅子に座った。「おぼえてますよ。それがどうかしましたか？」

「少し読んでみるよ」わたしはその部分をイタリア語に訳した。「〝あなたがほのめかしておいでの謎はいまのところ解けておりませんが、あなたの冗談好きにも慣れましたので、そのうちこの判じ物を解いてみるつもりです〟」

「それで？」

「謎というのが何かわかったと思うんだ。ハイフィールド・ホールの絵はチェーザレ・ガローファロが描いたものだ。思い出せるかい、あの絵には両腕にヴァイオリンを持って、音楽室にいる男が描かれていた。グァルネリ・〝デル・ジェス〟のヴァイオリンだ、正確に言うと」わたしはフランス窓へ歩いていった。気持ちが高ぶって座っていられなかったのだ。

「少し調べてみたんだ。チェーザレ・ガローファロはカザーレの画家だった、だからミケーレ・アンセルミが彼の作品を知っていて、たぶん何枚か持っていたことはおおいにありうる。しかしひとつ問題があるんだ。ガローファロは一七〇四年に死んでいるんだよ」

「それで？」

「ジュゼッペ・グァルネリ・〝デル・ジェス〟が生まれたのは一六九八年だった。つまりガローファロが死んだとき、グァルネリはまだたったの六歳だ。それなのに、どうしてガローファロが〝デル・ジェス〟をあの絵に描《か》きこめる？」

「絵が偽物ということですか？」グァスタフェステは言った。

「そうに違いない」

「あなたがヴァイオリンについて間違えているのかもしれませんよ。〝デル・ジェス〟じゃなくて、もっと以前の職人だったのかもしれない。だいたい、あれはただの絵で、本物じゃないんですから。ガローファロがあまり正確に再現しなかったとしても、それがどうだというんです？」

わたしは首を振った。「あれは間違いなく〝デル・ジェス〟だよ。わたしの命を賭けてもいい」

「どうしてアンセルミがコフーンに偽の絵画を送ったりするんですか？」

「わからない」とわたしは答えた。「でももう一度あれを見てみるべきだと思うんだ」

警察署《クエストウーラ》のグァスタフェステの上司たちは、彼がもう一度イギリスへ行って古い絵を検分してくるという提案を却下したので、彼は二日間の休みをとり、自腹で航空券を買った。マンチェスター空港で、わたしはソーントンズのチョコレートショップがあることに気づき、そこで売っているいちばん大きな箱を買ってからレンタカーを借り、ハイフィールド・ホールへ向かった。ミセス・コフーンはこの前と同じツイードのスカートとカーディガン姿だったが、この前以上に銀色がかった猫の毛がついていて、彼女の猫の友人たちはあいかわらずすまして居間を占拠していた。わたしたちはキッチンへ行き――そこでは二匹の〝ティミー〟たちが調理台の前に陣取っているだけだった――ミセス・コフーンがお茶をいれてくれた。

「こんなことしてくださらなくてよかったのに」彼女はわたしたちが持参したチョコレートの箱をあけながら言った。「まあ、何てすてき。あなたたちもひとつ召し上がって。これ、粉砂糖がかかっているのがとくにおいしいのよ。さあさあ、わたしひとりじゃ食べきれませんよ。いえまあ、食べられるでしょうけど、それじゃあんまり無作法ですもの」

一時間たっても、わたしたちはまだそこにいて、お茶もポット三杯めになり、チョコレートの箱はかなり中身が減っていた。わたしは夕刻までに辞去するつもりなら、そろそろ行動に移るときだと判断した――グァスタフェステもわたしもこの家でまたひと晩過ごしたいとは思っていなかった。

「あの絵のことですが」と切り出した。

「ああ、そうでしたわね。本当に申し訳ないわ、すっかりおしゃべりしすぎてしまって。それじゃご案内しましょう」

「いえ、どうぞ。わざわざいらっしゃらなくて大丈夫ですよ。どこにあるかはわかっていますから」

わたしたちは二人だけで上の階へ向かい、踊り場で例の絵をじっくり見た。わたしはカンバスのあらゆる場所をゆっくりと目でなぞり、ヴァイオリンを持っている男を、片側のヴァージナルを、壁と床の細部を、部屋の窓のむこうにある木々と教会の塔を見ていった。

「やっぱりこれは〝デル・ジェス〟ですか？」グァスタフェステがきいた。

「そこは疑いの余地がないよ。この絵は偽物に違いない」

グァスタフェステは絵の金色の額縁にさわった。もとからつけられていたようにみえた。

「それが唯一の謎ですか？」彼は考えながら言った。「それとも、何かもっとあるんですか？こいつを降ろしますから手伝って」

絵は大きく、画枠は分厚くて重かった。わたしたちは慎重に床に降ろし、裏側をよく調べられるようにくるりと回した。ほこりよけの布が画枠に張られていた。何か書いたものが、意味のあるしるしがひとつか二つあるかと思っていたのだが、布はほこりのおおいの下で、まったくの空白だった。わたしはポケットナイフを出して布のいちばん上の端にそって切れ目を入れ、それから中に手を入れて布とカンバスの隙間を手探りした。何もなかった。

「カンバスの裏に何かあるかもしれない」グァスタフェステが言った。

わたしはためらった。それは布をそっくりはずすことになる。

グァスタフェステはわたしのためらいを見てとった。「彼女は気づきませんよ。何か口実をつくってテープを借りて、貼っておけばいい」

わたしはうなずいた。もうここまでやってしまったからには、やましさを感じたところで仕方がない。わたしはナイフで布を切りとり、カンバスの裏をむきだしにした。二人でかがみこみ、じっくり見てみた。

「何かありますか？」グァスタフェステがきいた。

「いや」

「俺もです」

わたしは指先で画枠の縁をなぞり、見つけようとした……何をだろう？　何かの紙、わたしたちをあのヴァイオリンへ導いてくれる、都合よく隠された手がかりか？　わたしは夢を見ていたのだった。そんなに簡単にいくものなど何もなさそうだった。

「絵自体にあるのかもしれない」グァスタフェステが言った。「この絵、ここに描かれているものに」

絵をひっくり返して、踊り場の壁に立てかけた。もう一度じっくり見てみた。

「ヴァイオリンを持っている男なんじゃないか？」とわたしは言った。

「でも彼が誰だかわかりませんよ」

「だが、もしわかれば、彼が鍵なのかもしれない」

「ミセス・コフーンは彼が誰なのかも知らなかった。どうしたらわかりますかね？」

男はカンバスからまっすぐこちらを見ていた。若くて——二十代半ばだろう——肌の色がみずみずしい。絵は汚れていたが、この若い男の頬にはわずかな赤みがある気がした。なぜ赤くなっているのか？　恥ずかしさ？　健康？……後ろめたさ？　わたしはもっとよく見ようと少し後ろへさがり、若者の姿全体を見ようとした。彼の目の表情、口の結び具合には、悩んでいる感じがあった。それとも、わたしが想像しているだけで、ありもしないものを見ているのだろうか？

絵のほかの部分を綿密に調べ、油絵の具の上を行きつ戻りつし、見逃していた何かがあるのではと、隅々まで細かく見ていった。音楽室の片側にあるヴァージナルは美しく描かれていた。蓋は持ち上げられていて、その下に描かれている田園風景が見えている。中央には湖があり、異国ふうの木々が枝を垂れ、岸辺にはさまざまな人々がいた――そぞろ歩きのカップル、日傘を持った婦人。熱心に話し合っている二人の男。別の男が馬の背に乗っている。家族がピクニックをしていて、おこぼれ目当てにあひるの一団がそばをうろついている。ヴァージナルの横と前の部分は、象牙とさまざまな色の木材からなる象嵌《ぞうがん》細工で装飾され、鍵盤のむこうのパネルには寄せ木細工の薔薇が一輪あり、そのまわりを手書き文字のような複雑な透かし彫りがかこんでいた。手書き文字？　わたしは透かし彫りを見つめ、その渦巻きやアラベスク模様の中に言葉が読みとれないかと思ったが、探してもだめだった。

「どうです？」グァスタフェステがきいた。

わたしは首を振った。イタリアでは、この絵に何かがあるとあんなにも確信していたのに。いまその絵を前にして、わたしは何も見つけられなかった。

「ちょっと横にずれてください、ジャンニ」

グァスタフェステはデジタルカメラを持ってきていた。彼はしゃがんで絵の写真を何枚か撮った。

「これを鑑識へ送ってみますよ」と彼は言った。「イタリアに戻ったら、またじっくり見られる」

わたしはまだ絵から目を離さずにいた。ここにあるはずなのだ。なぜわたしには見えないのだろう？

「ジャンニ……」

わたしはうなずき、絵から目を引きはがした。ぐずぐず残っていてもどうしようもなかった。ミセス・コフーンはわたしたちにもっと長くいるよう説得したが、礼儀正しく断った。そして無言で家を離れた。以前ここへ来たときとはくっきり対照的に、荒れ野にはまったく靄《もや》がなかった。ヒースと砂岩の岩がまばゆい日の光に照らされていたが、わたしたちのどちらも風景に興味はなかった。高原をくだり、針葉樹の人工林を、貯水池を、草を食《は》む羊たちの牧草地をすぎる。鉄道橋の下を通り、道路をかこむ村のはずれをすぎた。パブ、石造りの家の列、遠くの丘にある教会の塔が見え……そこでふいに、マグネシウムの炎が頭蓋の中で噴き上がるように、あることがひらめいた。

「停めてくれ……」

グァスタフェステが顔を振り向けた。「え？」

「車を停めてくれ」

「ここで？」

「どこでもいい」

グァスタフェステはスピードを落とし、縁石へ寄った。後ろのドライバーがクラクションを鳴らし、エンジンを怒りで震わせてわたしたちを追い抜いた。わたしは震え、胃が吐き気と興奮という止血帯で締めあげられたようだった。

「あれが何だかわかった」わたしの声はしわがれていた。「あの謎、手がかりのことだよ。それにあのヴァイオリン。どこにあるかわかったんだ」

18

長いあいだ、わたしたちのどちらも動かなかった。わたしはまっすぐフロントガラスごしに前方を見つめ、自分の心臓がどくどく打つ音を聞いていた。どちらの方向にも車が通りすぎていった。そうした車の形、エンジンのうなりには漠然と気がついていたが、わたしの視線は村のむこうの丘にひたすら向けられていた。並木のむこうに見える教会の塔に。

「先を待ってるんですけど」グァスタフェステがおだやかに言った。

わたしはびくっとし、彼に顔を向けた。それからジャケットの内ポケットに手を入れて、ハイフィールド・ホールと、カザーレ・モンフェラートの文書保管庫で見つけた手紙のコピーが入った封筒を出した。ミケーレ・アンセルミからトーマス・コフーンへ宛てた手紙のうち最後の、一八〇四年のどこかの日付のものを開いた——コツィオが借金の代わりにコフーンへ送ったヴァイオリンが、イギリスへの途上で消えてしまったことを知らせた手紙だった。

「二、三箇所読むよ」わたしは言った。

「〝現時点では、ヴァイオリンがパリを離れたのかどうか、離れたとすれば、イギリスへの道中のどの地点で盗まれたのかもたしかめることができません。月日がすぎるにつれ、ヴァイオリンは二度と取り戻せず、泥棒はそのありかという秘密を抱えたまま墓におもむくのではないかと案じるようになりました〟

それからこの手紙のあとのほうで、アンセルミはこう書いている、〝今回の不幸な紛失が生じたのはわたしの目配りが足りなかったためですので、あなたには当然の償《つぐな》いをさせていただくのが名誉と思っております。それゆえ、閣下があなたにお借りした負債の総額ぶんの銀行為替を同封いたします〟。アンセルミのしたことは気高く気前のいい行為だった。コフーンに金を借りていたのはコツィオだったのに、アンセルミはそれをそっくり支払ったんだからね。

彼はたしかにおおいに高潔な人物だったのだろう。手紙の最後にはこう書いている、〝それだけがわたしの良心を安らげることができるのです〟彼はひとつの段落で少なくとも二回も名誉という言葉を使っているし、ヴァイオリンの紛失を非常に気に病んでいたのはあきらかだ。たぶん、いささか度がすぎるくらいに」

「どういう意味です?」グァスタフェステがきいた。「彼はヴァイオリンをイギリスへ送る任務を引き受けた、しかしヴァイオリンは届かなかった。そうなれば誰だって気に病むでしょう？」

「わたしでもそうだろうね。しかし、彼の良心には、単なるヴァイオリンの紛失以上のものがのしかかっていたんじゃないかと思うんだ」

「以上？　どういうことですか？」

「この手紙を書いたときには、ミケーレ・アンセルミはヴァイオリンがどうなったか知っていた、そしてそのことが彼の良心に重くのしかかっていた、ということだよ」

わたしは言葉を切った。自分は正しいのだろうか？　証拠は本当にわたしを支えてくれるのか、それともただ自分で自分をあざむいているだけなのか？

「ヴァイオリンは彼の息子が盗んだのだと思う」と言った。

「息子？」グァスタフェステはわたしを見て眉を寄せた。

「パオロ・アンセルミだよ。父親は彼に、あのヴァイオリンをパリへ届け、それからイギリスへ運んでくれる人間を探すという仕事を与えた。だがパオロは運び人を探さなかった、楽器をパリへ持っていくことすらしなかったのかもしれない。マリネッティの手紙で、パオロ本人もヴァイオリンを弾いていたことはわかっているだろう。彼はそのヴァイオリンを見て、自分のものにしたいという欲望に負けてしまい、手元に置いたんだと思う」

「その推理を裏づけるものは何かあるんですか？　それともただの推測？」

「推測だよ」わたしは認めた。「だがすばらしいヴァイオリンを所有したいという衝動がいかに強いものであるかはよく知っている。職業がら、何度となく見てきたからね。それは人間の理性を、道徳を、正気すら圧倒してしまうんだ。ときには恐ろしいほどだよ。ときにはその結果が――トマソやエンリーコ・フォルラーニのように――命取りになることもある」

「でも、アンセルミが知っていたとしたら、なぜ単純にヴァイオリンが見つかったと言って、コフーンに送ってしまわなかったんです？」

「わからない。おそらく、恥だからだろう。息子は彼の名誉を汚《けが》した。その厄介な問題を表沙汰にしたくなかったのかもしれない。公表したらどうなっていたか、誰にわかる？　たぶんアンセルミは金を払って、ヴァイオリンのことは忘れてしまうほうがよかったんだ。あの絵がすべてを語っているよ。すべてはあそこにある。ヴァイオリンを持っている若い男はパオロ・アンセルミだ――息子を恥じ入らせ、おのれのしたことに対して罰を与えようと決めた怒れる父親によって、画家の前でポーズをとらされたんだ。パオロの後ろめたさはあの顔に、体を硬くしている様子にあらわれている」

「それじゃあのヴァイオリンは？」グァスタフェステは言った。「あれはどうなったんです？」

「あの絵にもうひとつ手がかりがある」わたしは答えた。「きみのカメラはどこだい、撮った写真は？」

グァスタフェステは車の後ろへ体を伸ばしてデジタルカメラをとった。電源を入れ、わたしとのあいだに持ち上げて、一緒にカメラの裏側のスクリーンで絵の画像を見られるようにした。

「ここだ」わたしは指でさしてみせた。「音楽室の片側の窓のむこう。杉の林と、教会の塔が見えるだろう？　屋根のない鐘楼のついた、この独特の煉瓦の塔が？　どこかで見たおぼえがあると思ったんだ。カザーレのすぐ郊外にある丘の林の中だよ。きみとサラブーエに行ったときに見ている」

「ヴァイオリンはこの教会にあるんですか?」グァスタフェステが言った。

「教会じゃない。アンセルミは手紙の中でそれを明かしている。〝泥棒はそのありかという秘密を抱えたまま墓におもむくのではないか〟」

グァスタフェステはわたしをまじまじと見た。「ヴァイオリンは墓の中にあると思っているんですか?　埋められていると?」

「墓の中というのはそのとおりだ」わたしは答えた。「でも埋められてはいないだろうな」


聖ゲオルギウス教会の聖所への道路は、きついヘアピンカーブを重ねながら斜面をのぼっていて、その斜面はうっそうとした森に両側をはさまれていた。暗闇の中では、木々はどこか不気味で、車のヘッドライトはその幹に躍り、その後ろの深い影を、夜につつまれた隠れた空き地をきわだたせた。教会は丘のてっぺんにあった。小さくて目立たず、鐘楼が月に照らされた空を背景にシルエットになって浮かび上がっていた。それを見ながら、わたしは身震いを抑えつけた。これからやるのは気の進まない作業だった。

グァスタフェステはスピードを落とし、教会の前の小さな駐車場への道路で車を停めた。

「大丈夫ですか?」彼は言った。「車の中にいてもいいですよ、そのほうがよければ」

「いや、わたしも行きたいんだ」

わたしたちは車を降りた。グァスタフェステは懐中電灯をつけたが、光量を低くしたままにして、地面に向けていた。近くに家はなかったが、谷のむこうには町があり、夜中の二時といえども誰かが起きていて、聖所で何の光が動いているのだろうと怪しむかもしれなかった。

駐車場を抜けて、墓地をかこんでいる塀へ歩いた。塀は頭よりほんのちょっと高いだけで、水漆喰《みずしっくい》がでこぼこに塗られていた。グァスタフェステは体の前で両手を組み、わたしに足場を与えて塀をのぼらせ、つづいて自分もよじ登った。

わたしたちは墓地を歩きはじめた。朝のうちに来て下見をしておいたのだが、暗闇の中では何もかもが違ってみえた。教会は右手にあり、左手には、たぶん五十メートルほど離れて、まるで引き出しのように積み重ねられた大理石の墓の長い列があり、墓石には名前と日付、それにときには故人のエナメル加工写真が刻まれていた。あいだの地面はほかの墓で混みあい、垂直に立った墓石や十字架のついているものや、平らな石の板でおおわれているものもあった。わたしたちはゆっくりそのあいだを進み、この場所全体を通り抜けている狭い墓参道をたどっていった。

ぎっしり詰めこまれた列なす墓からみて、この墓地はじきに定員オーバーになるという印象を受けたのだが、道にそってとぎれとぎれに植えられている背の高い杉の木立という隠れ場所のひとつから出ると、すんでのところで、地面に掘られたばかりの穴に落ちそうになった。

「気をつけて」グァスタフェステが言い、穴の縁にそって、むこう側に盛られた掘り土の山を懐中電灯で照らした。

あたりの雰囲気には落ち着かないものがあった。まわりじゅうが墓で、月は雲に隠れてしまっている。グァスタフェステの懐中電灯が小道の横にあるまた別の杉の木の形を、それから白い大理石の墓石をとらえた。墓石はとてもなめらかでよく磨かれており、懐中電灯の光を鏡のように反射した。肌がちくちくして、うなじがざわざわ震えるのがわかった。

墓地の低いほうの端にはほかより大きな墓が並び、さまざまな一族の大きな地下納骨堂がそれぞれの区画に小型の神殿のように建っており、その大理石の柱や大小の塔は、死してなお万人が平等でない事実を強調していた。アンセルミ一族の納骨堂はその隔離された区域の中でもつつましいもののひとつで、地主の郷士階級ではなく裕福な商人という彼らの地位を反映していた。納骨堂は大理石で立方体形に建てられており、それぞれの角で四人の彫刻の天使が不寝番をつとめ、〝アンセルミ〟の名が扉の上に刻みこまれていた。大理石の短い階段をあがった先には重々しい錬鉄の両開きの門があり、墓の入口を守っていた。門は真ん中のところで、南京錠と鎖で封じられていた。

グァスタフェステは持ってきていたリュックサックを肩からおろし、蓋をあけてボルトカッターとバールを出した。そしてボルトカッターをつかむと、すばやく墓地を見まわした。わたしたちのやろうとしていることは瀆聖というだけでなく、犯罪でもあった。グァスタフェステもいったんは墓をあける裁判所令状をとろうと考えたものの、やめることにしたのだった。古い手紙の曖昧な文章がいくつかと、机上の推論だけが根拠では、どんな判事も許可など出さないだろう。われわれが間違っている可能性もあった。これはすべて勘違いなのかもしれなかった。それでも、知らなければならない。

グァスタフェステはボルトカッターの顎で鎖をはさみ、輪の部分を切断した。切られた鎖と南京錠ががちゃんと床に落ちた。彼は門を引きあけた。わたしは彼の腕に手を置いた。

「しーっ」小声でささやいた。「何か音がしたぞ」

グァスタフェステは電灯を消した。わたしたちは暗闇の中で身をひそめ、耳をすました。遠くからかすかに近づいてくる車のエンジン音がした。ギアをローにして、谷のほうから道路をのぼってくる。墓地をかこむ塀のむこうの木立に、ヘッドライトがぼんやり反射するのが見えた。その光はどんどん明るくなり、エンジンの音も大きくなってきた。その車はギアを切り替え、頂上へ近づいてきた。スピードが落とされる。わたしは耳をすまし、車が駐車場に入って停まったら聞こえるはずの、タイヤが砂利にのる音を待ちかまえていた。しかし逆に車は加速し、そのまま聖所を通りすぎて、頂上を越えて丘のむこう側へ降りていってしまった。わたしはもう一度呼吸を始めた。

納骨堂の中へ入った。グァスタフェステの懐中電灯が大理石の内部にちかちか光り、三方の壁ぎわに重ねられている墓を照らした。全部で十二あった。息を吸ってみる。空気は新鮮で、湿気やよどんでいる気配はなかった。

グァスタフェステは墓の銘に懐中電灯の光をあてていった。いちばん古いもの――いちばん低い段にある――は十七世紀はじめの日付がついており、いちばん新しいものでも十九世紀半ばで、そのときにこの納骨堂が満員になってしまったか、もしくはアンセルミ一族の血脈がとだえたかのどちらかなのだろう。わたしはジョヴァンニ・ミケーレ・アンセルミ・ディ・ブリアータの名前を見つけた。

「あれは父親のほうだ。息子の墓はどこだ?」小声でささやいた。聞かれる範囲には誰もいないのだが、納骨堂の中にいるというまさにそのせいで、声が低くなっていた。

「こっちです」グァスタフェステが答えた。「パオロ・アンセルミ・ディ・ブリアータ、一七七八―一八五二」

それは四つ重なったうちのいちばん上の石棺だった。懐中電灯でそれをじっくり見てみた。

「二人なら蓋をあけられるかな?」

グァスタフェステは手を伸ばして石蓋の縁の下に指を走らせた。「ここに小さい隙間があります」

彼は鋼鉄のバールをとり、石棺の蓋の下に先を押しこんだ。そしてありったけの力で下へ引っぱった。蓋はびくともしなかった。

「手を貸して、ジャンニ」

わたしもバールをつかんで一緒に引っぱった。

「もう一度」グァスタフェステが言った。「引いて!」

わたしは全体重を、自分に出せる力をすべてバールにかけた。

「もう一度」

バールを握ると、筋肉が盛り上がり、両足が床から離れそうになるのがわかった。

「動きそうだ」グァスタフェステが小さく言った。「手を止めないで」

鋭い音がして、蓋の封印が破れた。とたんにバールががくんと沈み、石の縁の下からはずれて、わたしたちの手から離れた。バールはガツンと床に落ち、あやういところでわたしたちの足をそれた。閉ざされた納骨堂では、鋼鉄が大理石を打つ音はまるで手榴弾が爆発したようだった。わたしたちはどちらも動けなかった。耳ががんがんした。

やがてグァスタフェステが言った。「大丈夫ですか、ジャンニ？」

「ああ、大丈夫だ」

懐中電灯を拾って下から石棺に向けた。蓋は少し片側へずれていて、角がわたしたちの頭の上に突き出していた。二人ともそれを見たが、次の作業に移るのをためらった。ようやくわたしがグァスタフェステに目を向けると、彼は小さくうなずいた。自分がやらなければならないことはわかっているのだ。

墓の壁は平らではなかった。個々の石棺はどれも基部のまわりと、蓋が横にかぶさっているところに、大理石のへりがついていた。石の突き出た部分を階段がわりにして、グァスタフェステはパオロ・アンセルミの石棺へよじのぼり、蓋の片端をむこう側へ押して、大理石の棺をあけた。

「懐中電灯を貸して」

わたしは彼が、頭が石棺の横腹より下になるくらいまで乗り出して、中を調べるのを見守った。

「何かあったか?」はやる気持ちを抑えきれずにきいた。

グァスタフェステはわたしを見おろしたが、顔が陰に入っていて表情が見えなかった。

「どうなんだ?」と、うながした。

「残念ですが、ジャンニ」グァスタフェステはそっと言った。「ここにはありません」

わたしには信じられなかった。はっきり確信していたのだ。

「もう一度見てくれ、絶対にあるはずだ」

「見ましたよ」グァスタフェステは答えた。「ヴァイオリンも、ヴァイオリンの残骸らしいものもありません」

わたしはふいに脚ががくんと折れるのを感じた。手を伸ばして墓石のひとつをつかみ、体を支えた。

「ジャンニ、どうしました?」グァスタフェステが驚いて言った。

わたしは息を吐いた。「何でもない。本当だ、大丈夫だよ」

手を墓の端にかけたまま体を起こした。両脚は震え、脈拍は疾走していた。軽い心臓発作を起こしたのだろうかとちらっと思ったが、深刻なものでないのはわかっていた。軽いショック状態、それだけのことだった。期待が打ち砕かれ、肉体ではなく精神が傷ついたことからくるショック。わたしは呼吸が普通に戻るまで、しばらく待った。グァスタフェステは石棺の蓋を元に戻し、わたしの横に飛び降りてきた。

「何か飲んだほうがいい。ここを出ましょう」

彼はわたしの腕をつかみ、出口のほうへ引っぱっていった。わたしは脚がまた崩れた場合にそなえて、次から次へと墓石につかまった。手のひらの下の冷たい大理石は硬く、安心できた。なめらかな石に指先をすべらせながら、納骨堂の外へ出ようとした。そのとき新鮮な風が顔にあたり、元気をくれた。わたしは立ち止まり、大きく息を吸った。

「大丈夫だから」と、グァスタフェステの手から腕をはずした。

出口のすぐ手前に、腰くらいの高さの大理石でできた柱の台座が、納骨堂の隅に控えめにあった。錬鉄の門を出る前に、体を支えようとその端をしばらくつかんだ。親指が石にあった穴にはまりこんだ。わたしは指を抜き、すりむいてしまった指の付け根をさすり、それからまた出口へ歩き、頭上の夜空を、雲に隠されている月を見た。

そしてふと立ち止まった。穴？　どうして穴があるのだろう？

「懐中電灯を貸してくれ」とグァスタフェステに言った。

「いいんですよ、俺が先に歩きますから」

「いや、中へ戻るんだ」

「えっ？　ジャンニ、ちょっと……」

「電灯」

わたしは彼の手から懐中電灯をとって納骨堂の中へ引き返し、さっきの大理石の台座に光をあてた。台座は奥行き一メートル、幅はその半分ほどだった。何だかおかしい気がした。納骨堂のほかのところはすべて左右対称なのに、入口の反対側には対《つい》になる台座がないのだ。わたしは上の部分を調べてみた。横腹より四、五センチほど張り出していて、下側にいくつもの穴があいていた。しゃがみこんで、懐中電灯で上のほうへ光を向け、穴のひとつに人差し指を入れてみた。穴は台座の中へ直接通じているようだった。

「バールを」わたしは言った。

「ジャンニ、そこにはありませんよ。自分を責めないでください」グァスタフェステが言った。

「いいからバールを貸してくれ」

しぶしぶながら、グァスタフェステはバールを渡してくれた。その片方の端を台座の上の部分の下側に入れ、てこのようにバールを下へ押した。蓋が少し動きはじめた。わたしはさらにバールを押しこみ、また下げた。するといきなり大理石の板が両横からはずれた。板を横に押しやり、懐中電灯で台座の中のからっぽな内部を照らした。ただし、完全にからっぽではなかった。中には小さな棺《ひつぎ》があった。鉛のようなものでできた長方形の箱。わたしはそれを持ち上げようとしたが、重すぎた。

「アントニオ、手伝ってくれ」

「手伝うって……」グァスタフェステは台座の中をのぞきこんだ。「うわ。あれは何なんです？」

わたしが鉛の棺の片端をつかみ、グァスタフェステがもう片方の端をつかんで、一緒に持ち上げて外へ出し、床に置いた。わたしは、大理石の台座と同じく、その棺にも横に空気穴があいているのを見てとった。棺には鍵がかかっていた。膝をついてバールで鍵をこじあけた。そこで手を止め、心の準備をした。そして蓋をつかんでゆっくり持ち上げた。中にあったのは、木で作られたまた別の箱――長くて先が細くなった箱で、大きさや形はヴァイオリンケースのそれだった。グァスタフェステが近づいてきて、わたしの肩の後ろに立った。

「あけてみて」彼は言った。

するとと別の声が、英語で言った。「そうだ、あけろよ」

クリストファー・スコットが納骨堂の入口に立っていた。グァスタフェステはぱっと立ち上がって振り返ったが、スコットはその動きを見越していた。彼が手に持っていた長い木の棒が振りおろされ、グァスタフェステの頭の横にあたった。棒と頭蓋骨がぎょっとするほど激しくぶつかった。グァスタフェステはうめいて床に倒れた。スコットは彼の上にかがみこんで、グァスタフェステの腕の下のホルスターから警察用のリヴォルヴァーをすばやく抜き取った。そしてそれをわたしに向けた。

「その箱をよこせ」

わたしは耳を貸さずにグァスタフェステのところへ這っていった。彼は気を失ってはおらず、驚いてぼうぜんとしていた。

「アントニオ？　アントニオ？」

グァスタフェステはうなり、片手が頭の横の傷へ伸びた。わたしは彼に手を貸して座らせた。彼の頬に細い血の線ができた。

「大丈夫か？」

グァスタフェステは弱々しくうなずいた。

わたしはスコットを見上げた。じりじりとわたしたちをまわりこんで、ヴァイオリンケースを奪おうとしている。わたしひとりでタックルするリスクを冒すには、彼は危険すぎた。彼の気をそらし、グァスタフェステに回復する時間を与えなければならなかった。

「どうしてわかったんだ？」わたしはきいた。「わたしたちをつけてきたのか？」

スコットは足を止めた。さげすむような笑い声をあげる。「ハイフィールド・ホールだよ。俺もあんたたちのすぐあとにあそこに行ったんだ。あの老婦人が絵のことを話してくれた。カザーレにはその前に来て、丘の上の教会も見ていた。それでわかった」

「それじゃトマソ・ライナルディは？　どうして？」

「あいつは馬鹿で、世間知らずだった。邪魔だったんだよ。邪魔物はとりのぞかなきゃな」

スコットはかがんでヴァイオリンケースをとった。わたしは体の中で怒りが沸騰するのを感じた。スコットはわたしたちも殺す気だろう。床を手探りし、懐中電灯の柄をつかんだ。スコットは体をひるがえし、納骨堂の扉のほうへ戻ろうとして、視線が一瞬それた。わたしは立ち上がり、荒っぽく弧をえがいて懐中電灯を振りぬいた。スコットは油断していて、反応ものろかった。懐中電灯が頭の横にあたった。彼はよろめいて、大理石の門柱にぶつかった。右手首が門柱のとがった縁を打つ。リヴォルヴァーが手から落ちて、床をすべっていった。わたしはもう一発食らわせた。スコットは立っていられず後ろ向きにひっくり返り、納骨堂の外の階段をころがり落ちた。彼の体が地面にぶつかるどさっという音が聞こえた。

グァスタフェステはもう立ち上がるところだった。彼はわたしを押しのけてよろけながら納骨堂の出口へ行った。

「アントニオ？」

「大丈夫です」

彼は一瞬、自分を立て直すと、外へ出た。わたしもあとを追った。スコットは階段の下の墓地の小道で膝立ちになり、ヴァイオリンケースはその横にあった。彼は顔を上げ、わたしたちが納骨堂から飛び出してくるのを見た。月光の中でその顔は青白く、口がねじれて獰猛《どうもう》なうなり声をあげた。ヴァイオリンケースをつかんで立ち上がり、背中を向けて走りだした。グァスタフェステは待たなかった。階段のてっぺんから飛び出し、宙に身を躍らせた。伸ばした両腕がスコットの脚をつかみ、二人の男は地面に倒れこんだ。スコットはころがりながら両足を蹴り出した。彼の靴がグァスタフェステの頭の横をとらえる。グァスタフェステはそれを振り払ってスコットに飛びかかった。スコットは横に体をひねり、蛇のように身をくねらせた。片方のこぶしが鎌のようにグァスタフェステの顔を打つ。グァスタフェステの頭ががくんとのけぞり、手がスコットから離れた。

スコットはヴァイオリンケースをつかんでよたよたと逃げだした。グァスタフェステはうなり、片手を額《ひたい》にやった。ひどい傷を負っていた。出血している。わたしも何かしなければ。そのときグァスタフェステのリヴォルヴァーを思い出した。納骨堂へ引き返して懐中電灯を拾った。光が槍のように大理石の墓石をめぐった。どこだ？　隅のほうに鈍い暗灰色の光が見えてしゃがんだ。いそいで外へ戻る。スコットはこけつまろびつしながら墓地を進み、グァスタフェステはその数メートルあとにいた。リヴォルヴァーを手に握り、わたしは二人を追って走った。

スコットは墓石のあいだをぬっていく、闇の中の影法師だった。グァスタフェステはあきらめずに彼を追っていたが、しだいに引き離されつつあった。スコットは無傷のうえ、年も若く、機敏だった。このままでは逃げられてしまいそうだった。

「アントニオ！」わたしは叫んだ。「きみの銃だ」

グァスタフェステが足を止め、こちらを振り返り、また走りだしたのが見えた。わたしを待っている余裕がなかったのだ。わたしは息が切れ、スピードも落ちた。肺と膝が年齢を感じていた。スコットもグァスタフェステも杉の木のむこうに消えてしまい、どちらも見えなくなった。やがて遠くで叫び声が聞こえた。突然の鋭い絶叫で、痛みより驚きがまさっていた。どっちの声だ？　わたしは確信が持てなかった。杉の木のそばのカーブを曲がり、はたと立ち止まった。グァスタフェステがわたしの前で小道に立ち、下を見おろしていた。スコットの姿はなかった。

「アントニオ」

わたしはリヴォルヴァーをさしだした。グァスタフェステはそれを受け取り、体の横にさげた。

「あいつは足をすべらせた」と彼は言った。

そのときになってやっと、彼がどこを見ているのか気がついた。彼の足元には、掘られたばかりの墓穴《はかあな》があった。わたしは前へ出て、穴に懐中電灯の光を向けた。底の泥の中で、まだヴァイオリンケースをつかんだまま四肢を広げているのは、クリストファー・スコットだった。首の不自然な角度、目のうつろな光からみて、死んでいるのは間違いなかった。

19

「これからどうする?」わたしはきいた。

グァスタフェステは答えなかった。彼は腰の高さの四角い大理石の墓のところへ歩いていき、ぐったりとその端に座りこんだ。ハンカチを出して頭の傷にあてる。

「医者に診てもらわなければだめだよ」

「あとで」

「見せてごらん」

「見た目ほどひどくはないですよ」

懐中電灯の光で彼の頭を見てみた。「縫わないとだめだろうな。病院へ行ったほうがいい」

「俺は大丈夫です。それよりほかの、もっといそがなきゃならないことがあるでしょう」

うなずいて彼が続けるのを待った。グァスタフェステはわたしを見た。「この事件は俺たちが考えていたより込み入ってますよ。どこまでやる覚悟がありますか？」

「本当のことだけじゃだめなのか？」

「俺たちは違法に墓所に押し入ったんですよ。墓地に侵入して。死人も出た。あなたを圏外に置いておくことはできます、ジャンニ、俺はひとりでここへ来たと言って。でもそれだと俺の警官としてのキャリアは終わりになってしまう、たぶんどんな仕事のキャリアも」

「そんな高い代償を払うわけにはいかないよ」と、わたしは言った。「スコットは人殺しだったんだ。彼の死も事故だった。わたしたちが良心のとがめを感じるいわれはないだろう」

「それじゃ俺が何かでっちあげます」グァスタフェステは言った。「納骨堂から俺たちの指紋を消して。俺はスコットを追ってここへ来て、彼が納骨堂へ押し入るのを見たと。かなりもめるでしょうが、何とかなると思います」

「それで、あのヴァイオリンは？」

「スコットが納骨堂で何かを見つけたなんて、誰が言うんです？」

「わたしたちが持っておくということかい？」

「あれには正当な所有者がないんですよ。サラブーエ伯コッツィオは借金を払うためにあれを手放した。パオロ・アンセルミはあれを盗んだ。トーマス・コフーンは自分の貸した金を返してもらった。ヴァイオリンの本当の持ち主は誰になるんです？　厳密に言えば、この州のものになるべきなのかもしれない。でも、ローマの政治家どもにこれをまかせたいですか？」

わたしは身震いした。墓地はどんどん冷えこんできていた。あまりここに長居はしたくない。

「これをどうするべきか、わたしにはわかるよ」と言った。

グァスタフェステがカザーレの警察署《クエストゥーラ》からホテルの部屋へ戻ってきたのは、もう夜明け近かった。わたしはまだ服を着たまま、眠らずに彼を待っていた。ベッドへ入っても無駄に思えたのだ。グァスタフェステは頭の横の傷に包帯をしていた。

「具合はどうだい？」

「痛いけど、それほどひどくはないです」

わたしはミニバーの扉をあけ、コニャックのミニボトルを出した。グラスにそそぎ、グァスタフェステに渡す。彼はひと口飲んだ。

「ありがとう」

「どうだった？」と、きいてみた。

「きわどいところです」

「警察は信じてくれたかい？」

「さしあたっては。俺は連中の仲間ですからね。信じたいんですよ。たいへんなのはもっとあと、治安判事が出てきたときです。でもそれまでには別の方向へ向かっているでしょう」

彼はまたコニャックを飲んだ。「スコットのＤＮＡサンプルをクレモナへ送ってくれるよう頼んでおきました。トマソの工房の作業台に、彼のものではない血痕が残っていたんです。それがスコットのものだとわかれば、カザーレの警察も、クレモナの俺の同僚たちも、アンセルミの納骨堂やヴァイオリンには目もくれなくなりますよ」

グァスタフェステは部屋の中を見まわし、わたしのベッドの上にあったヴァイオリンケースに気がついた。「あけてみなかったんですか？」

「きみを待っていたんだよ」

わたしはベッドへ歩いていってケースを見おろしたが、まだ手を触れる気になれなかった。いまこそまさに待ちこがれていた瞬間だった――いったいどれくらい長かっただろう？　本当に二週間ほどのことだったのか？　陳腐な決まり文句とはわかっているが、まるで一生涯待っていたかのような気持ちだった。そして、たぶん本当に待っていたのだ。口がからからだった。胃がむかついた。期待のあまり、そしてもしかしたら恐れからくる吐き気だったのだろう、この瞬間が何をもたらすのかわからなかったから。

「さあ、ジャンニ」グァスタフェステが言った。「これはあなたの特権ですよ」

それは古い様式のヴァイオリンケースで、十七世紀と十八世紀、つまりこの楽器が――こんにちのように――蝶番《ちょうつがい》つきの蓋の下におさめられるのではなく、楽器の長さぶんだけケースの奥へさしこまれていた時代に使われていたタイプのものだった。指が留め具を見つけてぎこちなくそれを探ったが、あけられなかった。グァスタフェステがわたしの横から乗り出して、単純な金属の留め金をはずした。わたしは口ごもりながら礼を言い、開口部をふさいでいる垂れ蓋をつかんだ。顔を上げる。グァスタフェステは微動だにせず、その視線はケースにぴたりと据えられていた。わたしはどぎまぎして力が入らなくなりそうだった。中はからっぽかもしれない、ただのおがくずしか入っていないかもしれない。それをたしかめなければならなかった。

目を閉じて、垂れ蓋をはずして横へやり、ケースの中へ手を入れた。すぐ内側で何かやわらかくて形の定まらないものが触れた。袋のようだった。それを引っぱり出して目をあけた。実際、それは布の袋だった。口ひもをほどいて、中を見てみた。米粒が入っていて、もう水分を吸ってふくらんでいたが――楽器をだめにしかねない水気や湿気から保護するためのものだった。

もう一度目を閉じてケースの中へ手を入れた。また布が触れ、それからその布の下にもっと硬いものの感触がした。指でそれをつかんで引っぱった。その物体はゆっくり出てきた。ぶつけないようにもう片方の手を添えた。物体の形が、側面のカーブが、それから胴のくびれ、それからまたカーブ、最後にやっとネックと渦巻きが感じとれた。目をあけた。わたしの目に映ったのは長い黄色の絹地で、中に何かをおさめた包みだった。わたしはその包みをそっと横のベッドに置き、絹のおおいを開いた。布の蓋が落ちたとたん、驚きの、畏怖のあえぎが聞こえ、それが自分の口からもれたことに気がついた。一瞬、体じゅうが動きを止めてしまった気がした。わたしは息を止め、心臓も打つのをやめていた。絹の下にはヴァイオリンがあった。これまで見てきたどのヴァイオリンとも違う。いま生きている人間が見たことのあるどのヴァイオリンとも違う。

状態は完璧だった。申し分なく完璧――一世紀半も納骨堂の中にあったというのに、ほぼ新品に近い状態だった。ガット弦だけは無傷でなく、四本ともすべて切れていたが。わたしはヴァイオリンを持ち上げて見つめた。裏板は楓《かえで》の二枚仕立てで、柾目《まさめ》に挽いてあり、木材にはきれいなはっきりした木目があった。表板は平らで肌理《きめ》の粗いトウヒで、胴のくびれがとても長く、f字孔はかなりとがっている——すべてがこの作り手の典型的な特徴だった。そしてニスは……ホテルの部屋の、何にせよ実物より悪く見える照明の光の中でも、そのニスは溶けたルビーのように輝いていた。

「すごい」グァスタフェステは息を呑んだ。「綺麗だ」

わたしは表板を傾けて、光が低音側のf字孔の中を照らし、内部のラベルが見えるようにした。〝ジュゼッペ・グァルネリが一七四三年にクレモナにて製作《ヨゼフ・グァルネリウス・フェチツト・クレモーネ・アンノ・ミツレ・セプティンジエンティ・クアドラジンタ・トレス》〟、そのあとに十字のしるしと組み合わせ文字のＩＨＳ。

「この指板、緒《お》止板《どめいた》、駒、ネックを見てごらん」わたしは言った。「すべてオリジナルだ、グァルネリが作ったときとまったく変わらない。何も取り替えられていない」

「珍しいんですか？」グァスタフェステがきいた。

「とても。メシアでさえ、ストラディヴァリが作ったときのままではないんだ」

「それじゃこれはメシアの姉妹じゃないんですね？」

「ある意味では姉妹だよ」わたしは答えた。「メシアは完璧な、演奏されないストラディヴァリだ。これはそれよりもっと完璧なグァルネリ・〝デル・ジェス〟なんだ。作り手は同じではないが、それでも二つは姉妹だよ」

「それでこれの価値は?」グァスタフェステは例によって実際的にそうきいてきた。

「値段などつけられないよ」と、わたしは言った。「こんなものにどうやって値段をつけられる? 生まれたばかりの子どもや、山々のむこうに沈む太陽に値段をつけるようなものだよ。貴重すぎて、金のことなど考えられないものはあるんだ」

「あなたは本当にロマンティストですねえ」グァスタフェステは言った。「ただのヴァイオリンでしょう」

「ただのだって!」わたしは叫んだ。「ただのヴァイオリンだって! きみは目が見えてないのか? 完全というものが目の前にあるのに、きみには見えないのか?」

わたしはヴァイオリンを持ったまま立ち上がった。

「わたしがこれを弾いてあげられたらなあ。きみがこの音を聞きさえすれば、わたしの言っている意味がわかるのに。これは単なる古いヴァイオリンじゃない。ただの古いヴァイオリンじゃなく、作り手は——音色の美しさという点では——これまで生まれてきた人間の中でもっともすぐれた人物なんだ。これは生きて、呼吸しているものなんだよ。歌うことができ、人の心を舞い上がらせ、人を魂の奥底まで連れていってくれるものなんだ」

わたしは彼を見た。その顔が涙でぼやけた。グァスタフェステは両腕を広げてわたしを抱きしめた。

「俺たち、見つけましたね」彼はそう言った。「やっと見つけたんだ」

20

　わたしはヴァイオリンケースをうちの作業台に置き、慎重に楽器を出した。前にもまして美しくみえた。あたたかい夕暮れの陽光をあびて、ニスは真っ赤に焼けた溶岩のような、灼熱の激しさで燃え上がった。

　グァスタフェステは丸椅子を引っぱってきて、わたしが〝デル・ジェス〟に弦を張るのをじっと見た。糸巻きは長いあいだ納骨堂にあったせいで硬くなり、膨張していた。わたしはしばらくそれを日にあててあたため、それから古くて切れてしまっていたガット弦をはずし、糸巻きがなめらかに回るよう、乾燥石鹸を少しつけた。新しい弦を張る前に、駒と魂柱を調べてみると、驚いたことに、どちらもまだ使える状態だった。

「百五十年も墓に入っていたヴァイオリンにしては、ずいぶんいい状態にみえますね」グァスタフェステが言った。

「これをあそこに入れた人物は、自分たちのしていることをよくわかっていたんだろうな。大理石の台座、鉛の棺なら、激しい気温の変化から楽器を守ってくれるだろうとね。あそこは空気がよく通って、木材が腐食しないよう空気穴があったし、極端な湿気を吸いとってくれる米も入っていた」

「本当にストラディヴァリじゃなくてよかったんですか？」

わたしは首を振った。「〝デル・ジェス〟のほうがずっと数が少ないし、ずっと興味をそそられるよ。ストラディヴァリの完璧性、整合性には何か抑制された、ほとんど冷めたといってもいいようなものがある。グァルネリはもっと奔放な人物で、生活においても職人としての技能においても、もっと不安定だった。でも彼のヴァイオリンにはあの情熱がある、そしてそれは何という情熱であることか。何という音であることか！」

わたしは一本ずつ弦を張っていき、調弦した。それから家の中へ戻り、自分の弓をひとつ持ってきた。ヴァイオリンを顎の下にはさんだ。

「何を待っているんです？」グァスタフェステがきいた。

「自分にできるかわからないんだ」まるで何千人もの聴衆の前で演奏しようとしているかのように、喉がこわばるのがわかり、胃が不安でざわめいた。「自分の期待に対処できるかどうかわからない。これが期待にこたえてくれなかったときの落胆に」

「やってみるしかないですよ、ジャンニ」

わたしは弓を弦にあて、一弦ずつ軽く弾いてみた。その音の振動が腕をのぼってきて、背骨をつたいおりた。

「ちゃんと弾いてください」グァスタフェステは言った。

わたしはト長調の分散和音を弾き、弓を弦に押しつけた。

「うわ、すごい音だ」グァスタフェステは驚いた。

「これが本物の演奏家の手にあったら、どんなふうになるか想像してごらん」

「もっと何か弾いてくださいよ」

わたしはそらでバッハを、パルティータ・ニ短調のゆっくりしたサラバンドを弾いた。震えが全身を走った。こんな音は聞いたことがなかった、自分がこんなふうに弾くのを聞いたことがなかった。百五十年間、このヴァイオリンは暗闇に封じこめられ、二度とその音を聞くこともない屍のあいだに葬られていたのだ。いまそれが光の中に戻ってきて、わたしには、あたかもヴァイオリンがこれまでの沈黙の歳月にその声を、もう一度歌うことを許されるこのひときのためにためていたような気がした。そのパワーは圧倒的で、響きはゆたかで暗く、いま情熱にあふれていたかと思うと、次の瞬間には苦しみにすすり泣き、今度は喜びに声をあげ、人間感情のすべてがこの驚くべき、聞き手を高揚させる音に含まれていた。

まだ弾き足りなかった。音楽だけでなく、このヴァイオリンがほしい。自分のものにしたい。音楽だけでは足りず、その音楽の源泉を自分のものにしたくてたまらない。わたしは金持ちのコレクターたち――自分の所有物の声には何の注意も払わず、それをただの物として、ひとりほくそえむためのトロフィーとしか見ない者たち――の中に見て軽蔑していたそういう欲が、所有への欲望が、自分の中にあることに気づいた。ヴァイオリンがわたしを誘惑し、耳元で〝あなたのものになってもいい〟と、悪魔が魂との取引を持ちかけるようにささやくのを感じた。わたしは息を吞んで顎からヴァイオリンを引き離し、下におろした。

「どうしたんです?」グァスタフェステは突然心配そうになってきいた。

わたしは話すことができず、首を振った。呪縛を追い払い、自分の中の根深い力と戦っていたのだ。このヴァイオリンはすでに長くしまいこまれすぎていた。これはコレクターのためのものでも、わたしのような下手で才能のない弾き手のためのものでもない。もっと偉大なことのために作られたものだった。

翌朝、ヴァイオリンの作業にかかった。長いあいだ何もせず、ただ作業台を前に座り、〝デル・ジェス〟をじっと見た。これからやろうとしていることを思うと、不安でいっぱいになった。芸術破壊と等しいことに思えた。音楽史家はきっとそうみなすだろう。それでもそうしなければならないことはわかっていた。わたしの感傷がどうあろうと、そうすることが正しいのだ。

しばらく顔を上げていると、視線が工房の一角で壁にかかっているヴァイオリンに留まった――ルフィーノからわたしへの最後の贈り物。「わたしを導いてください、バルトロメーオ。わたしの手を支えてください」そっとつぶやいてから、目の前の〝デル・ジェス〟に注意を戻した。

ごくごく慎重に、指板を、それから表板をはずした。共鳴室は汚れ、ほこりがいっぱいだった。それをきれいにして、ラベルをよく見てみた。グァルネリが作った中でも最後の楽器のひとつだった。表板をひっくり返して、バスバーをじっくり見た。現代のコンサート用ヴァイオリンとしては短すぎ、弱すぎた。魂柱も細くて古い。どちらの木製パーツも取り替えなければならないだろう。指板も取りはずさなければならなかった。指板はくさび形で、柳で作られており、両横には楓《かえで》で線が入っていて、黒檀の薄板で上張りされていた。これは硬い黒檀の指板に取り替えることになるが、まず最初にもっとも根本的な改造をしなければならなかった——ネックを長くすることを。

これは軽々に始められる仕事ではなかった。わたしが向き合っているのは、歴史的な楽器であり、名匠の作品なのだ。作業の進め方には、これ以上はないほど慎重に、綿密になる必要があった。鑿《のみ》が一度すべっただけで、楽器をだめにしてしまうかもしれない。午前中いっぱい、わたしはこのヴァイオリンに取り組み、細かい作業に没頭した。これまでの弦楽器職人としてのキャリアすべてが、このときのためだったと思えた。この半世紀にしてきたことのすべても、いまとりかかっている作業に比べれば色あせるようだった。このグァルネリ・〝デル・ジェス〟を死者の元から連れ戻し、文字どおりよみがえらせること——もしこれが比喩として冒瀆がすぎていなければ——は、真に重大な仕事に思えた。もしこれ以降ほかのことは何もしなかったとしても、自分の人生は充実していたと思えるに違いない。

午後なかばに休憩をとってワインを一杯と、パンとチーズを食べた。工房に戻りたくて仕方なかったが、しいてキッチンに三十分ほど座っていた。この仕事は先をあせってはならなかった。

その日の郵便物は、まだわたしが作業台を前にしていたときに配達されてきていたのだが、その中に定期購読している『ザ・ストラド』があった。イギリスから毎月送られてくる、ヴァイオリニストと弦楽器職人のための雑誌だった。わたしはキッチンテーブルでそれを開き、昼食を食べながらぱらぱら見ていった。偶然、特集記事のひとつがグァルネリについてのものだった――ジュゼッペ・〝デル・ジェス〟ではなく、妻のカタリーナにかんするもので、わたしは彼女のことはほとんど知らなかったが、彼女が自分の力でヴァイオリン職人となり――彼女の生きた時代には異例なことだ――夫が楽器を作るにあたって彼を助けた可能性があると、長年にわたって推測されていることは知っていた。わたしは興味深く記事を読んだ。彼女は自分の人生を夫の陰で生きるしかなく、かなり若くして未亡人になり、のちにボヘミア人の歩兵でホラクという名前の男と再婚し……わたしはそこで止まった。ホラク？

　何てことだ《ディオ》、その名前には聞き覚えがある。エリザベータ・ホラク、カザーレの文書保管庫で見つけたミケーレ・アンセルミ宛の手紙の差出人のひとり。母親が残したヴァイオリンのことを書いていた。母親とはカタリーナ・グァルネリだったのか？　もしそうなら、わたしの作業台にのっているあのヴァイオリンが、エリザベータがアンセルミに売ってコツィオのコレクションに加えられたものである可能性は高い。わたしはその仮説のすっきり辻褄の合っているところが気に入った。それならわたしが頭を悩ませていた、不明のままのものがひとつ片づく。むろんそれだけではないが、しかし……しかし。

　わたしは顔を上げた。いや、そんなことがありうるだろうか？　ワインのグラスが中空で、口まで行かずに止まった。わたしはグラスをテーブルに置いた。手が震えていた。そんなはずはない。本当にそうなのか？

電話のところへ行って番号案内を呼び出し、それからミラノへ電話を二本かけた。工房に戻ってきたときには興奮してしまって、呼吸を整えるのに十分も座っていなければならず、それからようやく手が落ち着いて道具を持てるくらいになった。頭がいっぱいだったが、それはもはや目の前のヴァイオリンのせいではなかった。

グァスタフェステはその晩やってきた。わたしはワインのボトルをあけて、二人でテラスに座り、うちの庭の奥にあるとうもろこし畑のむこうに日が沈むのをながめた。

「DNAが一致しました」彼は言った。「クリストファー・スコットがトマソの殺された晩、彼の工房にいた証拠です。彼は凶器に使った鑿で指を傷つけ、作業台に血を垂らしてしまったんでしょう。詳しい情報をヴェネツィアの警察《クエストウーラ》に送りました。フォルラーニの家の何かと一致するんじゃないですかね」

「フォルラーニもスコットが殺したと思っているのかい？」わたしはきいた。「彼のアリバイはどうなんだ？」

「スパディーナはもう一度調べなおしていますよ。どこかに穴があるにきまってます、俺たちが見逃していた何かが。ボートを借りてジュデッカ島を出たのかもしれないし、水上タクシーの運転手やホテルのフロントを買収したのかもしれない。いずれ突き止めますよ」

「それじゃ、なくなったマッジーニは？」

「スコットがとっていったんでしょう」

わたしは頭を振った。「それは違うだろう。スコットはヴァイオリンに精通している。彼ならストラディヴァリをとっていったはずだ」

「でもガラスケースが割れたのはマッジーニのだけだったんですよ。とってくれといわんばかりにそこにあったわけでしょう。どうして別のケースを壊すんです？　スコットはフォルラーニを殺したばかりだった。ぐずぐずしていたくなかったんですよ」

わたしは答えずにワインを飲んだ。

「そうは思わないんですね？」グァスタフェステがきいた。

「ああ」

「それじゃフォルラーニを殺したのは誰なんです？」

「ただのカンだよ」と言った。「でも、思いついたことがあるんだ」

21

わたしたちが音楽院《コンセルヴァトーリオ》に着いたとき、彼らはすでに待っていて、カフェの隅のテーブルに座り、それぞれミネラルウォーターのグラスを前にしていた。

「遅くなって申し訳ない」わたしは言い、椅子を引いた。

グァスタフェステはわたしの隣に座り、のんびりとカフェの中を見まわした。日中でもすいている時間だった。ほかのテーブルにはひとり二人、学院生が散らばっていたが、わたしたちの話が聞こえるほど近くには誰もいなかった。

「友達を紹介します」と、わたしは言った。「アントニオ・グァスタフェステです、クレモナ警察の」

ルドヴィーコ・スカモーツィはグァスタフェステを見て顔をしかめた。それから髪をかきあげ、いらいらしたそぶりを見せた。

「警察？　いったいどういうことなんだ？」

「ヴァイオリンです」グァスタフェステは答えた。

「ヴァイオリンがどうしたって？」

「ジャンニ？」グァスタフェステはわたしに話すようううながした。

わたしはスカモーツィを見た。「面白いと思いませんか？」と言った。「男は生きているあいだひとつの姓しか持たないが、女性はたいてい二つ、ときにはそれ以上持つんですよね」

「はあ？」

「たとえば、カタリーナ・グァルネリ。彼女には三つの姓がありました。旧姓のロータ、最初の夫の姓のグァルネリ、それから二人めの夫の姓のホラク」

「いったい何の話をしてるんだ？」スカモーツィが嚙みついた。「いいか、僕は三十分後に学部の会議があるんだ。さっさと要点を言ってくれ。きみの電話だってそうとうわけがわからなかったが、これはそれ以上だ」

「三十分あればじゅうぶんですよ」わたしは言った。

「何にじゅうぶんなんだ？」

わたしはスカモーツィの隣に座っている女性に目を向けた。彼女の目鼻だちは、顔を縁どっている手に負えないほどふさふさした黒い髪にほとんど隠れてしまっていた。

「シニョーラ・スカモーツィ、あなたも三つの姓を持ちましたね、それにあなたも――カタリーナ・ヴァルネリのように――夫の陰にまわって生きていくことを選んだ、あるいはそう強いられた」

「何てくだらないことを言ってるんだ？」スカモーツィはいらいらときいてきた。

「この人の話を聞きましょう」マグダが言った。彼女の声は落ち着いていて、興味がにじんでいた。彼女はわたしを見つめ、その目は巻き毛の陰で警戒するように細められていた。

「あなたはいまはマグダ・スカモーツィですね」とわたしは言った。「その前はマグダ・エルジェーベトだった、けれども生まれたときはマグダ・ボルソスだった」

「だから？」スカモーツィが言った。

「静かにして、ルドヴィーコ」マグダが言った。

スカモーツィは驚いて彼女を見たが、口をつぐんだ。

「みんなはあなたをハンガリー人だと思っていますよ」わたしはそう言った。

「ハンガリー人ですもの」

「でもハンガリー出身ではないでしょう。あなたはルーマニアの出で、オラデア――ハンガリー語でナジヴァラド――の出身でしょう、ハンガリー語圏だけれど、第一次世界大戦後にハンガリーが失った地域の」

「それがヴァイオリンとどう関係があるのかしら？」

「一九二〇年に、オラデア出身のイムレ・ボルソスという男がマッジーニのヴァイオリンを買ったからです、独特の、とくにすばらしい出来のマッジーニで、裏板の木目から、〝蛇の頭〟として知られていたものでした」

マグダ・スカモーツィはミネラルウォーターをひと口飲んだが、目はわたしの顔から離さなかった。

「彼は何者だったんです？」わたしはきいた。「あなたのおじいさんですか？」

「マッジーニのヴァイオリンのことなんて知らないわ」彼女は椅子を後ろへ押して立ち上がった。

「殺人は重大なことですよ」グァスタフェステが言った。「ここにいたほうがご自身のためでしょう」

「殺人？」声をあげたのはルドヴィーコ・スカモーツィだった。彼は長い髪が顔にかからないよう耳の後ろへかきやり、グァスタフェステのほうへ乗り出した。「殺人と言ったのか？」

グァスタフェステの携帯電話がいきなり鳴りだしたため、彼はすぐに返事をしなくてもすんだ。電話を耳にあて、しばらく相手の話を聞いていたが、やがて小さく「ありがとう」と言い、電話をポケットに戻した。

「いったいどういうことなんだ？」スカモーツィが半分はグァスタフェステを、半分は妻を見ながら、とまどった声で尋ねた。

「何でもないわ」マグダは反抗するように答えた。「この人たちが何を言っているのか、わたしにはわからない」

「エンリーコ・フォルラーニの話をしているんですよ」グァスタフェステが言った。「あなたが殺した男です」

「頭がおかしいんじゃないか」ルドヴィーコ・スカモーツィが言った。「エンリーコ・フォルラーニなんて聞いたこともない。よくもそんな馬鹿馬鹿しい言いがかりをつけられるもんだな？　おいで、マグダ、こんなところでおとなしくこんな話を聞く必要はない」

「座りなさい！」グァスタフェステが鋭く言った。「それから黙って。あなたはエンリーコ・フォルラーニなんて聞いたことがないかもしれないが、奥さんはあるんだ、そうでしょう、シニョーラ？　それにトマソ・ライナルディのことも聞いていたでしょう、クレモナの弦楽器職人で、あるヴァイオリン、とても特別なヴァイオリンの行方を追っていた人間ですよ。ライナルディはヴィンチェンツォ・セラフィンに近づいて、その探索資金を提供してもらおうとしたが、セラフィンは断った。あなたの友達のマッダレーナ、つまりセラフィンの愛人はあなたにそのことをそっくり話した。あなたはそのヴァイオリンがほしくなった。ライナルディの持っていた情報がほしくなった、だがあなたがそれを得る前に、ライナルディは殺されてしまった。だからあなたはフォルラーニの、すなわちライナルディの探索を資金援助していたコレクターのところに行った。どうやってフォルラーニのことを知ったのか？　やはりマッダレーナでしょう、たぶん。セラフィンはライナルディがフォルラーニのところへ行ったのを知っていたのか？　いま細かいことは重要ではありません。だがあなたはヴェネツィアのフォルラーニ邸へ行った、それはたしかです。あなたがあそこにいるあいだに何があったんです？　彼と言い争いになったんですか？　癇癪《かんしゃく》を起こして、彼をガラスケースに突き飛ばしたんですか？」

マグダはまたミネラルウォーターを飲んだ。わたしは彼女を見つめた。彼女の夫も見つめていた。彼もわたしと同じくらい答えを知りたがっていた。

「いまの面白い推理を裏づける、具体的な証拠はあるんでしょうね？」マグダは言った。

「さっきの電話です」グァスタフェステは答えた。「ミラノ警察からでしたよ。彼らはあなた方のアパートメントに行ったんです、捜索令状を持って。お宅のベッドの下から、フォルラーニが殺されたあと彼の家から盗まれた〝蛇の頭のマッジーニ〟が見つかりました」

マグダは無言だった。スカモーツィはぼうぜんと彼女を見ており、その目は恐怖に見開かれていた。

「いまの話は本当なのか？」

マグダは答えなかった。彼女はグァスタフェステとわたしだけを見ていた。果敢な抵抗か、怒りの否定を見せるか、もしかしたら力にうったえてくるかもしれないと思っていたのだが、彼女は静かだった。戦う力はもうなくなっていたのだ。

「盗んだんじゃないわ」と彼女は言った。「あのマッジーニはわたしのものだったの。そう、あれを買ったのは祖父よ。あれは二つの戦争のあいだ、うちの一族に伝えられていた。やがて一九四五年に赤軍がオラデアにやってきた。あいつらがどんな非道なことをしたか話すつもりはないわ。その悪行に比べれば、ヴァイオリンを一挺盗むくらい、ものの数にも入らない。それでもあれは奪われた。フォルラーニの家に行って、コレクションの中にあれを見つけたとき、わたしは頭に血がのぼってしまった。あの下品で、臭くて、欲深な老人が、ガラスケースの中に祖父のマッジーニをしまいこんでいる。わたしの中で何かが爆発した。わたしは彼に襲いかかった。殺すつもりはなかったわ。あの人は足元がたしかじゃなかったの。倒れたひょうしに、両腕を伸ばしてガラスケースを割ってしまったのよ。わたしにはどうすることもできなかった」

「救急車を呼ぶことはできたでしょう」グァスタフェステが言った。

「救急車が来たときにはとっくに死んでいたでしょうよ」彼女の目が一瞬、燃え上がった。

「わたしは泥棒じゃない。正当にわたしのものだったものを取り返しただけよ」

スカモーツィはじりじりと妻から体を引いた。まるで彼女が伝染病ではないかとあやぶむように。

「そいつを殺したことを認めるのか？」彼は言った。

「あなたのためにやったのよ」

「僕の？　僕のためにそいつを殺したって？」

「あなたは偉大な名演奏家になれたはずなのよ、ルドヴィーコ、そうなって当然だった。ハイフェッツやオイストラフやパールマンと並んで」

　彼女は夫の手をとろうとしたが、スカモーツィはさっと腕を引き、その顔にははっきりと嫌悪があらわれていた。マグダは彼を見つめた。拒絶されて傷ついていた。いまの彼女は幼い少女のようにみえた。とまどい、混乱していて、自分が何をしたかはっきり理解していないように。

「僕のため？」彼はもう一度言った。「どうしてだ？」

「愛しているわ、ルドヴィーコ。あなたのために何もかもあきらめた」彼女の目は夫の顔にぴたりと据えられていた。グァスタフェステとわたしはその場にいないも同然だった。「あなたはあんなにも才能があって、あんなにも可能性があった。何が悪かったの？　ヴァイオリンのせいだったのよ。あなたは一度も自分にふさわしいヴァイオリンを持ったことがなかった、いつも二流品のヴァイオリンばかりだった。マッダレーナが今度のヴァイオリン、新たなメシアのことを話してくれてすぐ、それを手に入れなければならないと確信したの、どんな代償を払っても。それはあなたのための楽器だと。あなたのために手に入れたかったの。あなたのキャリアを取り戻すのにまだ遅くないのはわかっていた。あなたはこんなところにいるべきじゃないのよ、ここの馬鹿な、才能もない子どもたちに教えたりして。あなたは舞台に、まぶしいライトの中にいて、国際的なスターになっていて当然の人なのよ。わからないの、ルドヴィーコ？　マッジーニはあなたのためでもあったのよ。何もかもあなたのためにやったの」

「僕のためじゃない」スカモーツィはけわしい声で言った。「僕のためなんかじゃない。冗談じゃないよ、マグダ、僕が自分のために人殺しをしてもらいたがったと思ってるのか？　きみは狂ってる」

マグダはもう一度手を伸ばしたが、スカモーツィはまた体を引いた。涙が彼女の顔をつたった。

「お願いよ、ルドヴィーコ。わかってちょうだい。あれは事故だったの。よかれと思ってやったのよ。一緒にいて。愛してるのよ。あなたも愛してくれているでしょう？」

スカモーツィは答えなかった。マグダはすがるように彼を見つめた。彼は妻を見ることができずに顔をそむけた。

グァスタフェステが静かに声をかけた。「さあ行きましょう、シニョーラ」


「見つけたのか？」セラフィンは信じられないというように言った。「本当に見つけたのか？」

彼はふかふかの革椅子から飛び出さんばかりで、こんなに怠惰が身についた男にしては、驚くべき反応だった。

「ああ、見つけた」わたしはさらりと答えた。「簡単じゃなかったが」

「それじゃ見せてくれ」

「あとでね」

わたしは時間をかけ、彼をちょっぴり焦らしてやりたかった。これまでの年月、さんざん彼を相手に我慢してきたのだから、これくらいはやっても当然だった。

「なあ、ジャンニ、見せてくれったら」彼はかなり焦れてデスクの上に乗り出してきた。もし彼が犬だったら、磨かれたマホガニーの表面いっぱいによだれを垂らしているだろう。

「最初に条件について合意しておきたい」わたしはそう言った。

「条件？　どういう意味だ？」彼は傷ついたような顔をしてみせたが、交渉のための計略にすぎないことはわかっていた。セラフィンが相手のときは、すべてが交渉のための計略なのだ。

「わたしのことはわかっているだろう、ジャンニ。これまでもずっと物惜しみはしないできたじゃないか。わたしは公正な価格をつけるよ、よく知っているだろう」

「そうかもしれないな」わたしは冷ややかに言った。「だがほかの人間からならもっともらえるかもしれない」

彼はこれにショックを受けた。ぐったりと椅子の背にもたれ、目を丸くしてわたしを見た。

「よそへ持っていくつもりなのか？」がくぜんとしていた。

わたしは権力のあたたかい満足感が骨の中までしみこんでくるのを感じた。なるほど、こういう感じがするものなのか。中毒になるのもうなずけた。

「そうしたくはないんだがね」と言った。「でもきみがそうせざるをえなくするなら……」

「誰のところへ行くつもりなんだ？」セラフィンはいつものうぬぼれをいくらか取り戻して言った。「わたしのような交渉先を持っている人間、個人コレクターを抱えている人間はいないぞ」

「オークションに出してもいいんだ」

セラフィンは震え上がった。「何だって、あんな寄生虫みたいなオークションハウスに莫大な手数料をやるのか？　そんなことは望んでないだろう。だいいち、個人取引で売れば、よりよい価格がつくことは知っているはずだ」

「そうなのか？」

「駆け引きはやめてくれ、ジャンニ。こんなのは面白くない」

そうでもないがと思ったものの、そう指摘するのも意地悪なようだったので、どうとでもとれることをつぶやくだけでよしとしておいた。

「いくらほしいんだ？」セラフィンは言った。彼の声にはひどいあせりが忍びこんでいて、わたしは彼を苦しめたことをすまなく思いそうになった。思いそうになっただけだが。

「いくらの価値があると思う？」わたしはきいてみた。

「きみのほしいだけいくらでも。うちのお客の中には……」彼は〝人殺しもする〟と言いかけたが、考え直した。「……財産すべてを投げ出すのもいるだろうな、新たなメシアのためなら。状態はいいのか？」

「完璧だよ。メシア以上だ。指板と緒止板もオリジナル。新品同様の状態だよ、百五十年も弾かれていなかったし」

「それでその来歴は？　うちの顧客はそれが本物であるとたしかめたがるぞ」

「ああ、本当に本物だよ。歴史的にみて重要な手紙もあるし、その出どころについて宣誓供述してくれる証人もいる。木材も隅から隅まで見てみたし、細部もすべて調べたんだ。本物だよ、ヴィンチェンツォ、それは絶対にたしかだ」

「いくらだ？」

「一千万ドル」

セラフィンですら少なからずぎょっとした。「一千万？」彼は息を呑んだ。

「交渉の余地はないよ」わたしは言った。「わたしはごうつくばりじゃない。きみは手数料で二十パーセント受け取れるんだろう。わたしとわたしのパートナーたちに八百万、きみに二百万だ」

こっちのほうが彼の心にうったえる力があったらしい。もう一度値段を検討してみているのがわかった。ちょっとしたお買い得だとさえ思いはじめているのかもしれない。

「かなりの額だな」彼は言った。

「かなりのヴァイオリンだからね。引き渡しの前に、スイスの銀行の口座に金を入れてくれ。その値段で買い手を見つけられるかい？」

「ああ、それは保証する」

「それじゃ、条件にも同意するか？」

セラフィンは絹のような黒いひげをしばらく撫でた。マンガのキャラクターさながら、彼の目玉にドルの記号がくるくる回るのが見えるようだった。

「オーケイ、取引成立だ」彼は言った。「さあ、頼むから、そのヴァイオリンを見せてくれ」

わたしはケースから楽器を出し、デスクごしに渡した。

「少しきれいにしておいたよ。きみが最高の状態で見られるように」

「何と」セラフィンの目はヴァイオリンに釘づけだった。「これはすばらしいお嬢さんだ」

両手に持ったままヴァイオリンをひっくり返し、表板、裏板、横板、渦巻きをじっくり見てから、f字孔からラベルをのぞいた。

「〝クレモナのアントニオ・ストラディヴァリが一七一六年に製作《アントニウス・ストラディヴァリウス・クレモネンシス・ファチエバット・アンノ・ミッレ・セプティンジェンティ・セデチム》〟」彼は読み上げた。「メシアと同じ年だ」

「メシアの姉妹だよ」わたしは言った。

セラフィンがヴァイオリンを持ち上げると、日の光が表板に反射し、ニスが焚き火の残り火のように輝いた。

「彼のだ、間違いない」セラフィンは熱に浮かされたように言った。「見てみろ。天才の本物の技が見てとれるじゃないか」

「そうだろう?」と、わたしは言った。


練習室のドアの外でしばらく立ち止まり、中から聞こえてくる音に聴き入った——音階と分散和音《アルペッジョ》、急速なパッセージに練習曲の果てしない繰り返し、ヴァイオリニストが本物の作品にとりかかる前にするウォーミングアップだ。それからドアをノックし、中へ入った。

ソフィアは振り返り、弓がかすって止まった。

「シニョール・カスティリョーネ!」

「お邪魔じゃないかな」

「全然。邪魔が入るのは大好き。どうぞ」

「きみに持ってきたものがあるんだ」

わたしは椅子にヴァイオリンケースを置いて蓋をあけた。

「そのヴァイオリンは置きなさい、ソフィア」と言った。「もうそれは使わなくていいんだ」

そしてあのグァルネリ・〝デル・ジェス〟を渡した。「受け取って。きみのものだ」

ソフィアの指がおずおずとヴァイオリンのネックをつかんだ。偉大な楽器は特別な感触がするものだ。さわった瞬間にそれとわかる。ソフィアのもう片方の手が側面の下のカーブにまわり、体の前でヴァイオリンを抱いた。彼女は不安げにそれを見つめた。

「わたしに?」

わたしはうなずいた。「きみたちにはおたがいが必要だ」

「これは何なんですか?」

「ラベルを見てごらん」

ソフィアはf字孔をのぞきこんだ。彼女が体を硬くするのがわかり、それから彼女の目がまたわたしの目を見た。

「本物だよ」

「こんなヴァイオリンを買うお金はありません」と彼女は言った。

「きみに売りつけようというんじゃない。贈り物だよ。これにはいい住まいが必要だ」

「贈り物？　あなたからの？」

「きみのおじいさんだよ。トマソはこれをきみに持ってもらいたかっただろう」

「おじいちゃんから？」

「これはきみのものだよ、ソフィア。きみのような才能こそ、こうしたヴァイオリンを持つべきなんだ。そしてこうしたヴァイオリンも、きみのような演奏家に弾かれるべきだ」

彼女の目がうるんだ。「こんなのすごすぎるわ」

「弾いてごらん」

ソフィアはためらいがちに弦に弓を走らせたが、やがてもっと自信を持って、楽器の感触をつかみはじめた。

「何か弾いてくれないか」わたしは言った。

「何を？」

「ニ短調のシャコンヌを」

わたしは椅子にかけて目をつぶった。最初の一音から、彼らがおたがいのためにつくられたことがわかった。デルファン・アラールが最初にメシアを弾いたとき、ヴィヨームは天使が歌うのを聞いたと言った。わたしが〝デル・ジェス〟を聴いているいま、聞こえるのは天使の声ではなく、神そのものの声だった。目がうるみ、涙があふれて頰をつたうのを感じた。これまでの人生で、ヴァイオリンと演奏家のこれほど完璧な組み合わせを聞いたことはなかった。

最後の和音が練習室に響き、目をあけると、ソフィアの顔にまじりけのない、隠しようのない喜びの表情が見えた。彼女はわたしを見て、また自信なげになった。

「わたしには弾きこなせないわ」

「きみならできるよ、必ず弾きこなせる。そのヴァイオリンは二百五十年間、ふさわしい伴侶を待っていたんだ。やっと自分の魂の友を見つけたんだと思うよ」

ソフィアは〝デル・ジェス〟をケースに戻し、こらえもせずに泣きながらわたしのところへ来た。わたしはしばらく彼女を抱きしめ、それから体を離してほほえんでみせた。

「きみだけじゃないな」彼女にハンカチを渡した。

「どうやってお礼をすればいいんですか?」

「お礼はわたしじゃなく、おじいさんにしなさい。これでおじいさんのことを思い出して。彼のために弾いておくれ、ソフィア」


グァスタフェステは椅子にくつろぎ、うちのガーデンテーブルのアイスバケツの中で冷えているシャンパンのボトルに目をやった。

「ちょっとお祝いをするくらいのことはやりとげたんじゃないかと思ってね」わたしは言った。

「みんな手配は終わったんですか?」

「おおよそはね。われわれが取り決めた額をクラーラに渡した、彼女が老年を過ごすにはじゅうぶん以上だよ。それから、ミセス・コフーンに、ハイフィールド・ホールの修繕費をまかなえるくらいの小切手を送っておいた。それでもまだたっぷり残っている」

「それをどうしたらいいか、何か考えました？」

「それを相談したかったんだ。きみにもそのいくらかを受け取ってほしいんだよ、アントニオ」

グァスタフェステは首を振った。「いや、前にも言いましたけど、俺は金はほしくありません。もらうすじあいじゃないし」

「どうして？　きみはそれだけのことをしてくれたよ。どうしてきみだけが今度のことで、から手で終わらなければならないんだ？」

「俺だけじゃないでしょう。あなただってそうじゃないですか」

「わたしはから手では終わってないよ」

「でも……言ってたでしょう……」

「金という意味じゃないんだ」

「それじゃ何を……」グァスタフェステは口を閉じた。わたしの肩のむこうを見ている。振り返ってみると、マルゲリータがテラスの横に立っていた。ヴァイオリンケースを持っていた。

「ごめんなさい、こちらは……」彼女が口を開いた。

わたしは立ち上がった。「紹介しますよ。彼がアントニオです」

マルゲリータは手をさしだして進み出た。「まあ、やっとお会いできたわ。あなたのことはジャンニからすっかりうかがっています」

グァスタフェステはちらりとこちらを見た。「そうなんですか？」

「こちらはマルゲリータ・セヴェリーニ」と言った。「エンリーコ・フォルラーニの姪ごさんだ。マルゲリータとわたしは信託基金を設立して、亡くなったおじさんのヴァイオリンを、若くて将来有望な音楽家に貸し出すつもりなんだ。わたしじゃなく、彼女のアイディアだよ」

「わたしたち二人のよ、ジャンニ、わかっているでしょう」マルゲリータは言った。

わたしはグァスタフェステを見た。「残りの金について何か考えたかときいただろう。それを信託基金に加えて、若い演奏家たちに音楽奨学金を出すというのはどうかな?」

「とてもやる価値のある活動ですね」グァスタフェステは言った。

「それに乾杯しよう」

わたしたちはテラスに座り、シャンパンを飲んだ。やがてグァスタフェステはもう帰らなければと言いだした。わたしは彼を家の前まで送っていった。

「とてもいい人のようですね」彼は言った。

「実際にいい人だよ。何日かここにいる予定なんだ。あした夕食に来てくれないか。きみたちにもおたがいを知ってほしいんだ」

グァスタフェステは情愛のこもったあたたかいまなざしでわたしを見た。それから衝動的にわたしを抱きしめた。

「俺もうれしいですよ、ジャンニ。あなたはそれだけの価値のある人なんだから」

わたしは彼が車で帰っていくのを見送り、それからテラスに戻った。

「あれを持ってきてくれたんでしょう」わたしは言った。

マルゲリータがさっきのヴァイオリンケースを渡してくれた。わたしはそれをあけて、シュポアのグァルネリ・〝デル・ジェス〟を出した。しばらくそれをながめ、このヴァイオリンのために味わった後ろめたさの歳月を思い出した。

「それをどうするの?」マルゲリータがきいた。

「いま見せますよ」

わたしは彼女を、あらかじめ古新聞と小枝と刈った枝で焚き火を用意しておいた、庭の奥へ連れていった。火をつけてそれが燃え上がるのをしばらく待ち、庭から出たごみもくべて火を大きくした。それから〝デル・ジェス〟を手にとり、しばらくそのまま持っていて、これからしなければならないことへの覚悟をした。これまでの人生のほとんどは、ヴァイオリンを貴重なものとしてみてきた。本当に出来の悪い、安物の——わたしの目からは——楽器でも敬意を払われてしかるべきものだった、なぜならそうした楽器も多くの時間をかけて作られたものであり、それはそれなりに音楽を、ストラディヴァリやグァルネリと同じく、奏でることができるのだから。しかしその貴重なものが人をあざむくのなら——どんなにうまくあざむこうと——それは敬意を払われる資格を失う。シュポアの〝デル・ジェス〟はすばらしい作品だった。その製作にそそがれた技術は賞賛に値するだろう。しかしこれを自分の作品とは思えなかった。これを作ったのはわたしではなく、別の、道を踏みはずした弦楽器職人だった。そして、わたしは自分の犯したすべての罪ゆえに、誠実な人間になろうとしているのだから、もうその偽りは終わりにしなければならなかった。

わたしはヴァイオリンに最後の一瞥《いちべつ》を送ってから、焚き火のいちばん上にのせた。炎がそのまわりをなめ、ニスが泡立ってはじけだした。木材が火花を飛ばし、煙をたちのぼらせ、やがてふいに、まばゆいばかりの炎で燃え上がった。わたしにはその形が見えた、それはまだヴァイオリンだとわかった。しかしじきにその形も変わりはじめ、火がそれを焼きつくしていくうちに、木材は黒くなり、崩れ、灰に変わった。わたしは顔をそむけた。もうじゅうぶんに見た。

「どうしてなの？」マルゲリータが言った。

「自分の良心を解放するためです」わたしは答えた。

「わからないわ」

「いつか話しますよ」

彼女の手をとった。

「それじゃ、約束の二重奏をやってみませんか？」

マルゲリータはほほえんだ。「喜んで」と彼女は言った。

音楽と人生を愛するすべての人への物語――訳者あとがき

イギリスからまた、日本の読者にすばらしい贈り物が届いた。

古今東西、ミステリ小説にはさまざまな職種のアマチュア探偵が登場してきたが、ヴァイオリン職人というのは初めてではないだろうか。したがって、これが本邦初登場のヴァイオリン職人探偵ミステリになると思われる。しかし、読んでいただいた方にはすでにおわかりだろうが、主人公がその本業で培《つちか》った広い人脈と豊富な知識で次々に謎を解いていく痛快さには、思わず目をみはってしまう。こんなにもミステリ向きの職業があったとは！（笑）

主人公ジャンニは老境を間近にひかえた、実直ですぐれたヴァイオリン職人。だがその業界は虚々実々、巨万の富と伝説のまわりで熟練の贋作者やペテン師たち、悪徳ディーラーたちが虎視《こし》眈々《たんたん》と隙をうかがう世界である。華やかな表舞台と、その輝きの陰で巧妙に進められる企み。どこまでが真実で、どこからが嘘なのか、もう誰もわからないほど複雑に入り組んだ迷宮のような場所。そこでひとり凛と生きるジャンニの姿は、そのおだやかで静かなたたずまいとあいまって、生涯をひとつの仕事に誠実に打ちこんできた人間のみごとな結実の形となっている。高い理想を掲げながらも現実の自分を卑下せず、先達《せんだつ》の技を後代に伝える存在として自負を持ち、向上への努力をおこたらない――どことなく、「匠」という古風な日本語を連想するが、洋の東西を問わず、これこそ職人の矜持《きょうじ》ではないだろうか。

また、ジャンニは六十三歳という年齢もあり、花も嵐も踏みこえてきた人間ならではの懐《ふところ》の深さ、幼い子どもや若い者への慈愛と寛容の心を持っている。他人の未熟さや欠点を性急に断罪することなく、自分も通ってきた道だとおうように見る度量がある。仕事を愛し、家族を愛し、友を愛してきたゆたかな人生が、彼といういわば大樹となっているのである。その実りや安らげる木陰を慕って、多くの人々が集まってくるゆえんであろう。

そして彼の音楽への大きな愛情、音楽家たちへの深い敬意には、こちらもいずまいを正される思いがする。何百年もかなたの歴史と現在が深いところでつながっている、欧州ならではの人生観のようなものが、音楽をとおして彼の中にしっかり息づいていることが感じられるのである。過去があって、現在の自分たちがあり、そのうえで「どう生きるか」というそれぞれの道がある。これはヨーロッパの作家に普遍的な視点であり、味わいといえるだろう。しかし、ことミステリに限ると、百年以上前から現代につながる歴史を扱ったものは、意外なほど少ない。本書はその希少なひとつであり、また、昔と現代とを問わず、生きることへの大いなる祝福の物語であると思う。この文章の冒頭に、「すばらしい贈り物」と書いたのはその意味もこめた。音楽と人生を愛するすべての人に届けられたこの祝福の贈り物を、どうぞ受け取っていただきたい。

なお、本書の続編 *Paganini's Ghost* もすでに日本での刊行が決定している。少しだけ内容をお知らせしておくと――クレモナで若き天才ヴァイオリニストのコンサートが催された翌日、コンサート後のパーティーに来ていたアンティークディーラーが他殺死体で発見された。その後、ヴァイオリニストが突然姿を消す。誘拐か、はたまた失踪か。動転した彼の母親に泣きつかれ、ジャンニとアントニオのコンビは彼を捜しはじめるのだが、一方で、どうやら殺人事件の背後には、歴史上最大のヴァイオリニスト・パガニーニとナポレオンにまつわる、莫大な価値の宝物がからんでいるらしく……。ジャンニたちはまたもや、歴史の謎と現代の謎を追って、ヨーロッパをあちこち走りまわることになる。彼らの冒険や謎解きだけでなく、さまざまな地域の名所名物も楽しんでいただければ幸いである。

作者ポール・アダムについては、本書が初の邦訳書になる。かなり多才な人のようで、本人のサイトによると、作家の分野だけでも子ども向けのスリラーシリーズをはじめとして、密輸業と不法農業労働とイギリスのスーパーマーケット業界、ＥＵでの煙草密貿易、チベットにおける中国の圧制、ヴァティカン内の腐敗、二十一世紀の監視社会等を題材にした数々の著作や、ジャーナリストを主人公にしたシリーズなど、多岐にわたっている。また、本書をみてもわかるとおり、音楽には並々ならぬ関心を持ち、最新作の *Dixieland* では、一九一〇年代のニューオーリンズを舞台に、当時のジャズの巨人たちを登場させている。そのほかにもテレビや映画の脚本もいくつも手がけており、現在はイギリスのシェフィールド在住とのことである。

二〇一四年五月

訳者紹介 東京都生まれ。英米文学翻訳家。主な訳書にロブ〈イヴ＆ローク〉シリーズ、コリータ「夜を希《ねが》う」「冷たい川が呼ぶ」、アダム「ヴァイオリン職人と天才演奏家の秘密」「ヴァイオリン職人と消えた北欧楽器」、「怪奇文学大山脈」Ⅰ〜Ⅲ（共訳）など。

検印
廃止

ヴァイオリン職人の
探求と推理

2014年5月30日　初版
2022年1月21日　10版

著　者　ポール・アダム

訳　者　青《あお》　木《き》　悦《えつ》　子《こ》

発行所（株）東京創元社
代表者　渋谷健太郎

162-0814／東京都新宿区新小川町1-5
電　話　03・3268・8231-営業部
　　　　03・3268・8204-編集部
URL　http://www.tsogen.co.jp
DTP　キャップス
暁印刷・本間製本

乱丁・落丁本は、ご面倒ですが小社までご送付ください。送料小社負担にてお取替えいたします。

ISBN978-4-488-17805-5　C0197